SOBRE GRACE

ANTHONY DOERR

SOBRE GRACE

Título original: *About Grace*
Primera edición: abril de 2016

© 2004, Anthony Doerr
© 2016, de la presente edición en castellano para todo el mundo:
Penguin Random House Grupo Editorial, S. A. U.
Travessera de Gràcia, 47-49. 08021 Barcelona
© 2016, Laura Vidal, por la traducción

Printed in Spain – Impreso en España

ISBN: 978-84-8365-880-2
Depósito legal: B-3522-2016

Compuesto en Arca Edinet, S. L.
Impreso en Rodesa, Villatuerta (Navarra)

SL 5 8 8 0 2

Penguin
Random House
Grupo Editorial

A mi madre y mi padre

«Tiene que haber una explicación concreta a que, cada vez que empieza a caer nieve, su formación inicial sea siempre la de una pequeña estrella de seis puntas. Porque, si ocurre por azar, ¿por qué no caen también con cinco ángulos? ¿O con siete? [...] ¿Quién talló el núcleo, antes de que cayera, hasta formar seis picos de hielo?».

Sobre el copo de nieve hexagonal,
de Johannes Kepler, 1610

LIBRO PRIMERO

1

Cruzó el vestíbulo y se detuvo junto a una ventana a observar cómo un hombre con dos bastones luminosos color naranja dirigía un avión a su puerta de embarque. Sobre el asfalto el cielo era impoluto, de ese azul tropical implacable al que no había llegado a acostumbrarse. En el horizonte se habían amontonado nubes: *cumulus congestus*, señal de alguna clase de perturbación sobre el mar.

El delgado marco de un detector de metal aguardaba su cola de turistas. En la sala de embarque, ron del *duty free*, aves del paraíso envueltas en celofán, collares hechos de conchas. Del bolsillo de la camisa se sacó una libreta y un bolígrafo.

«El cerebro humano», escribió, «es en un setenta y cinco por ciento agua. Nuestras células son poco más que odres para transportar agua. Cuando morimos se derrama de nuestro interior por el suelo y el aire y en los estómagos de animales y se convierte en el contenido de otra cosa. Las propiedades del agua líquida son las siguientes: conserva la temperatura durante más tiempo que el aire; es adherente y elástica; está en perpetuo movimiento. Estos son los principios de la hidrología; estas son las cosas que uno debería saber si quiere conocerse a sí mismo».

Cruzó la puerta de embarque. En las escaleras, casi ya en el avión, un sentimiento parecido a la asfixia le subió por la garganta. Asió con fuerza la bolsa y se aferró a la barandilla. Una serie de pájaros —palomas comunes, quizá— aterrizaban de uno en uno en una parcela de hierba segada al final de la pista de despegue. Los pasajeros se movían impacientes a su espalda. Una auxiliar de vuelo se retorció las manos, se acercó a él y lo escoltó a la cabina de pasajeros.

La sensación del avión acelerando y subiendo era como entrar en un sueño vívido y peligroso. Apoyó la frente en la ventanilla. El océano se ensanchaba bajo el ala; el horizonte se inclinó y, a continuación, cayó en picado. El avión se puso de costado y la isla reapareció, exuberante y repentina, ribeteada de arrecifes. Por un instante, en el cráter del Soufrière, vislumbró una cortina de agua verde perla. Luego las nubes se cerraron y la isla desapareció.

La mujer sentada a su lado había sacado una novela y estaba empezando a leer. El avión subió a la troposfera. En el interior de la ventana habían comenzado a formarse pequeñas frondas de escarcha. Detrás, el cielo era deslumbrante y frío. Parpadeó y se limpió las gafas con la manga. Subían en dirección al sol.

2

Se llamaba David Winkler y tenía cincuenta y nueve años. Aquel iba a ser su primer viaje a casa en veinticinco años, si es que podía seguir llamándola su casa. Había sido padre, marido e hidrólogo. No estaba seguro de seguir siendo ninguna de las tres cosas.

Su billete era de Kingstown, San Vicente, a Cleveland, Ohio, con escala en Miami. El sobrecargo informaba acerca de la velocidad de vuelo y la altitud por altavoces situados en el techo. El tiempo en Puerto Rico. El capitán no apagaría el letrero luminoso de abróchense los cinturones.

Desde su asiento de ventana, Winkler paseó la vista por el avión. Los pasajeros —estadounidenses en su mayoría— leían, dormían o hablaban en voz baja unos con otros. La mujer sentada a su lado le daba la mano a un hombre rubio que ocupaba el asiento de pasillo.

Cerró los ojos, reclinó la cabeza en la ventana y poco a poco fue cayendo en algo parecido al sueño. Se despertó sudando. La mujer del asiento de al lado lo zarandeaba por un hombro.

—Estaba soñando —le dijo—. Le temblaban las piernas. Y las manos. Las presionaba contra la ventana.

—Estoy bien.

Muy abajo, el ala del avión cortaba arrecifes de cúmulos. Se secó la cara con el puño de la camisa.

La mirada de la mujer se detuvo en él antes de volver a la novela. Estuvo un rato sentado mirando las nubes. Por fin, con voz resignada, dijo:

—El compartimento que tiene encima no está bien cerrado. Durante las turbulencias se abrirá y se caerá la bolsa que hay dentro.

La mujer levantó la vista.

—¿Qué?

—El compartimento. Para el equipaje. —Hizo un gesto hacia arriba con los ojos—. Debe de estar mal cerrado.

La mujer se inclinó sobre el hombre rubio sentado a su lado, hacia el pasillo.

—¿De verdad? —preguntó. Le dio con el codo al hombre rubio y le dijo algo, y este miró hacia arriba y respondió que el compartimento estaba perfectamente cerrado—. ¿Estás seguro?

—Segurísimo.

La mujer se giró hacia Winkler.

—Vale, gracias.

Volvió a su libro. Dos o tres minutos después, el avión empezó a inclinar el morro y la cabina entera descendió durante un largo instante. El compartimento superior tembló, la puerta se abrió con un chasquido y una bolsa cayó al pasillo. De su interior salió un crujido ahogado de cristal roto.

El hombre rubio cogió la bolsa, miró dentro y soltó una palabrota. El avión volvió a enderezarse. Era una bolsa de paja y tenía un dibujo de un barco de vela estampado. El hombre comenzó a sacar trozos de lo que parecían ser copas de martini de regalo y a sacudir la cabeza al verlas. Una auxiliar de vuelo se acuclilló en el pasillo y metió los fragmentos en una bolsa para el mareo.

La mujer del asiento del centro miró a Winkler mientras se tapaba la boca con una mano.

Él mantuvo la vista fija en la ventanilla. La escarcha entre las dos hojas de la ventana aumentaba, hacía conexiones diminutas, cinco centímetros cuadrados de plumas delicadas, un país de las maravillas bidimensional hecho de hielo.

3

Los llamaba sueños. Ni augurios ni visiones exactamente, tampoco presentimientos o premoniciones. Llamarlos sueños le permitía acercarse todo lo que podía a lo que eran: sensaciones —experiencias incluso— que lo visitaban mientras dormía y se desvanecían cuando se despertaba para reaparecer en los minutos o las horas o los días siguientes.

Le había llevado años reconocer el momento en que se acercaban. Algo en el olor de una habitación (un aroma como a techo de madera de cedro, o a humo, o a arroz con leche caliente), o el sonido de un autobús diésel que pasa traqueteando delante de un apartamento, y se daba cuenta de que ya lo había experimentado antes, de que lo que estaba a punto de ocurrir —que su padre se cortaría un dedo al abrir una lata de sardinas, que una gaviota se posaría en el alféizar— era algo que ya había ocurrido, en el pasado, en un sueño.

También tenía sueños normales, la clase de sueños que tiene todo el mundo, rollos de película de historias paradójicas, las narraciones inverosímiles que inventa el córtex cerebral cuando tiene que organizar sus recuerdos. Pero, en algunas ocasiones, pocas, lo que veía cuando dormía (la lluvia que anegaba los canalones; el fontanero que le ofrecía la mitad de su bocadillo de pavo; una moneda que desaparecía, inexplicablemente, de su bolsillo) era distinto: más nítido, más verdadero y premonitorio.

Había sido así toda su vida. Sus sueños predecían cosas descabelladas, imposibles: estalactitas crecían del techo; abría una puerta y se encontraba el cuarto de baño lleno a rebosar de hielo derritiéndose. Y estas a su vez predecían cosas del día a día: a una mujer se le caía una revista; un gato dejaba un gorrión muerto en la puerta trasera; una bolsa se desplomaba desde el compartimento superior de un avión y su contenido se rompía en el pasillo. Estas apariciones le tendían emboscadas en los márgenes agitados del sueño y, una vez que habían terminado, casi siempre desaparecían, se disolvían en fragmentos que no podía recomponer después.

Pero unas pocas veces había tenido visiones más completas. La experiencia era nítida e hiperrealista —como despertarse y encontrarse en la superficie de un lago recién helado oyendo el chasquido intenso del hielo bajo sus pies— y esos sueños persistían mucho tiempo después de que se despertara y le venían a la cabeza durante los días siguientes, como si lo inminente no pudiera esperar a convertirse en lo pasado, o el presente se abalanzara hacia el futuro, ávido de lo que llegaría a ser. En esas ocasiones, sobre todo, la palabra fracasaba. Eran sueños más profundos que el acto mismo de soñar, estaban más allá del recuerdo. Eran sueños clarividentes.

Cambió de postura y vio pasar falanges de nubes bajo el ala. Los recuerdos acudieron a él volando, tan nítidos como las fibras del respaldo del asiento que tenía delante. Vio el resplandor azul del parpadeo de un soplete eléctrico en una ventana; vio lluvia caer como una cortina en el parabrisas de su viejo Chrysler. Tenía siete años y su madre le compraba sus primeras gafas; recorría ansioso el apartamento examinándolo todo: la estructura de la escarcha en el congelador, una salpicadura de lluvia en la ventana del salón. Qué maravilloso había sido ver los detalles del mundo: arcoíris de aceite flotando en charcos, columnas de mosquitos formando espirales sobre el agua del río Ship, los bordes almidonados y ondulantes de las nubes.

4

Estaba en un avión, tenía cincuenta y nueve años, pero podía haber sido simultáneamente —en los pliegues de la memoria— un cuarto de siglo más joven y estar en su cama, en Ohio, quedándose dormido. A su lado, su mujer dormía encima del edredón con las piernas separadas y el cuerpo irradiando calor, como hacía siempre. Su hija de meses no hacía ruido al otro lado del pasillo. Era medianoche, marzo, lluvia en las ventanas y, a la mañana siguiente, tenía que levantarse a las cinco. Oyó el chasquido y el golpeteo de las gotas contra los cristales. Se le cerraron los párpados.

En su sueño había casi un metro de agua en la calle. Desde la ventana del piso de arriba —estaba de pie ante ella con las palmas en el cristal—, las casas vecinas parecían una flota de arcas que han naufragado: agua que superaba los alféizares de la primera planta, vallas engullidas, árboles jóvenes sumergidos hasta el cuello.

En algún lugar lloraba su hija. A su espalda, la cama estaba vacía y hecha con pulcritud. ¿Dónde había ido su mujer? En la cómoda, cajas de cereales y unos cuantos platos; unas botas de goma aguardaban junto a la escalera. Corrió de habitación en habitación llamando a su hija. No se encontraba en su cuna ni en el cuarto de baño ni en ninguna parte del piso de arriba. Se puso las botas y bajó al recibidor. Toda la primera planta estaba cubierta de medio metro de agua, silenciosa y fría, de color café manchado. De pie en la alfombra del recibidor, el agua le llegaba hasta más arriba de las rodillas. El llanto de su hija resonaba en un extraño eco por las habitaciones, como si estuviera presente en cada esquina.

—¿Grace?

Fuera, el agua murmuraba y chocaba contra las paredes. Avanzó vadeando. Pálidas lentejuelas de luz reflejada se mecían acompasadamente en el techo. Tres revistas se movieron perezosas a su paso; un rollo hinchado de toallas de papel chocó contra su rodilla y se alejó flotando.

Abrió la despensa y creó una ola que se expandió por la cocina, empujando los taburetes. Un grupo de bombillas medio sumergidas como bóvedas de cráneos diminutos a la deriva navegaban hacia el frigorífico. Se detuvo. Ya no la oía.

—¿Grace?

De fuera llegó el ruido de una lancha a motor. Cada respiración se quedaba suspendida delante de él un momento antes de dispersarse. La luz declinaba. Se le erizó el vello de los brazos. Descolgó el teléfono —con el cable flotando—, pero no había línea. Algo amargo y fluido empezaba a subirle por el estómago.

Abrió a la fuerza la puerta del sótano y se encontró con que la escalera estaba sumergida por completo, perdida bajo un rectángulo de agua espumoso y marrón. Había una página de calendario flotando, algo de su mujer, la fotografía de un faro pintado a rayas rojas y blancas oscureciéndose y girando en la espuma.

Le entró el pánico. La buscó debajo de la mesa del recibidor, detrás de la butaca, que prácticamente flotaba ya; miró en lugares absurdos: el cajón de los cubiertos, una fiambrera. Metió los brazos en el agua y palpó bajo la superficie, arrastrando los pies por el suelo. Los únicos sonidos eran los de la mitad inferior de su cuerpo chapoteando y las percusiones, más leves, de las olas que levantaba al chocar contra las paredes.

La encontró la tercera vez que pasó por la sala de estar. Seguía en su moisés, en lo alto de un macetero de varios pisos de su mujer, junto a la ventana empañada, con los ojos muy abiertos y envuelta en una manta. En la cabeza llevaba su gorro amarillo de lana. La manta estaba seca.

—Grace —dijo mientras la cogía en brazos—. ¿Quién te ha subido ahí?

La emoción cruzó la cara de la niña, que apretó los labios y arrugó la frente. Luego, a la misma velocidad, la expresión se le relajó.

—No pasa nada —añadió—. Ahora te saco de aquí.

La sujetó contra su pecho, vadeó por el recibidor y tiró hasta abrir la puerta principal.

El agua entró desde el jardín con un suspiro. La calle se había convertido en un río coagulado y provisional. El arce del jardín de los Sachse estaba atravesado en la calle y sumergido. Bolsas de plástico, enganchadas a las ramas, vibraban en la corriente y emitían un zumbido agudo y sobrenatural, como de enjambre. No había luz. Dos gatos que no había visto nunca caminaban por una rama baja del roble del jardín delantero. Había docenas de pertenencias a la deriva: una tumbona, un par de cubos de basura de plástico, una nevera portátil de poliestireno, todas cubiertas de barro, todas desfilando despacio calle abajo.

Bajó vadeando los escalones del camino de entrada. Pronto el agua le llegó a la cintura, así que sujetó a Grace con ambos brazos a la altura del hombro y luchó contra la corriente. Notaba el aliento tenue de la niña en la oreja. El suyo formaba nubes efímeras de vapor delante de los dos.

Tenía las ropas empapadas y había empezado a tiritar. La fuerza de la corriente —lenta, pero cargada de sedimentos, de palos y de terrones enteros de césped— le empujaba con resolución los muslos y notaba cómo intentaba levantarle los pies del suelo y llevárselos. A unos cien metros calle arriba, detrás de la casa de los Stevenson, una pequeña luz azul le hacía guiños por entre los árboles. Se volvió a mirar la entrada de su casa, oscura, muy lejana ya.

—Aguanta, Grace —dijo.

La niña no lloró. Por la disposición de los postes de teléfono en la penumbra dedujo dónde estaba la acera y se dirigió hacia ella.

Avanzó calle arriba sujetándose con un brazo a farolas y troncos de árboles y tomando impulso como si estuviera subiendo los peldaños de una escalera de mano gigante. Llegaría hasta la luz azul y los salvaría a los dos. Se despertaría, sano y salvo y seco, en su cama.

El agua silbaba y murmuraba y un sonido como de sangre le inundaba los oídos. Notaba su sabor en los dientes: a barro y a algo más, parecido al óxido. En varias ocasiones pensó que iba a resbalar y tuvo que pararse y apoyarse en un buzón, escupiendo agua, asiendo fuerte a su hija. Se le habían empañado las gafas. Tenía las piernas y los brazos adormecidos. El agua le succionaba las botas.

La luz de detrás de la casa de los Stevenson temblaba, parpadeaba y volvía a materializarse cada vez que dejaba atrás un obstáculo. Era un barco. Ahora el agua ya no cubría tanto.

—¡Ayuda! —gritó—. ¡Socorro!

Grace estaba callada: un peso leve contra su camisa mojada. A lo lejos, como en una orilla remota, gemían sirenas.

Dio unos cuantos pasos más y tropezó. El agua le llegó a los hombros. El río lo empujaba igual que el viento empuja una vela y durante toda su vida, incluso en sueños, recordaría esa sensación: la de sentirse superado por el agua. En un segundo la corriente lo arrastró. Sostuvo a Grace lo más alto que pudo y sujetó sus pequeños muslos entre las palmas, con los pulgares clavados en la parte inferior de su espalda. Dio patadas, puso los pies en punta e intentó tocar fondo. De reojo veía pasar las mitades superiores de las casas. Por un momento pensó que serían arrastrados calle abajo, hasta pasada su casa, pasada la calle sin salida, y que llegarían al río. Entonces su cabeza chocó con un poste de teléfono; giró sobre sí mismo; se hundieron.

La tarde había progresado hasta ese último azul que precede a la oscuridad. Intentó mantener a Grace por encima de la altura del pecho, sujetando sus pequeñas caderas con las manos; él siguió con la cabeza debajo del agua.

Sus hombros chocaron con palos sumergidos, con una docena de obstáculos invisibles. La corriente del fondo le succionó y quitó una bota. Unos cientos de metros después, manzana abajo, entraron en un remolino lleno de espuma y ramitas de árbol, y entonces cerró las piernas alrededor de un buzón, el último de la calle. Allí el agua discurría entre parcelas boscosas que señalaban el límite de la calle y se fusionaba con el hinchado, irreconocible río Chagrin. Consiguió de alguna manera ponerse de pie sin soltar a Grace. Un espasmo le atravesó el diafragma y empezó a toser.

El punto de luz cabeceante y cambiante que había junto a la casa de los Stevenson estaba ahora milagrosamente más cerca.

—¡Ayuda! —gritó—. ¡Aquí!

El buzón giró por efecto de su peso. La luz se acercó. Era una barca de remos. Un hombre se inclinó por la proa con una linterna. Oyó voces. El buzón gimió bajo su cuerpo.

—Por favor —intentó decir Winkler—. Por favor.

La barca se acercó. La luz le daba en la cara. Unas manos le habían cogido por el cinturón y tiraban de él por la borda.

—¿Está muerta? —oyó preguntar a alguien—. ¿Respira?

Winkler tragó aire. Había perdido las gafas, pero podía ver la boca abierta de Grace. Tenía el pelo mojado y no llevaba el gorro amarillo. Sus mejillas habían perdido el color. No conseguía relajar los brazos; de hecho no parecían en absoluto sus brazos.

—Señor —dijo alguien—. Suéltela, señor.

Sintió cómo un grito le quemaba la garganta. Alguien le decía que la soltara, suéltela, suéltela.

Era un sueño. Aquello no había sucedido.

5

La memoria galopa, luego se detiene y da un giro inesperado; para la memoria, el orden de los acontecimientos es arbitrario. Winkler seguía en el avión, volando en dirección norte, pero también retrocedía, se hundía más y más en las superposiciones temporales hasta llegar a los años anteriores incluso a tener una hija, antes de que hubiera soñado siquiera con la mujer que se convertiría en su esposa.

Esto fue en 1975. Estaba en Anchorage, Alaska, y tenía treinta y dos años, un apartamento encima del garaje en el centro, un Chrysler Newport de 1970, pocos amigos y ningún familiar con vida. Si había algo que llamara la atención de él eran sus gafas: lentes gruesas, de culo de botella de Coca-Cola y montura de plástico. Detrás de ellas sus ojos parecían insustanciales y ligeramente combados, como si mirara no a través de medio centímetro de cristal curvo, sino de hielo, de dos charcos helados, y sus globos oculares flotaran justo debajo.

Volvía a ser marzo, comenzaba el deshielo, el sol no había terminado de salir, pero el aire era cálido, soplaba en dirección este y traía el olor improbable a hojas nuevas, como si la primavera ya hubiera llegado al oeste, a los volcanes aleutianos del otro lado del estrecho de Siberia —primeros brotes apretados en las especies de árboles que hubiera allí y osos parpadeando al salir de sus guaridas de hibernación, festivales que empezaban, serenatas a la luz de la luna, romances florecientes y homenajes al equinoccio y a la primera siembra—, la primavera rusa soplando a través del mar de Bering y por encima de las montañas y aterrizando en Anchorage.

Winkler se vistió con uno de sus dos trajes de pana marrón y fue caminando a la pequeña oficina de ladrillo del Servicio Nacional de Meteorología en la Séptima Avenida, donde trabajaba como analista ayudante. Pasó la mañana compilando informes sobre grosores de nieve en su escritorio de madera barnizada. Cada pocos minutos, del tejado se desprendía un trozo de nieve y caía con un golpe sordo en el seto que había al otro lado de su ventana.

A mediodía fue andando al Snow Goose Market, pidió un sándwich de salami y mostaza con pan de trigo e hizo cola en una de las cajas para pagar.

A unos cuatro metros, una mujer con gafas de carey y un traje de chaqueta de poliéster color marrón se detuvo delante de un expositor giratorio de revistas. En la cesta llevaba, primorosamente colocados, dos cajas de cereales y dos litros de leche. La luz —que entraba oblicua por las ventanas— se proyectaba en su cintura y le iluminaba las espinillas debajo de la falda. Vio diminutas partículas de polvo flotar en el aire entre sus tobillos; cada mota entraba y salía individualmente de la luz de sol y algo en su disposición le resultó intensamente familiar.

Tintineó una caja registradora. Un ventilador automático de techo se puso en marcha con un suspiro. De pronto supo lo que iba a ocurrir, había soñado con ello cuatro o cinco noches antes. A la mujer se le caería una revista; él se acercaría, la cogería y se la daría.

La cajera devolvió el cambio a dos adolescentes y miró a Winkler expectante. Pero este no conseguía apartar la vista de la mujer que hojeaba revistas. Esta giró el expositor un cuarto, su pulgar e índice se posaron vacilantes en un número *(Good Housekeeping,* marzo de 1975, Valerie Harper en la portada, sonriente y bronceada con una camiseta verde de tirantes) y lo sacó. La portada se le resbaló, la revista cayó al suelo.

Sus pies caminaron hacia ella como si tuvieran voluntad propia. Se agachó; la mujer se inclinó. Sus coronillas estuvieron a punto de tocarse. Winkler tomó la revista, le sacudió el polvo de la portada y se la dio.

Se enderezaron los dos a la vez. Él se dio cuenta de que le temblaba la mano. Sus ojos no se encontraron con los de la mujer, sino que siguieron fijos en algún punto situado más arriba de su garganta.

—Se le ha caído esto —dijo.

La mujer no lo cogió. En la caja, un ama de casa había ocupado el sitio de Winkler en la fila. El chico que ayudaba en la caja abrió una bolsa y metió en ella un cartón de huevos.

—¿Señorita?

La mujer tomó aire. Detrás de sus labios había hileras de dientes brillantes, ligeramente torcidos. Cerró los ojos y los mantuvo así un momento antes de abrirlos, como si estuviera esperando a que se le pasara un ataque de vértigo.

—¿Quería esto?

—¿Cómo...?

—Su revista.

—Tengo que irme —dijo la mujer abruptamente.

Dejó el cesto de la compra y se dirigió hacia la salida, casi corriendo y cerrándose el abrigo; cruzó deprisa la puerta y el aparcamiento. Durante unos segundos Winkler vio sus dos piernas moverse como las hojas de una tijera calle arriba; luego la tapó un cartel pegado en la ventana y desapareció.

Se quedó largo rato con la revista en la mano. Los sonidos de la tienda regresaron poco a poco. Cogió la cesta de la mujer, puso dentro su sándwich y lo pagó todo: la leche, los cereales, el *Good Housekeeping*.

Más tarde, pasada la medianoche, ya acostado, no conseguía conciliar el sueño. Partes de ella (tres pecas en la mejilla izquierda, el surco entre las clavículas, un mechón de pelo sujeto detrás de la oreja) se desplazaban ante sus ojos. En el suelo junto a él, la revista estaba abierta: un anuncio de galletas para perros, la receta de una tarta de arándanos al revés.

Se levantó, abrió una de las cajas de cereales —las dos eran Apple Jacks de Kellogg's— y comió puñados de aros color pálido delante de la ventana de la cocina mientras miraba temblar las farolas en la calle.

Pasó un mes. En lugar de perder intensidad, el recuerdo de la mujer se volvió más nítido, más insistente: las dos hileras de dientes, el polvo suspendido entre sus tobillos. En el trabajo veía su cara en la parte interna de los párpados, en un modelo numérico de datos de aguas subterráneas de la base aérea de Shemya. Casi todos los mediodías terminaba en el Snow Goose, escudriñando las cajas registradoras, remoloneando esperanzado en el pasillo de los cereales.

Se terminó la primera caja de Apple Jacks en una semana. La segunda se la comió más despacio, tomando solo un puñado al día, como si fuera la última que existía, como si cuando mirara el fondo y encontrara únicamente polvo azucarado se fuera a terminar tanto su recuerdo de ella como cualquier oportunidad de volverla a ver.

Se llevó el *Good Housekeeping* al trabajo y lo hojeó: veintitrés recetas de patatas, cupones de descuento para el pan de nueces Pillsbury, un reportaje sobre unos quintillizos. ¿Habría pistas allí sobre ella? Cuando nadie lo miraba, puso la fotografía de portada de Valerie Harper bajo el visor del microscopio Swift 2400 de un colega y examinó su clavícula. Estaba hecha de aglomeraciones de puntos —amarillos y magenta con cercos azules— y sus pechos, de halos grandes, inmóviles.

A Winkler, quien a sus treinta y dos años apenas había salido del condado de Anchorage, que algunos días todavía se sorprendía a sí mismo mirando con anhelo la cordillera de Alaska al norte, los macizos color blanco brillante y los espacios blancos detrás, la manera en que flotaban en el horizonte como si fueran no tanto montañas reales como fantasmas de las mismas, ahora se le iban los ojos detrás de anuncios de cocinas de ensueño: cacerolas de cobre, papel de forrar estantes, servilletas dobladas. ¿Sería la cocina de ella como una de esas? ¿Usaría también estropajos metálicos Brillo Supreme para sus necesidades de limpieza más exigentes?

La encontró en junio en el mismo supermercado. Esta vez llevaba falda tableada y botas altas. Caminaba con energía por los pasillos con aspecto distinto, más resuelto. Winkler tuvo un espasmo de angustia en el pecho. La mujer compró una botella pequeña de zumo de uva y una manzana y sacó el dinero exacto de un monedero diminuto con boquilla metálica. Entró y salió en menos de dos minutos.

La siguió.

Caminaba deprisa, con zancadas largas y la vista fija en la acera delante de ella. Winkler tuvo casi que correr para seguirle el ritmo. El día era cálido y húmedo y el pelo de la mujer, sujeto en la nuca, parecía flotarle detrás de la cabeza. En la calle D esperó para cruzar y Winkler terminó casi pegado a ella, demasiado cerca, de pronto. De haberse inclinado quince centímetros, habría tenido la coronilla de ella pegada a la cara. Miró cómo sus pantorrillas desaparecían en sus botas y aspiró por la nariz. ¿A qué olía? ¿A hierba segada? ¿A la manga de un jersey de lana? Llevaba la boca de la bolsita marrón de papel con la manzana y el zumo arrugada dentro del puño.

La luz cambió. Ella bajó de la acera. La siguió seis manzanas arriba por la Quinta Avenida, donde giró a la derecha y entró en una sucursal del First Federal Savings and Loan. Winkler se detuvo a la puerta, intentando apaciguar su corazón. Una pareja de gaviotas pasó volando llamándose entre sí. Por entre el estarcido de la ventana, pasados dos escritorios (a los que había sentados banqueros escribiendo cosas a lápiz en grandes calendarios de mesa), la vio abrir media puerta de madera de avellano y deslizarse detrás del mostrador de atención al público. Había clientes esperando. Dejó la bolsita, apartó un letrero y le hizo un gesto al primero para que se acercara.

Apenas durmió. Una luna llena que flotaba inmensa sobre la ciudad elevó la marea en el canal Knik y, a continuación, la soltó. Leyó a Watson, a Pauling, y las palabras que tan bien conocía se descomponían delante de sus ojos. Fue hasta la ventana con un bloc y escribió: «En mi interior zumban un billón de células, proteínas acechando las cadenas de ADN, serpenteando y tensándose, haciendo y deshaciendo...».

Lo tachó. Escribió: «¿Elegimos a quién amar?».

Si su primer sueño lo hubiera llevado más allá de lo que ya sabía, más allá de la revista cayendo al suelo... Cerró los ojos y trató de invocar una imagen de ella, mantenerla allí mientras se quedaba dormido.

A las nueve de la mañana estaba en la misma acera mirándola por el mismo cristal. Llevaba en la mochila lo que quedaba de la segunda caja de Apple Jacks y el *Good Housekeeping*. Ella estaba de pie en su puesto en la caja con la vista gacha. Se secó el sudor de las manos en los pantalones y entró.

No había nadie haciendo cola, pero en su mostrador había un letrero: POR FAVOR, VAYA A LA CAJA SIGUIENTE. Ella estaba contando billetes de diez dólares con esas manos delgadas y rosas que Winkler ya consideraba algo familiar. Una placa identificativa en el mostrador de mármol decía: SANDY SHEELER.

—Perdone.

Ella levantó un dedo y siguió contando sin levantar la vista.

—Yo le puedo atender —se ofreció el otro cajero.

—No pasa nada —dijo Sandy. Llegó al final del fajo de billetes, apuntó algo en la esquina del sobre y levantó la vista—: Hola.

Las lentes de sus gafas reflejaron durante un segundo la luz del techo e inundaron de luz las de las gafas de Winkler. El pánico empezó a subirle por la garganta. Era una desconocida, una persona completamente extraña; quién era él para adivinar sus insatisfacciones, para incorporarla a sus sueños.

—Te conocí en el supermercado —balbució—. Hace unos meses. No llegamos a presentarnos, pero…

Ella se giró a un lado y a otro. Winkler metió la mano en su mochila y sacó los cereales y la revista. El cajero a la derecha de Sandy miró por encima de la mampara.

—Pensé que igual necesitabas esto —dijo Winkler—. Como te fuiste tan deprisa.

—Ah.

No tocó ni los cereales ni el *Good Housekeeping,* pero tampoco apartó los ojos de ellos. Winkler no estaba seguro, pero le pareció que se había inclinado mínimamente hacia delante. Levantó la caja de cereales y la agitó:

—Me he comido unos pocos.

Ella sonrió confusa.

—Quédatela.

Sus ojos fueron de la revista a él y de nuevo a la revista. Aquel estaba siendo un momento crítico, Winkler lo sabía: sentía cómo el suelo se hundía bajo sus pies.

—¿Te apetecería ir algún día al cine? ¿O algo así?

Entonces la mirada de ella fue más allá de Winkler, por encima de su hombro, hacia el banco. Negó con la cabeza. Winkler notó cómo un peso pequeño se desplomaba en su estómago. Empezó a retroceder.

—Entiendo. Vale. Lo siento.

Ella cogió la caja de Apple Jacks, la agitó y la dejó en el estante bajo el mostrador.

—Mi marido —susurró, y miró a Winkler por primera vez, lo miró de verdad, y Winkler sintió que la mirada lo traspasaba hasta la nuca.

—No llevas anillo —se escuchó a sí mismo decir.

—No. —Se tocó el dedo anular. Tenía las uñas cortas—. Lo he llevado a arreglar.

Sintió que estaba fuera del tiempo; que la escena al completo se le escapaba, se licuaba y se deslizaba hacia un desagüe.

—Claro —murmuró—. Trabajo en el servicio meteorológico. Soy David. Me puedes encontrar allí. En caso de que cambies de opinión.

Y, a continuación, se dio la vuelta con la mochila vacía hecha una bola en el puño; el cristal brillante de la fachada del banco oscilaba delante de él.

Dos meses: lluvia en las ventanas, una pila de textos sobre meteorología sin abrir en la mesa de su apartamento que, por primera vez en su vida, le parecían triviales. Se preparaba fideos, se vestía con los mismos dos trajes de pana marrón, consultaba el barómetro tres veces al día y reflejaba sus lecturas sin demasiado entusiasmo en papel milimetrado que escamoteaba del trabajo.

Sobre todo recordaba sus tobillos y las partículas de polvo flotando entre ambos iluminadas por un jirón de luz. Las tres pecas de su mejilla formaban un triángulo isósceles. Qué seguro había estado: la había soñado. Aunque ¿de dónde le venían la seguridad y la convicción? En algún lugar al otro lado de la ciudad estaría delante de un lavabo o entrando en un vestidor, el nombre de él almacenado entre las neuronas arracimadas de su cerebro, activando una dendrita entre mil millones: David, David.

Los días transcurrieron uno detrás de otro: cálidos, fríos, lluviosos, soleados. Tenía la continua sensación de haber perdido algo vital: la cartera, las llaves, un recuerdo fundamental que no conseguía evocar. El horizonte parecía el mismo de siempre, los mismos camiones cisterna mugrientos refunfuñaban por las calles, la marea dejaba al descubierto las mismas marismas dos veces al día. En los interminables y grises teletipos del Servicio Meteorológico veía siempre la misma cosa: deseo.

¿No había habido un anhelo en su cara, encerrado tras la sonrisa de cajera de banco, un anhelo visible solo un segundo, cuando levantó la vista? ¿En el supermercado no había parecido que estaba a punto de llorar?

El *Good Housekeeping* permanecía abierto en la encimera de su cocina, rebosante de adivinanzas: «¿Conoces el secreto de un aspecto juvenil?», «Ropa de cama comprada en piezas sueltas: ¿elegancia por poco dinero?», «¿Cuántos tonos de rubio presentes en la naturaleza incluye el tratamiento Rubio Natural?».

Paseaba por las calles; miraba el cielo.

6

Lo llamó en septiembre. Una secretaria la pasó con él.

—Tiene partido de hockey —dijo Sandy casi en un susurro—. Hay una sesión que empieza a las cuatro y cuarto.

Winkler tragó saliva:

—Vale. Sí, a las cuatro y cuarto.

Apareció en el vestíbulo del cine a las cuatro y media, pasó deprisa a su lado en dirección al bar y compró una caja de pasas cubiertas de chocolate. Luego, sin mirarlo, entró en la sala y se sentó en la penumbra con la luz de la pantalla parpadeándole en la cara. Winkler se sentó a su lado. Se comió las pasas una detrás de otra, sin parar casi ni para respirar; olía, pensó Winkler, a menta, a chicle. Estuvo toda la película mirándola de reojo: la mejilla, el codo, pelos sueltos de la coronilla iluminados por la luz temblorosa.

Ella siguió mirando los títulos de crédito subir por la pantalla como si la película siguiera proyectándose detrás de ellos, como si la historia no hubiera terminado. Parpadeaba a gran velocidad. Se encendieron las luces de la sala.

—Eres un hombre del tiempo —dijo.

—Más o menos. Soy hidrólogo.

—¿Estudias el mar?

—El agua subterránea, principalmente. Y en la atmósfera. Lo que más me interesa es la nieve, la formación y la física de los cristales de hielo. Pero por eso no te pagan. Escribo informes, reviso predicciones. Básicamente soy secretario.

—Me gusta la nieve —dijo Sandy.

Los espectadores se dirigían a las salidas y su atención revoloteó hasta ellos. Winkler intentó pensar en algo que decir.

—¿Eres cajera en un banco?

No lo miró.

—Aquel día en el supermercado... fue como si supiera que ibas a estar allí. Cuando se me cayó la revista sabía que te ibas a acercar. Me sentí como si ya lo hubiera hecho, como si ya lo hubiera vivido. —Lo miró brevemente, por un instante solo, luego cogió su abrigo, se alisó la parte delantera de la falda y se volvió hacia donde un acomodador había empezado ya a barrer la sala—. Pensarás que es una locura.

—No —dijo Winkler.

A Sandy le tembló el labio superior. No lo miró.

—Te llamo el miércoles que viene.

Y echó a andar entre las filas de asientos con el abrigo bien sujeto sobre los hombros.

¿Por qué lo llamaba? ¿Por qué volvía al cine miércoles tras miércoles? ¿Para escapar de las ataduras de su vida? Quizá. Pero, incluso si era así, Winkler intuía que se debía a que había sentido algo aquella mañana en el Snow Goose Market, había sentido cómo el tiempo se asentaba sobre sí mismo, se imbricaba y encajaba; había sentido el vértigo del futuro alineándose con el presente.

Vieron *Tiburón,* y *Benji,* y hablaban a ratos sueltos. Cada semana Sandy compraba una caja de pasas recubiertas de chocolate y se las comía con el mismo entusiasmo, con la luz añil llameando en las lentes de sus gafas.

—Sandy —susurraba Winkler en mitad de una película con el corazón en la garganta—. ¿Qué tal estás?

—¿Ese es su tío? —susurraba ella en mitad de una película, con los ojos fijos en la pantalla—. Creía que estaba muerto.

—¿Qué tal el trabajo? ¿Qué has hecho últimamente?

Sandy se encogía de hombros, masticaba una pasa. Tenía dedos delgados y pálidos: magníficos.

Más tarde se levantaba, tomaba aliento y se envolvía en el abrigo.

—Odio esta parte —dijo una vez mirando hacia la salida—. Cuando se encienden las luces después de una película. Es como despertarse. —Sonrió—. Ahora hay que volver al mundo de los vivos.

Winkler se quedaba en su asiento unos minutos después de que se fuera, sintiendo el vacío de la espaciosa sala a su alrededor, el zumbido del rollo de película rebobinándose en el cuarto de proyección, el golpe hueco del recogedor del acomodador mientras barría los pasillos. Encima de él, las pequeñas bombillas atornilladas al techo con la forma de la Osa Mayor seguían ardiendo.

Había nacido en Anchorage, dos años antes que él. Usaba un pintalabios que olía a jabón. Era friolera. Siempre llevaba calcetines demasiado finos para el tiempo que hacía. Durante el terremoto del 64 un Cadillac atravesó la fachada de cristal del banco y, confesaba, toda la situación le había resultado *emocionantísima:* el repentino olor a gasolina, la grieta enorme y hambrienta que se había abierto en mitad de la Cuarta Avenida.

—Estuvimos una semana sin tener que ir a trabajar —susurró.

El marido, que jugaba de portero en su equipo de hockey, era director de la sucursal. Se casaron después de que ella terminara el instituto. Tenía una afición a la sal de ajo, dijo Sandy, «que le destrozaba el aliento», así que cuando la comía casi no podía mirarlo, casi no soportaba estar en la misma habitación que él.

Durante los últimos nueve años habían vivido en una casa estilo rancho con tejas marrones y una puerta de garaje color amarillo. Dos calabazas ladeadas colgaban en el porche delantero igual que cabezas cortadas. Winkler lo sabía porque había buscado la dirección en el listín y había empezado a pasar por allí en coche por las noches.

Al marido no le gustaba el cine, no le importaba secar los platos, le gustaba —más que nada en el mundo, decía Sandy— jugar al minigolf. Incluso su nombre, pensaba Winkler, era triste: Herman. Herman Sheeler. Su número de teléfono, aunque Winkler nunca había llamado, era 542-7433. Los últimos cuatro dígitos se correspondían, según el teclado del teléfono, con las cuatro primeras letras de su apellido, algo que, según Sandy, Herman había anunciado durante una reunión de personal de los viernes como lo más notable que le había pasado en una década.

—Una década —dijo mirando fijamente los títulos de crédito que subían por la pantalla.

Winkler —detrás de sus grandes gafas, de su solitaria existencia— no se había sentido nunca así, nunca había estado enamorado, nunca había coqueteado con una mujer casada, ni había pensado siquiera en una. Pero no podía evitarlo. No era una decisión consciente, no pensaba: estamos predestinados. O: algo ha hecho que se crucen nuestros caminos. Ni siquiera: es elección mía pensar en ella varias veces por minuto, en su cuello, sus brazos, sus codos. En el olor a champú de su pelo. En sus pechos bajo la tela de un suéter delgado. Simplemente sus pies lo llevaban al banco cada día, o el Newport se detenía junto a su casa de noche. Comía Apple Jacks. Tiró una lata de sal de ajo que tenía en casa.

Por el cristal del banco estudió a los empleados detrás de sus mesas: uno con traje azul y una marca de nacimiento en el cuello; otro con suéter de cuello de pico, canas en el pelo y un llavero sujeto a una trabilla del pantalón. ¿Podría ser el de cuello de pico? ¿No le doblaba la edad? El hombre de la marca de nacimiento miró a Winkler y mordisqueó el bolígrafo; Winkler se escondió detrás de una columna.

En diciembre, después de ver *Los tres días del cóndor* por segunda vez, le pidió que la llevara a su apartamento. Lo único que dijo de Herman fue: «Se va fuera después del partido». Parecía nerviosa, empujándose las cutículas con el filo de los dientes, pero siempre estaba nerviosa y lo que había entre ellos, supuso Winkler, lo explicaba en parte. Anchorage no era una ciudad grande, y después de todo en cualquier momento podían verlos. Podían descubrirlos.

Las calles estaban oscuras y frías. La condujo deprisa por entre los charcos alternos de luz de farolas y sombras. No había casi nadie fuera. En los stops, los tubos de escape de los coches humeaban como locos. Winkler no sabía si cogerle la mano. Tenía la impresión de ver Anchorage aquella noche con una nitidez dolorosa: nieve sucia ribeteando las aceras, hielo glaseando los cables de teléfono, dos hombres encorvados sobre la carta detrás de la ventana empañada de una cafetería.

Sandy inspeccionó su apartamento con interés: las estanterías hechas con ladrillos y tablas, el radiador viejo y ruidoso, la cocina atestada que olía a escape de gas.

Tomó una probeta y la sostuvo a la luz.

—Un menisco —explicó Winkler, y señaló la curva en la superficie del agua que había dentro—. Las moléculas de los bordes están subiendo por el cristal.

Sandy dejó la probeta, cogió un folio impreso que había en un estante: «Medí datos de resolución espacial de agua de precipitación atmosférica y déficit de presión de vapor en dos estaciones meteorológicas distintas…».

—¿Qué es esto? ¿Lo has escrito tú?

—Es parte de mi tesis. Que no se leyó nadie.

—¿Sobre copos de nieve?

—Sí. Cristales de hielo. —Se aventuró a decir más—. Piensa en un cristal de nieve, el clásico, la estrella de seis puntas. ¿A que parece algo rígido, congelado? Pues, en realidad, a un nivel extremadamente minúsculo, menor de un par de nanómetros, mientras se está congelando vibra como loco, los miles de millones de moléculas que lo forman tiemblan de manera invisible, prácticamente arden.

Sandy se llevó una mano detrás de la oreja y se enroscó un mechón de pelo alrededor del dedo.

Winkler siguió:

—Mi teoría es que las inestabilidades diminutas en esas vibraciones dan a los copos de nieve sus formas individuales.

Por fuera los cristales parecen algo estable, pero por dentro es como un terremoto continuo. —Volvió a dejar la hoja en el estante—. Te estoy aburriendo.

—No —dijo ella.

Se sentaron en el sofá con las caderas juntas; bebieron chocolate caliente instantáneo en tazas desparejadas. Se entregó a él solemnemente, pero sin ceremonia, desvistiéndose y metiéndose en su cama individual. Él no encendió la radio, no echó las cortinas. Dejaron las gafas cada uno en su lado, en el suelo, Winkler no tenía mesillas. Sandy tiró de las mantas hasta que les taparon la cabeza.

Era amor. Podía estudiar los colores y los pliegues de la palma de su mano durante quince minutos imaginando que veía la sangre circular por sus capilares.

—¿Qué miras? —preguntaba ella, revolviéndose, sonriendo—. No soy tan interesante.

Pero lo era. Observaba cómo ella estudiaba una caja de pasas recubiertas de chocolate, seleccionaba una y luego la descartaba siguiendo algún criterio indiscernible; observaba cómo se abotonaba el anorak, cómo se metía la mano por el cuello para rascarse un hombro. Recogió con una pala la huella de una bota que había dejado en un peldaño nevado fuera de su apartamento y la conservó en la nevera.

Estar enamorado era quedarse aturdido veinte veces cada mañana: por la celosía que dibujaba la escarcha en su parabrisas, por una pluma suelta de su almohada, por el festón de luz rosa sobre las montañas. Dormía tres o cuatro horas cada noche. Algunos días se sentía como si estuviera a punto de retirar la superficie de la Tierra —los árboles helados en las colinas, el rostro siempre agitado de la bahía— y descubrir por fin lo que había debajo, la estructura interior, la retícula esencial.

Los martes temblaban y vibraban, la segunda manecilla del reloj se desplazaba con parsimonia por la esfera. Los miércoles eran el eje alrededor del cual giraba el resto de la semana. Los jueves parecían desiertos, ciudades fantasma. Cuando llegaban los fines de semana, los pedazos de ella que había dejado en su apartamento adquirían una connotación casi sagrada: un pelo enroscado en el borde del lavabo; las migas de cuatro galletas saladas dispersas en el fondo de un plato. Su saliva —sus proteínas, enzimas y bacterias—, probablemente aún en esas migas; las células de su piel en las almohadas, por todo el suelo, acumulándose en forma de polvo en los rincones. ¿Qué era lo que le habían enseñado Watson y Einstein y Pasteur? Que las cosas que vemos no son más que máscaras de las que no vemos.

Se aplastó el pelo con mano trémula; entró en el vestíbulo del banco temblando como un ladrón; sacó una margarita comprada en una floristería de su mochila y la puso en el mostrador, delante de ella.

Hacían el amor con la ventana abierta y con el aire frío bañando a raudales sus cuerpos. «¿Qué crees que hacen las estrellas de cine por Navidad?», le preguntaba ella con el dobladillo de la sábana a la altura de la barbilla. «Seguro que comen ternera. O pavos de veinticinco kilos. Seguro que contratan chefs para que les cocinen». Por la ventana, un avión atravesaba el cielo con las luces de aterrizaje brillando y ella lo seguía con la mirada.

En ocasiones era como un río cálido, en otras una cuchilla de metal caliente. A veces cogía uno de los trabajos de

Winkler de la estantería, se recostaba en almohadones y lo hojeaba. «Algoritmos unidimensionales aplicados al manto nival», leía solemne como si pronunciara las palabras de un encantamiento. «C_d igual a coeficiente de fusión en grados-día».

«Deja un calcetín», susurraba él. «Deja el sujetador. Algo que me ayude a pasar la semana». Ella miraba al techo, pensando en sus cosas, y pronto sería la hora de que se marchara: se enfundaría en sus ropas una vez más, se recogería el pelo, se ataría los cordones de las botas.

Cuando se iba, él se inclinaba sobre el colchón e intentaba olerla en la ropa de cama. Su cerebro la proyectaba dentro de sus párpados sin piedad: la disposición de pecas en la frente; la expresividad de sus dedos; la curva de sus hombros. La manera en que la ropa interior se ceñía a su cuerpo, anidando en sus caderas, desapareciendo entre sus piernas.

Cada sábado trabajaba en la caja del autobanco. «Te quiero, Sandy», le escribía él en un impreso para ingresos y lo metía en el tubo neumático que había fuera del banco. «Ahora no», respondía ella, y le devolvía la cápsula.

«Pero es verdad», escribía él en letra más grande. «Ahora mismo TE QUIERO».

La veía arrugar la nota, escribir una nueva, cerrar la cápsula y echarla por la abertura. Se la llevaba al coche y le quitaba la tapa después de ponérsela en el regazo. Ella había escrito: «¿Cuánto?».

¿Cuánto, cuánto, cuánto? Una gota de agua contiene 10^{20} moléculas, cada una agitada y nerviosa, uniéndose y separándose de sus vecinas, cambiando de pareja millones de veces por segundo. El agua de cualquier cuerpo está desesperada por encontrar más, por adherirse a más de sí misma, por aferrarse a la mano que la sujeta; por encontrar nubes, océanos; por chillar desde la espita de un hervidor.

—Quiero ser agente de policía —susurraba ella—. Quiero pasarme el día conduciendo uno de esos sedanes y hablar en código por radio. ¡O podría ser médico! Podría ir a la facultad de medicina en California y convertirme en pediatra. No tendría que hacer nada especial, salvamentos espectaculares o cosas por el estilo, solo cosas pequeñas, quizá analizar sangre en busca de enfermedades y virus o algo así, pero hacerlo muy bien, ser el médico del que se fían todos los padres. «La sangre de la pequeña Alice tiene que analizarla la doctora Sandy», dirían.

Se reía; dibujaba círculos con un mechón de pelo. En el cine, Winkler tenía que sentarse encima de las manos para evitar tocarla.

—O no —decía—. No. Quiero ser piloto de rescate. Podría abrir una libreta de ahorros como esas que lleva Herman y ahorrar lo bastante para comprarme un avión de segunda mano, un buen biplaza. Daría clases. Miraría el motor y sabría cómo se llama cada pieza, las válvulas y los interruptores y todo lo demás, y podría decir: «Este avión ha volado mucho, pero está en buena forma».

Le aleteaban los párpados, luego se le relajaban. Al otro lado de la ciudad, su marido estaba acuclillado junto a la red mirando cómo un disco cruzaba la línea azul.

—O —decía— escultura. Sí, eso es. Podría ser escultora de metal. Podría hacer una de esas cosas enormes y extrañas de hierro que ponen delante de los edificios de oficinas para que se oxiden. Esas en las que se posan los pájaros y que la gente mira y dice: «¿Qué se supone que es?».

—Podrías —decía Winkler.

—Podría.

Ahora cada noche —era enero y a las cuatro ya había oscurecido— se ponía su enorme anorak, se ajustaba bien la capucha y conducía hasta su casa. Comenzaba por el final de la manzana y luego retrocedía, los setos discurriendo a su izquierda, los coches aparcados junto a la acera con los capós entreabiertos para poder enchufar las alargaderas de las mangueras de anticongelante, aminorando la marcha hasta que el Newport se detenía junto al camino de entrada de su casa.

Cada noche a las nueve y media las luces de la casa empezaban a apagarse: primero las ventanas del extremo derecho, luego la habitación contigua a estas, después, a las diez en punto, la lámpara detrás de las cortinas de la izquierda. La imaginaba cruzando las habitaciones oscuras, recorriendo el pasillo, pasando junto al cuarto de baño hasta llegar a lo que debía de ser su dormitorio, donde se metía en la cama con *él*. Al final, solo la luz alta del jardín trasero seguía brillando y el blanco se teñía de azul, todos los coches aparcados extrayendo energía de las casas a su alrededor, los interruptores encendiéndose y apagándose, y sobre el vecindario el aire se volvía tan frío que parecía destellar y flexionarse —como si se estuviera solidificando— y Winkler tenía la sensación de que alguien desde arriba podía hacerlo todo añicos con un solo gesto.

Para apoyar el pie en el acelerador necesitaba hacer un gran esfuerzo. Conducía hasta el final de la manzana, encendía la calefacción y atravesaba la oscuridad helada de la ciudad.

—No es que sea horrible ni nada de eso —susurró Sandy una vez, en mitad de *La fuga de Logan*—. Lo que quiero decir es que es majo. Es bueno. Me quiere. Puedo hacer prácticamente lo que me dé la gana. Lo que pasa es que a veces miro en los armarios de la cocina o veo sus trajes en el ropero y pienso: ¿Esto es todo?

Winkler pestañeó. Era lo más largo que había dicho nunca durante una película.

—El problema es que me siento como si me hubieran dado la vuelta. Como si tuviera unos percebes gigantes en los brazos. Mira —se cogió el antebrazo y lo levantó—. Casi no puedo levantarlos de cómo pesan. En cambio otras veces me siento tan ligera como si estuviera a punto de flotar hasta el techo y quedarme atrapada ahí igual que un globo.

La oscuridad de la sala los envolvía. En la pantalla, un robot enseñaba orgulloso a personas atrapadas dentro del hielo. En el techo, las bombillitas que se suponía eran estrellas ardían en sus pequeños nichos.

—A veces me alegro por las chicas más jóvenes del trabajo —susurró Sandy—, cuando encuentran el amor después de dar muchos tumbos, cuando encuentran a su hombre y se ponen a hablar de bodas durante el descanso, luego de bebés, y las veo fuera fumando y mirando el tráfico y sé que seguramente no son felices al cien por cien. No felices del todo. Tal vez un setenta por ciento. Pero lo están viviendo. No se rinden. He estado sintiendo todo demasiado. No sé. ¿Se pueden sentir demasiado las cosas, David?

—Sí.

—No debería contarte estas cosas. No debería contarte nada.

La película había llegado a una secuencia de persecución y los colores cambiantes de una ciudad en llamas proyectaban una luz estroboscópica en las gafas de Sandy, que cerró los ojos.

—El caso es —susurró— que Herman no tiene espermatozoides. Hace unos años fuimos a que le hicieran pruebas. No tiene ninguno. O casi ninguno; por lo menos no de los buenos. Cuando llamaron, me dieron a mí los resultados. Nunca se lo conté. Le dije que habían dicho que todo estaba bien. Rompí la carta y me llevé los trocitos al trabajo y los escondí en el fondo de la papelera del baño de chicas.

En la pantalla, Logan bajaba embalado por una calle llena de gente. Trajes en el armario, pensó Winkler. ¿El tipo con la marca de nacimiento en el cuello?

En sus recuerdos podía atravesar meses en un segundo. Se imaginaba a Herman acuclillado como un cangrejo en el hielo, defendiendo la red, dándose golpes con las manos enguantadas en las enormes espinilleras mientras sus compañeros de equipo daban vueltas alrededor de la pista. Imaginaba a Sandy inclinada sobre él, las puntas del pelo acariciándole la cara. Estaba a la puerta de su casa en la calle Marilyn y, sobre la ciudad, serpentinas de auroras —rojas, malvas y verdes— se deslizaban igual que almas hacia el firmamento.

Ahora un suave granizo —nieve granulada— caía de las nubes. Abrió todas las ventanas, apagó la estufa y lo dejó entrar, colarse oblicuo por los marcos, las bolas diminutas girando y formando remolinos en la alfombra.

Hacia mediados de marzo Sandy estaba tumbada a su lado en la oscuridad y una vela solitaria ardía en el antepecho de la ventana. Fuera, un barrendero arrojaba los restos congelados de un cubo de la basura a las fauces de su camión y Winkler y Sandy lo oyeron repiquetear y comprimir y luego cómo el estruendo se desvanecía a medida que el camión se alejaba calle abajo. Eran cerca de las cinco y en toda la ciudad la gente terminaba su jornada de trabajo, los mensajeros entregaban sus últimos sobres, los contables pagaban una factura más, los empleados del banco sellaban las cámaras acorazadas. Los cerrojos se encontraban con sus ranuras.

—¿No te dan a veces ganas de irte? —susurró Sandy—. ¿De irte sin más?

Winkler asintió. Sin las gafas y tan cerca de su cara, los ojos de Sandy parecían atrapados, más parecidos al aspecto que tenía en el supermercado, de pie delante de un expositor giratorio de revistas, pero temblando por dentro; con su cuerpo entero, sus billones de células, estremeciéndose de manera invisible, amenazando con deshacerla. La había soñado. ¿No lo habría soñado ella también a él?

—Tendría que contarte una cosa —dijo— sobre el día en que nos conocimos en el supermercado.

Sandy se tumbó de espaldas. En cinco minutos, seis quizá, se iría y Winkler se dijo que estaría atento a cada segundo que pasara, al pulso en su antebrazo, a la presión de su rodilla contra su muslo. A los mil poros del perfil de su nariz. En la frágil luz adivinaba sus botas en la alfombra gastada, cerca de sus ropas dobladas con primor. Se lo contaría. Se lo contaría ahora. Te soñé, le diría. A veces tengo sueños así.

—Estoy embarazada —dijo Sandy.

La llama de la vela en el antepecho se dobló y enderezó.

—David, ¿me has oído?

Lo estaba mirado.

—Embarazada —dijo.

Pero al principio solo era una palabra.

7

Aparcó el Newport en una de las ventanillas del autobanco y sacó un impreso de ingreso en metálico de la ranura.

«¿Te puedes escapar?».

«No».

«¿Aunque sea una hora?».

La adivinaba apenas a través de la ventanilla, con un jersey de cuello amplio, la cabeza gacha, escribiendo. El tubo neumático repiqueteaba y aullaba.

«No es el momento, David. Por favor. El miércoles».

Entre ellos había más de cuatro metros de espacio congelado, limitado por las ventanillas de ambos, pero era como si los cristales se hubieran licuado, o el aire, y el campo visual de Winkler se deformaba y arrugaba y tuvo que hacer un esfuerzo por meter la marcha en el Newport y avanzar para dejar sitio al siguiente coche.

No podía trabajar, no podía dormir, no podía dejarla tranquila. Iba a su casa cada noche, patrullaba la calle Marilyn arriba y abajo, arriba y abajo, hasta que una medianoche un vecino salió con una pala quitanieves, le paró y le preguntó si buscaba algo.

En el jardín trasero de Sandy tiritó una farola de luz azul. El Chrysler arrancó despacio, con renuencia, como si tampoco él soportara la idea de dejarla.

Cada vez que sonaba el teléfono en el trabajo le corría adrenalina por las venas.

—Winkler —dijo el supervisor enseñando un fajo de teletipos con partes meteorológicos—. Esto está fatal. Solo en la serie de hoy debe de haber cerca de cincuenta errores. —Lo miró de arriba abajo—: ¿Estás enfermo o algo?

¡Sí!, quiso gritar. ¡Sí! ¡Muy enfermo! A la hora de comer fue andando al First Federal, pero Sandy no estaba en su sitio. La cajera del puesto de la derecha estudió a Winkler con la cabeza ladeada, como si estuviera evaluando la legitimidad de su preocupación, y por fin dijo que Sandy se encontraba en casa con gripe y que si no podía atenderle ella.

El empleado con la marca de nacimiento estaba al teléfono. El de pelo gris estaba hablando con un hombre y una mujer inclinado hacia delante en su silla.

—No —dijo Winkler. De camino a la salida escudriñó las placas identificativas en las mesas, pero ni siquiera con las gafas puestas consiguió leer ni un nombre ni un cargo. Nada.

Ella le abrió la puerta con un pijama de franela lleno de osos polares en trineo. Verla descalza en el umbral de su casa le despertó un zumbido por todo el pecho.

—¿Qué haces aquí?

—Me han dicho que estabas mala.

—¿Cómo sabías dónde vivo?

Winkler miró al otro lado de la calle, donde las otras casas estaban cerradas a cal y canto para protegerse del frío. El calor que se escapaba del pasillo empañaba el aire.

—Sandy...

—¿Has venido andando?

—¿Estás bien?

Ella seguía en la puerta, parpadeando. Winkler se dio cuenta de que no iba a invitarlo a entrar.

—He vomitado —dijo Sandy—, pero me encuentro perfectamente.

—Te veo pálida.

—Sí, bueno. Y yo a ti. Respira, David. Toma aire.

Se le estaban poniendo los pies blancos del frío. Winkler quiso arrodillarse y cogérselos entre las manos.

—¿Cómo va a funcionar esto, Sandy? ¿Qué vamos a hacer?

—No lo sé. ¿Qué se supone que tenemos que hacer?

—Podríamos irnos a algún sitio. Cualquiera. Podríamos ir a California, como dijiste. Podríamos ir a México. Podrías ser lo que quisieras.

Sandy siguió con la mirada un Oldsmobile que circulaba despacio por la calle haciendo chirriar la nieve bajo los neumáticos.

—Ahora no, David. —Sandy negó con la cabeza—. No en la puerta de mi casa.

Terminó marzo. Terminó la liguilla de hockey. Sandy accedió a quedar a tomar un café. Una vez en el café, volvía periódicamente la cabeza para mirar por la ventana y comprobar que había dado esquinazo a un perseguidor. Winkler le sacudió la nieve del abrigo: dendritas estelares. Nieve de cuento.

—No has ido al banco.

Sandy se encogió de hombros. Un reguero de agua de deshielo le bajaba por uno de los cristales de las gafas. La camarera les sirvió café y siguieron sentados frente a las tazas sin que Sandy hablara.

—Yo crecí aquí, al otro lado de la calle —dijo Winkler—. Desde el tejado, cuando estaba muy despejado, se veían la mitad de los picos de la cordillera de Alaska. Se distinguía cada glaciar del McKinley. A veces subía solo a mirarla, toda aquella nieve intacta. Toda esa luz.

Sandy miró de nuevo hacia la ventana y Winkler no supo si le estaba escuchando. Le pareció extraño que tuviera prácticamente el aspecto de siempre, que la cintura pareciera encajarle sin problema en los vaqueros, que los vasos sanguíneos de las mejillas continuaran dilatándose y llenándose de color, y, sin embargo, en su interior algo que habían creado se había implantado en la pared del útero y quizá ahora tuviera el tamaño de una uva, o de un pulgar, y estuviera dividiendo sus células como loco, chupándole todo lo que necesitaba.

—Lo que de verdad me gusta es la nieve —continuó—. Mirarla. Subía a la azotea con mi madre a coger nieve y la estudiábamos con lupas. —Sandy siguió sin levantar la vista. La nieve golpeaba la ventana del café—. Nunca he estado con nadie, ¿sabes? Ni siquiera tengo amigos, no de verdad.

—Lo sé, David.

—Prácticamente ni he salido de Anchorage.

Sandy asintió y rodeó su taza con las dos manos.

—La semana pasada estuve buscando trabajo —dijo él—. Por todo el país.

Ella habló a su café.

—¿Y si no hubiera estado en esa tienda de alimentación? ¿Y si hubiera decidido ir dos horas antes? ¿O dos minutos?

—Podemos marcharnos, Sandy.

—David —le chirriaron las botas debajo de la mesa—, tengo treinta y cuatro años. Llevo casada quince años y medio.

Las campanillas que había en el pomo de la puerta tintinearon y entraron dos hombres que se sacudieron la nieve de los zapatos. A Winkler empezaban a dolerle los globos oculares. Quince años y medio era algo incontestable, un continente que no visitaría nunca, una escalera que no subiría jamás.

—El supermercado —dijo—. Nos conocimos en el supermercado.

Ella dejó de presentarse en el banco. No cogía el teléfono en casa. Él marcaba su número a todas horas y por las noches contestaba Herman Sheeler con un «¿Sí?» entusiasta y medio gritado y Winkler, al otro lado de la ciudad, acobardado en su apartamento, colgaba con suavidad.

Patrullaba la calle Marilyn. De la bahía soplaba un viento frío y salobre.

Lluvia y más lluvia. Durante todo el día la nieve del suelo se derretía y durante toda la noche se helaba. El viento se rompía, se solidificaba y se volvía a romper. En las colinas, los alces se desperezaban, y los zorros, y los osos. Los brotes de helecho asomaban la nariz. Los pájaros llegaban en tropel de sus praderas meridionales. Winkler yacía despierto en su pequeña cama después de medianoche y ardía.

En una tienda de equipos de soldadura compró un kit de principiante: un soplete eléctrico Clarke; un cepillo metálico; un martillo, guantes de soldar, mandil y casco; bobinas de cable de acero, aluminio y cobre; fundentes en tubitos; electrodos; conectores de orejeta. El dependiente lo metió todo en una caja de embalar televisores y el mediodía de un martes Winkler condujo hasta casa de Sandy, aparcó en el camino de entrada, cargó con la caja en sus brazos, caminó hasta la puerta y llamó con la aldaba.

Llamó tres veces, cuatro. Esperó. Tal vez Herman la había metido en un avión a Phoenix o Vancouver con instrucciones de no volver. Tal vez estaba en ese instante al otro lado de la ciudad abortando. Winkler tembló. Se arrodilló en el porche y empujó la ranura del correo.

—¡Sandy! —llamó y esperó—. ¡Te quiero, Sandy! ¡Te quiero!

Subió al Newport, condujo en dirección sur, rodeó los lagos de la ciudad: Connors y DeLong, Sand, Jewel y Campbell. Cuarenta minutos más tarde se detuvo en Marilyn, pasada su casa, y la caja había desaparecido del porche.

Baltimore, Honolulu y Salt Lake City dijeron no, pero Cleveland dijo sí, hicieron una oferta: meteorólogo en plantilla de una cadena de televisión, sueldo, incentivos, un complemento para la mudanza.

Condujo hasta casa de Sandy, aparcó en el camino de entrada y esperó un minuto a que el corazón se le tranquilizara. Era sábado. Herman abrió la puerta. Era el de pelo gris, el que llevaba siempre un llavero sujeto a una trabilla del pantalón. Pelo gris a los treinta y cinco años.

—¿Sí? —dijo Herman como si estuviera contestando al teléfono. Detrás de él Winkler solo veía el pasillo, forrado de madera de arce, con una acuarela con marco dorado de una trucha al fondo—. ¿Qué quería?

Winkler se ajustó las gafas. Lo tuvo claro en medio segundo: Herman no sospechaba nada.

—Busco a Sandy Sheeler —respondió—. La artista del metal.

Herman parpadeó, frunció el ceño y dijo:

—¿A mi mujer? —Se volvió hacia el interior de la casa y llamó—. ¡Sandy!

Esta llegó al recibidor secándose las manos con una toalla. Se le puso la cara blanca.

—Está buscando a una artista del metal —dijo Herman— que se llama como tú.

Winkler le habló solo a Sandy.

—Quería que me hicieras algo en el coche. Lo que quieras. Que lo hagas —hizo un gesto en dirección al Chrysler y todos lo miraron— más emocionante.

Herman entrelazó las manos detrás de la cabeza. En la mandíbula tenía cicatrices de acné.

—Me parece que se ha confundido de casa.

Winkler retrocedió un paso. Le temblaban tanto las manos que se las puso detrás de la espalda. No sabía si sería capaz de decir nada más y se sintió abrumado de alivio cuando Sandy dio un paso adelante.

—Vale —dijo asintiendo. Sacudió la toalla, la dobló y se la echó al hombro—. Mételo en el garaje. ¿Puedo hacer lo que quiera?

—Mientras arranque.

Herman miró por encima de la cabeza de Sandy y, a continuación, a ella.

—¿De qué habláis? ¿Qué pasa aquí?

A Winkler le temblaron las manos detrás de la espalda.

—Las llaves están dentro. Vuelvo en ¿una semana, por ejemplo?

—Claro —dijo ella todavía con la vista fija en el Newport—. Una semana.

Una semana. Fue a la calle Marilyn una vez más: hacia la medianoche cruzó sigiloso el jardín embarrado y escudriñó por la ventana del garaje. Por entre telarañas adivinó la silueta de su coche, acurrucado entre cajas en las sombras. No parecía cambiado en absoluto.

¿Qué había esperado ver? ¿Elaboradas esculturas soldadas al techo? ¿Alas y propulsores? ¿Una lluvia de chispas llameando en el visor rectangular de la máscara de soldar? Soñaba con Sandy dormida en su cama, con el pequeño embrión despierto en su interior, volviéndose y retorciéndose, como confeti. Soñaba con un soplete parpadeando en la medianoche, una juntura naranja brillante, latón y plomo transformados en luz y calor. Se despertaba; decía su nombre al techo. Era como si pudiera sentirla al otro lado de la ciudad, su fuerza gravitatoria, la sangre dentro de él inclinándose hacia ella.

En su mapa de carreteras, Ohio tenía forma de cuchara de pala, de hoja, de tarjeta de San Valentín irregular. El punto negro de Cleveland en el rincón noreste era como una quemadura de cigarrillo. ¿No había soñado con ella en el supermercado? ¿No había presentido todo aquello?

Seis días después de ir a su casa, Sandy le telefoneó y susurró:

—Ven tarde. Ve al garaje.

—Sandy —dijo él, pero ya había colgado.

Cerró la cuenta de ahorros —cuatro mil dólares y pico— y metió todo lo que podía llevar —libros, ropa, su barómetro— en una bolsa de viaje que había heredado de su abuelo. Un taxi lo dejó al final de la manzana.

Deslizó hacia arriba la puerta del garaje por sus raíles. Sandy ya estaba en el asiento del pasajero. Una maleta, con laterales de tela escocesa, esperaba en el asiento de atrás. Junto a ella estaba la caja de televisor llena de herramientas para soldar: la linterna aún en su envoltorio, las cajas de clavos sin abrir. Winkler metió su bolsa en el maletero.

—Está dormido —dijo Sandy cuando Winkler abrió la puerta del conductor.

Metió punto muerto y empujó el coche por el camino de entrada y hasta la mitad de la calle Marilyn antes de subirse y arrancar. El ruido del motor fue grande y ensordecedor.

Se olvidaron de cerrar la puerta del garaje.

—La calefacción —fue todo lo que dijo ella.

En diez minutos habían dejado atrás el aeropuerto y estaban en la autopista Seward, las luces de la ciudad ya a su espalda. Sandy se recostó contra la puerta. Al otro lado del parabrisas, las estrellas eran tantas y tan blancas que parecían trocitos de hielo incrustados en el tejido de la noche.

8

Las confluencias de una vida: Winkler en un avión, a los cincuenta y nueve años, con San Vicente retrocediendo a su espalda; Winkler hundido en el agua hasta la cintura, con la barbilla en la borda de una lancha de remos, y hombres quitándole a su hija ahogada de los brazos; y Winkler de nuevo a los treinta y tres, conduciendo a gran velocidad hacia Cleveland con la mujer de otro. Así es como se miden, quizá, las vidas, por una serie de abandonos que confiamos, contra toda esperanza, en poder llegar a aceptar algún día.

Vastas extensiones de país reflejadas en el enorme capó: las montañas Coast, los campos de lava de las montañas de Hazelton, los graneros azul acero de Alberta. A cada hora veía cosas nuevas, se limpiaba las gafas: Saskatoon, Winnipeg. Un asombro ante el tamaño del continente creció en el pecho de Winkler; ahí estaba el agua de sus células, moviéndose por fin, alternando de un estado a otro. No podía resistirse a señalar casi todo por lo que pasaron: un camión que coleaba, el letrero torcido de un granero, un tractor cabeceando como un bote salvavidas en los surcos de un campo de cultivo.

Sandy apenas hablaba. Tenía la cara pálida y tuvieron que parar varias veces para que pudiera ir al baño. En las comidas pedía cereales solos o nada.

Cuando llevaban tres días de viaje Winkler reunió valor para decir:

—¿Le dejaste una nota?

Estaban en Minnesota, o quizá Illinois. Un ciervo muerto en la carretera, arrastrado hasta el arcén, centelleó un instante bajo la luz de los faros en una instantánea sangrienta y desapareció.

Esperó. Tal vez se había dormido.

—Se lo conté —dijo Sandy por fin—. Le dije que estaba embarazada, que el hijo no era suyo y que me iba. Pensó que estaba de broma. Me dijo: «¿Te encuentras bien, Sandy?».

Winkler mantuvo las manos en el volante. La raya del centro de la carretera volaba debajo de ellos; los faros proyectaban su cono de luz carretera adelante.

Por fin: noreste de Ohio, una retícula de ladrillo y acero acurrucada contra el lago Erie. Fuegos de fundición ardiendo en acerías. Gigantescos agentes de policía de aspecto eslavo acechaban las calles con uniformes almidonados. Un viento arrojaba partículas de cellisca a lo largo de las calles.

Se alojaron en un hotel de la parte este, miraron casas: University Heights, Orange, Solon. Sandy recorría de puntillas las habitaciones, pasaba el dedo por la superficie de encimeras, sin interesarse por nada. En una hondonada encontraron un vecindario llamado Shadow Hill, el río Chagrin fluía en paralelo a una calle sin salida, uno de sus afluentes discurría junto a la carretera por una acequia. Encima de la calle, a ambos lados, las paredes del barranco se alzaban como bermas de una zanja.

La casa estaba construida siguiendo un patrón y las de todos los vecinos eran idénticas. Dos plantas, dos dormitorios arriba, un sótano sin terminar. Una pareja de árboles jóvenes y lúgubres en macetas flanqueaban los escalones de entrada. Fijada a la puerta había una aldaba de latón con forma de ganso.

—Su paraíso particular —dijo el agente inmobiliario haciendo un gesto con el brazo que abarcaba las colinas, los árboles, la ancha franja de nubes que giraban en el cielo.

—Paraíso —dijo Sandy con una voz que parecía venir de muy lejos.

—Nos la quedamos —dijo Winkler.

Su trabajo no tenía gran complicación: pasaba horas leyendo los datos del servicio meteorológico, se estudiaba la información del radar de la cadena y compilaba partes del tiempo. Algunos días lo enviaban hasta las tormentas para que hablara delante de la cámara: se aferraba a un paraguas dado la vuelta y gritaba desde debajo de la capucha del impermeable; pasó tres horas en la cabina del comentarista sobre el estadio municipal prediciendo el tiempo que haría durante el partido.

Sandy se quedaba en casa. Apenas tenían muebles, el comedor estaba vacío, en la cocina no había más que una mesa de patas plegables rodeada de taburetes. Winkler compró un televisor y lo apoyaron en dos cartones de leche, y Sandy pasaba horas tumbada delante de él, viendo lo que pusieran con la frente arrugada, como si le costara entender-lo. En el sótano, su caja de útiles para soldar esperaba intacta. Cada pocos días vomitaba en el fregadero de la cocina.

A las cuatro de la mañana se despertaba hambrienta y Winkler hacía una excursión al piso de abajo y se desplazaba a tientas por la cocina a oscuras para servirle un cuenco de Apple Jacks con media taza de leche entera. Se lo comía con la cabeza apoyada en las almohadas, su cuerpo enjuto y tibio.

—Dime que nadie nos encontrará aquí, David —susurraba—. Dímelo ahora mismo, que nadie en el mundo sabe dónde estamos.

La veía masticar; la veía tragar. En casi todos los sentidos seguían siendo dos desconocidos, intentando aprenderse mutuamente.

—Eres sonámbulo —le dijo una vez levantando la cabeza de la almohada.

—Qué va.

—Sí. Anoche te encontré en la cocina de pie delante de la ventana. Te dije: «David, ¿qué haces?», pero no contestaste. Luego volviste aquí, te pusiste los calcetines, te los quitaste y te metiste otra vez en la cama.

Pero era Sandy, pensaba Winkler, la que se despertaba y desaparecía de la cama varias veces por la noche, caminaba por la casa o bajaba al sótano y, aunque culpaba al embarazo por no poder dormir, Winkler suponía que se debía a Herman. Se negaba a contestar al teléfono y al timbre; jamás cogía el correo. Al anochecer se le iban los ojos a las ventanas. Como si de entre las sombras crecientes, en cualquier momento, Herman pudiera trepar al porche con furia vengadora.

—Mi olla de cocción lenta —decía mirando fijamente un armario—. Me la he dejado.

—Compraremos una nueva, Sandy.

Lo miró, pero no contestó.

Con el tiempo recobró color y energía. Fregó los lavabos, limpió el sótano. Una noche Winkler volvió a casa y encontró platos nuevos en los armarios.

—¿De dónde los has sacado?

—De Higbee's.

—¿De Higbee's? Eso está a treinta kilómetros de aquí.

—He hecho autoestop.

Se quedó mirándola. Sandy se encogió de hombros. Aquella noche le sirvió lasaña, lo primero que había cocinado desde que se mudaron.

—Está buenísima —dijo él.

—Cásate conmigo —dijo ella.

Dijo que sí. Por supuesto. Por el pecho le subían escalofríos de felicidad. No podía apartar su imaginación del futuro: el niño, las mil recompensas y castigos que imaginaba que traería consigo la paternidad. Habría los preparativos de costumbre: pintar el dormitorio de arriba, comprar una cuna. Las preguntas eran obvias: «¿Te vas a divorciar de Herman? ¿No estarás técnicamente casada con dos hombres?», pero Sandy estaba fregando los platos, o mirando el televisor, y a Winkler le daba miedo preguntar.

Empezó a soldar en el sótano, a desguazar trozos de metal de la propia casa: la tapa de la estufa, el frontal de un armario de cocina. Los fines de semana Winkler la llevaba en coche a mercadillos en casas particulares en busca de todo lo que fuera metálico: el capó de un Ford Farlaine; doce metros de cable de cobre; una rueda de timón hecha de latón. De noche la oía hacer ruido abajo, el estrépito del martillo de aluminio, el siseo y chisporroteo del soplete y un olor creciente a metal chamuscado; era como vivir en una fundición. Y por la noche se metía en la cama, sudorosa y con los ojos muy abiertos, todo el cuerpo caliente, después de colgar el mono de trabajo de la puerta del armario. Separaba las piernas encima del edredón.

—Dice la televisión que el volumen sanguíneo de una embarazada aumenta un cincuenta por ciento —afirmó—. El mismo cuerpo, un cincuenta por ciento más de sangre.

—¿Estás teniendo cuidado? —susurraba él—. ¿Sabes lo que estás haciendo?

Ella asentía; él sentía el calor que irradiaba su cuerpo.

Los casó un juez indio de un metro ochenta. Media docena de empleados del Canal 3 les lanzaron arroz a la salida. Para la luna de miel —insistió en que tuvieran una—, Sandy llenó el comedor vacío de plantas de interior que compró en un mercadillo de mudanza: un ficus, un filodendro, una docena de helechos colgantes. Winkler se cogió cuatro días libres y cada noche se acostaron allí sobre una manta en el centro del suelo, rodeados de plantas.

—Estamos en la selva —susurraba Sandy—. Estamos en una balsa en el Amazonas.

Cuando hacían el amor, ella lloraba. Cada mañana Winkler le servía huevos, revueltos y troceados, y un cuenco de Apple Jacks con media taza de leche. En su interior, el feto ya tenía ojos, cuatro cavidades en el corazón, descargas neuroeléctricas recorriendo su espina dorsal.

Cuando llegó julio, Sandy pasaba cinco o seis horas seguidas en su taller del sótano. Había escogido un proyecto, dijo, un «Árbol del Paraíso», que Winkler vio una mañana a hurtadillas: un único poste de casi tres metros de altura, parcialmente oxidado, con esbozos de formas fundidos con él: trozos de perchas de ropa y muelles estirados hacían las veces de ramas; remates de lámparas y pedazos de metal, de hojas.

Para Winkler, cada hora era otra hora entre Cleveland y Anchorage, entre quienes estaban llegando a ser y quienes habían sido. Aquel verano fue el primer clima verdaderamente caluroso que experimentó; paseó por la orilla del río mirando a los pescadores, aspirando el aroma de la tierra tibia, sintiendo la humedad envolver su cuerpo como una red. Una pareja de patos atravesaba tímida un remolino. La corriente arrastraba una bolsa de plástico.

Ohio, decidió, estaba menos expuesto a las vulnerabilidades cotidianas. El aire no era tan cortante, y la amenaza del invierno no se cernía siempre en el horizonte; no había prospectores ni andrajosos perforadores petroleros hablando entre dientes en los supermercados. La vida allí era cuerda, predecible, explicable. Los jardines traseros tenían vallas; el vecindario tenía acuerdos. Cada noche, con el cuerpo floreciente y cálido de Sandy sudando a su lado, se descubría sumiéndose en un sueño suave y tranquilo. Si soñaba con cosas futuras, no se acordaba de ellas al despertar. Había días en que casi podía simular que nunca había tenido sueños así, que sus noches siempre habían sido como las de los demás, que no había nada que Sandy necesitara saber sobre él.

Cada mañana, cuando salía para ir al Canal 3, se paraba en la puerta y miraba por encima del tejado hacia la pendiente del barranco. La luz parecía traer consigo una claridad punzante: los bordes de las nubes, las hojas iluminadas, sombras tempranas jugando bajo los árboles... Ohio rebosaba de pequeños milagros. Allí algunas mañanas imaginaba ser capaz de ver la arquitectura del planeta entero, como una enorme retícula que subyacía a todo, perfectamente obvia. El código del universo, una matriz de luz.

Nunca, pensaba, he visto las cosas tan claras.

Un petirrojo daba saltitos entre las briznas de hierba buscando gusanos. El bosque junto al río zumbaba con insectos cantarines. En la parte de atrás de los ojos de Winkler se formaron lágrimas.

Pronto Sandy bajaría al sótano, el niño en su interior despertando de sus propios sueños fetales, los huesos de sus oídos endureciéndose, sus ojos entornados escudriñando la ardiente oscuridad.

9

Winkler recordaba a su madre como una mujer de palidez suprema, con manos que parecían haber sido sumergidas en leche y pelo de un plateado cremoso. Incluso sus ojos eran casi de color blanco puro, los iris pálidos, la esclerótica carente de capilares visibles, como si les hubieran lavado el color. Eso o tenía una sangre transparente.

Había vivido sus trece primeros años en Finlandia antes de llegar al Nuevo Mundo con un abuelo que no tardó en morir de neumonía. Trabajó quitando aletas de salmón en una planta flotante de procesado de pescado, después fue camarera en el Lido's Café, luego lavó sábanas en el Engineering Commission Hospital; se pagó los estudios de enfermería, se unió a la liga sindical de mujeres, se casó con el lechero. En 1941 se mudaron al almacén de un peletero arruinado reconvertido en apartamentos, un pisito en la cuarta planta bendecido con tres ventanales que daban a la farmacia al otro lado de la calle, la playa de vías de la estación y, a continuación, el río Ship. Durante toda la Segunda Guerra Mundial por los ventanales se vieron cazas P-36 que bajaban en diagonal de izquierda a derecha y desaparecían detrás de Government Hill para después aterrizar en la base aérea de Elmendorf. Y cada verano, a partir de entonces, aquellas ventanas zumbaron con el plácido ronroneo de automóviles de dos y cuatro plazas, cazadores y exploradores, entrando y saliendo de los bosques. Hombres que buscaban oro, petróleo, vida salvaje. La madre viviría en ese apartamento el resto de sus días.

Las habitaciones persistían en la memoria de Winkler con la claridad de siempre: los techos de amplias vigas, el olor a pieles aún flotando en los rincones, como si zorros y marmotas invisibles se desplazaran en silencio entre sus paredes. Su dormitorio era un armario de abrigos con una puerta que se abría hacia dentro; cada mañana tenía que doblar el colchón para salir. Allí dentro, decidió una noche, olía a caribús, e imaginaba sus fantasmas olisqueando la sala de estar, husmeando en la despensa.

A su madre le encantaba aquel edificio, sus corrientes de aire y sus ventanas de grandes cristales, la forma en que los suelos, por mucho que los restregaras, olían siempre a tanino. Caminaba descalza por los fríos tablones y descorría las cortinas y le enseñaba a David cómo, si arañaban sus nombres en los cristales con un alfiler, la escarcha invernal se congelaba alrededor de las letras. En la azotea cogía puñados de nieve, se los metía en la boca y emitía juicios sobre su calidad: dulce o pura, granulosa o aterciopelada. «Donde yo nací», decía, «hay una nieve que mi abuelo llamaba *santa lunta*. Llegaba de noche una vez al año, siempre cerca de la Navidad. Mi abuelo la metía en cucuruchos de hojalata, le echaba zumo de fruta por encima y la tomábamos de postre. Era como el helado. Solo que mejor.

Su madre, la Reina de los Hielos. Lo único que conservaba de ella era un libro: *Cristales de nieve,* de W. A. Bentley. Dentro había miles de micrografías de copos de nieve cuidadosamente presentadas, cada imagen reproducida en un cuadrado de cinco centímetros, los cristales blancos contra un fondo negro, dispuestos en retícula, cuatro por tres, doce por página. Encuadernada en tela, era una edición de 1931 que el abuelo había comprado en un mercadillo benéfico. La madre lo hojeaba con cuidado, con devoción casi, y en ocasiones llamaba a David para preguntarle cuáles eran sus favoritos. Le cogía el dedo y recorría con él los contornos de las figuras que hubiera escondidas dentro: seis cabezas de hipopótamo, seis ojos de dragón, seis minúsculos caballitos de mar de perfil.

A los ocho años, Winkler envolvía una tabla en fieltro negro y subía a la azotea a coger copos de nieve antes de que tocaran el suelo. Los estudiaba con una lupa de juguete que le había venido en una caja de palomitas caramelizadas Cracker Jack. Solo rara vez era capaz de atrapar un cristal individual intacto tras su viaje desde las nubes, y entonces se sentaba con un lápiz y una libreta húmeda y trataba de abocetarlo antes de que se derritiera: las corolas, los intersticios, las facetas caleidoscópicas. Cuando acumulaba unos veinte dibujos, llevaba las páginas mojadas abajo, las grapaba y le ofrecía a su madre el librito con gran ceremonia.

—Es precioso, David —decía su madre—. Lo voy a guardar como oro en paño.

Dejaba el cuadernillo encima de *Cristales de nieve,* de Bentley, en el estante debajo de la mesa baja.

En la escuela elemental leyó sobre irrigación, campos de hielo, nubes. Aún recordaba un cartel en la pared de su clase de cuarto año: EL CICLO DEL AGUA; nubes oceánicas acechando una ciudad, enviando lluvia sobre chapiteles y tejados, el agua de lluvia acumulándose en un río, el río embistiendo por el aliviadero de una presa, regresando al mar, un sol sonriente que evaporaba el agua de mar en crestas de vapor de tebeo, el vapor que se condensaba hasta formar nubes.

Cuando llegó al instituto ya empezaba a comprender que el estudio de los fenómenos del agua y su distribución conducía una y otra vez a series de patrones reconfortantes: células de Hadley, aire que circulaba en la troposfera, franjas oscuras de nimboestratos. Estudiar el agua a cualquier escala equivalía a enfrentarse a la repetición ilimitada de pequeños acontecimientos. Estaban las maravillas en miniatura: gotas de lluvia, cristales de nieve, granos de escarcha alineados en el filo de un brizna de hierba; y luego las maravillas tan inmensas que le parecía inconcebible llegar a comprender: viento global, corrientes oceánicas, tormentas que se desataban igual que olas encima de cordilleras enteras. Fascinado, a los diecisiete años compraba por correo carteles de mares, lagos, glaciares en proceso de fragmentación. Recogía gotas de lluvia en platos con harina para estudiar sus formas; reflejaba el tamaño de los cristales de nieve que encontraba en un gráfico de retícula hecho a mano.

Durante su primera semana en la universidad se reunió con un orientador y escogió ciencias de la tierra como asignatura principal. Una unidad de química sobre el ciclo hidrológico que hacía bostezar a los otros estudiantes le pareció el milagro de la simplicidad: condensación, precipitación, infiltración, escorrentía, evapotranspiración... El agua se movía alrededor y a través de nosotros en todo momento; la destilaban nuestras células; flotaba invisible ante nuestros ojos. En teoría, el agua era inagotable, interminable, infini-

tamente reciclada. El hielo del congelador de su madre tenía
millones de años. La esfinge egipcia estaba tallada a partir de
esqueletos compactados de animales marinos.

Pero en los estudios de grado las oportunidades para
estudiar el agua, en particular la nieve, eran limitadas. Los
profesores querían enseñar hidráulica; los estudiantes querían un programa docente con aplicaciones en la ingeniería.
Y, cuando le permitían estudiar la nieve, a menudo era en sus
manifestaciones más rutinarias: predicción de caudales, informes de precipitación; la nieve como recurso, la nieve
como reserva de agua.

En la universidad, Winkler no era popular. En la cabaña del bosque de píceas siempre había fiestas, y las parejas
paseaban del brazo por los senderos encharcados mientras
él vivía en un estado de soledad más o menos permanente.
Transportaba pilas de libros; examinaba gotas del lago Spenard en el microscopio. El agua era un santuario; no solo las
duchas calientes o la condensación en su ventana o la vista
del canal Knik en un día de otoño, sino también leer sobre
ella, coleccionarla en un cuentagotas, congelarla, sublimarla.
Dos átomos de hidrógeno enlazados a uno de oxígeno —siempre— en un ángulo de 104,5 grados. La distancia entre átomos era —siempre— de 0,095718 nanómetros. Cada tres mil
cien años un volumen de agua equivalente a todos los océanos atravesaba la atmósfera. Estos eran hechos definidos por
leyes inviolables: el agua era elástica y adhesiva, conservaba
su temperatura durante más tiempo que el aire y estaba en
perpetuo movimiento.

Pero tenía la sensación, incluso entonces, de que su comprensión real seguiría existiendo más allá del alcance de sus
capacidades. Cuanto más estudiaba la nieve, más perplejo se
sentía. El hielo podía ser impredecible y desconcertante.

Variables imprevistas podían poner en marcha el ciclo hidrológico entero: un frente no sospechado, unido a un suceso
inesperado —una corriente oceánica profunda, una fuerte mi-
crorráfaga—, podía transformar un mediodía despejado y azul
en un diluvio vespertino. Una tormenta de nieve prevista —má-
quinas quitanieves rugiendo en los arcenes de las autopistas,
trabajadores con montículos de sal y palas preparadas junto
a la carretera— no llegaba. La lluvia se abalanzaba contra las
ventanas mientras la radio farfullaba un pronóstico soleado.
Los científicos habían desarrollado modelos complejos, radar,
radiofaro —ahora había satélites flotando encima de la atmósfera, escudriñando—, y aun así seguía siendo prácticamente
imposible calibrar el tamaño y la forma de una gota de lluvia.
Nadie sabía exactamente por qué un cristal de hielo se moles-
taba en tener una geometría tan elaborada; nadie sabía por qué
el agua líquida era capaz de transportar tanto calor; no había
cálculo capaz de explicar cualitativamente la tensión superficial de un simple charco.

El agua era una sustancia salvaje, caprichosa: nada en
ella era sólido ni permanente, nada en ella era lo que parecía.

10

Cuando Winkler tenía nueve años soñó que a un hombre al que no había visto nunca lo cortaría por la mitad un autobús a tres manzanas de donde vivía. En su sueño observaba —paralizado— cómo una sombrerera salía despedida de los brazos del hombre y aterrizaba de canto, abollada. Se caía la tapa; salía un sombrero flexible gris. Se despertó con las manos de su madre en los hombros. Delante de él, la puerta del apartamento estaba entornada y se encontraba sentado en el felpudo de la entrada con los zapatos de ir al colegio a medio poner.

—Gritabas —susurró su madre—. Te he zarandeado. —En el cuarto de baño, mojó una toalla y se la puso en la nuca—. Te he visto. Fuiste a la puerta, la abriste e intentaste ponerte los zapatos. Luego gritaste. —Las manos de su madre temblaban. Lo acompañó a su cama y le llevó té con mucha miel—. Bébetelo todo. ¿Quieres que te deje la luz encendida?

Winkler negó con la cabeza.

Su madre se alejó en la oscuridad. Winkler oyó el grifo murmurar y toser y a su madre poner más agua a hervir y cerrar la puerta de la casa y echar la cadena. Al cabo de un rato su madre se instaló en la butaca de su padre y Winkler fue a verla y se sentó en su regazo. Ella lo abrazó por los hombros y así estuvieron hasta que las ventanas resplandecieron y el sol iluminó las nubes, después el edificio al otro lado de la calle y, por fin, la playa de vías de la estación y el río Ship, más abajo.

Su madre le permitió no ir al colegio, se lo llevó con ella al trabajo, donde estuvo pegando etiquetas en carpetas por cuarenta centavos la hora. Dos días después era sábado y volvían a casa desde Kimball's llevando cajas con comida cuando el aire se volvió abruptamente familiar: un olor como a cangrejo hervido salía del restaurante situado a su espalda; la luz oblicua invernal se proyectó en los ladrillos de la ferretería Kennedy, al otro lado de la calle, de una forma que resultaba inconfundible. Winkler había estado allí; aquellos momentos ya se habían producido.

El hielo, reluciendo en la carretera, despedía destellos en forma de cuñas y láminas. La escena entera tembló y, a continuación, se fundió en un resplandor. Una mujer salió de la tienda seguida de dos niñitas; un taxi verde y blanco emitió un chasquido al pasar por un bache; tres aleutianos con delantales de caucho que cruzaban rompieron a reír. Cada acontecimiento pequeño, simultáneo, se había ralentizado y había adoptado una penosa claridad: a través de sus gafas, Winkler veía cada lunar de uno de los gorros de lana de las niñas; miró la sombra del taxi que pasaba deslizarse negra y precisa sobre el hielo. Su madre se volvió:

—Vamos, David.

Sus palabras se condensaron en el aire. Sus párpados pestañearon una vez, dos. Winkler tenía la sensación de tener los zapatos congelados y pegados a la acera. Un adolescente con una bufanda verde pasó junto a ellos tirando de un trineo de madera, silbando. ¿Es que nadie lo veía? ¿Podía el futuro tender una emboscada a las personas de manera tan absoluta?

Su mirada vagó hasta la puerta giratoria de Koslosky's, al otro lado de la calle. Cada hoja de cristal destelló al atrapar y proyectar la luz. De calle arriba llegó el sonido de un autobús traqueteando. Winkler soltó la caja de la compra, y las patatas que había dentro rodaron y, a continuación, se quedaron quietas.

Su madre le hablaba al oído.

—¿Qué pasa? ¿Qué ves?

—El hombre. El que sale de la tienda.

La madre se acuclilló sobre sus tacones con su caja de la compra encima de las rodillas.

—¿Cuál? ¿El del traje marrón?

—Sí.

Un hombre con traje marrón salía por la puerta giratoria. Con el brazo izquierdo sujetaba una sombrerera. Tenía la cabeza erguida y parecía mirar algún punto justo al otro lado de la calle, a la izquierda de Winkler y su madre.

—¿Qué pasa? ¿Por qué lo miras?

Winkler no dijo nada. Oyó cómo las ruedas del autobús zumbaban encima del hielo.

—¿Qué ves?

El hombre bajó de la acera y empezó a cruzar la calle. Caminaba despacio para no resbalar. Pasó una furgoneta y dejó una efímera nube de vapor y gases de escape en el camino del hombre, pero este no aminoró el paso. Tenía la piel de la garganta pálida y pelo abundante, brillante y peinado con laca. Sus labios eran casi naranjas. El sonido del autobús llegó silbando justo a su derecha.

—Ay, Dios mío —dijo la madre de Winkler y añadió algo en finés.

Se había precipitado hacia delante, ya demasiado tarde, agitando las manos como si pudiera borrar toda la escena. El autobús entró en el campo visual de Winkler, acercándose, pero el hombre del traje marrón siguió avanzando. ¿Cómo podía no ver? El sol proyectó un cuadrado de luz desde la punta de su zapato. La sombrerera se le balanceó en el brazo. La bocina del autobús sonó una vez; se oyó el chirrido espantoso del metal contra el metal, ruido de frenos, un susurro comprimido. El autobús dio un bandazo sobre su eje y empezó a derrapar. El hombre fue alcanzado enseguida. La sombrerera voló; dibujó un arco en el aire, capturó el sol en su vértice y luego cayó en la calle, aterrizando de canto y abollando la caja. De su interior salió un sombrero flexible, gris con una banda negra, que rebotó en la calzada. El autobús siguió derrapando hasta detenerse —casi volcado ya— diez metros más adelante. La madre de Winkler se había arrodillado y había tomado el torso agonizante del hombre en sus brazos. Los puños al final de los brazos del hombre se abrían y se cerraban automáticamente. Un primer hilo de sangre había aparecido bajo una de las fosas nasales, y por fin algo cedió en el pecho del niño y empezó a gritar.

En lo más profundo de aquella medianoche no había más sonido que el tictac de una cañería en algún lugar de las paredes. Su madre estaba a su lado, delante del ventanal del salón. Se había cambiado de ropa, pero aún tenía una mancha de la sangre del hombre en la muñeca, perfectamente redonda y con el contorno dentado, una hoja de sierra en miniatura color marrón. Winkler se sentía incapaz de apartar los ojos de ella. En su cabeza, la sombrerera surcaba el aire una y otra vez, atrapaba una estrella de luz de sol y bajaba, ignorada. El hombre era George DelPrete, comerciante de salmón de Juneau. Durante años el niño guardaría un recorte con su esquela en su plumier.

—¿Cómo lo supiste? —preguntó la madre.

Winkler se echó a llorar y se llevó las manos a la cara para tapar las lágrimas.

—No, no —dijo la madre.

Lo atrajo hacia sí y le acarició el pelo. Las gafas de Winkler chocaron contra su costado. Los ojos de la madre estaban fijos en la ventana. El espacio sobre la ciudad pareció estirarse. La luna descendió un poco. En cualquier momento, algo rasgaría el cielo y lo que fuera que hubiera al otro lado entraría.

En una ocasión, un año antes, Winkler le había dicho a su madre, cuando estaban sentados en la azotea viendo el sol ponerse detrás del río Susitna, que el vaso de té con hielo que tenía en la mano se le escurriría entre los dedos y caería a la calle. No habían pasado ni tres minutos cuando el vaso cayó. Cada pedazo de hielo rodó y lanzó destellos antes de desaparecer, el té se derramó de una rociada, el vaso estalló contra la acera. A la madre le temblaron las manos; corrió escaleras abajo a buscar una escoba.

Aunque quedaba fuera del alcance de su comprensión, tenía las pruebas delante de ella, y lo que faltaba lo llenaba a base de intuición. Dos semanas después de que muriera George DelPrete se sentó al lado de David en la gran mesa de comedor mientras este comía galletas digestivas. Lo miró hasta que hubo terminado. Luego llevó el plato vacío al fregadero.

—Lo soñaste, ¿verdad? —dijo—. Aquella noche. Cuando te levantaste y abriste la puerta con los zapatos a medio calzar.

El color tiñó las mejillas de Winkler como si se ahogara. Su madre se acercó, se arrodilló a su lado, le hizo quitar las manos de los brazos de la silla y lo abrazó.

—No pasa nada —dijo—. No pasa nada.

Desde entonces ella dormía en la habitación principal, con el sofá junto a la puerta del dormitorio de David. Siempre había tenido el sueño ligero y el padre de David no se quejó. Durmió allí durante el resto de su vida, incluso cuando se hizo evidente que David no podía hablar de ello, que le daba demasiado miedo. La madre solo rara vez lo sacaba a relucir: «¿Tienes esos sueños a menudo?» o «¿Has dormido de un tirón?». Una vez dijo: «Me pregunto si podrían cambiarse las cosas. En el tiempo que transcurre entre que las sueñas y suceden», pero, para entonces, después de George DelPrete, los sueños habían dejado de visitar a Winkler, como hacían a menudo, retirándose a algún lugar durante años, hasta que un nuevo acontecimiento lo bastante significativo se aproximaba y, entonces, patrones circunstanciales los sacaban de nuevo a la superficie.

11

Polvo bailando y flotando encima de la cama, diez mil hilos infinitesimales, rojos y azules, como átomos suspendidos. Sacúdelo de las estanterías, bárrelo de los tablones del suelo. Sandy arrastraba láminas de hojalata por el suelo del sótano. Winkler limpiaba la casa, combatía el desorden en todas sus formas, el motor chirriante, el césped sin rastrillar. Todo el caos del mundo acechando detrás de la valla de su jardín trasero, colándose por los agujeros de la madera; el río Chagrin discurriendo veloz al fondo, detrás de los árboles. Límpiate los pies, lava la ropa, paga las facturas. Mira el cielo; ve las noticias. Haz tus partes meteorológicos. Su vida podía haber continuado de esta manera.

En octubre de 1976 Sandy estaba en sus últimas, dilatadas semanas de embarazo. Winkler insistió en que paseara con él por un parque que daba al río. Un viento generoso se manifestaba en los árboles. Las hojas volaban alrededor de ellos: naranjas, verdes, amarillas, cuatro tonos de rojo, el sol iluminando el entramado de venillas en cada una; parecían farolillos de papel navegando en la brisa.

Sandy estaba preguntando por el presentador del programa de la mañana; este siempre tenía dos cigarrillos encendidos debajo de la mesa y no sabía por qué no se veía el humo en la televisión. Caminaba con las manos debajo de su abdomen distendido. Winkler levantaba de vez en cuando la vista a dos hileras gemelas de nubes, *altocumulus undulatus,* que se desplazaban despacio en dirección este. Cuando llegaron a lo alto de una pendiente, aunque se trataba de un lugar en el que nunca había estado, empezó a reconocer cosas en rápida sucesión: la malla esmaltada de una papelera de acero, polígonos de luz rotos proyectándose en los troncos de los árboles, un hombre con un anorak azul subiendo delante de ellos. El viento olía a papel quemado y la sombra de un pájaro cambió de rumbo y revoloteó unos metros delante de ellos tal y como —se dio cuenta Winkler— había sabido que haría.

—Sandy —dijo. Le agarró de la mano—. Ese hombre. Mira a ese hombre.

Señaló al hombre con el anorak. El hombre caminaba con paso enérgico. A su alrededor caían hojas al suelo formando espirales.

—Quiere coger hojas. Va a intentar atrapar hojas.

Un momento después el hombre se volvió y saltó para recoger una hoja, que escapó a su mano extendida. Cayó otra, y otra, y pronto el hombre estaba intentando atrapar hojas y saliéndose del camino con las manos extendidas. Saltó hacia una y la cogió y la sostuvo un momento delante de él, una hoja de arce amarillo brillante, grande como una mano. La levantó como quien alza un trofeo a un público entusiasta, luego se dio la vuelta y siguió subiendo.

Sandy se quedó inmóvil y callada. El viento le retiraba el pelo de la cara y, a continuación, se lo volvía a pegar. Tenía las mejillas encendidas.

—¿Quién es?

—No lo sé. Lo vi en un sueño. Hace dos noches, creo.

—¿Lo viste en un sueño?

Sandy se volvió a mirarlo y se le tensó la piel de la garganta. De pronto, pensó Winkler, se parecía a Herman de pie en la puerta de su casa, mirándolo de arriba abajo.

—No me había acordado hasta ahora, hasta que lo he vuelto a ver.

—¿Qué quieres decir? ¿Cómo que lo has *vuelto a ver*?

Winkler parpadeó detrás de sus gafas. Tomó aire.

—A veces sueño cosas y luego, más tarde, suceden en la vida real. Como contigo, en la tienda de alimentación.

—Ya —dijo Sandy.

—Intenté contártelo. Antes.

Sandy negó con la cabeza. Winkler soltó el aire. Había pensado en continuar, pero algo en la expresión de Sandy se había cerrado y la oportunidad había desaparecido.

Sandy siguió caminando, ahora delante de él. De nuevo entrelazó las manos en la cintura, pero esta vez a Winkler le pareció un gesto protector, de una madre defendiendo a su cría. La cogió por el codo.

—Llévame a casa, por favor —dijo Sandy.

Papá pondrá su pipa nueva a remojo en el fregadero; mamá llegará a casa con manchas de la sangre de un paciente en el uniforme; el tendero me dará dos palitos salados del tarro de encima del mostrador y me guiñará el ojo. Un hombre paseando por el parque intentará atrapar hojas.

¿Quién se lo creería? ¿Quién querría pensar que el tiempo era algo más que progresión incesante, el continuo infinito e indisoluble, la cronología que se aprende en primer curso, una cosa que conduce a la siguiente a la siguiente a la siguiente? Winkler estaba asustado, sí, siempre estaba asustado, su miedo era incurable, pero había también algo en Sandy, esta se negaba a permitir que nada alterara la esfera de su comprensión. Su vida en Cleveland era ya lo bastante frágil. Winkler no volvió a sacar el tema, excepto para preguntarle: «¿Tienes *déjà vus?* Como cuando sientes que lo que te pasa ya te ha pasado antes, en tus recuerdos o en un sueño?». «La verdad es que no», había dicho ella antes de volver la vista hacia el televisor.

Pero la había soñado. La había soñado sentada encima de él con los ojos cerrados y las manos echadas hacia atrás y lágrimas en los ojos. Había soñado el expositor giratorio de revistas, la luz polvorienta del Snow Goose Market, las vibraciones apenas visibles de su billón de células. ¿Y no lo había soñado ella también a él? ¿Acaso no lo había dicho?

Era una espina, una fisura, un obús en la sala de estar, algo que aprendieron a no ver, algo que era más fácil simular que no existía. De camino a casa no hablaron. Sandy corrió escaleras abajo y, poco después, oyó cómo encendía el soplete con su siseo agudo e intermitente, y el olor a acetileno subió por las rejillas de ventilación. Desde la ventana de la cocina, Winkler vio cómo las hojas se abarquillaban hasta formar puños y cómo caían, con el paisaje revelándose más y más, bosque adentro, hasta llegar al río. Comprobó el barómetro que había colgado en la sala de estar; estaba subiendo la presión.

12

La hija llegó el 4 de noviembre de 1976. Era preciosa, escurridiza y rojo oscuro: labios diminutos, dedos de los pies diminutos, manchas de naranja en las mejillas, delicadas arrugas en las palmas, como si sus manos fueran sacos dentro de los que aún tenían que crecer los metacarpianos. Una flor de pelo negro en el cuero cabelludo. Diminutas petequias del parto le moteaban la frente.

La llamaron Grace. Grace Creek, en Alaska, era un lugar en el que Sandy había estado una única vez, unas pocas horas con su padre, para algo relacionado con un oleoducto. «Lo más al norte que he estado nunca», le dijo a Winkler cuando se lo describió: «La bóveda del cielo completamente blanca, y el suelo blanco también, de modo que te sentías en un lugar sin ninguna perspectiva, como en un sueño». Le hizo pensar a Winkler en la vista de la cordillera de Alaska desde la azotea del apartamento donde había crecido, ese blanco sobre blanco, tan brillante que te daba dolor de cabeza si lo mirabas demasiado rato. «Grace», dijo. «De acuerdo».

No podía mirar a su hija sin que el corazón le diera un vuelco. Lo rojo de sus labios, el peculiar detalle de sus pestañas. Los conjuntos de vasos sanguíneos en su cuero cabelludo. El olor de su cuello. Serían iguales, amigos, confidentes. Después de cenar una noche se inclinarían sobre sus platos y ella le contaría chistes. Le hablaría de sus amores y sus miedos. De sus sueños.

Y Sandy en la cama del hospital: colorada, cuatro gotas de sangre en la sábana a la altura de su cadera. Había cogido a la niña, le había hablado en susurros; Winkler se enamoró una y otra vez.

En las semanas siguientes Sandy pareció más cómoda, su cuerpo recuperó su forma, los ojos se le volvieron más rápidos y vivos. Pasaba solo una hora al día en el sótano; encontró tiempo para cocinar y lavar pañales. Cayó la primera nevada y sostuvo a la niña frente a la ventana mirando los conos iluminados de las farolas tamizar lentamente la nieve. Cuando Winkler se reunió con ellas, el corazón se le henchía al pensar: familia.

Los vecinos llevaron sonajeros y leche en polvo y biberones con tetinas. A Winkler le gustaba cuando decían que Grace era la niñita de papá, que era bonita, que tenía sus ojos. Sentía ganas de cogerla, levantarla y gritar: «¡Aquí hay algo perfecto!». Cuando se tomaba el biberón, con las piernas y dedos de los pies flexionados contra el pecho de Winkler, alzaba una mano diminuta y perfecta hacia la barbilla de este: rosa alrededor de las uñas, cada nudillo de una complejidad imposible.

Sandy la bajaba al sótano, la dejaba en un moisés y trabajaba en su gigantesco árbol de metal, y la niña se quedaba en silencio, los párpados cayendo suavemente en la luz azul llameante y los sonidos del metal que chisporroteaba y escupía.

Winkler, insomne, asistía a reuniones de personal del Canal 3 y escribía en la agenda: «Puedo estar una hora mirando a mi hija».

Empezó otra vez a levantarse en sueños. Quizá nunca había dejado de hacerlo. Se despertaba y descubría sus calcetines húmedos y huellas de barro en la alfombra. Su abrigo no estaba donde lo había colgado; uno de los cajones de la cómoda aparecía volcado, sus camisetas, desperdigadas por el suelo. En sus pesadillas se encontraba encerrado en el hielo; hacía equilibrios en el borde de las cataratas Chagrin, con el agua del río bajando veloz a la altura de sus rodillas. Después de medianoche se despertaba ahogándose bajo el edredón y oía llorar a Grace; iba en su busca, la sacaba de la cuna, la llevaba al piso de abajo y deambulaba con ella entre las siluetas oscuras de los muebles, las sombras estriadas de las persianas, el confort submarino de las habitaciones sin iluminar.

Pasaron semanas. Sus sueños volvían, una y otra vez, a Grace. Soñó que cerraba el puño alrededor de su dedo; soñó que se agarraba al borde de la mesa baja y daba sus primeros y vacilantes pasos. No tenía manera de saber si eran simples sueños —las descargas cruzadas de tres mil millones de neuronas durante los fuegos artificiales de la fase REM— o si eran algo más, premoniciones de lo que llegaría.

Se llevaba el ejemplar de su madre de *Cristales de nieve* de Bentley a su cubículo en el Canal 3 y se lo ponía en el regazo. Diez mil cristales de nieve, blanco sobre negro. Diez mil variaciones de un patrón único e inexplicable: láminas hexagonales, una extensión de sesenta grados. Al otro lado de la ventana del servicio de meteorología, el viento levantaba olas de crestas blancas en el lago Erie.

Los iris de los ojos de Grace cambiaron de un casi negro a un gris pensativo. De las facciones regordetas de bebé empezó a emerger una cara más formada; las mejillas de Sandy, la nariz pálida y fina de Sandy. Pero luego tenía los ojos de Winkler; esa forma inconfundible, como de almendras inclinadas hacia abajo en las comisuras, absurdamente grandes en su cabeza pequeña y redonda.

Navidad, Año Nuevo, las nieves de enero y febrero, y llegó marzo. El Árbol del Paraíso de Sandy crecía en el sótano, ya tenía ramas altas, coronadas con ángeles dorados recortados de trofeos; un sol de cobre soldado en la cúspide, cada rayo ornamentado y afilado. La oía trabajar hasta tarde por la noche, martilleando y soldando, hablándole a su hija.

La tierra se congeló; el cielo flotaba azul e impecable encima de la ciudad. Banderolas de vapor aleteaban encima de desagües y respiraderos en las azoteas de los edificios; la catarata del Chagrin colgaba congelada del saliente rocoso, bulbosa y parda, barnizada de témpanos.

Tuvo el sueño: lluvia en el tejado, un metro de agua en la calle. El piso de abajo se había inundado; Grace lloraba desde el macetero de varios pisos. La cogía, la sacaba a la calle y quedaban atrapados en la inundación. La sujetaba contra su pecho; se hundía; alguien le decía que la soltara, que la soltara, que la soltara.

13

Pasada la medianoche, se inclinó sobre Grace en el resplandor anaranjado de la lámpara de su mesilla y vio subir y bajar su manta. Últimamente la niña dormía un sueño subterráneo, vacío, como si un cazador invisible fuera por las noches a meter su conciencia en un saco y la retuviera hasta por la mañana.

Ya tenía cinco meses, ya sostenía la cabeza y enfocaba a Winkler cuando lo miraba. Y sonreía —una sonrisa descarnada, desdentada, la mueca de un jugador de hockey— cada vez que Winkler la levantaba hacia el techo o la columpiaba entre sus piernas.

Habían pasado tres días desde que soñó su muerte por primera vez y cada noche subsiguiente había tenido exactamente el mismo sueño. Fue a la ventana y miró el Newport en el camino de entrada. Podía llevársela. Daba igual dónde. Encontrarían un hotel, esperarían. A un lado y a otro de Shadow Hill Lane, las fachadas de las casas vecinas eran oscuras e inexpresivas.

Al cabo de pocos minutos salió al jardín trasero, donde los restos de las matas de tomate del verano yacían grises y marchitos en el barro. La lluvia de la tarde había amainado, el cielo sobre el barranco se había roto y en las fisuras ardían estrellas. Un viento vespertino llegaba por entre los árboles y enviaba gotas de agua. Una aterrizó en el vello del dorso de su muñeca y la estudió: una bóveda magnífica, diminuta, con un rombo de cielo reflejado en su parte superior. De pronto se le olvidó cómo estar de pie, le cedieron las rodillas y cayó despacio y sin poder evitarlo. Quedó arrodillado y torpe en el jardín. La casa se cernía ante él, oscura y angular. Bajo la fina capa de barro percibía una amalgama de haces de hielo delgados como agujas. Recordó cómo las plantas de su madre absorbían el agua que ella les echaba, cómo el líquido desaparecía despacio en una suerte de huida. Pensó: Así es como será. No un colapso súbito de las funciones, sino una traición gradual.

Habría sido mucho más fácil si Sandy y él se hubieran peleado. Una escaramuza en la noche, unas cuantas palabras duras, parte de la verdad por fin expresada en voz alta. Quizá incluso —¿era demasiado esperar?— una convicción final. «Te creo», diría ella. «Es imposible, pero te creo. Tenemos que irnos».

Pero no le sería concedido algo tan teatral. Todo lo invisible permanecía invisible; todo lo callado seguía sin ser dicho. La semana siguiente transcurrió como cualquier otra: Sandy cuidaba de Grace, cocinaba, continuaba soldando objetos a su Árbol del Paraíso. Winkler ni siquiera le había hablado del sueño.

Probó de todo para escapar de él: pastillas de cafeína, flexiones, duchas frías. Se sentaba a la mesa de la cocina delante de una taza de café, le daba las buenas noches a Sandy y veía el jardín trasero oscurecerse y las estrellas asomar despacio por el borde del barranco; a continuación, cómo la Vía Láctea rotaba sobre sus ruedas concéntricas. Hacía solitarios. Se tomaba pastilla tras pastilla de Excedrin. Subía Shadow Hill y se quedaba detrás de los árboles desnudos escuchando el ladrido de los perros y cómo los hogares se preparaban para pasar la noche.

Pero no podía estar así siempre. Al final tuvo que dormir —en la cama al lado de Sandy, a veces en el Newport inclinado sobre el volante, o en la mesa de la cocina, con la barbilla en la palma de la mano— y soñaba, y lo que veía eran siempre variaciones minúsculas de la misma pesadilla original: Grace fría y ahogada pegada a su pecho, manos que se la quitaban. Suéltela, suéltela. El futuro tenía una cita con él y lo esperaba. El arroyo discurría por la acequia junto al sendero y se vaciaba en el río.

El día anterior había traído anuncios de casas en venta al otro lado de la ciudad; le había suplicado a Sandy que se fueran de viaje a Florida, o a Carolina del Norte, dos semanas, tres, el tiempo que ella quisiera. «No podemos permitírnoslo», había dicho ella, o «¿Por qué estás tan raro?». Su peor maldición era esta: conseguía apartar el sueño de su mente consciente el tiempo suficiente y, cuando volvía (al abrir la puerta de la despensa, por ejemplo, que le recordaba el alcance de la inundación), la experiencia era de nuevo vívida, sangrante. Había momentos en que se sorprendía preguntándose por qué se había metido en una vida semejante. Con una mujer, con una hija.

¿El tiempo avanzaba hacia delante, a través de las personas? ¿O las personas eran las que avanzaban a través de él, como las nubes en el cielo?

Durante meses después de que George DelPrete muriera atropellado por el autobús, Winkler no consiguió dormir más de dos horas seguidas. De noche paseaba por el apartamento en la oscuridad, buscaba el olor a caribú que tanto le gustaba antes, trataba de imaginar enormes renos husmeando en el cubo de basura de la cocina, se quedaba de pie y callado en las sombras del dormitorio de sus padres. A menudo encontraba a su madre en la ventana, mirando la noche, y nunca parecía sorprendida ni disgustada por encontrarlo fuera de la cama tan tarde. Alargaba un brazo y lo acercaba hacia sí, los dos delante del cristal, la ciudad dormida a sus pies. Lo estrechaba contra ella como diciéndole: «Te creo, David; no estás solo», aunque rara vez decía nada, se limitaba a rodearlo con el brazo, y los dos miraban el lento parpadeo de las luces en antenas lejanas, cómo los trenes nocturnos cambiaban de vía en la playa de vías de la estación.

Ahora, arrodillado en el barro helado detrás de su casa, la vio de nuevo: la sombrerera volando por los aires, aterrizando abollada de canto. Se obligó a dejar el jardín; entró en la casa con piernas agarrotadas y consultó el barómetro. Temperatura en descenso. Estudió el cielo turbio y plateado por la ventana, pero no sintió ninguna presencia, ninguna mirada comprensiva.

En momentos impredecibles empezó a confundir a personas con Herman Sheeler. Herman orinaba en los baños del Canal 3; echaba sal en la acera delante de una pizzería; abría el buzón de Winkler y metía un listín telefónico. Cada vez que esto ocurría, Winkler tenía que tranquilizarse, esperar a que el rostro de Herman se desvaneciera, a que volviera el del desconocido.

¿Cómo se habría sentido Herman al entrar en aquel garaje por primera vez, al abrir un armario y ver toda la ropa y los zapatos que se había dejado Sandy? Su ropa interior en la secadora. La plata de bodas. Los anuarios del instituto. Sus quince aniversarios y medio de boda.

En el trabajo, Winkler derramó café por la rejilla de ventilación de un monitor de televisión de seiscientos dólares. Se golpeó un dedo del pie; se enganchó uno de los faldones de la camisa en la bragueta y no se dio cuenta hasta que el meteorólogo jefe lo dijo delante de media oficina.

Sandy hacía trotar a Grace sobre un muslo mientras lo veía cenar.

—Vuelves a ser sonámbulo —dijo—. Entraste en el cuarto de la niña. Anoche le estaba dando el biberón y entraste y empezaste a revolver en sus cajones. Sacaste su ropa, la desdoblaste y la apilaste encima de la cómoda.

—No me lo creo.

—Pues lo hiciste. Te llamé, pero no te despertaste.

—¿Y luego qué pasó?

—No sé. Te fuiste al piso de abajo.

Un frente inesperado. Aire caliente acumulándose encima del lago. Tormentas que llegaban desde Canadá. Le dio el parte al presentador de la mañana: lluvia.

Desde el aparcamiento del Canal 3 había observado los cúmulos de negras quillas entrar como navíos de guerra propulsados por el viento. Al otro lado de la autopista, el hielo del lago estallaba y se astillaba. El miedo le subió por la garganta. De camino a casa aparcó en un vecindario de University Heights con las ventanas bajadas y esperó.

Ocurriría en cualquier momento. El viento levantó hojas de las cunetas, la primera docena de gotas cayó por entre las ramas. El cielo se abrió. Los árboles corcovearon y se doblaron hacia atrás. La lluvia estalló en el techo del Chrysler.

—Estás empapado —dijo Sandy.

Dobló un pañal entre las piernas de la niña y lo sujetó cuidadosamente con un imperdible. La lluvia bajaba a gran velocidad por las ventanas y hacía temblar la luz.

Winkler se subió la manga izquierda y la escurrió en el fregadero. El agua se resistió a caer, formó un charco y desapareció por el desagüe.

—Sandy, no dejo de tener el mismo sueño.

—No te oigo, David. Estás hablando entre dientes.

—He dicho que no dejo de tener el mismo sueño.

—¿Un sueño?

Desde las sombras sintió cómo la mirada de Grace se fijaba en él, oscura y desconocida, con unos ojos que no eran en absoluto los suyos. Se estremeció y se apartó del fregadero.

—¿Qué clase de sueño?

—Sobre algo que pasará. Algo que le pasará a Grace.

Sandy levantó la vista.

—¿A Grace? ¿Y crees que el sueño se hará realidad?

Winkler asintió con la cabeza.

Sandy lo miró largo rato.

—No es más que un sueño, David. Una pesadilla. Estás poniéndolo todo perdido.

Salió al pasillo y estuvo largo rato delante del espejo del baño con el traje empapado. La lluvia zumbaba en los aleros del tejado.

—No es más que un sueño —dijo.

Al cabo de un rato oyó a Sandy coger a la niña. Sus pisadas se perdieron en las escaleras del sótano.

Medianoche o más tarde. Se despertó en el camino de entrada. El barro brillaba en los neumáticos del Chrysler. Tenía una hoja roja pegada a la suela del zapato. El agua de lluvia murmuraba en los canalones. Sandy temblaba delante de él.

—¿Qué haces aquí? ¿Te has vuelto loco? ¿Has estado conduciendo?

Se acercó a él; Winkler se dio cuenta de que tenía a Grace y de que esta lloraba. Sandy la cogió (la tomó en brazos con un gesto cuidadoso, experto, siempre se le daba mucho mejor que a él cogerla) y entró corriendo en la casa. Por la puerta abierta, Winkler la oyó desnudar a la niña, envolverla en una manta. El llanto se había convertido en gritos, gemidos prolongados que incluso desde el camino de entrada parecían inverosímilmente agudos. Siguió allí un momento más mientras notaba cómo el sueño lo abandonaba. Tenía la camisa tibia en la parte que había estado en contacto con la niña. El coche hacía tictac a su espalda en el camino de entrada y la puerta del conductor estaba abierta. ¿Había conducido? ¿Cuánto tiempo llevaba Grace llorando así? Le pareció que debía de haber sido un buen rato. Si se concentraba, recordaba sus sollozos, como si el residuo del llanto siguiera suspendido en el aire.

Antes de entrar miró la lluvia tamizada por el haz de luz de debajo del alero del tejado: cortinas de gotas como una procesión de espectros que cambiaban de postura, tropezaban.

Sandy estaba llenando la bañera. Seguía jadeando, aún no había recuperado el aliento. Grace se encontraba en la alfombra a su lado, chupándose los dedos.

—Va a haber una inundación —dijo Winkler.

—¿Qué estabas haciendo, David? Dios, ¿qué hacías?

—El suelo está congelado. No puede absorber toda el agua que está cayendo. Podemos ir adonde quieras. A Florida. A Tailandia…, da igual. Solo hasta que cambie el tiempo. O más, si lo prefieres. Todo el tiempo que quieras.

El agua subía de nivel y burbujeaba en la bañera.

—Al principio me parecía encantador —dijo ella—. Que fueras sonámbulo. Y te ocurría muy de vez en cuando. Pero, ahora, David, ¡venga ya! ¡Te pasa todas las noches! ¡Te has llevado a Grace!

Le quitó la manta a la niña y la metió en la bañera.

—Eso es —dijo—. No pasa nada.

Removió el agua con el dedo índice.

—Sandy.

Quiso tocarla, pero ella se apartó.

—¿Cuánto tiempo llevas sin dormir? ¿Cinco días, David? Tienes que descansar. Yo voy a dormir en el cuarto de la niña. Y el lunes vas a ver al doctor O'Brien.

Llovió toda la noche. Sandy habló en susurros por el teléfono del piso de abajo. Winkler no durmió. El sonido del agua en las tejas le hacía pensar en insectos royendo el tejado. Dos veces antes de que amaneciera se envolvió en la capa de agua, fue al Chrysler y metió las llaves en el contacto, pero no consiguió arrancar el coche. Le bajaba agua por los cristales de las gafas. Dentro del Chrysler hacía frío y estaba húmedo.

El día siguiente era domingo y la lluvia no había amainado. Durante un desayuno por lo demás silencioso, Winkler le suplicó dos veces más que se fueran de allí. A Sandy se le endureció la mirada; se le afilaron los labios. No había agua en las calles, en la televisión no habían dicho nada de inundaciones, ni siquiera en la cadena donde trabajaba él. Ninguno de los vecinos se iba a ninguna parte.

—Nuestra casa es la que está más baja —dijo Winkler—.
Más cerca del río.

Sandy se limitó a negar con la cabeza.

—Te he pedido cita. Con el doctor O' Brien. Mañana,
a la una.

Para tranquilizarlo, subió comida de la despensa y la
dispuso encima de la cómoda: tres cajas de Apple Jacks, un
cartón de copos de avena, pan y mermelada. Grace empezó
a llorar alrededor de mediodía y no callaba. Winkler no lo
pudo soportar y tuvo que irse al cuarto de baño y simular
que orinaba.

Sandy lo llamó desde lo alto de la escalera del sótano
con la máscara de soldar sujeta en la cabeza.

—¡Más te vale ir al médico, amigo! ¡Más te vale ir mañana! Y contarle que eres sonámbulo. Y que crees que puedes predecir el futuro.

Winkler cogió el gorro amarillo de Grace y lo escondió. No habían pasado ni diez minutos cuando Sandy lo
llamó.

—¿Has visto su gorrito de lana amarillo?

—No.

—Pero si lo tenías hace un momento. Te he visto con él.

Lo sacó de la caja de herramientas del armario y se lo dio.

A la una del día siguiente no fue a ver al doctor O'Brien. El
sueño flotaba justo bajo su nivel de consciencia, enorme y
ávido. No había dormido en cincuenta horas, a excepción
de dos cabezadas en el cuarto de archivos de la cadena, y en
todo aquel tiempo no había dejado de llover. A las tres de la
tarde, el río había rebasado los diques en algunos valles y
atravesado varios vecindarios en forma de delgadas láminas

de agua. En los cruces, los bomberos desviaban el tráfico o transportaban sacos de arena por el barro. Los postes de teléfono en los arcenes de las carreteras parecían flotar con sus bases sumergidas. El río trepó por un puente en Miles Road y se lo llevó.

Winkler se bajó del coche de camino a casa desde el trabajo y vio cómo el agua lamía las orillas del río. Un equipo móvil de una cadena de televisión rival se detuvo y abandonó chapoteando la furgoneta.

—¿Lo estás grabando? —gritó el productor al cámara—. ¿Lo tienes?

Un agente de policía les hizo un gesto para que retrocedieran. El cemento en los bordes donde había estado el puente estaba limpio y oscuro, como cauterizado. Descendió flotando un trineo infantil de plástico rojo.

En casa, el agua se colaba en el interior por los cimientos. Sandy había sacado ya muchas de sus cosas del sótano, su equipo de soldar, una caja con metal para reutilizar, hojas de papel con la tinta emborronada formando zarcillos alargados y malvas. Pero su árbol —que ya era gigante y tan ancho en la base como el capó del Newport— jamás cabría por las escaleras. Winkler dudó de que tres hombres pudieran levantarlo. Sandy chapoteó hasta llegar a su lado mientras se pasaba los dedos por el pelo.

Winkler rodeó vadeando la lavadora y la secadora con un cubo de veinte litros de capacidad, lo subió al porche y lo vació en el césped. Luego volvió a bajar. Grace lloraba. Después de media hora de llanto, Winkler se dio cuenta de lo fútil de su esfuerzo: el agua entraba en el sótano por mil sitios. La que había tirado fuera seguramente se había abierto camino a través de la capa superficial del suelo, se había encontrado hielo y había vuelto a fluir por los cimientos de la casa. Notaba los pies insensibles dentro de las botas. Entrada la noche, la llovizna se convertiría en aguanieve.

—Nos vamos a un hotel —dijo mientras llevaba arriba una caja con cañerías de cobre—. Al otro lado de la ciudad.

—No has ido al médico. —Las manos de Sandy temblaban ligeramente—. He llamado.

—Sandy. La casa se está inundando.

—No nos pasará nada.

Pero Sandy estaba demacrada, su expresión abatida, y tenía empapados los faldones de la camisa. Sujetaba a Grace como si en cualquier momento pudieran entrar en la cocina unos merodeadores y llevársela.

—En el Canal 5 dicen que terminará esta noche. Ninguno de los vecinos se marcha.

—Lo harán.

—Cogeremos una habitación por la mañana. Si no ha dejado de llover.

La lluvia había tomado el tejado por asalto. La oían caer a cántaros sobre las tejas y por los canalones.

—Sandy, por favor.

Sandy miró la puerta del sótano.

—Mi árbol.

Pero cedió. Se metieron en el coche, los tres. Los limpiaparabrisas, moviéndose de un lado a otro, hacían un sonido como de carraca. La humedad empañaba las ventanas. Winkler se sintió inmediatamente mejor al estar los tres juntos en el coche, cercados por la oscuridad, las puertas y ventanillas del Chrysler empañadas, el olor a ropa húmeda rodeándolos, intenso. Un relámpago, o un cable de alta tensión abatido, centelleó en algún lugar. Mareas de lluvia superpuestas anegaban el parabrisas. El salpicadero emitió su frágil resplandor anaranjado.

Cogieron una habitación en un motel de Eaton Road, a diez kilómetros de allí.

—¿Estaréis bien mañana si me llevo el coche al trabajo?

—Supongo que sí. Podemos comer en la cafetería.

Winkler miró a Sandy, seguía teniendo a Grace sujeta.

—Siento lo de tu árbol, Sandy.

—Vamos a concentrarnos en superar esto.

Alrededor de medianoche la lluvia se convirtió en granizo y el techo de la habitación del motel cantó, un sonido parecido al de miles de cubos y guijarros vaciándose sobre el plástico. Quizá ahora Sandy le creía. Quizá podrían superar aquello y ser más fuertes; quizá un día le pediría que se lo contara todo. Le pesaba la manta encima del pecho. Los músculos de sus ojos empezaban a ceder al sueño.

Lo despertó un dolor repentino y se llevó los dedos a los labios. Se encontraba en el aparcamiento del motel. El letrero de neón chisporroteaba en la lluvia. El coche estaba en marcha y la puerta del conductor, abierta; Grace dormía en el asiento delantero. Sandy le había dado un bofetón.

—¿Estás loco? —gritó. Corrió hasta Grace y la tomó en brazos. Empezaba a mojársele el pelo y estaba en sujetador y pantalón de pijama, descalza en la grava. La lluvia los empapaba a los tres—. ¿Qué coño haces con ella aquí fuera?

Se alejó con Grace apoyada contra su hombro. Winkler miró al cielo y contempló la arremetida de la lluvia, medio millón de gotas atacando.

Sandy ya había cruzado el aparcamiento.

—¿Qué te está pasando, David? ¿Por qué haces estas cosas?

No podía contestar, no lo sabía. El sueño lo abandonaba poco a poco. ¿Había estado soñando?

La siguió hasta la puerta. Sandy la cerró casi por completo y habló por la abertura.

—No entres. Esta noche no. No te acerques a nosotras.

La puerta se cerró —tenía un número siete rojo pintado encima de la mirilla— y Winkler oyó cómo ella corría el pestillo.

Se quedó largo rato bajo la lluvia antes de chapotear de vuelta al coche. Le castañeteaban los dientes. Sentía el labio hinchándosele contra los dientes. Llevaba puesto el traje, pero tenía la camisa mal abotonada y la corbata en el bolsillo del pantalón. Todo —la ropa, el pelo, los asientos y alfombrillas del Newport— estaba mojado. Le temblaban las manos cuando se las miró.

No había tráfico. Desde el puente de River Road se dio cuenta de que ya no podía calcular por dónde había discurrido originalmente el río, que se había convertido en un lago que se deslizaba entre árboles. Un coche policía delante de él pasó despacio por un profundo charco. Por un momento se preguntó si el sol se habría apagado y el planeta entero no estaría escorándose hacia el espacio.

Se encerró en el cuarto de meteorología del Canal 3, tendió el traje en dos sillas y, con la ropa interior mojada, se sentó a mirar la ventana salpicada de lluvia y las luces difuminadas de la ciudad. Por la mañana fue a grabar en tres puntos del exterior con una capa de agua con el anagrama de la cadena. En toda la cuenca del río se formaban y mezclaban arroyos. Incluso cuando la lluvia amainara, le dijo al cámara, serían necesarias otras quince horas para que el río retornara al punto de inundación. Las iglesias y polideportivos se estaban llenando; los vecindarios situados a lo largo de la cuenca empezaban a ser evacuados.

El alcalde había elevado una petición al gobernador; este estaba movilizando a la Guardia Nacional.

Llamó al motel, a la habitación número 7. No contestaba nadie. Hasta última hora de la tarde no pudo volver. El encargado tuvo que abrirle la puerta.

Se habían ido. No estaban en la ducha, tampoco en la cama. El suéter de Sandy colgaba en el armario; junto al televisor aguardaba un montón de pañales. No había ninguna nota. En la habitación se respiraba una familiaridad de la que se sintió excluido; era como si estuviera entrando sin autorización, como si la maleta de tela escocesa roja en el suelo y el cepillo de dientes verde en el lavabo no fueran propiedad de Sandy, sino de un desconocido cuyas pertenencias él no tenía derecho a ver.

Miró en la cafetería, pero tampoco estaban allí; marcó el teléfono de casa, pero no contestó nadie. Disponía aún de media hora antes del parte de la noche, se suponía que tenía que estar en el puente de la calle Main entrevistando a voluntarios para llenar sacos de arena.

¿Estarían comiendo en alguna parte? ¿Dando un paseo? La única teoría que tenía sentido era el Árbol del Paraíso de Sandy, que Sandy estuviera en la casa intentando rescatarlo. Había conseguido que alguien la acompañara, se había llevado a Grace con ella y trataba de salvar su escultura.

Salió de la habitación. En la calle, el día se apagaba. Las nubes estaban densamente apelmazadas. Giró el Chrysler y lo puso en dirección a casa. Cuando llegó al pie de Shadow Hill, no podía creer la cantidad de agua que se había acumulado allí. El aparcamiento de la escuela de enseñanza media se había convertido en un lago marrón espumoso. Junto a la pared del gimnasio giraban remolinos de desechos.

Era imposible seguir en coche. Aparcó en un montículo y trepó entre árboles mojados y desnudos, corrió por el terraplén que bordeaba el vecindario. Pronto estuvo casi en la cima de Shadow Hill, a unos sesenta metros por encima de la calle. Abajo, las azoteas de las casas de los vecinos tenían aspecto de tejados apuntados de casas-barco. Tres arroyos distintos se unían a la entrada de la calle y fluían caudalosos por el centro del vecindario; los jardines delanteros y la mitad de la calle más cercana al Chagrin se habían convertido en un río de barro.

El sonido de toda aquella agua era penetrante: borboteaba, escupía y tragaba, bajaba caudalosa por la ladera de la colina, por los troncos de los árboles; era como si la atmósfera se hubiera licuado. Contó tejados: los Stevenson, los Hart, los Corddry, aquella familia italiana que hacía una barbacoa cada sábado. El césped de los Sachse estaba completamente sumergido, solo se veía el vértice pintado de rayas de colores del columpio de su hija. En el jardín trasero de su propia casa, las cabezas de los postes de la valla eran la única cosa visible, las boyas de madera señalaban una orilla.

Le bajaba un reguero de lluvia por la nuca; las suelas de los zapatos le pesaban por efecto del barro. Le vino a la memoria una lección aprendida a medias: el agua es ávida, el agua tiene hambre... Mira lo que les hace a los tallos de las rosas que se dejan demasiado tiempo en un jarrón. ¿Quién lo había dicho? ¿Un profesor? ¿Su madre?

De la ladera de la colina subían sombras de neblina. Un helicóptero iba y venía, entrando y saliendo de nubes bajas, con una pequeña luz parpadeante. En el aire ya olía a moho, a moqueta húmeda, como si las casas fueran grandes bolsas de té viejas puestas a remojo.

Mientras escudriñaba entre la lluvia el vecindario anegado, el arce alto y majestuoso del jardín delantero de los Sachse cayó. Se inclinó con majestuosidad y, a continuación, emitió un extraño lamento, como si mil raíces se desgarraran y quebraran, y el troncó amerizó, las ramas altas llegaron al otro lado de la calle y provocaron una cadena de olas expansivas. La corriente avanzó; el árbol giró un poco y se quedó donde estaba.

El olor, el arce caído, el sonido del agua creciendo y murmurando…, todo ello era desesperadamente reconocible. Dudó un largo instante mientras estudiaba las tejas mojadas de su casa y sentía cómo cada minuto de su existencia confluía en un único instante. Una línea de sus libros de hidrología: *convergencia, confluencia, concurrencia:* punto en el que se combinan una o más corrientes y de su combinación surge otra nueva.

¿Y si Grace estaba allí? ¿Y si vadeaba hasta la casa, miraba en la planta de arriba, en la de abajo, la encontraba en el piso más alto del macetero de Sandy? ¿Y si la cogía en brazos e intentaba sacarla de allí, subir la calle? Su gorrito de lana amarillo, su moisés, las cajas de cereal en la cómoda… Todo estaba en su sitio.

Avanzó unos cuantos pasos, luego se volvió y regresó por la colina por donde había venido. Bajó por el barro y las hojas. Se cayó una, dos veces, y se puso en pie de un salto. No corrió, pero intentó mantener un paso constante, decidido. Las suelas de los zapatos le resbalaban en las hojas húmedas. Fue tambaleándose hasta el Chrysler, lo puso en marcha y giró en dirección sur en la calle Music, dejando Shadow Hill a su espalda.

Grabó el parte meteorológico con unas botas de goma prestadas en el puente de la calle Main encima de las cataratas de Chagrin. La lluvia le bajaba por las gafas y solo veía la luz encima de la cámara, una mancha blanca en un campo gris. A su espalda, hombres con chubasqueros metían arena a paletadas en sacos de arpillera. Las cataratas rugían.

Al final del parte miró a la cámara y afirmó que confiaba en que el río llegara a su punto más alto aquella noche. Dijo que esperaba que la lluvia no se convirtiera en hielo. Dijo que todos tendrían que cruzar los dedos, observar el cielo y rezar.

14

A las diez de la noche estaba cruzando la frontera con Pensilvania por Springfield. Cogió una habitación en un motel de Erie, entró corriendo y encendió el televisor. Hubo dos minutos y medio de imágenes: un coche flotando en el aparcamiento de la biblioteca; un árbol arrancado de cuajo caído sobre las cataratas; un polideportivo lleno de camas plegables. Las farolas chispeaban y se ahogaban en la noche; pusieron el consabido vídeo de señales de stop sumergidas a la altura de las letras. Pero ninguna alusión a las víctimas mortales, a los heridos, a los ahogados. El presentador se despidió y empezó una película de soldados atacando ladera arriba, gritándose los unos a los otros. Se volvió hacia la ventana. Entró una brisa húmeda que apestaba a gasóleo. Marcó el teléfono de casa: no había señal, solo ruido estático. Marcó el número del motel de Eaton Road y pidió que lo pusieran con la habitación número 7, pero el teléfono sonó y sonó sin que nadie lo cogiera. Lo dejó sonar hasta que no fue capaz de mantener los párpados abiertos.

El agotamiento tiraba de él. En sueños llevaba el Chrysler de vuelta por la calle Music hasta Shadow Hill y bajaba por el valle. El coche se calaba a unos cien metros después de pasar la escuela, empantanado. Vadeaba por el agua fría y embarrada. Pronto le llegaba a la cintura; la luz declinaba. Winkler medio vadeaba, medio nadaba por la calle inundada. De las ramas colgaban revistas hinchadas; muñecas surcaban la corriente boca abajo. Terrones enteros de césped giraban en remolinos. Entraba en la casa, subía las escaleras, recorría las habitaciones. Grace lloraba; había anochecido. Revivía el sueño: encontrarla en el macetero, sacarla del moisés, salir con ella a la calle. Se resbalaba. Se hundían. Grace se ahogaba.

Se había quedado dormido con el traje aún húmedo puesto y se despertó helado hasta el tuétano, como si hubiera estado durmiendo debajo del agua. Al lado de la ventana dos cordones, atrapados en la corriente de aire ascendente de la calefacción, golpeaban las persianas. Se inclinó sobre el lavabo y se echó agua en la cara.

Eran las cinco de la mañana. Marcó de nuevo: nadie en la habitación número 7; imposible conectar con la casa. Había llegado ya a un punto en que esperaba que el teléfono sonara y sonara, que nadie contestara. En el Canal 3, la secretaria de la cadena le dijo que no tenía noticia de víctimas. «¿A qué hora vienes?», le preguntó. Winkler colgó.

Nada le parecía viable. ¿Qué opciones tenía? ¿Volver a casa y ser posiblemente la causa de la muerte de su hija? ¿Cuántas veces tendría que ahogarse? El futuro se había convertido en una marabunta, en una pared que avanzaba desde el final de la calle, marchando furiosa, negra e insaciable, engullendo casas y campos a su paso.

Dejó la llave de la habitación sobre el televisor, se subió al Chrysler y no condujo hacia casa, sino hacia el este. Mantuvo las manos firmes sobre el volante y, cuando amaneció, no dio la vuelta. He huido antes, pensó. Es solo cuestión de mantener el pie en el acelerador y no levantarlo. Las nubes se habían retirado y solo unos cuantos camiones pasaban rugiendo en la noche mientras las hojas del otoño anterior flotaban sobre la interestatal.

Condujo todo el día, parando solo para repostar y comprar chocolatinas, que comía distraído dejando caer los envoltorios al suelo del coche, entre las piernas. ¿Scranton? ¿Filadelfia? ¿Nueva York? Se decidió por la última, por su tamaño tanto como por cualquier otra cosa, por su supuesta impasibilidad, su ubicación al final de la autopista. Al anochecer recorrió con el Chrysler los kilómetros al norte de Nueva Jersey y pronto estuvo navegando debajo del Hudson, por el túnel Lincoln, con sus quejidos de vigas sucias por los gases de escape en la oscuridad, y, cuando salió, estaba en Manhattan. Se encontraba agotado; le costaba ver a través de las gafas y lo que veía le pareció poco más que una confusión de acero y espejos, como si estuviera entrando en una casa de los espejos enorme y siniestra que pronto lo conduciría a un punto sin retorno y le cerraría las salidas.

Aparcó el Chrysler en un callejón y se adentró en la calle principal. De un estéreo portátil salía una música de orquesta de baile y la gente en las aceras parecía ir al ritmo de la canción: una monja con una mochila azul, un hombre indio en chándal llevando flores, una mujer entrando en la parte de atrás de un taxi... Todos parecían moverse según una orquestación superior, subiendo y bajando, balanceando los brazos, parpadeando, ajenos, apresurándose hacia sus destinos.

15

Encima de una taberna encontró una habitación barata con una ventana tapiada, hornillo eléctrico y una orquesta de grillos actuando bajo el camastro. Se tumbaba de espaldas y observaba las grietas en el techo como si pudieran dictar una sentencia que no llegaba nunca. La luz, procedente de una bombilla polvorienta y desnuda, estaba siempre encendida, día y noche; no consiguió encontrar un interruptor ni alcanzarla para desenroscarla. Cada pocas horas bajaba al bar por la escalera de hierro con su traje arrugado a tomar un café y estudiar los periódicos, como un hombre de negocios trastornado. Llamaba a casa desde la cabina del fondo, pero el servicio debía de seguir cortado por la inundación: siempre aparecía un zumbido en la línea, los electrodos se apilaban contra una resistencia y luego la señal se interrumpía. En el motel en Eaton, el recepcionista dijo que no le cogía nadie en la habitación número 7, que la cuenta seguía sin pagar, que nadie la había pedido.

En información le dieron el número de Tim Stevenson, su vecino de seis casas más arriba. Tim descolgó al segundo timbrazo.

—No hemos visto a nadie. Tu casa está hecha un desastre. Toda la calle está hecha un desastre. Hay basura por todas partes; las fosas sépticas están atascadas.

—¿Un desastre?

—¿Dónde estás?

—¿Has visto a mi mujer?

—No he visto a nadie. ¿Dónde estás viviendo?

—¿Y a mi hija?

—A nadie. ¿Estás bien? Oye, ¿qué seguro tienes?

Winkler se lavó la cara y las axilas en el lavabo; en el espejo había grafitis grabados: CHUCK QUIERE A SUE PERO NO PUEDE TENERLA. CANDY ES FÁCIL. En las noticias nacionales, la inundación en Ohio merecía diecisiete segundos: las cataratas crecidas, las señales de las calles medio hundidas, un vídeo de dos bomberos en un esquife convenciendo a un doberman para que bajara del techo de un garaje. Volvió el presentador; las cotizaciones de la bolsa se desplazaron por la pantalla.

Un telegrama:

> Sandy:
> Sé que debes de pensar que lo que he hecho es imperdonable. Quizá lo es. Pero tenía que irme. Por si acaso. Creo que podría haber hecho daño a Grace. Volveré en cuanto sea seguro hacerlo.

El primer banco no le dejó transferir fondos; el segundo le permitió retirar setecientos dólares. En un puesto compró un fajo de periódicos y leyó que la inundación había retrocedido. El suelo, al deshelarse, se la estaba tragando, canalizando el agua por sus acuíferos. Solo dos muertes, informaba el periódico, hombres mayores que se habían negado a abandonar sus casas.

Marcó desde doce cabinas distintas, pero ningún operador conseguía ponerle con su casa. ¿Se había marchado lo bastante lejos? El tiempo ¿actuaría por sí solo? ¿Habría en algún lugar un recuento de almas donde la de su hija estaba ya marcada y se apoderarían de ella con independencia del agente?

¿Y si Sandy se había ahogado en el sótano y, al hacerlo, las había sentenciado a las dos? Pero ¿no habrían informado de sus muertes? No, si no las habían encontrado. No, si era él quien tenía que informar.

Un temor aún mayor. ¿Y si al marcharse había de alguna manera interferido en el orden de las cosas, eliminado un hilo y dejado el tejido descosido e incompleto?

O peor, quizá lo peor de todo. ¿Y si tantos años de estudiar el agua se habían manifestado en un sueño que no era más que una pesadilla, algo de lo que despertar y, a continuación, olvidar, la expresión de un miedo, un mero ejemplo de lo que *podía* ser? ¿Y si había dejado morir a su hija en su casa?

Daba igual. Lo que importaba era que su hija podía estar en alguna parte respirando, sonriendo, durmiendo, agarrando objetos, cogiéndole la oreja a Sandy, gorjeando alguna cosa ininteligible.

Deambuló por las aceras atestadas y miró al cielo: primavera en Nueva York. Los primeros árboles desplegando sus hojas, un azul superficial, prístino, suspendido entre los edificios. Los tulipanes surgían de arriates en Park Avenue, una mujer reía delante de una ventana abierta... Esas cosas le parecían imposibles, irreales.

Durante tres días y medio no durmió más de veinte minutos seguidos. Por fin su cuerpo cedió en el suelo, delante de la cama. Consiguió arrastrar una silla y atrancar con ella la puerta y el sueño se apoderó de él, y cuando se despertó había dormido doce horas. Lo que recordaba del sueño era que Sandy había recorrido furiosa el pasillo hasta su habitación, agitando airada el brazo con el que no sujetaba a Grace, como si necesitara apartar demonios de su camino, con el cabello sin peinar, enredado y de punta. Furiosa estaba bellísima; abría un agujero en la puerta con la puntera de la bota. En el sueño, Winkler se encontraba tumbado en la cama y ella se acercaba y soltaba mil maldiciones. Él se protegía la cara con las manos: de entre los labios de Sandy brotaba saliva. Grace había empezado a gritar. Él se sentaba.

«Delante de la niña no», decía, y en su sueño la felicidad lo invadía: su hija estaba a salvo, la inundación había pasado, podían volver a empezar. Pero Sandy zarandeaba a Grace; Winkler se levantaba y la cogía de los brazos de su madre, la envolvía en una manta y salía de la habitación, caminaba por el pasillo con la voz de Sandy a su espalda quebrándose en las sílabas agudas, como si se hubiera transformado en el fuego de su soplete, chisporroteando y chasqueando, y la niña lloraba en sus brazos; llegaba al final de la escalera de hierro —sacaría a los tres de allí, encontrarían el Chrysler y volverían a casa, o incluso a Anchorage si Sandy quería— y entonces tropezaba. El terror lo recorría de pies a cabeza. La manta se soltaba; Grace flotaba, se alejaba de sus brazos por un instante con la frente fruncida. Sandy chillaba. Winkler intentaba cerrar los párpados, pero en su sueño los tenía abiertos de par en par como sujetos por palillos invisibles. Grace caía rodando por las escaleras y aterrizaba con un crujido sordo, como el de un huevo rompiéndose dentro de una toalla.

¿Qué era el sueño? ¿Qué era la conciencia? Estudió su reflejo y se dio cuenta de que no sabía si aquello había sido un sueño. ¿Se despertaría en cualquier momento y se encontraría en otra parte? ¿Estaba caminando en sueños? Aquella noche, en un estado cercano a la desesperación, se acuclilló en la puerta con las manos alrededor de medio litro de café. Había apoyado el somier y la silla contra la puerta.

Cada vez que se cerraba un armario en algún lugar del edificio, o saltaba una alarma, o subían pisadas por la escalera, un impulso lo recorría: *Corre, aléjate más.* Era solo cuestión de tiempo que se despertara y Sandy estuviera en la puerta y él matara a su hija.

Por la mañana vagaba por la ciudad. Alquiló dos habitaciones de motel más y cada noche tenía el mismo sueño con un escenario distinto. En el segundo sueño dormía en una acera sobre una rejilla del alcantarillado con vapor subiendo a su alrededor. A su lado dormía otro hombre envuelto en un impermeable de plástico naranja. Por la acera llegaba el eco de las pisadas de su mujer, cada tacón resonando en el pavimento; lo zarandeaba para despertarlo, a gritos, él le cogía a la niña de los brazos, la dejaba caer, la mataba.

El terror a dormir no era mejor que el terror a estar despierto. Sus manos le parecían pálidas, mecanismos extraños, no suyas. Ya se había gastado quinientos once dólares del dinero de Sandy y suyo. En cualquier momento el futuro —esa pared oscura que avanzaba— llegaría.

Se encontraba en el mostrador del primer piso de un hostal. Un martilleo ahogado resonaba en el techo. El recepcionista tenía una docena de tatuajes bajo el jersey.

—Estamos completos. Tiene que venir a las tres de la tarde.

—Pagaré el doble.

—No hay camas.

—Acepto cualquier cosa. Un armario.

—Estamos completos. ¿Es sordo o qué le pasa?

Se quedó un rato delante de la recepción y luego salió. Aquella tarde el tiempo se había enfriado en un último paroxismo del invierno y el viento soplaba áspero entre los edificios. Los vagones subterráneos hacían temblar las aceras al pasar. Se cerró la chaqueta del traje. En el cielo, los nimbos de la ciudad corrían hacia el mar. Empezó a nevar: cristales pequeños y húmedos que parecían gemir al atravesar el aire.

Se hallaba en la parte baja de Manhattan, en un restaurante griego abierto toda la noche, inclinado sobre la mesa, a punto de quedarse dormido apoyado en los antebrazos. Fue la visión del polvo en un jarrón de lirios falsos, y luego el olor cuando entró alguien, aire frío colándose por la puerta, un olor como a metal engrasado, a nieve sucia, lo que le hizo entender que estaba entrando en el sueño. Salió del restaurante. A media manzana había una figura humana con un impermeable naranja de plástico inclinada sobre una rejilla. El sueño le hincó las garras; qué fácil sería tumbarse allí, al final de la manzana, sobre ese vapor que subía, y dormitar, dejar que el futuro alcanzara al presente.

En lugar de eso echó a correr. Corrió con la cabeza gacha por callejuelas y trató de no fijarse en las esquinas que doblaba. Le dolían las piernas y los zapatos le rozaban los pies. Después de cerca de una docena de manzanas, pasó los toldos verde desvaído de un mercado junto al río y vio que había llegado al extremo de la isla. En el muelle, una grúa estaba subiendo cosas a un carguero y la nieve flotaba bajo sus faros en lentos remolinos. Se detuvo, jadeando, con las piernas temblorosas y dolor en la mitad inferior de las mismas, como si las pantorrillas se le estuvieran astillando.

Llevaba nueve noches sin ver a Sandy. Un vigilante de seguridad con una carpeta lo llevó a bordo y le presentó al capitán. El barco era el *Agnita,* un carguero británico matriculado en Panamá con destino a Venezuela. Por doscientos trece dólares, todo el efectivo que le quedaba, el capitán le dejó embarcar.

—¿A Caracas? —preguntó el capitán.

—A cualquier parte —dijo Winkler.

La nieve caía entre los postes de telégrafos y los variados mástiles y antenas del puerto y desaparecía cada vez que tocaba el muelle. Subió a la cubierta de proa y miró la ciudad, sus miles de pasajes silenciosos. Pasó una lancha de la policía, su reflector iluminaba un cono de nieve al caer. Copos pequeños, granulados, se acumularon en los hombros y mangas de la chaqueta de Winkler. Se acercó el puño a los ojos. ¿Formas triangulares con esquinas truncadas? ¿Estrellas hexagonales? Apartó la vista, asqueado.

Al cabo de cerca de una hora la grúa se apartó y un remolcador sacó el *Agnita* de entre los pilotes y a la bahía. Desde la proa observó el barco deslizarse por el estrecho. Los motores se pusieron en marcha; una gran columna de vapor subió por la popa. El remolcador giró y desapareció, y las luces de Manhattan se reflejaron en las aguas arrugadas igual que las luces de diez ciudades. El carguero hizo sonar dos veces la sirena; en algún lugar, una boya chocó contra algo. Dejaron atrás Coney Island y Breezy Point, y pronto no vería más que las luces de hogueras a lo largo de la costa de Nueva Jersey y por fin también esas menguarían.

El hielo glaseaba la barandilla. Winkler bajó a trompicones al cuarto de literas. La embarcación se fue instalando en un vaivén monótono a medida que las corrientes del mar abierto se apoderaban de ella.

LIBRO SEGUNDO

1

La escarcha, como un bosque blanco en miniatura iluminado desde atrás por el sol, ribeteaba la base de la ventana. Dendritas, agregados cristalinos, espirales de hielo…, una variedad infinita. Era extraño pensar que unos pocos millones de moléculas de agua congeladas ahora en el fuselaje de un 757 volando hacia Miami podrían de hecho ser las mismas que rezumaron por las grietas de los cimientos de su casa, moléculas que Sandy pudo haber recogido con una toalla y escurrido en el jardín para que se evaporaran, se convirtieran en nubes, cayeran en forma de precipitación y se hundieran en la tierra una vez más.

«¿Qué es el tiempo?», escribió en su libreta. «¿Debe el tiempo ocurrir de manera secuencial —principio, mitad y final— o es que así es como lo percibimos? Tal vez el tiempo puede derramarse y congelarse y retroceder; tal vez el tiempo es como el agua, pasando eternamente de un estado a otro».

Vino una azafata y le pidió que bajara el estor. Empezaba la película. La mujer del asiento central sacó unos auriculares de una bolsa de plástico y se los encajó en las orejas. Winkler se quitó las gafas y limpió los cristales.

Antes de Darwin, antes de Paracelso, antes incluso de Ptolomeo, desde que se tenía constancia, los humanos lo llevábamos en un rincón de nuestros corazones: vivimos en el lecho de antiguos océanos. Lo llevábamos en nuestro miedo a morir ahogados, en las historias sobre antepasados hijos de las inundaciones: «En el principio Dios separó los vapores para formar el firmamento arriba y los océanos abajo». El fin del mundo también sería acuático: una tormenta definitiva, una marea purificadora, glaciares pulverizándolo todo.

Superposición, sucesión, simultaneidad, cómo debió de sudar Noé fabricando su arca mientras las primeras gotas caían en los tejados de sus vecinos.

El sonido del motor situado en el ala junto a su ventana era como un oleaje constante que lo arrullaba. El cielo, azul pálido, en apariencia infinito, discurría por la ventanilla.

Un cuarto de siglo antes el *Agnita* surcó el áspero gris del Atlántico en dirección opuesta. A las seis horas de travesía, el sol se acercó al borde del mar. Winkler salió a cubierta y contempló cómo las últimas gaviotas sobrevolaban los botalones del carguero.

El verde acero de la cordillera Blake, las algas flotantes de la corriente del Golfo. Nunca antes había visto tanto cielo, tanta agua. Cerca de las Bahamas un temporal hizo chocar cordilleras de olas sibilantes contra la quilla y Winkler se aferró a la barandilla con el rostro amarillo, mareado, mientras el barco subía y bajaba detrás de él. Afloraron retazos de recuerdos: Sandy saliendo del First Federal al frío de la calle, cerrándose la capucha ribeteada de piel alrededor de la cara; la manera en que Grace había empezado a levantar la vista cada vez que él entraba en una habitación; Herman Sheeler inclinado sobre su mesa apuntando a lápiz una cita en su calendario: «Hockey, miércoles a las 16:00».

Sandy, supuso, estaría ya a punto del ultimátum. Imaginó su primera noche de vuelta a la casa, poniendo cojines a secar en el porche, colgando cortinas en la valla trasera. ¿Cuánto sedimento y lodo habría que sacar de su taller en el sótano?

Telefonearía a la policía y al Canal 3; haría una lista de las reparaciones necesarias; se quedaría en la puerta mirando el espacio frente a los setos donde debería haber estado el Newport. Tal vez cegaría la puerta del sótano y dejaría su Árbol del Paraíso bajo el agua, un Atlantis en el sótano.

Llegaría el telegrama; tal vez lo haría pedazos, o se quedaría mirándolo, o negaría con la cabeza, o asentiría. En algún momento tendría que contestar a preguntas difíciles, incómodas. De los vecinos, del representante de seguros. *¿Dónde* está? Entonces, quizá, ya habría metido la ropa de Winkler en cajas y las habría cerrado con cinta adhesiva.

O estaba haciendo preparativos fúnebres. O la casa había sido destruida y Grace y ella iban camino de Columbus, o de California, o de Alaska. O estaba muerta, alojada bajo el agua, enganchada en las ramas de un árbol junto a Grace, madre e hija, su pelo desplegado en abanico como tinta en la corriente.

La crueldad de las conjeturas. ¿Era simplemente demasiado débil? ¿Estaba demasiado asustado? ¿Había querido escapar? Tal vez Sandy había huido también. Tal vez se alegraba de que Winkler se hubiera ido: se acabaron las vueltas en la cama de noche, el sonambulismo, el despertarse y encontrar a su marido con ojos inexpresivos delante del cajón de los calcetines. Tal vez Herman y ella habían seguido en contacto todo aquel tiempo mientras Winkler estaba en el trabajo, mientras Winkler dormía. Tal vez, tal vez, tal vez.

Solo pensar en Grace le causaba un hormigueo eléctrico en el cráneo. Incluso entonces, doce noches después de ver a su hija por última vez, con el continente retrocediendo gradualmente a su espalda, una pequeña parte de él comprendía que quizá no pudiera volver. Transcurrido un periodo de tiempo —un mes, seis meses quizá, o un año—, Sandy se recuperaría y se cerraría en banda y entonces habría terminado con él, terminado por completo, viviría de nuevo en el presente, trabajando en una caja de ahorros. Winkler quedaría relegado a un pasado que más valía cerrar con llave y enterrar, un Árbol del Paraíso en el sótano, un cuerpo en el fondo de un lago. Grace —si había sobrevivido— preguntaría por él y Sandy diría que era un padre irresponsable, un don nadie.

Las horas se le hacían eternas. De noche las estrellas se esparcían por el cielo en cantidades insondables y avanzaban por la oscuridad, cayendo de una en una al mar a medida que surgían otras nuevas en el horizonte contrario.

La tripulación era brasileña en su mayoría; el segundo de a bordo, británico. Los únicos otros tres pasajeros de pago eran un trío de exportadores de pimienta malasios que se dedicaban a cuchichear furtivamente en el castillo de proa como conspiradores preparando un secuestro. Winkler evitaba a todo el mundo. ¿Y si alguien intentaba empezar una conversación? *¿A qué te dedicas? ¿Adónde vas?* A ninguna de las dos preguntas podría contestar. Durante las comidas escogía entre las ofertas diarias de la cocina: queso fundido, salchicha hervida o un postre amorfo que temblaba grotesco con las vibraciones de la embarcación. El sueño, cuando llegaba, lo hacía débilmente y entraba en él como en una acequia poco profunda. Cuando se despertaba, se sentía más exhausto que nunca. A su alrededor, otros hombres roncaban en literas. El agua rugía a través de las cañerías del barco.

Los primeros campos vastos y azules del mar de los Sargazos, el paso de los Vientos, las Antillas. El Caribe. Empezaron a aparecer aves, primero una pareja de rabihorcados paseándose por la proa; luego págalos; por fin un escuadrón de gaviotas sobrevolando la cubierta de proa. El séptimo día hubo tierra a la vista: un trío de islas flotando en vapor cincuenta kilómetros al este.

El *Agnita* atracó en media docena de puertos. En cada uno, los agentes de aduanas asaltaban su bodega y se marchaban cargados de sobornos: cajas de whisky de malta, una segadora de césped, una sudadera de los Yankees de Nueva York. En Santo Domingo cargó grano y en Ponce, azúcar; desembuchó colchones en Santa Cruz, un buldócer en Montserrat, trescientos inodoros de porcelana en Antigua.

Un mediodía, cuando el barco se encaminaba desde mar abierto hacia puerto una vez más, Winkler subió a cubierta y se apoyó en la barandilla. Una isla escarpada, con los hombros anchos y verdes de un volcán en su extremo norte, se acercaba. El mar estaba inusualmente en calma y el oleaje de proa ofrecía una imagen trémula: la quilla alta y gris puntuada solo por el escobén de estribor; luego la hilera de imbornales y los delgados barrotes de la barandilla; por último, la silueta pequeña e insustancial de Winkler, resistiendo.

Era el puerto mercantil de Kingstown, San Vicente. Se encontraba a unos tres mil kilómetros de Ohio, pero podía haber estado a un millón. Lo bastante lejos.

Desembarcó al abrigo de tres contenedores con partes de tractor y se refugió cerca del muelle en un hotel en ruinas, con el techo parcialmente hundido y media docena de currucas pavoneándose en la ventana. Al cabo de una hora el *Agnita* hizo sonar la sirena dos veces y zarpó. Lo vio navegar hasta el horizonte, la quilla primero, luego la gran superestructura blanca, hasta que, por último, los cañones de la chimeneas desaparecieron detrás de la curvatura del mar.

2

Las laderas de las colinas de San Vicente eran de un color esmeralda premonitorio, parcheadas de sombras de nubes y el verde más pálido de las plantaciones de caña. Desde su ventana veía una hilera de almacenes de chapa, una planta procesadora de arruruz, un campo de tierra con porterías sin red a ambos extremos. Nudos de casas color pastel se aferraban a las laderas de las montañas. Un olor almibarado y melancólico que Winkler asociaba con la carne vieja impregnaba el aire. Los rabihorcados volaban en bandadas a gran altura sobre el puerto.

Aquella primera noche recorrió un campo de golf de nueve hoyos abandonado detrás del hotel: unas plantas afiladas y peculiares con tallos de dos metros de altura se mecían en las calles; la hiedra invadía los *tees;* una familia gitana estaba acampada semipermanentemente en lo que había sido el tercer *green.* Había pocas luces, excepto las de las hogueras en las playas, las de los mástiles de los barcos y cerca de una docena de linternas que llevaban transeúntes invisibles yendo y viniendo entre hojas y que parecían estrellas descarriadas.

Las palmeras se agitaban. Sonidos minúsculos adquirían una importancia distorsionada: un guijarro cascabeleó bajo su suela; algo susurró en la maleza. En las ramas croaban ranas. Se preguntó si no solo habría huido de Nueva York, sino también del presente.

En la pared de la oficina de correos había un cartel de teléfono público. Se acomodó con la espalda pegada a la verja y entró y salió de pesadillas. Por la mañana, una mujer vestida de tela vaquera de la cabeza a los pies lo despertó empujándolo con la punta del pie. De su cuello colgaba un crucifijo, una cruz tan grande como su mano con un Jesús demacrado soldado a ella.

—Tengo que llamar por teléfono —dijo Winkler—. ¿Habla usted inglés?

La mujer asintió despacio como si estuviera meditando la respuesta. Tenía pómulos altos y de aspecto severo; el pelo liso y negro. ¿Española tal vez? ¿Argentina?

—Tengo que llamar a América.

—Esto es América.

—A Estados Unidos.

—Veinte E. C.

—E. C. ¿Qué es E. C.?

La mujer rio.

—Dinero. Dólares del Caribe Oriental.

—¿Puedo llamar a cobro revertido?

—¿Aceptarán la llamada?

La mujer rio de nuevo, abrió la puerta y le hizo entrar en la oficina de correos. Winkler escribió el número en un trozo de papel; la mujer fue detrás del mostrador, habló un momento al auricular y se lo pasó. Oyó miles de cables zumbar y chasquear, un ruido como el de mil interruptores accionados. Hubo un ruido como de un pestillo encajándose y luego, milagrosamente, un tono de llamada.

Le llenó de asombro que pudiera haber una secuencia de cables, o quizá incluso repetidores por satélite desde aquella isla hasta Shadow Hill, Ohio. ¿Cómo era posible? Pero no estaba tan lejos, aún no. Podía imaginar el teléfono en la pared de la cocina con dolorosa claridad: huellas en el auricular, el plástico que atrapaba rombos de luz de la ventana, el timbre mecánico de la campanilla. ¿Qué hora sería allí? ¿Despertarían los timbrazos a Grace? ¿Seguiría húmeda la casa, le habrían despedido del trabajo, habría llegado el cheque del seguro?

Estaba casi convencido de llevar fuera dieciocho días. Imaginó a Sandy arrastrando los pies hasta el teléfono, en pijama. Encendía las luces, se aclaraba la garganta, descolgaba el auricular de la horquilla... Ahora le hablaría.

La línea siguió zumbando: un simulacro de tono de llamada al que no estaba acostumbrado. Tenía la lengua como un saco de polvo dentro de la boca. Sonó treinta veces, treinta y una, treinta y dos. Se preguntó si la casa estaría sumergida, en el fondo de un lago nuevo, el teléfono aún sujeto ridículamente a la pared, el cordón horizontal y aleteando en la corriente, pececillos entrando y saliendo de los armarios.

—No contestan —dijo la operadora.

No era una pregunta. La mujer de la oficina postal miró a Winkler expectante.

—Unos pocos intentos más.

La pared de la oficina de correos estaba blanca y caliente por el sol. Los silos de un trapiche de caña de azúcar, dolorosamente brillantes, se erguían sobre la ciudad. En un puesto callejero negoció el intercambio de su chaqueta con un hombre que hablaba un inglés tan cerrado y tan rápido que Winkler no entendió nada. Terminó con un bacalao salado, una piña y dos tarros de mermelada llenos de lo que pensó que era Coca-Cola pero resultó ser ron.

Dos mujeres que pasaban por allí llevando cestas lo saludaron tímidamente. Las siguió durante un rato por la calle sin asfaltar, luego giró y bajó por bosquecillos espinosos hasta una playa. Olas pequeñas y verdes suspiraban desde el arrecife. Creyó oír voces aquí y allá en los árboles a su espalda, pero incluso a plena luz del sol allí estaba oscuro y no podía estar seguro. Desde lo alto de las colinas llegaban cencerros de cabras moviéndose despacio.

Aquel tufo dulce y a carroña se colaba en la brisa. El bacalao grasiento le revolvió las tripas. Levantó el primer frasco de ron y lo miró fijamente largo rato. En el interior del cilindro flotaban diminutos posos grises.

Solo había estado borracho en una ocasión, en una fiesta del departamento de química cuando, en un ataque de introversión, se parapetó encima de la secadora del cuarto de la colada de la anfitriona y se bebió cuatro vasos de ponche seguidos. La habitación había empezado a dar vueltas, despacio y sin compasión, y Winkler había salido por el garaje y vomitado en un montículo de nieve.

Nubes tenues de mosquitos flotaban en el lindero del bosque. Pasó toda la mañana y toda la tarde sorbiendo ron y solo se levantó de la arena para ir al mar y aliviarse. Cuando anocheció habían empezado a asaltarlo extrañas visiones: una muchacha de pelo oscuro arrastraba un saco a través del bosque; un bote de remos zozobraba debajo de él; la mujer de la oficina postal rezaba inclinada sobre un aguacate partido en dos mientras su crucifijo se balanceaba en la luz. Soñó con lagos que se congelaban y con el cuerpecillo de Grace atrapado bajo el hielo y con el corazón de un animal caliente y latiendo en su puño. Por fin soñó con la oscuridad, con una ausencia profunda y asfixiante de luz, y con presión, como aguas profundas, en sus sienes. Se despertó con arena en los labios y en la lengua. El sol estaba casi encima de la isla, el cielo parecía idéntico al de la mañana anterior. El mismo trapiche de caña de azúcar se erguía brillante y blanco en la luz cegadora.

Otro día. A su lado, un minúsculo caracol avanzaba por el borde de un frasco de ron vacío. Su sueño —la asfixiante oscuridad— tardaba en menguar. Puntos negros se desplazaban por su campo visual. Se levantó y echó a andar por el bosquecillo detrás de la playa.

En una callejuela detrás de una serie de casuchas arrancó limones de un árbol lleno de nudos y se los comió como si fueran manzanas. Salió una mujer mayor gritando y amenazándolo con una fregona. Continuó caminando.

En los días siguientes telefoneó a la casa de Shadow Hill Lane una docena de veces. En todas la llamada se quedó sin contestar; en todas le suplicó a la operadora que esperara a que sonara un poco más. Se preguntó de nuevo si el carguero lo habría llevado a una nueva ubicación en el tiempo, a un futuro o a un pasado que no coincidían con los de Ohio. Allí hacía un día como cualquier otro: un cielo caluroso y deslumbrante, mirlos que le gritaban desde los árboles, barcos que salían y entraban perezosamente del puerto. Allí, ¿qué día era? Quizá habían pasado varios años, quizá, de alguna manera, seguía siendo marzo, quizá seguía dormido en su cama, en el piso de arriba, al lado de Sandy, y Grace dormía su sueño impertérrito al final del pasillo mientras las primeras gotas de lluvia engordaban en las nubes.

Pero era abril de 1977. En casa, el jardín volvía a la vida, la inundación quedaba relegada al recuerdo. ¿Estarían enterrando a Grace? Quizá ya había sido el funeral y ahora solo había huchas para recaudar fondos junto a cajas registradoras, una tumba y restos de programas del velatorio que los vecinos habían dejado demasiado tiempo en las encimeras de sus cocinas y ahora estaban doblando y tirando a la basura con un sentimiento de culpa. Grace Pauline Winkler: 1976-1977. Apenas te conocimos.

Las oficinas de American Express no conseguían ponerse en contacto con su mujer, dijeron, para ver si le podía enviar dinero. En el banco, un hombre alto de piel amoratada le dijo que no podía acceder a la cuenta corriente o de ahorros de Winkler sin un pasaporte en vigor.

—Técnicamente, señor —le susurró entornando los párpados de forma teatral—, bastaría con una llamada mía para que los de Inmigración lo encierren.

Empeñó el cinturón, empeñó los cordones de los zapatos. Comió cruasanes rancios pescados en los cubos de basura de una pastelería, una docena de naranjas desechadas con la piel blanca. Cuando no soportó más la sed, dio sorbos del segundo tarro de ron: dulce, espeso, doloroso.

En un arranque de valor le pidió a la mujer de la oficina de correos que marcara el número de Kay Bergesen, productora de *Noticias de mediodía* del Canal 3. Kay aceptó el cobro revertido.

—David, ¿eres tú?

—Kay, ¿has sabido algo?

—¿Hola? No te oigo, David.

—¿Kay?

—Te oigo como si estuvieras en África o algo así. Oye, tienes que volver. Cadwell está cabreado. Puede que ya te haya despedido...

—¿Has sabido algo de Sandy?

—... desapareciste sin más. No supimos nada, ¿qué querías que creyéramos? Tienes que llamar a Cadwell ahora mismo, David...

—Sandy —dijo Winkler, languideciendo contra la pared de la oficina de correos—. ¿Y Grace?

Kay gritaba:

—... No te oigo, David. ¡Llama a Cadwell! No puedo arre...

Veintiún días desde que se fue de Ohio. Veintiún días. Intentó llamar a su vecino, Tim Stevenson, pero no cogió el teléfono nadie; intentó llamar de nuevo a Kay, pero se cortó antes de que pudieran ponerle con ella. La mujer de la oficina de correos se encogió de hombros.

Por las tardes llegaban tormentas a la isla y entonces se refugiaba en el borde de su pequeña playa debajo de las palmeras. A medida que pasaban las horas parecía tener menos sangre en la cabeza, como si a su corazón se le hubieran quitado las ganas de ocuparse de la circulación, como si aquel lugar lo mantuviera apresado en una forma de gravedad más poderosa. De noche, diminutas medusas iban a parar a la orilla y se retorcían en la arena como pulmones extraños y traslúcidos. Las pulgas de arena exploraban sus piernas. Se acostumbró a dormir en largos intervalos y, cuando se despertaba, el mismo sueño oscuro se desvanecía despacio, como reacio a marcharse. En algún punto al otro lado del arrecife, los relámpagos hervían y escupían y Winkler cambiaba de postura y seguía durmiendo.

3

Llevaba seis días en San Vicente cuando fue a la oficina postal y le pasó el reloj de pulsera a la mujer detrás del mostrador.

—Tengo que hacer otra llamada.

—¿No la quiere a cobro revertido?

—A este número no.

—¿Y habrá alguien en casa? —La mujer se echó a reír.

—¡Maldita sea!

La sonrisa de la mujer se marchitó. Se llevó una mano al crucifijo.

—Perdón —dijo en español—. Lo siento. No debería burlarme. —Alejó el reloj y lo estudió simulando interés. Levantó y bajó la hebilla; miró con ojos entrecerrados la manecilla del segundero, inmóvil encima del nueve—. ¿Qué hago con esto?

—Dar la hora. Venderlo. En el mercado no han querido cogérmelo.

La mujer miró hacia el hombre flaco que era el encargado, pero estaba hojeando un periódico y no les prestaba atención.

—¿Está roto?

—Funciona. Se mojó un poco. Solo necesita secarse.

—No lo quiero.

—Por favor.

La mujer se volvió de nuevo para mirar.

—Dos minutos.

Le dio el número de la casa de Herman Sheeler en Anchorage y la mujer marcó y le pasó el auricular. Después del primer timbrazo pensó en devolverle el teléfono a la mujer y decirle que no había nadie en casa, pero entonces oyó que descolgaban y que era Sandy.

Había un desfase del satélite en la comunicación. Sus dos sílabas —«¿Diga?»— se repetían, metálicas y distantes, como si las hubiera dicho a través de un tubo de alcantarillado. En algún lugar dentro de la conexión telefónica reverberó un pitido electrónico. A Winkler se le cerró la garganta y durante un largo instante pensó que no sería capaz de hablar. Abril en Anchorage, pensó. El viento contra la puerta del garaje, la nieve derretida deslizándose por el tejado. El grabado de una trucha en el recibidor forrado de madera.

—¿Diga? —repitió Sandy.

Winkler apoyó la cabeza en la pared.

—Soy David.

Silencio. Tuvo la sensación de que Sandy había tapado el micrófono con la palma de la mano.

—Sandy, ¿estás ahí?

—Sí.

—Estás bien —dijo Winkler.

—¿Estoy bien?

—Estás bien. Quiero decir viva. Me alegro.

La línea silbó; sonó de nuevo el pitido.

—¿Viva?

—No hacía más que llamar a casa.

—No estoy ahí.

—¿Cuánto hace que te fuiste? ¿Has vuelto con él?

Sandy no contestó.

—Sandy, ¿está Grace ahí? ¿Está bien Grace?

—Te fuiste. Cogiste y te fuiste sin más.

—¿Está Grace contigo? ¿Está bien Grace?

Se oyó el ruido del auricular contra una encimera, o quizá el suelo. Un segundo después, Herman le habló:

—No vuelva a llamar aquí. Busque ayuda. Necesita ayuda, ¿me entiende?

Luego un chasquido, y el ruido estático disminuyó.

Winkler se quedó quieto un momento. Sentía la pared tibia y húmeda en contacto con la frente. El aire olía a pintura húmeda. Tuvo una imagen repentina de Sandy en la puerta de aquella casa, el pijama con estampado de osos polares en trineo, sus pies desnudos volviéndose blancos en el frío.

—Se ha cortado —consiguió decir.

La mujer habló en voz baja.

—Vuelvo a marcar.

El teléfono sonó y sonó. Por fin alguien descolgó y volvió a colgar.

Winkler escuchó el espacio muerto en la línea un momento y, a continuación, devolvió el auricular.

—¡Ay, señor! —dijo la mujer—. Siéntese un momento.

—Se pegó el teléfono al gran crucifijo que llevaba al cuello—. Voy a buscar un poco de té.

Pero Winkler ya se había girado y había salido a trompicones por la puerta a la palpitante luz verde. ¿Qué quedaba? Tenía la camisa rígida de sudor y suciedad; los pantalones se le habían roto por las rodillas. Tenía medio frasco de ron y tres dólares del Caribe Oriental en el bolsillo que no le daban para nada: una bolsa de galletas, quizá, una lata de fiambre en conserva.

Bajo la ciudad, el mar relucía como una gigantesca bandeja de peltre y el sol lo golpeaba con saña. Se detuvo en mitad de la calle Bay y se quedó un largo rato sujetándose las rodillas con las manos. El asfalto parecía temblar del mismo modo que una imagen reflejada en el agua. En su interior se había puesto en marcha un vértigo lento. Tenía la extraña sensación de que la luz del cielo estaba entrando en su piel y penetrando en las cavidades de su cuerpo. En cualquier momento ya no sería capaz de alojarla.

Se llevó una mano a la boca y le vino una arcada. Un hombre que pasaba en bicicleta dio un gran rodeo para esquivarlo. Dos niños pequeños lo señalaron con el dedo y se taparon la boca con el dobladillo de sus camisetas. Las fachadas pastel de las tiendas parecieron mirarlo lascivas y cabecear. En algún lugar en el puerto, un barco hizo sonar la sirena. Bajó tambaleante por el estrecho sendero al sur de la ciudad. Cada célula de mi cuerpo se está desagregando, pensó. Todas las neuronas se han separado.

La luz era tan fuerte que solo podía mantener los ojos abiertos durante unos segundos. Un autobús con las palabras PACIENCIA Y DIOS pintadas, con sus ventanas llenas de mujeres somnolientas, pasó junto a él y lo cubrió de polvo. Encontró el sendero que salía de la carretera y se abrió camino entre la espesa maleza. En su pequeña playa se arrodilló y vio jirones horizontales de nubes desplazarse despacio por el cielo. *Cumulus humilis fractus,* pensó. Todo lo que sé es inútil.

Se acuclilló en la arena y tiritó. En dos ocasiones en las horas que siguieron se despertó al notar la mano de un hombre en sus bolsillos y, cuando quiso agarrar la muñeca, ya se había ido. El primero le robó el dinero que le quedaba y se preguntó confuso qué habría encontrado el segundo. Medio en sueños en los que no estaba seguro de si estaba despierto o dormido, vio regimientos de cangrejos entrar furtivamente en la playa, corretear en las pozas formadas por la marea con sus patas terminadas en agujas, deteniéndose, moviéndose otra vez.

4

Lo despertaron el olor a carne y el sonido de alguien masticando. Un hombre barrigudo estaba en cuclillas junto a él, comiendo, concentrado, arroz y cordero, sin apenas pausas para tragar. Una franja de luz amarilla se situó detrás de la isla. Entre las rocas, las pozas reflejaban círculos irregulares de cielo. Winkler llevaba dos días sin comer y los sonidos húmedos del hombre masticando le dieron arcadas.

—Te podrían haber robado —dijo el hombre.

Winkler intentó apoyar la cabeza en las rodillas, pero esta se negaba a quedarse quieta.

—Lo que tenía ya me lo han robado —contestó.

La voz se le quebró y le pareció la de un desconocido. El hombre barrigudo se encogió de hombros y comió; en el cielo se amontonó la luz.

—¿Qué día es?

—Domingo.

—¿Domingo de qué?

—Domingo de Pascua. Aquí.

Su acento era hispano. Le pasó arroz envuelto en una hoja amarillo brillante. Winkler se lo acercó a la nariz y lo devolvió.

—Come.

Winkler se lo llevó de nuevo a la boca, cerró los ojos y dio un mordisco pequeño a una esquina. Tenía la boca completamente seca. Los granos de arroz eran como minúsculos huesos al contacto con las muelas.

—Mi mujer —dijo el hombre—. Soma. —Hizo una pausa, esperando tal vez a que Winkler reaccionara. Arrugó la frente—. Lleva toda la semana sin dormir. Dice que la Pascua es para olvidar. No, para... —chasqueó los dedos en busca de la palabra— perdonar. Para perdonar.

Winkler masticó despacio. Se le movían los dientes en las encías y tenía la sensación de que, en cualquier momento, podían desprendérsele del todo.

—Cómete también la hoja —dijo el hombre.

Winkler la estudió: gruesa, reluciente, parecida a la hoja ancha y amarilla de un rododendro. Negó con la cabeza.

El hombre la cogió, la dobló con cuidado en cuatro y se la comió.

—Es buena para el intestino —añadió, y sonrió. Se limpió los dedos en la parte posterior de los muslos y se puso de pie—. Soy Félix. Félix Antonio Orellana.

Agarró la mano de Winkler y tiró de él hasta levantarlo. Por el campo visual de este cruzaron despacio vetas de luz.

—Soy chef. Cociné en la Moneda, en Santiago, Chile. Una vez cociné para el presidente cubano Fidel Castro. Hice sopa de calalú y ordenó que me llamaran a la cocina para decirme que estaba fabulosa. Esa es la palabra que usó. *Fabulosa*. Me pidió que le mandara la receta a sus cocineros. —Asintió un instante—. Se la mandé, por supuesto. Ven.

Condujo a Winkler a lo largo de la playa y cruzaron varios esteros coagulados de uvas de mar. Winkler tenía los pies hinchados dentro de los zapatos y la sensación de que no llevaba la cabeza bien sujeta al cuello y podía caérsele. A pesar de su panza, Félix caminaba con facilidad y rapidez, balanceando el torso sobre unas piernas flacas como alambres y ágiles; varias veces tuvo que girarse y esperar. Llegaron hasta una cala donde una niña descalza, quizá de cinco años, estaba sentada en la proa de una canoa alargada y de quilla ancha tirando piedras al mar.

Félix le dijo algo a la niña que Winkler no entendió y esta se metió en el agua y sujetó la bolina con una mano puesta en la borda.

—Por favor —dijo Félix e hizo un gesto en dirección a la barca—. Te llevamos con nosotros a casa. —Señaló con la barbilla hacia el mar—. No está lejos.

La tablazón de cubierta estaba llena de cajas y carbón. Winkler se tumbó en el banco del centro y Félix se sentó entre cajas y cogió el timón. La niña empujó la barca por la arena, vadeó hasta que estuvo en el agua y subió a bordo. De la popa colgaba un fueraborda oxidado. Cuando Félix le dio dos tirones rápidos tosió, echó humo y se puso en marcha.

La proa se levantó a medida que la barca ganaba velocidad. Winkler vio las laderas verdes de San Vicente retroceder detrás de ellos. Peces voladores saltaban en la estela de popa, nadando durante largos tramos en la superficie y, a continuación, cortando el agua como cuchillos. Félix sacó una petaca de alguna parte de su camisa, le quitó la tapa con una mano y bebió pensativo. Parecía que se dirigían a una isla, a un bulto negro en el horizonte.

La visión de Winkler le fallaba de vez en cuando por el resplandor del sol de la mañana, el agua furiosa y los saltitos de sus gafas sobre el puente de la nariz. El horizonte rebotaba y se escoraba. Le subió por la garganta un regusto amargo y supo que se estaba poniendo pálido. Se giró y escupió. Cuando volvió la cabeza, notó que la niña lo miraba con ojos brillantes.

—¿Mareado? —gritó en español.

Winkler le dio la espalda y tragó saliva.

La isla se acercó; distinguía árboles, un silo de caña de azúcar, unas cuantas casas dispersas a lo largo de la línea montañosa. Parecía más pequeña que San Vicente y no tan escarpada, tres colinas verdes ribeteadas de negro, empequeñecidas por el mar y el cielo.

Cuando pensaba que ya no podría seguir conteniendo las náuseas, Félix redujo la velocidad y metió marcha atrás.

—Un arrecife —anunció.

Delante de la proa, la isla desapareció, reapareció y volvió a desaparecer. El dorso de las olas espumaba y se rompía delante de ellos. Winkler distinguió las sombras oscuras de coral bajo el agua. Dejaron atrás una baliza verde en mal estado, chapoteando y cabeceando entre las olas. La barca bostezó; durante un instante la hélice se soltó y gritó, luego volvió a su sitio.

—¡Es peligroso! —chilló la niña.

Y sonrió a Winkler. Félix parecía perplejo. Aceleró el motor y empezaron a navegar a gran velocidad encima del coral, surfeando casi, y la canoa cargada se escoró peligrosamente. Por un breve instante Winkler se encontró delante de una pared de agua espumosa. Entonces lograron pasar y entraron en una laguna interior. La barca se enderezó. Olas encrestadas rompían plácidamente a su espalda. La niña miró a Winkler y este asintió con la cabeza para demostrar que estaba bien y la niña rio.

—¿No? —preguntó—. ¿Ya no más?

Desembarcaron en un muelle, un amarradero de madera podrida en una bahía en calma con unas pocas piraguas pintadas en tonos pastel. Bajo los árboles del fondo había unas cuantas casas de pescadores.

—Han ido todos al puerto —dijo Félix—. Para la regata.

Apagó el motor y la niña saltó al malecón y amarró la barca. Sin decir una palabra, empezaron a trasladar sus compras a tierra y pronto los tres echaron a andar cargados de bolsas y tarros por un camino de tierra de un metro de ancho con hierbas altas y gruesas a ambos lados. Aquí y allí había casas blancas pegadas al camino, pequeñas e irregulares, con techos de chapa. Unas cuantas cabras caminaban tras ellos y niños de tez oscura los miraban pasar desde sus puertas y saludaban a la niña, que les devolvía el saludo. El sol los seguía desde encima de las copas de los árboles. Un polvo rojo se levantaba en pequeñas nubes alrededor de sus pies. Winkler llevaba una caja con berenjenas y caminaba detrás de Félix el barrigudo y su hija, que iban más cargados que él.

Por fin se detuvieron delante de una casa muy pequeña de color azul claro atravesada de una esquina a otra por una delgada grieta, como si una mano gigantesca hubiera bajado del cielo, arrancado la mitad superior y después vuelto a colocarla. Félix dejó sus cajas.

—Nuestra casa —afirmó.

Se pararon delante de la puerta y Félix se inclinó hacia la niña para decirle alguna cosa y esta sacó un vestido blanco limpio de una caja y se lo puso encima de la camiseta. Varias gallinas enjutas aleteaban por el jardín y se paseaban furiosas entre sus pies. Félix sacó de nuevo la petaca y se la vació en la boca. Luego se pasó un peine por el pelo y se lo dio a la niña, que se peinó una vez y se lo pasó a Winkler.

Dentro de la casa tres niños, de ocho o nueve años quizá, con camisas blancas idénticas, jugaban a las tabas en el suelo de tierra. Detrás de ellos, una mujer delgada con un vestido amarillo y un pañuelo estaba sentada leyendo. Era, vio Winkler, la mujer de la oficina de correos de San Vicente. La mujer dejó el libro, se puso de pie y le ofreció el dorso de la mano.

—Soy Soma. Feliz Pascua.

Winkler parpadeó un momento. La mujer rio. Él le cogió la mano. Ella puso a los niños en fila y se los fue presentando, uno a uno, y ellos le dieron la mano a Winkler tímidamente y sin mirarlo a los ojos.

Luego Soma se puso delante de ellos e hizo una especie de reverencia.

—Pido disculpas —dijo— por el chiste en la oficina de correos. Tiene que perdonarme.

Félix mandó a los niños al jardín y vació las cajas de comida.

—Tú —le gritó Félix a Winkler blandiendo un cuchillo—. Corta.

Le pasó una bolsa con cebollas pequeñas y amarillas y Winkler se puso a pelar y a cortar en la encimera. Tuvo que doblarse hacia delante en dos ocasiones con los ojos llorosos y tragar bilis. La niña pequeña, una miniatura de su madre, lo miraba desde el otro lado de la ventana con los dedos metidos en los agujeros de la puerta mosquitera.

Las paredes de la casa estaban sin pintar. Había algunas fotos colgadas: una ciudad con montañas escarpadas y azules al fondo, una extensión de hierba ondulante salpicada de tiendas de campaña: una fotografía plastificada de la Virgen con túnica azul y una serpiente bajo la sandalia. En los rincones de la habitación central había pilas de libros, la mayoría en español: *La iglesia rebelde, Armas de la libertad, Regional Socialism in Latin America.* Y, en los antepechos de las ventanas, había barquitos torpemente construidos: maquetas de balandras, yolas, lanchas, una gabarra, algunos de ellos con diminutas drizas de hojalata, timones de madera, jarcias hechas de hilo.

Félix cocinaba en un estado cercano al frenesí, manejando sartenes, inhalando vapor, cantando de vez en cuando. Se secaba el sudor con el antebrazo, daba tragos furtivos de una botella sin etiqueta escondida detrás de la caja del carbón. Ordenó a Winkler que cortara la berenjena en tiras largas y finas y supervisó cada una de ellas.

—Finas. Más finas.

Félix las cogió como si fueran trozos extraños y húmedos de papel, las frio en una sartén hasta que estuvieron crujientes y las metió entre hojas de periódico. Preparó un *chutney* de mango muy elaborado. Escaldó y peló gallinas de pequeño tamaño, las cubrió de pimienta y las metió en la cocina de carbón. De lejos, más allá de los árboles, llegaba el sonido de fuegos artificiales, y los niños regresaron una hora más tarde rojos y sudorosos y Félix sacó las gallinas chisporroteantes de las sartenes.

—Muy bien —dijo.

Comieron en una mesa plegable al otro extremo de la habitación. Félix había cubierto las tiras de berenjena con *chutney* y había dispuesto encima las aves asadas. Soma inclinó la cabeza y los niños la imitaron y dio las gracias al Señor por los alimentos que iban a tomar y por la generosidad de la isla y por evitar que uno de los niños suspendiera el examen de matemáticas la semana anterior. Luego levantó un vaso y, con una mano en el corazón, dijo:

—Brindo por la salud y fortaleza de nuestro invitado.

Los niños levantaron las tazas de leche y las hicieron entrechocar.

Se pusieron a comer. Winkler estaba mirando hacia la ventana y por entre la mosquitera vio cómo los vencejos cazaban insectos en el jardín. Las gallinas se habían callado; un geco respiraba silencioso en el techo. Le parecía imposible estar allí, escuchando a aquella familia comer aves asadas. Félix hizo varias preguntas sobre la cría de ganado en Estados Unidos y pareció decepcionado al comprobar que Winkler no sabía nada al respecto. Los niños terminaron de comer primero y empezaron a impacientarse. La niña se dedicaba a pinchar la carne con el tenedor. Por fin Félix se limpió la boca, eructó, empujó el plato y sacó regalos de debajo de su banco: tres balandras pequeñas de madera, simples cascos con una clavija de madera pegada con cola a la cubierta a modo de mástil y timones diminutos justo antes de la popa. Los niños gritaron y se pelearon por los colores y se contentaron con los que habían elegido. A la niña le dio un tarro de cristal tapado con tela metálica y ella sonrió, fue hasta él y le pasó los brazos por el cuello.

Soma sonrió.

—¿Nada para mí? —dijo ella.

—Para ti —Félix hizo un gesto en dirección a los niños— más tarde.

Ella rio.

Los tres niños jugaron a hacer que sus balandros chocaban contra las paredes. La niña se metió debajo de la mesa y trató de atrapar un escarabajo con el frasco.

Soma mandó a los niños que fregaran los platos y estos sacaron cubos de debajo de una repisa y salieron. Winkler los oyó remojar y hacer entrechocar los platos en el patio.

La luz empezó a declinar. Fuera, en el jardín, los vencejos habían sido reemplazados por murciélagos. Soma encendió un candil y lo puso en el centro de la mesa, donde siseó y chisporroteó. Félix se reclinó en su asiento y sonrió con una suerte de inconsciente beatitud. Como si todo estuviera yendo según lo planeado. Como si su pequeño reino vibrara en armonía.

Cogió a la niñita del suelo y se la puso en el regazo. Esta levantó la vista del frasco, la fijó en Winkler y sonrió y parpadeó deprisa.

—Esta es Naaliyah —dijo Félix—. Nuestra hija.

Un mosquito aterrizó en el antebrazo de la niña y ella lo observó con astuta atención mientras le sacaba sangre. El insecto se hinchó, retiró la probóscide y desapareció. Naaliyah se frotó la muñeca, distraída. En su frasco, una hormiga negra rozaba las paredes con sus antenas.

—Es preciosa —dijo Winkler.

Quería preguntar cosas sobre ella, cuántos años tenía, si iba al colegio, pero se le llenaron los ojos de lágrimas y tuvo que levantarse del banco y salir a la noche.

La habitación que le dieron era la de los chicos, en la parte de atrás de la casa, con un cartel desvaído de un jugador de fútbol chileno pegado a la pared, dos literas de obra y un único travesaño a modo de escalerilla. En un estante en un rincón había dispuestos pequeños montones de ropa. Los niños se tumbaron sin decir palabra en el suelo de la cocina, juntos, las cabezas en una única almohada. La niña lo hizo en uno de los bancos de la mesa plegable, bajo la ventana, todavía con el vestido blanco puesto, mientras miraba a Winkler con ojos grandes que parpadeaban despacio.

Winkler se tumbó en la litera inferior. Pegadas al somier de la superior, una serie de estrellas fosforescentes emitían un resplandor tenue. El olor era dulce: a lavandería y a sudor infantil.

Hojas desplazándose en el aire como viajeros; filamentos de aire atrapados en los brazos de un cristal de nieve; su madre aplanando tierra en una maceta de barro. Sueños que acechaban como sombras desde los límites del jardín. Cuando le había preguntado por Grace, Sandy había soltado el teléfono.

Entró Soma de puntillas con un libro en la mano y gafas de lectura sujetas a la cabeza.

—David.

Winkler se enderezó.

—No puedo… —empezó a decir, pero Soma levantó una mano.

—Cuando mejor cocina Félix es por la mañana. ¿Te quedarás?

Winkler negó con la cabeza.

—Shhh. —Soma le subió el dobladillo de la sábana a la barbilla—. Hazlo por mí.

Un escarabajo se estampó contra la pared, cayó al suelo y se quedó allí zumbando como para recuperarse del impacto. Winkler vio cómo Soma salía, daba un beso de buenas noches a la niña y desaparecía detrás de una cortina en la otra habitación de la casa. Pronto el lugar estuvo en silencio y oyó la respiración pausada y superficial de los niños dormidos y el clamor de los insectos en los tamarindos del camino.

Sintió que se escoraba hacia el sueño. Un recuerdo surgió sin ser invocado: por las noches, de niño, solía acurrucarse detrás de la tabla de planchar de su madre mientras esta se planchaba los uniformes, y el algodón caía en cascada a su alrededor, fragante, blanco y cálido, y por entre sus pliegues veía a su padre en camiseta interior fumando su pipa, estirando el periódico cada vez que pasaba una página.

5

En las horas previas a la madrugada oyó a las gallinas corretear por el tejado de la casa y cómo la puerta mosquitera se abría y se cerraba de golpe. Cuando se volvió a despertar, ya era de día y Félix cantaba delante de la cocina. Winkler se levantó y remetió la sábana en el pequeño colchón. ¿Había soñado? No se acordaba.

Se puso las gafas. Por la ventana, en el cuarto inferior del cielo, un grupo de nubes se amontonaba sobre una colina.

—Lluvia —dijo.

La niña, Naaliyah, lo observaba desde la puerta. Se acercó a la ventana y miró.

—Sol —replicó.

Winkler asintió con la cabeza.

—Lluvia no —añadió Naaliyah.

—Ahora hace sol —convino Winkler—, pero ¿ves esas nubes sobre la colina? ¿Cómo el aire las hace subir? ¿Como si fueran sombreros? Significa que hay una convección, aire caliente, subiendo por la ladera de la colina. El aire ahí arriba es inestable. Significa que puede llover.

La niña se puso de puntillas y se aferró con los dedos al antepecho.

—¿De verdad?

Winkler entró en la cocina. Félix llevaba una gorra de lana y una camiseta turquesa con las palabras «Miami Dolphins» serigrafiadas. Partió un mango y le dio la mitad a Winkler junto con una cuchara.

Winkler lo vio moverse por la cocina sobre sus piernas flacas. El pelo le asomaba de la gorra por entre pequeños agujeros hechos por polillas. Dio un trago de su botella.

—No sois de por aquí —dijo Winkler.

Félix se volvió.

—No. Nací en Punta Arenas. Soma, en Santiago.

—Chile.

—Sí. Chile. —Félix estiró la palabra como paladeándola. Miró a la niña—. Pero esta es nuestra casa ahora, ¿a que sí, Liyah?

La niña se encogió de hombros.

—Soma dice que en esta isla todos son refugiados. De África, de Sudamérica o de Asia. Incluso los caribeños, esta isla no era suya.

Volvió a los huevos.

—¿Y vuestros hijos? ¿Son de Santiago?

—No son hijos nuestros. No de sangre. Sí, de Santiago. Sus padres vivían allí.

Winkler frunció el ceño. Comió una cucharada de mango.

—¿Cuánto —preguntó— me costaría un billete de avión a Estados Unidos?

—Cuatro o cinco mil, quizá. Es caro.

—¿Cómo vuelvo a San Vicente?

—Los niños pueden llevarte. Cuando regresen. Ahora están en el colegio. Llevan a su madre a la oficina de correos. Pero puedes quedarte más tiempo, ya te lo ha dicho Soma.

—Me gustaría compensaros por vuestra amabilidad.

—No nos debes nada.

Winkler se puso a pensar. Debía algo. Pero ¿estaba en situación de devolver un favor a nadie? Ni siquiera sabía el nombre de la isla en la que se encontraba.

Félix bebió de su botella. Al cabo de un rato dijo:

—Estamos construyendo un hotel. Yo voy a ser el chef. Igual quieres trabajar ahí.

Félix y Naaliyah guiaron a Winkler por entre las gallinas y a lo largo de otro sendero dejando atrás más casas, todas puestas como por casualidad, como si una gran inundación las hubiera dejado allí al retirarse. Subieron una colina, atravesaron un prado limpio de maleza y luego bajaron entre oscuros matorrales hacia el extremo oeste de la isla. A través de grietas en el manto de las hojas Winkler entrevió extensiones espejeantes de sol y los bordes blancos e irregulares del arrecife. Cada pocos minutos, Naaliyah se volvía para observar cómo las nubes cambiaban y se acumulaban sobre las colinas.

El hotel —o lo que Winkler supuso que se convertiría en un hotel— no era apenas nada: un montón de madera, un palé de ladrillos. Un diminuto cobertizo de hojalata escondido bajo un mar de arbustos. A casi un kilómetro, olas grandes y espumosas rompían sobre el arrecife. Palmeras dobladas por el viento enmarcaban el lugar; el claro era marrón y arenoso; un solitario árbol frutal permanecía en una esquina de la propiedad engalanado con una guirnalda de sus propios frutos. La playa estaba llena de madera de deriva, matas de campanillas y bobinas de cable como enormes mesas de café tumbadas.

Media docena de hombres dirigieron una lenta salva de saludos a Félix y, a continuación, todos esperaron, unos pocos fumando acuclillados, las puntas de sus cigarrillos brillando y moviéndose en la penumbra. Naaliyah perseguía lagartos entre las sombras.

Al cabo de un tiempo llegó un jeep, abriéndose paso por el laberíntico camino de acceso. Un hombre con un traje amarillo salió y abrió la portezuela y los hombres cogieron palas y picos de la parte de atrás. Cuando Félix estuvo junto al parachoques trasero, el hombre del traje amarillo se inclinó e intercambiaron unas pocas palabras. Félix se volvió y le hizo una seña a Winkler para que se acercara.

—Este es Nanton. El hotel es suyo.

Nanton miró a Winkler de arriba abajo, luego se volvió y cerró la puerta del jeep.

—¿Qué sabes hacer?

Winkler miró a la cuadrilla de hombres hoscos que arrastraban herramientas hacia las pilas de maderos.

—Todo lo que hagan ellos —dijo.

Nanton pareció sopesar esta afirmación.

—Hoy trabajas en los cimientos. Trabajas dos semanas. Si sigues aquí después de dos semanas, igual te quedas. —Tenía los dientes de color verde mate y su aliento era salobre, como si hubiera estado bebiendo agua de mar—. Hoy trabajas —repitió, y sus labios esbozaron una sonrisa—. Igual mañana no vuelves.

Nanton hizo que dos hombres sacaran lo que parecía la silla de un socorrista del cobertizo y la metieran en el agua, donde no cubría. Se subió a ella, abrió un paraguas y se sentó a vigilar a la cuadrilla mientras mascaba hojas de coca.

Winkler cogió una pala y siguió a Félix hasta la pila de maderos, pero Nanton lo llamó.

—No. —Hizo un gesto hacia la laguna—. Trabajas ahí.

Winkler fue hasta el borde del agua y esperó a que Nanton le ordenara avanzar de nuevo.

—Fuera. Donde las banderas.

Se habían puesto pequeñas balizas color naranja en las partes de la laguna donde no cubría. Se mecían en silencio al ritmo del agua—. Cavas debajo de cada una.

—Debajo de las banderas.

—Correcto. Ahora, por favor. Cuando la marea sigue baja.

Winkler parpadeó, luego se ajustó las gafas y vadeó hasta la primera bandera. El agua le llegaba hasta la mitad de los muslos. La fina asta de la bandera estaba sujeta por una bolsa llena de arena. Empezó a dar tajos a las rocas y a las colonias de coral bajo el agua. La pala se le desviaba dentro del agua y era casi imposible hacer palanca.

Entonces el sol salió por completo en la isla, metálico y despiadado. Los otros hombres trabajaban a la sombra, en un tramo de roca al final de la playa. Sus palas picaban y despedían chispas.

Nanton sacó un periódico y empezó a pasar sus páginas despacio. Había una sensación de pereza y melancolía bajo los árboles y a mediodía la mayoría de los hombres se escabulleron para echarse una siesta, beber ron o mirar el mar. El filo de la pala de Winkler se dobló; la marea le subió por los muslos. Era imposible ahuyentar los recuerdos: el agua inundando el sótano, Sandy furiosa en el camino de entrada a la casa.

Aquellos fueron quizá sus momentos más vulnerables. Había huido, sí, pero con razón. La vida de Grace había estado en peligro, pero sin duda este había pasado, ¿no? Y, sin embargo, allí estaba, rodeado de desconocidos, dando golpes a rocas con una pala medio rota. ¿No había otra forma de volver a casa? Podía mendigar o colarse de polizón, ofrecerse como mano de obra a cambio de un pasaje en un barco, robar el dinero para un billete de avión. Podía improvisar una balsa y remar en ella hasta casa. Podía nadar. ¿No era cada minuto que dejaba pasar una traición?

¿Era miedo? ¿Miedo a que, si volvía, y Grace seguía viva, aún podía matarla sin darse cuenta porque su destino estaría aguardando su vuelta para cumplirse? ¿O es que temía enfrentarse a lo que había dejado atrás? ¿Es que había tenido siempre la esperanza de irse, en cada momento dilatado por ese anhelo, exhausto por la presión de la obligación frente al deseo? Oía el eco de la voz de Sandy por teléfono. *Te fuiste. Cogiste y te fuiste sin más.* No. La quería. Y quería a Grace, tanto que se le abrían pequeñas fisuras en el corazón cada vez que pensaba en ella.

Miró un momento, a través del agua, la base de la bandera, se secó la frente y se dio cuenta de que no había avanzado casi nada.

A primera hora de la tarde láminas de nubes difusas, jirones bajos y rasgados, llegaron del mar y empezó a llover. La mayoría de los trabajadores se refugiaron bajo las palmeras, pero la niña, Naaliyah, se quedó en el pequeño claro mirando a Winkler con las palmas de las manos extendidas. Gotas de lluvia le salpicaron a este los cristales de las gafas; siguió trabajando.

Al atardecer, Nanton se bajó de donde estaba encaramado, recogió las palas y los picos y los guardó en la parte trasera de su jeep. Winkler se quedó chorreando en el borde de la pequeña excavación y vio a Félix hablar con Nanton en voz baja; luego el jeep se marchó.

La lluvia amainó y las nubes se aplacaron. Volvió a casa de Félix y Soma. Los niños fregaron los platos de la cena en el jardín. Félix sacó una caja de aparejos desvencijada del cuarto de atrás y la abrió sobre la mesa plegable. Dentro había lo necesario para hacer las maquetas diminutas de barcos: sierras y destornilladores pequeñitos, clavijas, brochas en miniatura, tubos de pegamento, latas de pintura para maquetas. Sacó un trocito de madera y empezó a lijarlo con cuidado. Soma le hizo preguntas sobre cómo había pasado Winkler el día.

Naaliyah le tiró a Winkler de la manga.

—¿Qué más cosas —preguntó— sabes de nubes?

Cada día Nanton lo mandaba a la laguna para que hiciera trizas con la pala las rocas sumergidas.

—Necesitamos excavar a medio metro de profundidad —dijo, pero no explicó por qué.

Winkler era el único hombre blanco que trabajaba para Nanton, y este parecía extraer un placer perverso de la ironía histórica de este hecho. De vez en cuando se bajaba de su silla y le pedía a Winkler que sostuviera la pala en alto para poder inspeccionarla, sonreír de oreja a oreja y girarse para escupir el jugo de coca en el agua. La piel entre los dedos de Winkler se desprendió; le salieron heridas en las palmas.

Dejaba que el ritmo del trabajo lo abrumara; cortaba y picaba con la pala hasta que el agua le llegaba casi al pecho. Entonces vadeaba, chorreando de agua, hasta la orilla y trabajaba con los otros hombres. Cada noche volvía a casa con

Félix y Naaliyah, subiendo por el bosque y el prado y luego bajando. Empezó a dormir en el suelo de la cocina para que los niños recuperaran sus literas, y, cuando se despertaba, salía con estos y su madre al jardín y veía la luz acumularse y escuchaba a las ranas callarse y a los gallos cacarear en las colinas. Si levantaba la vista hacia el mosaico de campos, plantaciones de caña como bosques talados, el viento marino soplándole en la nuca, casi podía imaginar que tenía ocho años y estaba en un parque en algún sitio con su madre en una mañana fresca y azul de Anchorage.

Pasó un día, y luego otro, y otro. Siempre que no pensara en Grace, era casi fácil. ¿Habían pasado veinticinco días o veintisiete? ¿Un mes? El sol salía, el sol se ponía. Sandy no se presentaba a la puerta de la casita azul de Félix y Soma ardiendo de furia. No tenían visitas. Pensaba en su año con Sandy en la casa de Shadow Hill, en cómo se le iban a ella los ojos hacia las ventanas, en la desesperación silenciosa de todo lo que nunca se dijeron: lagunas y ausencias en cada conversación, el pasado circunscribiendo el presente, el presente hilvanándose con el pasado. Trató de imaginar cómo habría sido la vida para Herman, cómo debía de haber dejado morir cada día, yendo al banco, haciendo oídos sordos a los inevitables chismorreos, cada hora que pasaba aumentando la distancia entre su mujer y él. Tal vez había cambiado de trabajo. Tal vez nunca había perdido la esperanza.

Las dos primeras semanas de Winkler en el hotel transcurrieron así: el sol y el viento le quemaron los hombros; la piel se le puso de color rosa y, por fin, de un moreno uniforme. En las palmas de las manos le salieron ampollas que se le abrieron y después volvieron a salirle. Félix le contó que Nanton había hecho fortuna construyendo casas de vecindad en Venezuela y que quería que aquel hotel sufragara su jubilación.

—Nanton es un hombre de honor. Te pagará. Ahora solo te está poniendo a prueba.

—Pero ¿para qué picamos roca? ¿Por qué me manda al agua?

—Ah. —Félix sonrió—. Eso es un secreto de Nanton.

—Un secreto.

—Sí. Una idea muy especial. —Hizo un gesto que abarcaba la laguna al completo—. Traerá huéspedes de todo el mundo.

En la laguna del hotel, barcos de pescadores pintados de tonos brillantes se balanceaban hacia atrás y hacia delante, y en la orilla pájaros extraños de largo pico chillaban a los trabajadores bajo los árboles. Sobre la silueta distante del volcán de San Vicente, al norte, flotaban nubes. De noche, las luces de Kingstown centelleaban desde el otro lado del canal. Félix llevaba arroz o curri o papaya envueltos en hojas para el almuerzo y Winkler se sentaba con él y veía a Naaliyah corretear por la arena o bajo las palmeras, persiguiendo insectos, capturando cangrejos en el cuenco de la mano.

—Papá —susurraba sosteniendo una pareja de libélulas apareándose—. Mira, están unidas.

En el transcurso de aquellas veladas reconstruyó cuanto pudo la historia de Félix y Soma. Los dos habían trabajado en la Moneda, que Félix dijo que era como la Casa Blanca de Washington, solo que «más chilena». Cuando el entonces presidente fue depuesto en un golpe de Estado (le habían pegado un tiro o quizá se lo había pegado él mismo en un pasillo subterráneo), todo su personal había huido, incluidos los cocineros. Hubo desapariciones. Varios de sus amigos, incluido el supervisor de Félix, fueron detenidos y nunca más se supo de ellos. Soma se negaba a hablar de aquellas partes de la historia y cerraba los ojos mientras jugueteaba con la cadena de su crucifijo.

Aquello eran, decía Félix, noticias internacionales, y se preguntó en voz alta cómo era posible que Winkler fuera la única persona viva que no se había enterado.

Félix tenía la vista fija en las manos, con las que manipulaba lo que parecía ser un cortaúñas diminuto y oxidado para recortar el aparejo en miniatura de una maqueta. Sus dedos no acertaban, el aparejo se colaba por entre las pequeñas aberturas y tenía que volver a empezar.

Inmediatamente después del golpe, Félix y Soma habían viajado a la Patagonia para esconderse con la familia de él. Cuando aparecieron los tres niños, hijos del anterior ministro de Comercio, amigo de ambos, Félix y Soma los acogieron. Los detalles de su marcha de Patagonia era algo de lo que Félix no quería hablar, como tampoco de cómo habían conseguido hacerlo con cuatro niños ni de quién en concreto les había ayudado en su huida. En Caracas conocieron a Nanton, que contrató a Félix y les pagó los billetes de tercera clase a San Vicente.

—¿Volveréis? ¿Si se termina y echan al dirigente actual?

Soma se detuvo en la puerta y se volvió.

—Este es nuestro hogar ahora. Vivimos aquí.

Abrió la puerta mosquitera y salió al jardín.

Félix no levantó la vista de su barco. Winkler cambió de postura por el calor. De lejos llegaban los gritos de los niños jugando al béisbol en la carretera.

—¿Y tú? —preguntó Félix—. ¿También huyes de algo?

A Winkler le vino a la cabeza una imagen de Sandy agitando los dedos, una costumbre que tenía, un gesto, como si quisiera apartar todas las cosas que iban mal en sus vidas.

—Sí —dijo.

Al otro lado de la ventana, Soma echaba granos de maíz a las gallinas con la vista fija en los tamarindos.

Mediada la segunda semana de Winkler, Nanton se bajó de su silla de socorrista, chapoteó hasta la orilla y le dijo que se acercara al jeep. Del asiento de atrás sacó unos planos enrollados.

—Te preguntarás por qué te tengo en la laguna, bajo el sol —dijo. Tenía los dientes verde brillante—. Pensarás que estoy loco. Estás picando piedra alrededor de una pequeña bandera y piensas que te estoy haciendo perder el tiempo.

Winkler se encogió de hombros.

—Pero ¿de verdad no quieres saber lo que estás haciendo?

Desenrolló con cautela los planos encima de la plataforma trasera del jeep, como si fueran secretos, o ilegales, y miró a Winkler con atención mientras los examinaba. Un entramado de vigas, manchas tenues de color, rectángulos azules que representaban ventanas. Winkler se encogió de hombros.

—No lo entiendo.

En la cara de Nanton se dibujó una sonrisa.

—Un suelo transparente. Para que los huéspedes puedan ver las criaturas del mar.

Winkler pasó la página y estudió los alzados. Nanton sonreía radiante. Las razones de su entusiasmo se hicieron evidentes: un gigantesco suelo de cristal en el vestíbulo donde se podrían contemplar peces curioseando bajo los zapatos de los huéspedes. Detrás, una gran cocina de acero inoxidable, una docena de habitaciones a la orilla del mar, un embarcadero iluminado con farolillos a modo de comedor. Habría pasarelas cruzando arroyos, iluminación tenue y de buen gusto señalizando los senderos y focos submarinos para que los huéspedes pudieran admirar el acantilado de noche.

Pero de momento no era más que un solar árido con montones de bloques de hormigón ligero, y bambú y revestimiento para techos apilados bajo lonas.

—Si trabajas así todo el tiempo —dijo Nanton señalando la pala que tenía Winkler en las manos—, puede que te contrate cuando esté terminado. Quizá puedas limpiar tuberías. —Rio y enseñó sus dientes verdes—. ¡Tendré un médico americano limpiando retretes!

—No estaré aquí tanto tiempo —dijo Winkler.

Y, en cualquier caso, los cimientos no iban ni por la mitad. Picó y sacó trozos de roca con la pala; la arena cubría enseguida lo que había hecho. Bancos de pececillos pasaban a toda prisa junto a sus piernas; la marea subía y volvía a bajar. Los hombres lo observaban, pero apenas le dirigían la palabra. Cuando lo hacían, Winkler casi no les entendía. Al atardecer, antes de volver a casa de Félix, miraba la hoguera que habían hecho al final de la playa, sus sombras crecer por la arena, largas y combadas, sus voces susurros como las voces de los árboles.

Era el principio de una nueva existencia; Winkler la sentía gestarse. Los días transcurrían de manera idéntica, el tiempo no era una secuencia, sino un ritmo repetido: el amanecer, los gallos, el jeep y las palas y la roca. Sin interrupciones, sin estudios, sin partes meteorológicos. Su cuerpo se estaba convirtiendo en un instrumento, en una herramienta. Vadeaba mar adentro y se perdía en la cadencia del trabajo y los días se parecían los unos a los otros: despejados por la mañana, lluviosos por la tarde, con estrellas ardiendo sobre las ramas de los árboles de noche.

Aun así, por supuesto, los recuerdos encontraban rendijas: el tono suave, increíblemente rosado de las mejillas de Grace; el olor a quemado del secador de pelo de Sandy flotando en el cuarto de baño. La curva de sus costillas contra las palmas de sus manos.

Naaliyah observaba a Winkler desde las sombras. Los agujeros bajo las pequeñas banderas naranjas se hicieron más profundos. En ocasiones, mientras balanceaba la hoja de la pala, tenía la impresión de estar esculpiendo su propia tumba submarina.

6

Catorce días después de empezar a trabajar para Nanton —transcurrido ya más de un mes desde que dejó Ohio—, hizo cola detrás del jeep con los demás y le pagaron: sesenta dólares del Caribe Oriental. En la tienda náutica de Port Elizabeth compró pantalones, unas botas de segunda mano y un paquete de sobres de correo aéreo.

Querida Sandy:
Recuerdo muchas cosas. Recuerdo saltar de roca en roca para cruzar el río, tu mano limpiando la encimera de la cocina, pecas en tu mejilla. Recuerdo cómo odiabas que te rozara las gafas con la nariz porque te manchaba los cristales, y cómo dejabas de hablar y te quedabas mirando fijamente cada vez que nos cruzábamos con un bebé.

Todo lo que te pido es que me digas si Grace está viva. Solo cuéntame qué pasó.

Te escribiré cada día. Trabajaré hasta tener dinero suficiente para regresar y entonces volveré. Si me aceptas, podríamos empezar de nuevo. Siempre podríamos empezar de nuevo.

Pasaba todo el día dando tajos a rocas submarinas y de noche escribía cartas, doblado sobre la mesa plegable de Félix a la luz chisporroteante del candil, garrapateando, tachando, volviendo a empezar.

Las cartas siguientes fueron aún peor que la primera: súplicas deslavazadas, casi imposibles de componer. Decía que lo sentía, que confiaba en que algún día le entendiera. Luego lo tachaba. Luego volvía a escribir lo mismo. En ocasiones, solo escribir a lápiz el nombre de Sandy en el anverso del sobre le resultaba casi intolerable. Pero la alternativa, que era no intentarlo, haberse marchado para siempre, era peor. Entonces sí se habría ido de verdad, y tenía la sensación de que una cuerda así, una vez cortada, no podría recomponerse. Pensaba en el sentimiento que había tenido al salir de la oficina postal de San Vicente: la sensación de que su cuerpo entero podía disolverse en luz: una grieta en la parte posterior del cráneo, un suspiro húmedo, un hilo separándose.

Naaliyah miraba por encima de su hombro el lápiz cruzando una y otra vez la página.

—¿Estás escribiendo a tu familia? —preguntaba—. ¿Estás escribiendo a casa?

Querida Grace:
A veces tengo la esperanza de que tu madre te haya mentido. Igual te ha contado que estoy destinado en ultramar: que soy capitán de un submarino, o espía diplomático. Igual te cuenta que el hombre con el que vives, si es que vives con él, es tu padre.
A veces veo cosas y luego ocurren. Siempre ha sido así… No sé por qué. En mis momentos de mayor soledad imagi-

no que tú también sueñas cosas que luego ocurren. Si es así, espero que veas sitios mejores, y una vida mejor. Si crees que estoy loco, probablemente estés en lo cierto. Quizá te ayude a comprender. Te quiero. Siempre te querré.

Dirigía los sobres a la calle Marilyn y, ocasionalmente —en momentos de optimismo—, a la casa en Shadow Hill y se las entregaba a Soma en un estado cercano al pánico.

—Mándala —decía—, aunque luego te pida que no lo hagas.

Una, dos, en ocasiones tres al día. Tal vez la idea era que, si podía escribir tantas cartas, enviar tantos sobres a Sandy, con el tiempo se habría enviado a sí mismo, y existiría más allí que donde en realidad se encontraba.

Imaginaba a Herman haciendo pedazos cada carta y depositándolos en su papelera con pedal. Ahí te quedas, la tapa que se cierra de golpe. El verano de Anchorage al otro lado de la ventana, apagándose ya.

Pero Winkler insistía. Escribía al menos una vez al día, usaba la oficina postal de Kingstown como dirección de remite. A veces escribía más que una disculpa; describía las elaboradas cenas de Félix, o a su familia, a la pequeña Naaliyah persiguiendo mariposas carretera abajo, acorralando un lagarto contra una roca. «Me recuerda a Grace», escribía. «Siempre tiene los ojos abiertos».

Llegó una cuadrilla de trabajadores metalúrgicos, hombres silenciosos de piel añil que condujeron camiones hasta la playa y descargaron palés de plexiglás de ocho centímetros de espesor. Al cabo de una hora ya habían erigido una grúa rudimentaria y estaban perforando con una barrena en uno de los agujeros que Winkler había empezado. Bajaron barriles gigantescos de una gabarra, los anclaron con cemento, piedras y coral y los hundieron en la laguna para que sirvieran de pilotes. Al cabo de una semana había un armazón de acero levantado sobre la sección de la laguna donde habían estado las pequeñas banderas naranjas. Media docena de carpinteros llegaron en barco, montaron un campamento en la playa y en siete días más completaron el esqueleto del edificio. Nanton lo observaba todo desde su atalaya, computando hileras de números en un bloc, frunciendo el ceño, borrando, volviendo a calcular.

Ahora Winkler guiaba una balsa cargada con bovedillas de un lado a otro de la laguna. Guardaba sus ganancias en una caja de plástico; ayudaba a los chicos a lavar los platos; escribía sus cartas.

Los domingos paseaba por la isla. Naaliyah lo seguía a cierta distancia y él terminaba por llamarla y subírsela a los hombros. Intentaba decirle los nombres de las pocas plantas que conocía: bambú, pino caribeño, helechos, cecropia.

—Las nubes como esas —le señalaba— se llaman *cumulus congestus*. Cada una va sobre una gran columna de aire que se enfría poco a poco. Igual que un helado de cucurucho gigante e invisible. Esa nube pequeña de ahí probablemente pesa doscientos mil kilos.

—Noooo —decía la niña—. Está flotando. No pesa nada.

Aun así, no dejaba de mirar.

Bosquecillos empapados, campos altos. Ágaves y cactus trepadores. La isla, vista desde una cumbre, era una colina de diez kilómetros rodeada de palmeras y jardines de coral con el mar mordiendo sus arrecifes. Y los cielos. En un mismo día el cielo podía pasar del verde en el amanecer a un azul de mediodía tan riguroso que era casi negro, y de la plata ardiente en la tarde a un borgoña turbio en el crepúsculo. Justo antes de anochecer florecía en somnolientos violetas imperiales. Pirámides de malva, calderos de melocotón... Cielos que eran más una droga que un color.

—¿Ves esa línea oscura en el horizonte? Se llama la línea del viento. Significa que allí a lo lejos hay una tormenta.

Naaliyah se acercaba a Winkler y miraba hacia donde señalaba con el brazo.

—¿Va a llegar aquí? ¿La tormenta?

—Puede ser.

Pasaron por una azucarera echada a perder: una noria abandonada, un molino oxidado, reliquias de la esclavitud. Pensó: Nuestras sombras son nuestra historia, las llevamos a todas partes. Naaliyah se quedó fuera mirando al cielo, esperando a que lloviera. Winkler pensó en lo poco que pesaba en sus brazos, en sus caderas delgadas y puntiagudas, y una cuchilla de culpa se le retorcía por dentro.

Sentado a mesas de taberna mal iluminadas con una botella brillante delante de él, Nanton dibujaba a lápiz elaborados paisajes en papel de envolver carne.

—Mira —señaló con un dedo manchado de coca—. Flores. Y aquí palmeras. Quiero una hilera junto al arroyo.

Tenía buenas ideas, Winkler se daba cuenta, talento para imaginar cómo quedarían las cosas.

—¿Cómo lo ves? —preguntó Nanton con el ceño fruncido—. ¿Habrá agua suficiente?

—Sí. Quedará muy bonito.

Querida Sandy:

Me gusta trabajar con las manos. Al final del día estoy cansado de verdad. Ahora entiendo el placer que le producía a mi padre su trabajo. Aparcaba el camión al final de la calle, subía con fatiga las escaleras y suspiraba cuando cruzaba la puerta. Después de su jornada estaba deseando dormitar en su butaca, con la pipa cerca.

Félix, el amigo del que te he hablado, hace barcos en miniatura, es decir, sigue usando las manos después de una larga jornada. No se le da muy bien —los mástiles le quedan siempre torcidos, los aparejos se caen—, pero parece feliz trabajando en algo pequeño a la luz del candil con una botella cerca.

Aquí duermo mejor y sueño cosas de las que luego no me acuerdo. ¿Estás bien? ¿Piensas en mí?

Naaliyah se metía en el agua y se colgaba de las vigas que pronto reforzarían el suelo de cristal, o se subía al montaplatos, en el que había orugas en fase de crisálida pegadas a las paredes y avispas pálidas que volaban entre haces de luz, e intentaba atraparlas con sus manitas. Félix, Winkler y ella volvían andando a casa al anochecer, la niña a hombros de su padre, mientras las cortezas de las palmeras revoloteaban caóticas sobre el camino y a su espalda el mar se estrellaba contra los arrecifes.

—¿Qué hacen las polillas cuando llueve, señor Winkler? ¿Se les mojan las alas?

—No estoy seguro, Naaliyah.

—Apuesto a que se esconden debajo de las hojas grandes —decía la niña—. Apuesto a que se sientan ahí y se ponen a mirar la lluvia. Felices como perdices.

Se acercaba a él con los bolsillos llenos de liquen, semillas y conchas.

—¡Mire! —exclamaba y esparcía el botín por el suelo e iba cogiendo cada objeto—. Este lo encontré al lado del aljibe y este en el barro debajo de la toma de agua...

En una ocasión le llevó a Winkler un pedazo de vidrio marino azul y Winkler empezó a preguntarle si no podría ser un zafiro o una piedra preciosa rara, pero la niña negó con la cabeza.

—No, señor Winkler, es cristal de una botella alisado por el mar.

Los hechos y realidades del mundo que los rodeaba. En sus manos aparecían minúsculos caracoles. Le tiraba de la manga.

—Señor Winkler, ¿las hormigas duermen?

En una ocasión se despertó y la vio en la ventana de la cocina sosteniendo sus gafas delante de los ojos con ambas manos y parpadeando a la noche.

Tengo preguntas, Sandy, claro que las tengo. Pasan días enteros y de lo único que estoy seguro es de las preguntas. ¿Y si hubiera podido apartar a aquel hombre —el señor DelPrete— del camino del autobús? ¿Y si hubiera podido llevar a Grace sana y salva hasta el final de la calle? ¿Y si hubiera bastado saber? ¿Y si hubiera sido capaz de cogerla con un poco más de cuidado?

Lo curioso es que la gente no quiere oír hablar del futuro. Van a que les lean la mano y a pitonisas, pero en realidad lo único que quieren oír es que les va bien, que todo va a salir bien. Quieren oír que sus hijos triunfarán. Nadie quiere que le digan que el futuro ya está decidido. La tasa de éxito de la muerte es hasta el momento del cien por cien, y sin embargo insistimos en llamarla un misterio.

Recordó cómo se había sentido en el funeral de su madre, con los vecinos repasando los bancos para comprobar quién más estaba allí, una chica a la que no había visto nunca sonriendo en el vestíbulo susurrando algo a una amiga sobre si iba devolver el abrigo que se había comprado en Kolosky's porque le quedaba pequeño. Los muertos se han ido, así que su poder sobre los vivos es solo temporal. Pierdes horas de sueño, pierdes el apetito, pero con el tiempo te duermes y con el tiempo comes... Tal vez te odies por ello, pero las exigencias del cuerpo son incontrovertibles. Winkler siempre se había sentido culpable por ello, por haber seguido viviendo, comiendo sándwiches de tomate, yendo a las carreras de trineos tirados por perros con su padre, haciendo bolas de nieve cuando su madre no podía.

Le bastaba con cerrar los ojos. Veía los dos arbolillos que flanqueaban la puerta delantera, el tejado de la casa con el aspecto que había tenido aquella última hora, vista desde lo alto de Shadow Hill, mil tejas mojadas bajo las cuales podía o no haber estado Grace. Podía contemplar, una y otra vez, el enorme arce de los Sachse perder el equilibrio y caer gimiendo de su jardín, las raíces rotas, el tronco que se desplomaba con estrépito, cien ramas que rebotaban y saltaban y, por fin, se quedaban quietas.

Cualquiera de los cargueros que surcaban el horizonte —cualquiera de los aviones que bajaban hacia San Vicente— podía llevar una carta en su bodega dirigida a él. Cuando Soma volvía de San Vicente, haciendo la travesía cada día para que los chicos pudieran ir a una escuela mejor, se encogía de hombros y levantaba las palmas de las manos: nada. Él seguía sin saber nada, las manos de Soma eran un buzón vacío y el resto de la tarde se le hacía más pálida. Pero cada mañana el pensamiento resurgía: algún clasificador de correspondencia en Kingstown podía estar canalizando un sobre en su dirección, depositándolo pulcro y liso en un casillero para Soma, para *él*. El sol trepaba por el horizonte, el pozo de la esperanza volvía a llenarse. En alguna parte Sandy podía estar cerrando un sobre con su nombre escrito, acercando la lengua al reverso de un sello.

El banco de Cleveland le informó de que habían cancelado todas sus cuentas. El consulado estadounidense en Kingstown le emitiría un pasaporte nuevo. Telefoneó a un agente marítimo en Granada, a una compañía de cargueros en Port Elizabeth y a la oficina de American Airlines en Kingstown. Lo más barato que encontró fue un billete de mil cien dólares a Los Ángeles. Dos mil novecientos dólares del Caribe Oriental. Seguiría trabajando.

7

Un sueño: Naaliyah se había hecho mayor, tenía veinticinco años tal vez. Tiraba un bloque de escoria por la proa de un barco. Una cadena de ancla ensartada en el bloque se le deslizaba entre las manos. La cadena ganaba velocidad, cortando el agua a medida que el bloque se hundía; un eslabón se le enganchaba en el tobillo, le hacía perder el equilibrio y la arrastraba por encima de la bovedilla de popa. El agua se cerraba sobre su cabeza. Winkler veía todo esto desde una playa a unos metros de distancia. La niebla envolvía el barco. Naaliyah no salía a la superficie. Winkler corría a la laguna y nadaba hacia ella, pero el barco parecía retroceder; le entraba agua en los pulmones. El barco estaba demasiado lejos. Se le inundaba el pecho.

Se despertó jadeando, inclinado sobre la niña, que dormía en un banco de la mesa plegable. Iba sin camisa y descalzo, con los pantalones rotos que usaba para trabajar. Los tres chicos lo miraban asustados y juntos en la puerta de su cuarto. Los restos de la lumbre bañaban la cocina de una tenue luz roja. El tobillo de Naaliyah estaba en el puño de Winkler y este se dio cuenta de que tenía su pierna sujeta a la altura de la barbilla, como si le fuera a dar un mordisco. Los ojos de la niña eran serios y confiados. Le flexionó el pie y sintió los músculos del muslo. Aunque estaba oscuro y no llevaba puestas las gafas, Winkler veía el lustre del dibujo de la Virgen encima del banco; tenía los ojos a la altura de los suyos.

Félix descorrió la cortina de su dormitorio. Winkler soltó la pierna de Naaliyah.

—A dormir —dijo Félix a los niños.

Levantó a la niña en brazos como si fuera un gato, se la llevó al dormitorio y corrió la cortina. Cuando volvió a salir, Winkler oyó a Soma hablar en voz baja a Naaliyah y se dio cuenta de que ella, o tal vez uno de los niños, había casi sin duda gritado. Félix salió al jardín y le hizo una señal a Winkler para que lo siguiera.

El cielo había retrocedido y la Vía Láctea trazaba una suave avenida en lo alto. Cayó una estrella solitaria. Félix se agachó, cogió piedrecitas del camino y empezó a tirarlas una a una hacia las hierbas altas.

—Soy sonámbulo —empezó a decir Winkler—. Yo...

Félix alzó una mano. Sin su gorro de lana puesto, el pelo se le disparaba en todas las direcciones. Lanzó otra piedrecita.

—Tienes que buscar otro sitio donde quedarte. Mañana. Alguien te acogerá.

—Me iré ahora.

—No. Por la mañana.

Pero se fue aquella noche. Recogió sus sobres aéreos y lápices y la bolsa de plástico con sus ahorros y con ellos cruzó la verja, subió la colina y bajó hasta la obra, donde el esqueleto del hotel se alzaba oscuro y vacío y el viento atravesaba el armazón de las habitaciones. Arrastró una lona hasta las palmeras y pasó el resto de la noche echado en la arena con las olas buscando sus pies, la tela aleteando en la brisa y la soledad más desoladora en el corazón.

8

Sandy:

Debe de ser casi otoño en Anchorage ya. ¿Se están cayendo las hojas? ¿Estás leyendo esto allí al menos? Resulta difícil creer que las estaciones aún existen en un sitio como este, donde cada día es muy parecido al anterior. Echo de menos el frío. Echo de menos la lluvia. Aquí tenemos lluvia, pero no se parece en nada a la de casa. Aquí no parece durar nunca más de veinte minutos. Las nubes se levantan, sueltan unos goterones enormes y enseguida se disipan. Y entonces vuelve el calor. La superficie del mar brilla tanto que no la puedes mirar.

En el mar, ahora mismo, veo virga: vetas de precipitación cuando la lluvia abandona las nubes, pero se evapora antes de llegar al suelo. Parecen cabellos al viento. Es difícil no pensar en Grace cada pocos minutos. La echo de menos. Te echo de menos. Siento muchísimo haberme marchado.

Un día:

> Sandy:
> Por favor, contesta. Manda una foto. Para que sepa que está viva. Escribe solo una palabra.

Y otro, con su desgarbada cursiva, en la primera línea de la página:

> ¿Está viva?

9

A la hora de comer todavía se sentaban juntos y Félix podía pasarle un paquete con arroz, o huevos duros envueltos en estopilla, pero cuando trabajaban siempre parecía encontrar un sitio lejos de él, en lo que sería la cocina, o en el porche, o junto a la cuadrilla de carpinteros ayudando a partir bambú para el revestimiento. Naaliyah, a sus seis años, ya no acompañaba a su padre a la obra. Pasaron semanas sin que Winkler la viera. Cuando por fin reunió el valor de preguntar, su padre dijo que la habían matriculado en la escuela de la isla.

A veces por las noches Winkler recorría el camino polvoriento hasta más allá de la casita azul y miraba a las gallinas arañar uno de los rincones del jardín. A veces, a través de la puerta mosquitera, oía gritar a uno de los chicos, o cómo la puerta del horno se cerraba de golpe, pero eso fue lo máximo que se acercó a la familia. Escribía sus cartas usando todavía la oficina postal de Kingstown como dirección de remite. Cocinaba alubias en una olla rescatada de la basura;

no se relacionaba con nadie. En la oscuridad, desde su rincón en la playa, oía balar los corderos en sus pastos, colina arriba. Una lluvia persistente caía sobre el mar y olas pequeñas lamían el esqueleto del hotel y no había luz, salvo el resplandor desvaído de la luna en el agua y en las hojas, ni sonidos, excepto los corderos y el viento agitando los árboles y gotas cayendo monte abajo y las dos notas del croar de las ranas, y el mar, siempre el mar.

Como a la mayoría de las personas de Anchorage, a su padre le gustaba dejar la noche fuera. Corría cortinas, echaba el cerrojo a la puerta, encendía lámparas. En lo más crudo del invierno, a mediados de febrero, Winkler veía la tensión en la cara de su padre, lo veía leer un anuncio de viajes en un periódico con un anhelo casi preternatural: una surfista sonriendo bajo un sombrajo, su piel empapada de luz de sol.

En cambio, a su madre le gustaba.

—Por favor, Howard —le decía al padre de Winkler—. ¿Hace falta encender tantas luces?

El hospital, decía, ya estaba bastante iluminado. Le dolían los ojos. A finales de septiembre, después de que los días se rompieran y la noche hiciera su entrada fría y lenta, subía con Winkler a la azotea a mirar. En la playa de vías de la estación iban y venían luces, sobre sus cabezas una bandada de gansos en uve volaba perezosa y, a lo lejos, las montañas se volvían azules y brumosas y daba la impresión de que adelgazaban a medida que el día declinaba, como si se estuvieran fundiendo y pasando a otra dimensión. Les llegaba el olor de las macetas de su madre, que ya se habían helado una vez, camino de su muerte. Aparecían las estrellas, de una en una, y pronto de cien en cien… y el cielo se tachonaba de luces.

—En invierno hay mucha luz —le decía la madre a David—. Más que de sobra. Solo que tu padre no se fija.

La azotea de aquel edificio le parecía ahora tan real como entonces: jirones de nieve en las sombras, fumarolas de humo subiendo de las chimeneas moteadas de alquitrán, las plantas de tomate de su madre encorvadas sobre sus tallos en el rincón suroeste. En noches especiales —las perseidas, las oriónidas, las leónidas—, se sentaban en una manta y observaban los meteoritos chisporrotear al cruzar la atmósfera.

—Cuéntalas, David. A ver si no se te escapa ninguna.

Las anotaba en una pequeña libreta y durante los días siguientes su padre se encontraba páginas sin título esparcidas, llenas de rayas, y se preguntaba qué había estado contando su hijo.

Una vez Winkler le preguntó a su madre si las constelaciones se quedarían agujereadas, pero esta dijo que no, que las estrellas fugaces no eran más que motas de hierro ardiendo en el aire del tamaño de chinchetas, y que las estrellas del cielo eran enormes y antiguas y nunca se irían ni cambiarían de posición, y en las noches siguientes comprobó que así era.

Sandy:

Vuelvo a ser sonámbulo. Anoche me desperté en el mar. Estaba metido hasta la cintura. Había arrastrado conmigo la lona con la que duermo y debí de quitarme también la camisa, porque no la encuentro por ninguna parte. La lona estaba cubierta de caracoles y cuando volví a la orilla tuve que arrancarlos todos. Tenías razón: debería de haber ido a ver al doctor O'Brien, a una unidad del sueño, a alguien.

Todas las noches tengo la esperanza de soñar con Grace. Si pudiera soñarla una vez más, en tus brazos, en su cuna, entonces podría creer que sigue viva. Pero nunca lo hago. Últimamente sueño sobre todo con la oscuridad. ¿Qué hago aquí? ¿Estoy siguiendo un camino ya trazado para mí, o lo estoy trazando yo?

¿Te estoy asustando? No es mi intención. Hay tantas cosas de las que teníamos que haber hablado más.

Era casi imposible escribir la dirección de la calle Marilyn en un sobre, ir andando hasta el pueblo a echarlo al correo. Se imaginaba a Herman en el recibidor, pasando facturas, deteniéndose al ver otro sobre, otro matasellos, de nuevo la letra de Winkler. Lo quemaría. Lo haría pedazos y los enterraría en el jardín trasero.

¿La dejaría dormir en el dormitorio? ¿Querría Sandy hacerlo? ¿La habría dejado volver a casa? ¿Estaría Grace al otro lado del pasillo, en un taxi, desgañitándose en un hogar de acogida? Una cosa sí era capaz de imaginar: Sandy entrando otra vez en el First Federal Savings and Loan, las miradas de los otros cajeros, los susurros en la cola de gente esperando. Herman mirándola desde su gran escritorio. Sandy no bajaría la cabeza.

Podía estar en Kingstown en una hora. Podía estar en Ohio en una revolución del sol. Necesitaba ochocientos dólares más.

Cerrar los ojos y estar en la ladera de la colina junto a la casa, los árboles grandes y húmedos meciéndose y murmurando. Atravesar el césped y mirar por la puerta acristalada la cocina: la trona, la mesa de patas plegables llena de herramientas desparejadas. Entraría una luz. Sandy estaría bajando con Grace. Ver sus sombras subiendo en la pared de la escalera sería suficiente.

Recuerdos, sueños, agua. A través de una pared sin terminar del hotel, el viento había traído una bolsa de papel.

10

Terminaron el hotel en marzo de 1978. Llevaba fuera casi un año. El hotel, pensaba Winkler, no era tan glamuroso como Nanton había esperado. Tenía doce habitaciones, un bar al fondo del restaurante al aire libre, una gigantesca tina hecha de melaza seca que iba a ser la piscina. El terreno permanecía cubierto de maleza, la playa seguía sin limpiar y estaba llena de maderos y cuerdas de nailon, y cada miércoles, cuando quemaban desperdicios en el basurero, el viento transportaba el humo a las habitaciones y, con él, el hedor a plástico ardiendo.

De noche, sin embargo, poseía cierto encanto; con los farolillos del restaurante brillando y unas cuantas lámparas encendidas en el vestíbulo, el hotel se erguía sobre sus pilotes parcialmente sumergidos en la laguna igual que el último piso de un rascacielos en una metrópoli inundada: candelabros de pared visibles por las ventanas, un resplandor amarillo en la marea.

Dentro, láminas de plexiglás de un metro cuadrado enmarcaban el arrecife y los peces sí que nadaban y dibujaban bucles perezosos abajo, y las olas succionaban y formaban burbujas de agua grandes y tensas debajo del suelo como medusas espumosas e hipnóticas. Lábridos, lucios, bananos, en una ocasión —insistía Nanton— una raya águila moteada tan ancha como una mesa de comedor, aleteaban por allí. Winkler veía a Nanton y a Naaliyah a cuatro patas mirando el suelo y señalándose mutuamente las maravillas, como si en el suelo marino se proyectara una película fascinante que no terminaba nunca.

Había lanchas para llevar y traer a los huéspedes de sus yates a la playa; había un patio pavimentado con un juego de tejo junto al camino de entrada. Grandes hamacas de madera repartidas por el césped y cartas náuticas enmarcadas en las paredes del vestíbulo. Un puente de cuerda colgaba entre la orilla del mar y el restaurante. La música sonaba por altavoces exteriores. Junto a las mesillas de noche había corales y loros de madera. Félix empezó a hacer pedidos de comida para la cocina y Nanton ocupó su puesto en la recepción.

Llegaron huéspedes, en barco o en taxis acuáticos, desde San Vicente. Se quedaban unas cuantas noches, maravillados por el tiempo y por el suelo de cristal, y los reemplazaban otros. A cambio de quedarse para cuidar de los jardines y mantener el cristal del suelo, Nanton permitió a Winkler mudarse a la playa, al viejo cobertizo para barcos que había en un rincón de la propiedad, una estructura de chapa con una única ventana sin cristal, suelo de tierra y una puerta que era toda la pared oeste montada en un riel de aluminio oxidado. Dentro, Nanton le ayudó a disponer una cama plegable, una silla, un lavabo.

—Así está bien —insistió Winkler—. No me voy a quedar mucho tiempo.

Cada noche, antes de tumbarse en el colchón mohoso y lleno de bultos, se parapetaba encajando un madero entre la puerta y un timón de barco.

Trabajaba con mucha diligencia: pintaba muebles de exterior, distribuía semillas y ponía losetas, plantaba helechos y flores decorativas que recogía en las colinas. De noche paseaba en la oscuridad, haciendo susurrar matorrales; luego volvía al cobertizo para unas cuantas horas de sueños y se levantaba antes del amanecer para empujar carretadas de tierra, rastrillar racimos de algas de la playa.

No se compró ropa ni se gastó dinero en ron. En la caja de plástico había acumulado cerca de dos mil dólares del Caribe Oriental. Calculaba su salario en la arena. Tal vez en junio. En junio estaría en casa. Se permitía imaginar escenas de reconciliación: la aldaba con forma de ganso en la mano, Sandy que abría la puerta. Detrás de su pierna una niñita tímida —Grace— le sonreía. «¿Papá?». Era como una esperanza. Pero sus sueños no hablaban de nada de eso, cuando dormía soñaba con oscuridad, o con personas que no reconocía, o con aguas cerrándose lentamente, casi agradecidas, sobre su cabeza.

Un atardecer de mayo. Soma lo llamó desde un arriate cerca de las escaleras traseras de la cocina. El crucifijo en su pecho subía y bajaba.

—He venido lo más deprisa que he podido. Anoche llegó algo para ti.

Del otro lado de la puerta mosquitera sacó una caja de cartón. Uno de los lados estaba parcialmente aplastado. En la parte de arriba estaba escrito su nombre en minúsculas. Era la letra de Sandy —lo supo sin necesidad de pensar—, sus des grandes como lazos, los círculos flotando sobre las íes. La caligrafía era oscura, y precisa, como si hubiera apretado tanto que casi hubiera atravesado el cartón con la punta del rotulador. El aliento se le detuvo en algún punto de la garganta. Cogió la caja de las manos de Soma y la agitó.

Un golpe seco dentro. Cinta adhesiva marrón barata. Matasellos de Anchorage.

—¿Es de tu casa? ¿Es lo que estabas esperando?

No podía apartar los ojos de su nombre. Consiguió decir que sí.

Soma dejó escapar un suspiro.

—Ay, qué bien. Me alegro, David. He rezado por ti. —David ya se había dado la vuelta—. Llévatela —dijo—. Venga.

Cruzó el jardín hasta el cobertizo de las barcas, levantó la puerta y la bajó después de entrar. El interior estaba casi a oscuras. Arrastró la silla hasta la ventana y se sentó con la camisa húmeda temblando y mirando su nombre en la parte superior de la caja.

Doce meses. En el jardín, unos cuantos huéspedes que estaban en la terraza del restaurante rieron y luego se quedaron callados. Una avispa zumbaba contra la ventana. Tuvo que recordarse que tenía que respirar. Al cabo de varios minutos se sacó unas tijeras de podar del bolsillo trasero y pasó la hoja por el cierre de la caja.

Dentro había un grueso fajo de cartas. Sus cartas, las que le había enviado a Anchorage y también las que parecían ser las que había enviado a Cleveland. Muchas, las primeras, habían sido abiertas, pero algunas —unas cien, quizá— no. Desde enero no había sido abierta ninguna. Sandy las había atado con dos gomas elásticas, de forma que el paquete estaba arrugado en los bordes y abultado en el centro.

Sujeto entre las gomas, había un cuadrado de papel doblado, los pliegues afilados. Eso era todo.

El corazón le iba a estallar. El aire en el cobertizo sabía ligeramente a basura quemada, a humo del vertedero. Desdobló la nota.

No vuelvas. No escribas. Ni se te ocurra. Estás muerto.

Ni siquiera la había firmado. Fuera, la última luz se marchaba, las nubes transportaban un rojo tenue y las sombras alargadas de los rabihorcados cruzaron el césped y el tejado del cobertizo y continuaron hasta el mar. Después de quizá unos diez minutos, el montón de cartas se le cayó del regazo. Sostuvo la nota y la penumbra lo fue envolviendo. Pronto se hizo la oscuridad. Las ranas empezaron a croar en los árboles. En el hotel, una ventana se cerró de golpe.

Pasó lo que debió de ser una hora. Luego otra. En el vestíbulo, los turistas mantenían sus conversaciones intrascendentes y hacían valer sus jerarquías y alababan las bondades de los Estados en que vivían y simulaban bostezos y se retiraban a sus habitaciones. Dos kilómetros tierra adentro, Félix se inclinaba sobre Naaliyah, que dormía, y la besaba en la frente.

Pasaba la medianoche cuando Winkler se levantó, subió la puerta y salió a la oscuridad de la playa. El hotel se alzaba rígido e inmóvil en el agua con todas las lámparas apagadas. Una de las lanchas estaba del revés en la arena y con los remos bajo la bancada. Le dio la vuelta y la arrastró al agua.

En el arrecife rompían grandes olas, pero en la laguna eran bajas y pequeñas y el bote subía y bajaba ligero en el agua. Se subió. Olas de pequeño tamaño lamieron la proa.

Era la misma letra que usaba para cualquier nota. *Hay que comprar leche. La puerta de cristal corredera está rota.* O: *¿Cuánto?* Las estrellas proyectaban líneas de plata trémula en el agua. El hotel estaba oscuro y en silencio. Los pocos yates fondeados cabeceaban y se mecían contra sus amarres. La Tierra en aquella latitud rotaba a mil seiscientos kilómetros por hora, navegaba alrededor del Sol a veintinueve kilómetros por segundo, giraba con el sistema solar al completo alrededor de los dos mil millones de estrellas de la Vía Láctea a casi doscientos diecisiete kilómetros por segundo y, sin embargo, pensó, lo hacía en silencio, susurrando sobre su eje, rugiendo muda a través del contenedor vasto y prehistórico del espacio.

No vuelvas. Ni se te ocurra. Soltó los remos de los escálamos y zarpó.

Le llevó veinte minutos llegar al arrecife. Las rompientes aullaban al aporrear las rocas. Los remos goteaban y la barquita bamboleaba en la espuma. Tres gaviotas se pelearon en pleno vuelo y viraron después de pasar a su lado para dirigirse tierra adentro.

Vio manchas grandes y azules en cavidades, medusas quizá. Un cangrejo iridiscente atravesó trotando las sombras en diagonal, grande y apresurado. Si algo hacía ruido, no lo oía; las olas anulaban cualquier otro sonido, eran el elemento perdurable que subía y bajaba, violento e incesante.

La primavera después de la muerte de su madre había intentado volver a plantar su jardín. Caminó por la nieve derretida de la azotea con semillas sobrantes y las introdujo en la tierra de las macetas. Pero, por alguna razón, los brotes, si es que salían, lo hacían débiles y pálidos, como si supieran quién los había plantado, como si la pena abrumara sus raíces. Tal vez las regaba demasiado.

¿Por qué él? ¿Por qué ahora? ¿De qué sirven los recuerdos cuando los recuerdos hacen poco más que apagarse? El aire dentro de la caja no había olido a nada, solo a cartón, a papel viejo.

En la laguna, los remolinos que dejaban las palas de los remos latían fosforescentes. El bote se escoró, incómodo. A su espalda, otra ola de gran tamaño retrocedió y detonó a través del coral. Grace estaba muerta. Tenía que estarlo. Qué pocos días quedan en las vidas de cualquier persona. Qué pocas horas.

Recolocó los remos y bogó hacia el arrecife, cruzando planos superpuestos de espuma. Necesitó solo tres o cuatro golpes de remo: la quilla se encalló en las rocas, la liberó y se dirigió hacia las olas. La primera entró rápidamente por la borda, el agua le alcanzó los pies. La siguiente pasó por encima de la proa y se rompió a su espalda. Se maravilló de su tamaño y su fuerza. No eran algo que una persona en la orilla o en la cubierta de un carguero pudiera apreciar, tenías que estar rodeado de ellas. Luchó por mantener los remos derechos, pero era como si las palas estuvieran atrapadas en cemento y resbalaban en los escálamos.

En cualquier caso, los brazos no le daban para más. Un agua espumosa entró por el fondo del bote. En cuestión de segundos empezó a volcar. Los ejes de los remos cantaban a consecuencia de la presión. Una tercera ola estalló contra la quilla. Pudo ver —por un instante, mientras el bote se zambullía— la cornisa del arrecife al quedar bajo él, iluminada por las estrellas, precipitándose a una oscuridad azul. Luego la barquita se levantó sobre la popa y volcó.

Se le cayeron los remos. Pensó: Llevadme. El bote aterrizó dado la vuelta y con él debajo. Fue arrastrado a través del coral.

La resaca lo zarandeaba de un lado a otro. Las olas siguientes le pasaron por encima de la cabeza y se hundió dos brazas, mientras la cornisa del arrecife se cernía en forma de burbujas sobre él, pero la resaca tiró del él hasta más allá de una ladera de arena tachonada de helechos delicados y ondeantes, más allá de un enjambre de gambas minúsculas y fosforescentes que pastaban a contracorriente. También ellas desaparecieron, retrocediendo tan deprisa como si se hubiera descorrido la cortina de una ventana, y se vio arrastrado a aguas profundas. La presión del mar le llenaba los oídos: brutal, atronadora, mil chasquidos diminutos. Perdió las gafas. La superficie —una lámina ondulada de azogue— parecía estar a dos kilómetros de distancia.

De tan cálido, el océano estaba casi caliente, y el contacto del agua y de la oscuridad no era distinto del de un viento húmedo y pertinaz. Una sensación de apremio le subía por el pecho, pero, a pesar de ello, una cierta seducción lo envolvió. Qué fácil resultaría abrir la boca y dejar que le entrara agua en los pulmones.

Encima de él las olas succionaban y tiraban. El dolor le oprimía los ángulos de la mandíbula. Empezaron a dolerle las costillas; se le cerró la epiglotis sobre la laringe igual que una trampilla.

Un cuerpo a la deriva. Un pasillo hacia la luz. De pronto disponía de todo el tiempo del mundo para pensar en cosas. Para el propulsor de un yate que pasaba, para un pájaro, para el cielo, él estaría muerto, sería un objeto flotante, poco más que un madero, mil organismos llamando a sus orificios, el mundo sin él exactamente igual a como había sido siempre, o casi: olas rompiendo contra las rocas, el sol ardiendo en el cielo del este. La sangre se hundiría en su cadáver, gravitaría hacia el lecho marino, le teñiría de púrpura la cara, la lengua. El plancton se aventuraría por los túneles de sus oídos.

Para un hidrólogo estas cosas no eran difíciles de imaginar; eran incluso aceptables. Se disolvería en el gran caldero azul: su piel, en el saco gástrico de la vida marina; los huesos, en caparazones y exoesqueletos; los músculos, en energía, impulsando una pinza, una aleta.

Agua a su alrededor, agua dentro de él. Dos hidrógenos, un oxígeno; después de todo era el disolvente máximo. ¿Quién había sido? Un padre fracasado, un marido huido. Un hijo. Un paquete de cartas sin abrir. Estaba muerto; estaba muerto.

Por delante de los ojos pasaron los azules y verdes fugaces de los sueños. Las estrellas que había estado observando eran ahora como los faros de un lento vehículo submarino que avanzaba con dificultad por el lecho turbio del mar. Hubo tiempo para una visión fugaz: Grace y Sandy en la mesa de la cocina. Sandy le pasaba una caja de cereales naranja a Grace y esta la cogía con cuidado. Sandy servía leche en los cuencos. Un televisor parpadeaba detrás de ella. Fue todo lo que vio, en realidad: una planta de interior en el rincón, un cuadro que no reconoció encima. Detrás de Sandy, una puerta acristalada reflejaba la luz de una bombilla desnuda. Estaban hablando, pero no podía oír lo que decían. Grace tenía dos años, tal vez. Se llevaba una cuchara a los labios.

Le entró agua salada en la boca. Habría dado la vida cien veces más por seguir mirándolas. La pequeña Grace tenía rizos apelotonados en la nuca. La parte de arriba del pijama le quedaba pequeña, se le tensaba a la altura de la barriga. Masticaba una cucharada de cereales.

Pero el mar lo sostuvo. Sacó la cabeza por una depresión entre dos olas, salió a la superficie. Un interruptor se encendió en algún lugar de sus pulmones y empezó a boquear.

Forcejeó toda la noche con una muerte luminosa. La corriente lo había transportado casi medio kilómetro. Una bancada hecha trizas, todavía sujeta a uno de los maderos del pantoque, pasó a su lado y se aferró a ella. Cada pocos momentos salía una estrella sobre las islas y desaparecía otra por el lado opuesto, bajo el horizonte. ¿Era la galaxia girando o era la Tierra?

Por la mañana se había acercado flotando a tierra firme y el mar se había transformado en un cristal fluido, ondulante. La isla subía y bajaba en el horizonte. Los pájaros sobrevolaban la laguna. Incluso sin gafas identificó el monte Pleasant y la espesa columna de humo de caña que salía de la planta azucarera. Pateó hacia él hasta que le dolieron los pulmones y el corazón, luego descansó, agarrado a su boya, bajando la cara de vez en cuando. Al cabo de pocas horas viajaba en una ola a través del canal abierto en el coral. Su rodilla chocó con algo duro y afilado de la cresta del arrecife y fue arrojado a la arena prieta y escarpada de la llanura intermareal, tosiendo, impulsándose con pies y manos. Cuando llegó a aguas poco profundas las piernas no le permitieron ponerse en pie. Salió a rastras de donde rompían las olas y se desplomó en la playa. El trozo de bote se deslizó flotando hasta su lado.

La arena le abrasaba la mejilla. El dolor en la rodilla le quitaba el sentido. Un azul intenso y elegante subió por los bordes de su campo visual.

11

Dos instructores de buceo lo llevaron en lancha a dos kilómetros del hotel. Nanton ayudó a transportarlo desde la playa. Un médico que estaba comiendo en el restaurante le cosió la pierna; un huésped del hotel donó un frasco de plástico con analgésicos. Soma buscó almohadas, gasa y agua; Félix llevó consomé. Incluso los niños ayudaron, cumpliendo con las obligaciones de Winkler en el hotel.

Pero quien lo veló fue Naaliyah. Dormía en el suelo a su lado; le espantaba los mosquitos de la cara; le vertía agua en la boca a intervalos regulares. A Winkler le temblaban los párpados; el sudor le brillaba en la frente; siguió durmiendo.

En cuatro días con sus noches solo se despertó dos veces. Mil esquirlas de lo ocurrido le pasaron delante de los ojos: formaciones de superficie en un banco de arena; nieve cayendo entre árboles; las vísceras de un animal humeando en sus manos. ¿Eran recuerdos o sueños? Vio a un niño correr junto a una hilera de árboles jóvenes; contemplo burbujas de aire girar en un acuario. Una mantis encaramada a su dedo pulgar limpiándose metódicamente la cara con las patas delanteras.

Al fin se despertó. Un olor a fósforo, a sulfuro, como si se hubiera encendido una cerilla, flotaba en el aire. De los árboles caían gotas que sonaban en el techo del cobertizo. Naaliyah estaba dormida en el suelo, enrollada en una sábana. A su lado, debajo de la ventana, esperaba la caja con las cartas devueltas.

Se levantó y la puso en la cama. Luego salió. Encima del horizonte flotaba media luna y su luz dibujaba un reflejo ahusado en el agua. El césped estaba húmedo bajo sus pies y el agua murmuraba en arroyuelos invisibles hacia la playa.

Ni lámparas, ni barcos en la laguna; las luces de San Vicente, a diez kilómetros, veladas por la lluvia; gotas gorjeando en el sotobosque y el chasquido y borboteo de la tierra saturada. Por un momento se preguntó si no habría llegado un maremoto a las Granadinas y se había llevado a todo el mundo. *No vuelvas,* había escrito Sandy. *Estás muerto*. Quizá lo estaba. Quizá estaba muerto y aquella isla era un purgatorio desde el cual solo se le permitía contemplar las almas de los elegidos camino de sus edenes. Después de todo, ¿qué es la muerte sino dejar de participar en el mundo, una separación de los que amas y de aquellos que te aman?

Grace había muerto en la inundación. De pie junto al hotel aquella noche estuvo seguro de ello. Su huida había sido en vano. No había vuelta atrás.

Regresó al cobertizo, cogió la caja de cartas y unas cerillas y las llevó a la playa. En una hondonada cerca de la línea de marea alta rompió cada hoja de papel y quemó los trozos.

El mar se agitaba bajo la luz de la luna. El humo subió hacia las palmeras. Una brisa atrapó un trozo de papel ardiendo y lo envió volando sobre la laguna, donde brilló en los bordes y luego ennegreció y desapareció al tocar el agua. Se maravilló de la indiferencia del mundo, de cómo seguía adelante, a pesar de todo.

LIBRO TERCERO

1

Winkler no salió de las Granadinas en veinticinco años. Un cuarto de siglo, el tercio de una vida. Los años pasaron como pasan las nubes, efímeros y vaporosos, condensados, deslizándose un tiempo y, a continuación, dispersándose como fantasmas. Reparó escapes, plantó árboles, rascó restos de coral de la parte inferior del suelo de cristal del vestíbulo utilizando imanes. Segó el césped, plantó árboles, entresacó brotes muertos. Lavó toallas de playa. Arregló retretes.

La rodilla se le curó bajo una red de cicatrices. Un optometrista de San Vicente le pulió unas gafas nuevas. Se gastó mil cien de los dos mil cien dólares del Caribe Oriental de la caja de plástico en reemplazar el bote de Nanton echado a perder. Nadie, ni Nanton, ni Félix, ni ninguno de los isleños que lo conocía le preguntó qué había estado haciendo aquella noche, cuando intentó navegar con una barca de remos de tres metros de eslora más allá del arrecife. Quizá las razones eran ya obvias.

Se compró una radio de onda corta, dispuso una serie de conchas de nerita en el antepecho de la ventana, fabricó un hornillo con un tanque de propano y un quemador viejo. Se vestía todos los días con unos pantalones de lona y una camiseta; la piel se le bronceó aún más; el pelo terminó por volvérsele blanco. El insomnio talló poco a poco surcos alrededor de sus ojos, de manera que las cuencas parecían permanentemente amoratadas y los ojos empezaron a fallarle: los objetos situados a distancia temblaban envueltos en un halo; pequeñas motas de color empezaron a viajar por la periferia de su campo visual. Sin gafas ya no podía leer un letrero situado a diez metros de él.

Pero estas eran cosas físicas, distantes de él, no más reales que las acciones y las horas de otra persona. Sus pensamientos derivaban hacia Sandy y, en especial, hacia Grace, como si fueran simas mortales en las que pudiera caer. Por la fuerza de la costumbre, sus ojos reparaban en nubes, signos de cambios en el tiempo, arcoíris fluyendo hacia el Atlántico y guirnaldas de humedad alrededor de la luna, pero esta información ya no le interesaba como en otro tiempo. Era como si el de su incipiente familia llevara consigo el destierro de su curiosidad. En alguna parte, icebergs se escindían de glaciares. En alguna parte nevaba.

San Vicente obtuvo la independencia en 1979 y los isleños lanzaron petardos de las azoteas, pero para Winkler no fue más que el final de octubre, con Nanton fijando molinetes a las palmeras, Félix bebiendo una ración extra de ron. La guerra en las Malvinas era un rumor, un aliento, una pareja de ingleses de vacaciones tomando café.

Los jejenes le silbaban al oído. Las nubes escalaban por la ladera de las montañas. En dos ocasiones en aquellos años, el Soufrière eructó vapor y piroclastos a dos kilómetros de altura y los caribeños de las montañas septentrionales de San Vicente cruzaron a toda prisa el canal para esperar que parara y algunos no volvieron nunca.

Habrían transcurrido quizá unos seis meses después de que casi se ahogara, cuando Soma apareció en su puerta con una cesta de huevos.

—Para ti —dijo.

—Gracias.

Soma fue hasta la ventana y se puso a tocar las conchas alineadas en el antepecho.

—¿Fue por la caja? ¿La de la oficina de correos?

Winkler asintió.

—Siento habértela traído. Ojalá la hubiera quemado.

—Necesitaba saber.

—¿Ahora estás bien?

Winkler se encogió de hombros.

—Puedes pasarte por casa, que lo sepas —añadió Soma—. Serás bien recibido.

Winkler asintió con la cabeza y se frotó el mentón. Los dedos de ella juguetearon con las conchas, cambiándolas de sitio, rotándolas.

—¿Te gustaría conocer chicas? —le preguntó Félix.

Era diciembre, o enero. 1981, u 82. La cocina había cerrado ya y Félix apareció en la puerta de Winkler secándose las manos en un delantal.

—Ir a ¿cómo se dice? ¿Un encuentro?

Winkler se sentó en la cama.

—Una cita.

—Eso. Salir con mujeres.

—No me apetece mucho.

—Te iría bien. Les gustarías.

—Creo que no, Félix.

—Hum —dijo Félix y se quitó el gorro de lana, le dio la vuelta y se lo puso de nuevo—. ¿Es por tu familia?

—No lo sé. Supongo. Más o menos.

—Estabas dormido. Cuando cogiste a Naaliyah por el tobillo. Esa vez en casa.

Winkler no dijo nada.

—Está bien —afirmó Félix.

En el hotel, el viento agitaba un postigo. Alguien en el restaurante rompió a reír.

—Bueno —continuó Félix—. En Patagonia decimos que Dios necesita tanto a sus ermitaños como a sus curas.

—¿A sus qué?

—Ermitaños. Como los cangrejos. Esos que tienen que cargar con su caparazón.

Después, Winkler se preguntaría: ¿Un ermitaño? ¿Es eso en lo que me he convertido? Pensó en Félix, que a su manera había echado el ancla. La casa azul llena de grietas llenándose de maquetas de barco; la forma en que trabajaba, como si estuviera construyendo pequeñas arcas que le permitirían cruzar el mar, de vuelta a Chile.

Cuando soñaba, lo hacía con la oscuridad de siempre, o con fobias humanas habituales: estaba matriculado en un curso de geología y nunca iba a clase; su tesina incluía, inexplicablemente, páginas en blanco. No soñaba con Ohio, o Alaska, con Sandy o Grace. Era como si los hubiera atrapado en el agua, bajo un suelo de plexiglás, y, aunque los hubiera tenido cerca todo aquel tiempo, solo a unos pocos metros de distancia, no habría bajado la vista para mirar. Con el tiempo ya no se volverían contra él. Con el tiempo desaparecerían.

La vida seguía encerrando placeres. Restos de la cocina de Félix que un camarero dejaba regularmente a la puerta de Winkler, todavía humeantes —sopa de calabaza, buccinos al vapor con ajo, caracoles o pargo, langosta asada con nuez moscada y lima, gambas, ratatouille, chayotes asados, una rebanada de pan de plátano caliente untado con mantequilla—. Estaba el murmullo reconfortante de la lluvia en el techo y del viento en las plantas que cuidaba —hibiscos, anturios, jengibre, adelfas, los enormes abanicos simétricos de la palmera—, y estaban los miles de colores del cielo y el océano, y las nubes que desfilaban sobre la isla en incesantes formaciones: variaciones infinitas de cúmulos, láminas inmensas de estratos, una mancha de cirros, alisadas contra un techo de cielo. En aquel lugar, el cielo era el enorme caldero de un mago donde siempre se cocía algún milagro.

Y estaba Naaliyah. Pasaban semanas sin que la viera, pero luego allí estaba, llamando a su ventana un domingo por la mañana. Cada vez que la veía se le alegraba el corazón. Le llevaba hojas argentadas de lluvia; abría erizos en las rocas, pescaba anguilas en aguas poco profundas, lo arrastraba a la laguna a rescatar un pulpo herido. Winkler la ayudó a fabricar una red cazamariposas con camisetas viejas y alambre; le explicó lo que sabía de las olas, cómo revelaban la topografía del lecho de un océano, le contó historias de tormentas en alta mar. Y la vio crecer. Su cuerpo se alargó; empezó a pintarse los labios y a quejarse de las restricciones que le imponía su madre. Pronto estuvo riendo en los escalones del almacén del pueblo sorbiendo cerveza de la lata de chicos mayores que ella; tenía la escuela, amigos, intereses de los que Winkler no sabía nada. Empezó a llamar a sus postigos cada vez con menos frecuencia.

Los chicos habían dejado la escuela uno detrás de otro y se habían mudado a Kingstown a trabajar. Volvían por vacaciones con camisas limpias, gafas de montura dorada y hablando en voz baja y educada, con regalos para Soma y Félix: una radio, una lámpara Coleman, paquetes de pilas. Al empezar la escuela secundaria, Naaliyah pasaba casi todo el día en San Vicente. Solo muy de vez en cuando Winkler la veía recorrer el camino al transbordador con su uniforme de St. Mary's (blusa blanca, falda azul marino, medias hasta la rodilla), el pelo anudado y sujeto en la cabeza igual que un casco, la blusa sucia, una pila de libros pegados al pecho. «Hola, David», decía, y Winkler se ponía todo lo recto que era capaz y sonreía y seguía andando como si tuviera recados de vital importancia que hacer.

Félix le contó que había quitado los carteles de jugadores de fútbol de las paredes del dormitorio de sus hermanos y los había sustituido por fotos arrancadas de revistas chilenas: un poblado chabolista, las Torres del Paine, un hombre con una máscara antigás empuñando un fusil.

—Culpa a su madre de que nos marcháramos —dijo Félix—. Cree que no lo pensamos lo bastante. Pero no lo entiende. Cómo eran los soldados, el miedo que nos daba coger el teléfono. Cómo se llevaron a los amigos de Soma.

Naaliyah cumplió catorce, cumplió quince. Se sentaban juntos y observaban un centenar de pájaros, gorriones pardos y pequeños cuyos nombres Winkler desconocía, los veían aterrizar en el tejado del hotel, descansar repartidos por el canalón con las alas medio plegadas y jadear durante un minuto antes de remontar el vuelo, un breve respiro en una migración de cinco mil kilómetros.

Curioseando por la radio de noche, Winkler pescó una frecuencia en la que una chica de habla hispana leía números aparentemente al azar a un transmisor: 24. 92. 31. 4. 229. *Tres, ocho, dieciséis.* Su manera de decirlos era concienzuda, como si cada número fuera una cosa vital, frágil. Cada vez que la encontraba desplazándose por el dial se quedaba escuchándola hasta que se marchaba. A menudo, esto podía durar dos horas. De hecho, al cabo de un tiempo se descubrió buscándola, rastreando el dial detrás de aquella voz, de aquellos números misteriosos.

Nanton le contó, con su estilo críptico característico, que las retransmisiones eran códigos que los espías tenían que descifrar cuando estaban en territorio hostil. Cada secuencia correspondía a un mensaje de su casa: «Tu madre tiene gota». «Tu hijo ha hecho la primera comunión».

Winkler se llevaba la radio al final de la playa y se tumbaba en las sombras azules bajo las palmeras a recorrer frecuencias. No era difícil confiar en que hubiera en algún lugar un canal en el cual su propia hija estuviera transmitiendo números, un código que tal vez terminaría por descifrar. 56. 71. 490. «Tengo un acuario, papá». «Voy a presentarme al equipo de natación». «Me gusta la pizza, pero sin pepperoni».

Pasaba la medianoche. Alguien tocaba en el postigo. Naaliyah. Jadeaba; la parte delantera de su camiseta subía y bajaba. Parecía más oscura, tenía el aspecto de una persona melancólica, soñadora. Iba peinada con una melena corta irregular. El viento se abría paso por el umbral. Naaliyah se revolvía, como si tuviera prisa por marcharse.

—¿Estás bien?

—Me voy a escapar.

Los huesos de la clavícula le sobresalían por el cuello de la camiseta. Winkler pensó en los paseos dominicales con ella, años atrás, en sus manos en el pelo, en el tacto de su pelvis contra la nuca.

Hizo té. Se quedaron juntos en la puerta con las tazas en las manos y mirando las estrellas por entre las copas cambiantes de las palmeras. Naaliyah se mordió una uña. Las sombras giraban a su alrededor.

—¿Adónde vas a ir?

—¿Qué tal es Estados Unidos?

—Bueno, pues no sé. Es enorme. Hay mil sitios distintos.

—¿Qué tal es tu casa? Donde naciste.

—¿Alaska? No tan fría como todo el mundo cree. En diciembre y enero casi siempre está oscuro; pero en realidad no está oscuro, sino más bien púrpura, como si siempre fuera el crepúsculo. Y hay montañas, montañas de verdad, con glaciares. Cuando sopla viento del este o del norte, puedes olerlo. Olor a árboles y a piedras y a nieve.

—Igual voy allí.

—Igual deberías esperar a mañana.

Ella no se rio. Se levantó brisa de nuevo y, en la laguna, los yates se balancearon y un cabo de ancla gimió. La voz de Naaliyah salió de la oscuridad.

—¿Cómo es la nieve?

Algo en el interior de Winkler se despertó y esperó a que se apaciguara.

—Está llena de aire. Y de luz también: cada cristal puede actuar de prisma, así que, cuando brilla el sol, y el albedo es el correcto, la nieve centellea, como si tuviera hogueras dentro.

Naaliyah asintió mientras lo miraba con atención.

—Lo echas de menos.

Winkler sorbió té.

—Lo echas de menos, se te nota.

—Puede.

—Yo ni siquiera me acuerdo de dónde soy, y lo echo de menos. Mis padres dejaron a sus amigos, sus vidas, todo. Para venir aquí.

Naaliyah señaló las paredes del cobertizo, la isla al otro lado de ellas. Por un hueco de sus recuerdos Winkler oyó la voz de Sandy: *Miro sus trajes en el armario y pienso: ¿Esto es todo?*

—Mi padre lo echa de menos —dijo Naaliyah—. Se fueron por mi madre.

—Se fueron porque estaba muriendo gente.

Naaliyah se encogió de hombros.

—Eso fue hace mucho tiempo.

—Hay lugares peores que este para vivir.

Más tarde, mientras miraba cómo ella cruzaba el césped y dejaba atrás el hotel oscuro y dormido, se preguntó si las personas nacían con esas cosas. Si tal vez no podemos cambiar quiénes somos, si el lugar del que procedemos dicta el lugar en el que terminaremos.

Cerró la puerta, la apuntaló con la barra de madera y se sentó en la cama. Ella tenía dieciséis años.

Poco después Naaliyah se mudó definitivamente a San Vicente. Winkler la vio en la isla solo una vez más, cuando se detuvo a atarse el cordón del zapato en el camino a la ciudad, un atisbo fugaz de su cara en la atestada parte trasera de un camión. Levantó un brazo para saludarlo; es posible que sonriera. Luego desapareció. El follaje se agitó después de que pasara y se quedó quieto, y el polvo del camino siguió un rato suspendido en el aire y se acumuló en la camisa de Winkler camino del suelo.

Félix se limitó a negar con la cabeza y Winkler no se atrevió a preguntarle a Soma acerca de ello. Naaliyah había fracasado en el colegio, oyó, había dejado de ir a clase. Una noche Félix le enseñó su mochila de libros de texto abandonados. En los márgenes de su cuaderno había dibujos de conchas o una ninfa pegada a la parte de atrás de una hoja de árbol. Pero nada más, no parecía haber tomado ningún apunte. Aplastado en el fondo de la bolsa había un examen de geometría; Naaliyah se había limitado a escribir su nombre, y luego había dibujado bocetos debajo de cada problema. Una anémona detrás de una pregunta sobre triángulos escalenos; un grillo acurrucado bajo el teorema de Pitágoras.

Pasaron meses enteros. El único contacto que Winkler tenía con sus padres era cuando trabajaba cerca de la cocina y oía a Félix ladrar órdenes a sus friegaplatos. Soma empezó a dormir entre semana en el apartamento encima de la oficina postal de San Vicente. Los domingos por la noche comía sobras en las escaleras de la cocina del hotel de un plato apoyado en el regazo, masticando pensativa y con la vista fija en los espacios oscuros entre los árboles. Hacía menos chistes; se distraía cuando Winkler le hablaba. Del dobladillo de su falda colgaban plumas de gallina.

También Félix mostraba cierta distancia en los ojos. Winkler lo veía mirar el espacio encima de la parrilla o la tablazón diminuta de una de sus maquetas como si flotara allí algo invisible, y sabía que estaba de vuelta en Chile, sopesando lo que tenía ahora y lo que se había visto obligado a abandonar.

Cada Navidad iba con los dos a St. Paul's, una iglesia de planta circular y tejado de paja construida sobre pilares en la ladera de una colina. Se sentaba entre los dos en uno de los bancos traseros y veía a casi una docena de campesinos en el coro —cada uno de un tono de marrón distinto— cantar y enseñar dientes de oro destellantes. Grandes flores amarillas en cestas adornaban el altar y las polillas se arremolinaban en las llamas de las velas y un olor a sudor subía cuando el sacerdote pronunciaba sus homilías con voz cautelosa —quizá temeroso de que, si predicaba demasiado alto la iglesia, pudiera soltarse de los pilares y echar a rodar colina abajo—, y el edificio al completo se balanceaba mientras la congregación asentía como si el padre les hubiera revelado verdades que llevaban buscando toda su vida.

Después, al salir de la iglesia, con las luces de San Vicente parpadeando al otro lado del mar delante de ellos, Soma le cogía la mano a Félix y caminaban juntos, mientras las ranas croaban y grandes nubes nocturnas pasaban entre las estrellas. Winkler seguía a sus amigos por la carretera inclinada, en mal estado, hasta la casa azul para cenar. A veces venían los chicos con colgantes de colmillos de tiburón y bebían cerveza terminada la comida, hablaban con sus acentos mestizos de planes de inversión o leyes mercantiles, o de la Comisión de la Verdad y la Reconciliación en Santiago, de cómo progresaba, de que tal vez las familias cobrarían indemnizaciones. Pero Naaliyah nunca iba.

Y, cada noche, cuando se marchaba por el camino lleno de rocío, mientras atravesaba los prados hasta el hotel, Winkler tenía la sensación de que no avanzaba ni retrocedía en el tiempo, sino que vivía variaciones del mismo día una y otra vez. Tal vez era él quien estaba atrapado en el agua bajo un suelo de plexiglás mientras el mundo seguía adelante, hombres y mujeres que entraban y salían de las habitaciones tirando de maletas demasiado llenas, las suelas de sus zapatos pisando ligeras sobre su cabeza.

2

Trece. Setenta y dos. Cuarenta y nueve. La voz de la chica en la radio envejeció, se hizo más profunda, pero su manera de articular —incluso a través del rugido del ruido estático— era tan cuidadosa como siempre. Quizá se trataba de Naaliyah, inclinada sobre un micrófono en la otra punta del mundo. «Estoy en Irkutsk, cruzando a Siberia». «Estoy en Lima». «Dile a todos que los quiero».

Había rumores, claro: Naaliyah se había fugado con un piloto de chárter francés y estaba en algún punto del océano Ártico; Naaliyah tenía una sarta de novios que llegaba hasta Cuba; Naaliyah vivía en Barbados, trabajando de camarera. Winkler la imaginó en Chile, en Puerto Rico, envuelta en un abrigo oscuro cruzando una plaza en ruinas y levantando los ojos hacia los chapiteles desnudos de una iglesia.

Cambiaban las estaciones. Los huéspedes llegaban en catamaranes alquilados, comían en el restaurante y se entusiasmaban con las estrellas, la sopa o la transparencia del mar.

Félix iba de mesa en mesa con las manos entrelazadas detrás de la espalda y explicaba el menú de la noche y Nanton hojeaba su periódico detrás de la recepción, y, al final de la noche, Winkler iba de farolillo en farolillo extinguiendo pequeñas llamas.

Una vez a la semana pasaba un crucero, como a una milla mar adentro, lleno hasta reventar de luz cremosa, y en los remansos entre olas Winkler oía cómo la música cruzaba la laguna. La isla entera estaba cambiando. En las laderas de las colinas brotaban casas de veraneo; los muchachos del lugar decidieron convertirse en pescadores de peces vela y se paseaban arrogantes por el embarcadero a la caza de turistas de chárter. La azucarera cerró; se limpiaron bosques para hacer sitio a una planta de copra, un aeródromo, incluso un campo de golf. Aparecieron Bed and Breakfasts en chalés que ofrecían butacas de mimbre, elaboradas celosías y prensa estadounidense gratuita.

El hotel empezó a decaer, como si hubiera hervido demasiado tiempo en una cazuela tapada. Las estrellas de mar trepaban por las paredes y se colaban por agujeros en el cemento como manos sin cuerpo intentando deshacer el lugar. Las válvulas de descarga de las cisternas comenzaron a fallar, los cabezales de las duchas se oxidaron; escarabajos de la patata construyeron imperios de túneles bajo el linóleo. El suelo de plexiglás se había inclinado ligeramente, de manera que las butacas ya no estaban niveladas y cojeaban de uno y otro lado cada vez que se sentaba un huésped.

Pero lo peor de todo era que el pequeño rectángulo de arrecife de Nanton se moría. Privado de sol, castigado por los vertidos, el coral languidecía, los *Acropora palmata* se convertían en escombros y se instalaron las algas, revistiendo los tentáculos y los fustes abandonados de pelusa negra ondulante. Los peces seguían nadando bajo el vestíbulo, pero ahora en su mayoría eran cachos, glotones, entrenados para esperar bajo la barandilla atentos a las sobras de los turistas que les tiraban migas de pan.

Cuando había tormenta, las copas de cóctel se caían de las mesas del vestíbulo; las cacerolas de la cocina se balanceaban y tintineaban. De vez en cuando la corriente subía lo bastante para deslizarse por debajo de las puertas del porche en forma de lámina de agua. Entonces Nanton gritaba y maldecía y se subía a su banqueta, levantando el libro de visitas, y Winkler apartaba las butacas y sacaba el agua con un cepillo de caucho.

Algunos días, cuando se ponía las botas de agua y vadeaba la laguna para arrancar anémonas o erizos del suelo de cristal con una espátula, se sentía como el guardián de una presa, tratando de mantener a raya una cantidad abrumadora de agua, negociando una tregua que estaba irremediablemente destinada a fracasar.

Los ratones royeron túneles en la menguante paja del techo del hotel, de los aleros brotaron plantas y la marea formaba remolinos contra el suelo traslúcido del vestíbulo, y el mundo —en alguna parte, ahí fuera— luchaba sus guerras y construía sus ceses de hostilidades mientras Winkler gestionaba lo que le quedaba de vida lo más microscópicamente posible, con la cabeza baja, reacio — asustado quizá— a levantar la vista. La misma chica hispana leía los mismos números delante del mismo micrófono y una antena en algún lugar los lanzaba a la ionosfera en gigantescas ondas electromagnéticas, cruzando el océano, atravesando las paredes del cobertizo, penetrando en su piel, en sus huesos, en sus células y núcleos y en partes más pequeñas aún. Radioseñales en sus sueños, en su alma.

Soportó las indignidades a que lo sometía Nanton: llevar la misma camisa de estampado floral cada día, alquilar tubos de buceo mordidos y gafas por las que entraba el agua a los huéspedes, empujar el siempre lleno cubo de toallas sucias de la playa a la lavandería y luego empujar las limpias de vuelta a la playa. Tal vez, pensaba, al mirar el cielo sobre su cobertizo —un cuenco de luz de alegre color verde—, *esto es un sueño.* En cualquier momento me despertaré y tendré treinta y tres años y estaré en Ohio, en la cama, en plena noche. El cuerpo cálido de Sandy estará respirando a mi lado; oiré a Grace murmurar en su cuarto. Apartaré las mantas; iré a verla.

O se despertaría en su cama de niño dentro del armario ropero y olería los fantasmas de los animales que entregaron allí sus abrigos, los zorros y visones y caribús; abriría la puerta y oiría el cambio de vía de los trenes en la playa de vías nevada de la estación, a su madre cruzar el apartamento, servirse un vaso de agua, masticar un trozo de tostada frente a la ventana antes de irse a trabajar.

Cabía esa posibilidad. Pero cada vez que se despertaba solo veía el interior polvoriento y atestado del cobertizo. Los muelles de su cama chirriaban bajo su peso; un dolor palpitante le subía hasta dos tercios de la columna vertebral. Un olor a óxido, a fracaso; la fría oquedad de su cama; el ruido del mar suspirando contra el arrecife y una mosca que se retorcía en una telaraña en un rincón: tenía cuarenta y ocho años, tenía cincuenta; estaba solo.

Una vez —en 1993 o 1994— recorría el camino al embarcadero, al norte del hotel, cuando se detuvo en casa de Félix y Soma. Era martes, y Soma estaba en San Vicente trabajando en la oficina postal, y Félix, Winkler lo sabía, se encontraba en el hotel, con los almuerzos.

La cancela estaba cerrada con su nudo de alambre y, antes de que le diera tiempo a pensar demasiado en lo que hacía, la abrió y entró en el jardín. Las gallinas se acercaron corriendo con las cabezas bajas y levantando polvo con sus patas de dinosaurio. Vadeó entre ellas hasta la puerta mosquitera.

—¿Hola? —dijo.

Pero no había nadie en casa. Sabía que no había nadie. Pasó la mano por la grieta en la pared, con sus bordes color blanco puro que contrastaba con la pintura azul.

El interior permanecía oscuro y fresco. La mayoría de las cosas seguían como las recordaba, tal y como al parecer habían estado siempre: los barcos desgarbados por todas partes, pintados con sus colores de polo; los libros de Soma en los rincones; la mesa plegable azul con el plastificado de la parte inferior colgando en tiras largas y caducas. En la encimera había una huevera con dos docenas de huevos esperando a ser limpiados.

Pero también notaba cambios, aunque quizá se debía a que estaba en la casa de aquella manera, sin invitación, con la cocina despojada de ruido y actividad. Parecía más vacía, con menos esperanzas. No encantada, sino abandonada, como si incluso sus fantasmas estuvieran en otra parte, ocupados en tareas más urgentes.

Félix había instalado un fregadero, al fondo del cual había varios platos desportillados, uno con una tortilla comida en su mayor parte, un cuarto de luna revenida. Fuera, en uno de los jardines vecinos, un perro empezó a ladrar.

La cocina olía a cebollas caramelizadas. La caja de carbón estaba ordenada y llena. En la habitación de la esquina que había sido de los chicos y después de Naaliyah seguía el cartel de las Torres del Paine, en Chile, desvaído, de modo que el cielo se había vuelto blanco y todo el granito, rosa. Un zoológico de conejos de peluche de dibujos animados observaba mudo desde la estantería; un puñado de hierbas secas sobresalía de una botella llena de piedras. En el somier de la litera de arriba seguían pegadas las constelaciones de estrellas fosforescentes, pálidas y tiesas, casi sin pegamento.

Una vez, recordó, durante todo un verano, Naaliyah había querido aprender a caminar sobre las manos. Todos los días se ponía un bañador morado, deshilachado en los tirantes y las costuras, se doblaba hasta quedar apoyada en las manos, le pedía a Winkler que le sujetara las pantorrillas con los puños y se ponía a caminar sobre las palmas por la arena con el bañador resbalándosele por las nalgas y las piernas muy rectas. Avanzaban unas docenas de metros hasta que le cedían los brazos.

—¿Cuántos he hecho esta vez? —preguntaba, sin aliento, agitando los brazos.

—Quince, creo.

—Quince —decía Naaliyah, saboreándolo—. Vale. Vamos a intentar veinte.

Fuera, alguien pasó por el camino con una radio y Winkler se quedó quieto en el vano de la puerta del dormitorio. La cuerda de tender de Soma crujía en la brisa. La música tardó mucho en apagarse.

Seguían durmiendo detrás de una cortina. Tenían la cama deshecha, la sábana tirada a los pies. De una barra en el armario colgaba una hilera de vestidos; en un rincón había uniformes de cocinero arrugados. Y un televisor pequeño, con una complicada antena aparejada encima, y un radiodespertador a pilas.

Cogió una de las blusas de Soma del suelo, se la llevó a la nariz, inhaló y la retuvo allí alrededor de un minuto. Luego se desprendió de ella con cuidado y se retiró, caminando deprisa, dejando atrás la mesa plegable y los ojos cansados de la imagen plastificada de la Virgen. Cerró la puerta mosquitera al salir para que no hiciera ruido y echó a correr por el jardín.

3

Antes del amanecer, diciembre de 1999. Había huéspedes ya despiertos, oía puertas gemir y agua viajar por las cañerías. Estaba en la puerta de su cobertizo y escuchaba el clamor de los pájaros. Venus brillaba blanca y lejana sobre el lomo de las colinas, al sur. El negro del cielo se tiñó de verde pálido y aparecieron tres nubes diminutas —*cumulus humilis*— portando un rosa lánguido en su parte inferior que se desplazaban hacia el oeste.

Bajó por el camino flanqueado de coral hasta la playa. Los murciélagos, a la caza de sus últimas presas, volaban como motas negras. Pronto apareció el horizonte, como planchado por el peso del cielo, surcado despacio por un velero. Winkler entró en la cocina, cruzó el hotel por el suelo de cristal y subió al porche. Allí abrió cada una de las puertas vidrieras, barrió la arena de los tablones y la vio colarse y desaparecer en el agua.

El sol había salido del todo cuando volvió a su cobertizo y encontró una carpeta azul apoyada contra la puerta.

Dentro había lo que parecía ser un informe de laboratorio, o el borrador de uno. En la cubierta, una fotografía de un camarón con una de las pinzas llena de bultos e hipertrofiada. El título, escrito a mano, era *Estructuras sociales de camarones pistola que viven en simbiosis con esponjas*. Y, debajo, un nombre: Naaliyah Orellana. En la portadilla alguien —¿la misma Naaliyah?— había garabateado: «¿Qué te parece?».

Se llevó el informe dentro, lo puso en la mesa y lo leyó de principio a fin.

Era obra de Naaliyah, eso lo supo de inmediato. Había signos de exclamación en la mayoría de las frases:

> Los camarones se alimentan casi exclusivamente de sus esponjas anfitrionas, pero nunca hasta el punto de ponerlas en peligro. ¡Mira por dónde, la simbiosis está por todas partes! ¿Es que la evolución seleccionó a los camarones más moderados gastronómicamente hablando?

Al parecer había recogido esponjas de una variedad de arrecifes y escudriñado sus túneles en busca de camarones diminutos, no mayores que un grano de arroz. Había mantenido en algún lugar un entorno controlado —durante dos años, evidentemente— y, según sus investigaciones, determinadas especies de crustáceos vivían en grupos eusociales, como las termitas o las abejas, al servicio de una única reina reproductora.

Era un esfuerzo ambicioso, maravilloso y amateur, todo a la vez. Culpaba a los vertidos de los cruceros del descenso de la población, pero no llegaba a demostrar que el agua estaba contaminada. Y el informe carecía de estructura: no había resumen, ni introducción, ni bibliografía.

Lo hojeó de nuevo a la luz de la vela. Había observaciones asombrosas:

Después de alimentar a la hembra de cría dominante, el macho joven en ocasiones se dará la vuelta y se tumbará de espaldas, flexionando el telson. ¡Igual que un perro sumiso! He visto a la hembra subirse encima y golpearle varias veces y con delicadeza el tórax con el quelípedo. ¿Está afirmando su dominancia? ¡Quizá le está provocando!

En los últimos años Winkler se había mantenido más o menos al día de temas científicos, casi exclusivamente por casualidad: niebla adherida al mar por la mañana, la condensación de vapor de agua en cañerías, la marca de la marea de primavera en la pared este del vestíbulo. Si alguien de un yate dejaba un número de *Nature* en el vestíbulo o si oía a los patrones de pesca hablar de reservas de peces, no era capaz de reunir la energía suficiente para interesarse, más allá de una curiosidad imprecisa y suprimida. Como si tuviera un hermano muy lejos de allí al que le interesaran esa clase de cosas. Pero ahora tenía a Naaliyah, escribiendo como una adulta, como una científica, y un trozo de ella había llegado a su puerta. ¿Lo sabría Félix? ¿Y Soma?

Estuvo con sus páginas hasta bien entrada la noche, tomando notas en los márgenes con un lápiz.

Febrero llegó, se fue y no la vio. Le sonsacó toda la información que pudo a Soma mientras esta limpiaba el gallinero, rascando desperdicios pegados al suelo de contrachapado: Naaliyah había terminado la escuela secundaria en Barbados; había encontrado trabajo en el Instituto Caribeño de Oceanografía limpiando acuarios, haciendo el mantenimiento de los barcos de investigación. Se había colado en clases, leído textos de profesores. Uno de ellos, con el tiempo, le había permitido usar una lancha, por las mañanas, para hacer sus propias observaciones. Ahora, después de cuatro años de investigaciones, se había trasladado a la facultad satélite del instituto en San Vicente, donde estaba estudiando una licenciatura.

Soma la había visto una sola vez, la había atisbado desde la dársena de la oficina de correos subiendo deprisa por la calle Back con una manguera enrollada alrededor de un hombro. Parecía mayor, dijo Soma. Distinta. Pero, cuando Winkler le insistió, no pudo explicar qué era exactamente lo que había cambiado.

Vestigios del sueño que había tenido, veintitrés años antes, le rondaban la consciencia: el tobillo de Naaliyah, el eslabón de una cadena de ancla.

—Todo este tiempo estaba tan cerca —dijo Soma.

El olor acre, nitroso de los desperdicios saturaba el aire. Winkler parpadeó unas cuantas veces.

En la sombra recalentada, Soma parecía más menuda que nunca.

—Una hija enfadada —dijo arrastrando la hoja de la pala por el contrachapado— es como una gallina enfadada. Cuanto más la persigues, más difícil es atraparla. Esperas, tienes paciencia y confías en que termine por volver a ti.

Winkler se frotó los ojos. Sombras del viejo sueño —un esquife vacío, una cadena de ancla tensa— se arrastraron por la boca de su estómago. Miró el polvo suspendido en el interior del gallinero, tres rayos de sol divergentes entrando oblicuos, diademas minúsculas girando en la luz.

¿Estaría Naaliyah en peligro? Si lo estaba, ¿regresaría el sueño? Winkler soñaba, se despertaba y apenas recordaba nada: la pintura verde de su taquilla del instituto, un tapacubos de acero cromado en el que había recogido agua de niño.

La estación seca fue muy seca. No llovió en treinta días, en cuarenta. El viento transportaba remolinos de polvo al mar, donde giraban y se alargaban como tornados rojos en miniatura y, por fin, se deshacían. Las flores de Winkler se marchitaban en los arriates. «Mierda», murmuraba Nanton escudriñando de puntillas el depósito de cemento que había detrás del hotel. El eco le devolvía su exabrupto. Pero los huéspedes seguían viniendo, se entusiasmaban con la ausencia de cielos encapotados, se duchaban y nadaban en la tina de melaza convertida en piscina y abrían grifos y Winkler sufría al oírlo: más agua desapareciendo por las cañerías, yendo a parar al mar.

> Los camarones viven en intrincados laberintos dentro de su esponja anfitriona, cientos de túneles tortuosos, improvisados, y sin embargo siempre parecen saber adónde van. Duffy *et al.* argumentan que la esponja es la que bombea agua por esos túneles, proporcionando a los camarones una fuente constante de oxígeno. En pago, los camarones defienden a la esponja de otros colonos. ¡Y les entregan la vida! ¡Son pequeños soldados! ¡Son leones!

En marzo la vio. Rodeaba el cabo en una pequeña lancha motora con letras azul marino, la mano encima de los ojos para protegerse del sol. Winkler estaba en la playa retirando con un rastrillo bengalas gastadas y vasos de plástico de un partido de voleibol de la noche anterior y levantó un brazo. Ella no lo vio o simuló no verlo. Amontonadas en la popa, delante de ella, había lo que parecían unas trampas hechas con tela metálica de gallinero oxidada. Iba sentada en la popa con una mano en el timón. Una camiseta amarilla batía contra su pecho. Aunque se encontraba lejos y la vista de Winkler no era buena, comprobó que su madre tenía razón, estaba mayor: algo en su manera de sentarse, en la confianza con que pilotaba la lancha. Recordó la sensación de su leve peso en los hombros, cómo cambiaba cuando se agachaba para esquivar una rama demasiado baja.

¿Cuántas veces había pasado sin que él se diera cuenta? Winkler bajó la mano y vio cómo el barco terminaba de cruzar la laguna a lo largo de la última línea de coral y, por fin, desaparecía. Solo quedaron su estela avanzando hacia la orilla y el gemido del motor dando paso al silencio.

4

Veinticuatro años antes Sandy y él conducían de Anchorage a Cleveland en el Chrysler. Estaban en Manitoba, quizá, o en el norte de Minnesota. Era temprano por la mañana y el Newport subía por una pendiente suave, avanzando en dirección este hacia una oscuridad rota solo por un hilo de blanco. En una colina herbosa junto a la autopista pastaban ocho cervatillos que parecían pequeños impalas. Todos miraban al este, hacia la noche que retrocedía. Sus sombras —alargadas e imprecisas delante de ellos— se iban encogiendo despacio por la ladera de la colina.

—Sandy —dijo Winkler, y le dio un codazo para que no siguiera recostada en la puerta—. Sandy, mira.

Pero ella no se había molestado en levantar la cabeza. Dormía, o simulaba dormir, y pronto los ciervos estuvieron detrás de la colina y fuera de su vista. Debería parar el coche, recordó haber pensado Winkler. Debería dar la vuelta, obligarla a salir y deberíamos subir esa pendiente y ver esos ciervos. Pero apenas aminoró la velocidad. La caja con las herramientas de soldar tintineó suavemente en el asiento trasero; el capó del Newport cortaba el viento. Se le ocurrió la extraña idea de que lo que había visto no eran ciervos, sino sus fantasmas, que, si Sandy hubiera mirado, solo habría visto la ladera de la colina, una extensión de hierba vacía.

¿Ya veían las cosas tan diferentes, solo dos días después de salir de Anchorage? Era difícil no pensar, en aquel entonces, en Herman Sheeler llamando a detectives, contratando investigadores privados.

Más tarde aquel día Winkler vio más ciervos, todos muertos, sus cuerpos rotos abiertos en los arcenes de las carreteras, y las diferentes manchas oscuras que dejaban en el asfalto. A su lado, Sandy contenía en silencio las ganas de vaciar la vejiga.

Lunes de Pascua. Atardecer. Estaba en la playa contemplando cómo el sol se retiraba en una panoplia silente de color, sus rayos separándose y refractándose mil veces en los campos de polvo suspendidos sobre el mar.

Antes de verla oyó el ronroneo del motor fueraborda. Entonces apareció la lancha, cruzando la laguna, esta vez desde el sur, las mismas trampas oxidadas apiladas en la proa, una estela que partía de la popa. Naaliyah viró la barca, apagó el motor y fue hasta la playa. Bajó, dejó caer un ancla hecha con un bloque de hormigón en la arena y caminó descalza hasta quedarse al lado de Winkler mirando la mancha de color en el horizonte. Llevaba un bañador con estampado de magnolias y pantalones vaqueros cortados justo debajo de los bolsillos. Tenía partes de los dedos llenas de cortes y cicatrices; su cara estaba despejada y tersa, bronceada y parecía mayor. Pero aun así muy joven, aun así, la cara de la niñita que le quitaba las gafas a Winkler y se las ponía delante de los ojos.

—¿Qué? —dijo sonriendo.

Winkler no podía dejar de mirarla. Ella rio y lo abrazó. Notó su pecho contra el suyo y la fuerza enjuta de sus brazos alrededor de su espalda. Se preguntó cuánto tiempo había pasado desde que alguien lo había abrazado.

Se puso colorado. Naaliyah ladeó la cabeza en dirección a la cocina.

—¿Está…?

—Sirviendo la cena.

—¿Te llegó? ¿Mi tesina?

Winkler asintió.

—No es más que un borrador. Desde entonces he recogido más datos.

Desde la terraza del restaurante oían el tintineo de cubiertos. Un camarero navegaba entre mesas con una bandeja al hombro. Winkler no sabía qué decir, cómo empezar. Era una mujer adulta. El sol se fue poniendo encarnado a medida que se acercaba al horizonte.

—Vamos a dar un paseo —dijo Naaliyah.

Cruzaron el jardín y descendieron por el camino en la luz declinante. Un kilómetro más abajo el sendero se desviaba hacia la cima de Mount Pleasant, una ruta que habían tomado muchas veces cuando Naaliyah era una niña.

Era un paseo corto y empinado. No hablaron. Cuando llegaron al final, Winkler estaba casi sin aliento. Desde el claro estrecho y apretado de la cima se veían las luces de las poblaciones a lo largo del collar de islas al sur, iluminadas como pequeños montones de purpurina en una bandeja negra. El viento se había levantado por fin y soplaba desde el norte impulsando polvo por el cielo, y la última luz del ya desaparecido sol formaba una franja azul en el horizonte. En lo alto, la troposfera flotaba rosada sobre toda aquella bruma, como si debajo ardiera una gran fogata. Ristras de luces en mercados y apartamentos de las laderas de colinas y en los aparejos de barcos del puerto se fruncían y temblaban en el viento, y la torre de antenas erigida cerca de donde estaban gemía. Florecillas de fuegos artificiales abrían sus pétalos en los vecindarios situados al oeste.

El día antes, el sacerdote de St. Paul's había dicho a su congregación con su voz calmada que Dios resucitado había regresado al mundo de los hombres para mostrarles las heridas en sus palmas. Después, durante el credo niceno, las voces del coro alcanzaron un tono tan agudo que Winkler temió que aquella Pascua por fin la iglesia se desprendiera de sus pilares y echara a rodar colina abajo.

Naaliyah olía ligeramente a crustáceo. Se metió las manos en los bolsillos.

—Necesito un favor —dijo. Se sacó de los pantalones cortos media docena de sobres, doblados en dos, con dirección y sello—. Necesito cartas.

—¿Cartas?

—Quiero ir a la universidad. Para hacer el doctorado.

Winkler cogió los sobres y se los acercó a las gafas. Estaban dirigidos a universidades de Estados Unidos: Texas A&M, UMass Boston, Portland State University. Incluso la University of Alaska en Anchorage.

—Quiero hacer un posgrado —dijo Naaliyah—. Como tú. Como hiciste tú. Voy a necesitar una beca, claro, pero mis tutores creen que tengo posibilidades.

—Naaliyah…

Casi no había luz. Un cohete solitario trazó un arco sobre el puerto, luego se consumió y se apagó. ¿Qué sabía él de cómo ayudarla a entrar en un programa de posgrado? ¿Qué peso académico podía tener ahora? Para empezar, nunca lo había tenido.

—¿Lo harás? No lo necesito hasta final de mes.

Las copas de los árboles a sus pies ondeaban y brillaban. En alguna parte estalló una ristra de petardos. Naaliyah decía algo sobre lo mucho que había trabajado, sobre cómo quería que su tesis fuera algo nuevo.

—¿Y qué hay de los profesores del instituto?

—También se lo he pedido. Pero pensé que una carta tuya...

Winkler se recostó contra la base de cemento de la torre para antenas.

—Lo intentaré.

—Gracias —dijo Naaliyah.

Siguieron allí un rato, mirando las flores pequeñas y efímeras de los fuegos artificiales a sus pies y los ganglios de humo que dejaban al apagarse. Winkler pensó que debía decir algo a Naaliyah sobre sus padres, contarle que Félix bajaba algunas veces a la playa y contemplaba las seis millas de mar hasta San Vicente. Que cada lunes por la mañana su madre recorría sola y a pie el camino al transbordador entre islas con los árboles grandes y enmarañados cerniéndose amenazadores a su espalda.

—Tu tesis —dijo—. No estoy seguro de estar cualificado, pero he tomado algunas notas y...

Naaliyah le agarró de la mano.

—Me aceptarán, ¿verdad, David? ¿Alguna universidad me cogerá?

En la bahía los fuegos artificiales se acercaban a la apoteosis final, docenas de flores verdes y carmín que dibujaban al alejarse bucles fugaces de chispas doradas.

—Sí —respondió—. Por supuesto.

Tuvo la impresión de que Naaliyah en cualquier momento podía subir flotando al cielo y arder, como si solo él con su presencia se lo impidiera.

Aquella noche volvió a tener el sueño. Desde el principio sintió que estaba entrando en un escenario conocido y, al mismo tiempo, intolerable. Corría por un camino tropezando con zarzas. A su izquierda, en el mar, Naaliyah dejaba caer un ancla hecha de un bloque de hormigón desde la popa de una barquita. Cada detalle aparecía concentrado e intensificado: la mica brillando en la arena, mil reflejos del cielo en el agua, cada oscilación de la barca. Una cadena que cortaba el agua le atrapaba el tobillo y tiraba de ella. Se aferraba a la bovedilla de popa. La barca volcaba. Naaliyah se hundía. Estaba casi a un kilómetro de distancia. Winkler corría a la laguna y nadaba con todas sus fuerzas, pero ella se encontraba demasiado lejos. La cadena colgaba tensa de la proa; la barca se giraba despacio hacia ella. Naaliyah no salía a la superficie. Winkler seguía nadando, pero la barca parecía alejarse. Se despertó con agua en los pulmones.

5

Una pauta que se repetía una y otra vez. Winkler en un avión volviendo a casa después de veinticinco años; Winkler en una isla soñando con el futuro. George DelPrete se echaba encima de un autobús, su sombrerera salía volando. Grace ahogada en sus brazos. Ahora —otra vez— Naaliyah se ahogaba delante de él. Todas estas muertes, ordenadas quizá por azar, o por elección, o por las complejidades de algún patrón superior e inimaginable, ¿acaso importaba? ¿Estaría obligado a revivir los acontecimientos una y otra vez? ¿Estaría siempre abocado a variaciones de las mismas trayectorias?

Cuando estudiaba cristales de hielo durante el posgrado terminó por encontrar un diseño básico (hexágonos equiláteros equiángulos) tan gélidamente recurrente, tan infaliblemente preciso, que no podía evitar estremecerse: bajo el esplendor —las flores de filigrana, las estrellas microscópicas— había una terrible inevitabilidad: los cristales no podían huir del diseño en que estaban engastados, igual que los seres humanos. Todo estaba labrado según un patrón rígido, la certidumbre de la muerte.

Se suponía que tenía que arreglar un retrete estropeado en la habitación número 6; en lugar de ello, atravesó corriendo los dos kilómetros y medio hasta la ciudad en la todavía oscuridad y pagó a un pescador sesenta dólares del Caribe Oriental para que lo llevara a Kingstown. La sangre se le agolpaba en los oídos. Resurgían retales del sueño: un bote vacío, una cadena que colgaba inmóvil. El casco del bote chasqueaba al contacto con las olas.

En la oficina postal, se colocó al principio de la fila. Soma frunció el ceño.

—¿Has venido corriendo?

—¿Dónde vive Naaliyah?

—En algún lugar cerca del mercado. David, descansa un momento.

—Por favor. ¿Sabes la dirección?

—No.

—¿No la puedes buscar? ¿Nunca la has buscado?

Era un edificio de cemento, ocho apartamentos, tejado plano, una franja de césped delantero convertida en barro. Al otro lado de la calle, un carnicero cortaba vetas detrás de un escaparate manchado de grasa. Winkler subió corriendo las escaleras y llamó con la aldaba.

—¡Naaliyah! —gritó—. ¡Naaliyah!

Pasado un minuto abrió la puerta un hombre desnudo de cintura para arriba y con rastas en el pelo. Detrás de él sonaba una música a bajo volumen en una habitación oscura, con sábanas tapando las ventanas, un sofá de aspecto gastado lleno de botellas de Heineken vacías, una mesa baja de cristal con una esquina rota.

—¿Qué pasa?

—¿Dónde está Naaliyah?

—Trabajando. —El hombre hizo un gesto hacia la escalera y la calle—. ¿Te va a dar un infarto?

—¿Dónde está? Su trabajo.

—En el instituto. En el muelle. Oye, tío —se rascó la cadera con el dorso del pulgar—, ¿de qué vas? ¿Eres ese tipo mayor del que habla?

Pero Winkler ya bajaba por las escaleras. Se encontraba a mitad de la calle cuando la sábana que tapaba la ventana del apartamento se levantó y el hombre con el torso desnudo se asomó.

—¡Oye! —gritó—. ¡Liyah está perfectamente! ¡Relájate!

El instituto lo formaban una serie de embarcaciones a lo largo de un muelle y una caravana baja llena de fregaderos. A la puerta de la caravana, dos hombres metían con cuidado grandes trozos de coral en un acuario de agua turbia. Sin resuello, Winkler dijo el nombre de Naaliyah. Los hombres señalaron en dirección al mar.

—Está recogiendo muestras. No volverá en un rato.

—¿Tiene radio?

Los hombres pusieron los ojos en blanco y rieron.

—¿Ha venido a hacer una donación? Nos vendrían bien unas radios.

Corrió hasta el final del embarcadero. Percebes. Las formas blancas de rocas a seis metros de profundidad. Pasaron algunos peces aguja nadando a gran velocidad, tenues y plateados. El mar se mecía despacio arriba y abajo, plomizo e inescrutable. ¿A qué cala habría ido? ¿Estaría echando el ancla? El corazón se le estremeció. Resurgieron espirales de una vieja pesadilla: agua a la altura de las ventanas, sus piernas alrededor del poste de un buzón.

Le dolían las corvas y tenía la sensación de que los huesos se le habían desplomado hasta los pies. ¿Para qué tanto correr? Su memoria convocó una imagen de ella, quizá con doce años, llamando a sus postigos antes del amanecer. Tenía la respiración agitada; la parte delantera de su camiseta subía y bajaba. Llevaba briznas de hierba pegadas a los pies desnudos y su cuerpo desprendía una suerte de electricidad: le temblaban los dedos, le brillaban los dientes. Winkler había prendido una cerilla, encendido con ella una vela y abierto la puerta.

Caía por encima de la bovedilla de proa; los eslabones de la cadena se cerraban alrededor de su tobillo. Las burbujas subían a la superficie como joyas flexibles.

Naaliyah no volvió hasta casi de noche. Encajó la lancha entre las llantas colgadas junto al embarcadero y subió por la escalerilla. Se detuvo cuando vio Winkler.

—Tienes muy mala cara.

Winkler le cogió la mano. Prácticamente se arrodilló en los tablones de madera. Tal vez ella era un fantasma.

—Tienes que dejar de salir a recoger muestras, Naaliyah. Ya no puedes volver a salir.

—¿De qué hablas?

—¿No has terminado ya la investigación?

—Eso es algo que no se acaba nunca. No la hice solo para la tesina. O para entrar en la universidad.

—¿Y no puedes investigar en el laboratorio a partir de ahora? ¿No tienes ya especímenes suficientes?

—Pero ¿qué te pasa? ¿Te manda mi padre o qué?

—No. No. —Se pasó la palma de la mano por la frente—. Por favor. No salgas más al mar. Necesitamos que te quedes en tierra firme.

La siguió hasta la puerta del instituto y se detuvo fuera, inseguro, con los dedos en el hombro de Naaliyah.

—David —dijo esta—. Tú eres el que debería preocuparnos. Deberías irte a casa. —Tenía en la mano una bolsa de red llena de coral que goteaba—. Por favor.

Esperó delante de su apartamento, apoyado contra el escaparate del carnicero. Naaliyah subió y bajó casi una hora más tarde con el hombre de las rastas. Los siguió hasta un café, observándolos de lejos. La vio sonreír mientras comía un plato de arroz; el novio se inclinó hacia delante y la besó en el cuello. Winkler empezó a sentir cada vez más calor. Le escocían los ojos. Un sabueso demacrado salió de un aparcamiento junto al restaurante y le ladró y le obligó a esconderse en las sombras.

Fue a la oficina de correos, que estaba cerrada y seguía con la misma verja podrida de cuando pasó su primera noche en aquella ciudad, hacía ya más de dos décadas. Para entonces Nanton estaría furioso, aporreando la puerta del cobertizo de Winkler. Había que plegar y guardar las hamacas; cerrar las sombrillas, apagar los farolillos de la terraza del restaurante. Doblar las toallas. Barrer las pasarelas.

En el embarcadero, dos cables que colgaban de una grúa se mecían con fuerza contra el cielo violeta. A su alrededor, las lucecillas de las casas ardían detrás de los postigos.

Pasó la noche en un motel para turistas que olía a cigarrillos y a lejía. Antes de que amaneciera ya estaba otra vez bajo su ventana.

Transcurrida alrededor de una hora Naaliyah dejó el apartamento y echó a andar deprisa calle arriba. Winkler la siguió a distancia. Un vendedor de bizcochos borrachos abrió su puesto y sacó el toldo. Cruzaron tres mujeres en bicicleta. Naaliyah las saludó y ellas le devolvieron el saludo. El sol salió de detrás del pico Grand Bonum sobre la ciudad y dividió la calle en listas de luz y sombras. La siguió otra manzana y, a continuación, la llamó, y ella se volvió hacia él como si fueran dos actores en un simulacro de duelo del oeste.

—¿David?

—No salgas. No salgas hoy.

Naaliyah levantó los hombros y se puso una mano en la sien.

—¿Por qué haces esto? ¡No me puedo creer que precisamente tú intentes impedirme hacer lo que quiero!

Pasó una mujer que tiraba de un carrito lleno de melones y saludó con la cabeza a Naaliyah, y esta le devolvió el saludo. Winkler se acercó.

—No puedo dejar que salgas al mar.

Naaliyah lo miró fijamente.

—Pero ¿qué quieres decir con eso? ¿Por qué no puedo? ¿De qué hablas?

—Por favor.

—Si no salgo no cobro. Tienes que darme una razón.

Winkler cerró los ojos e inhaló. Estaba a menos de un metro de distancia, al alcance de la mano.

—Por mí.

—David.

Naaliyah se volvió para marcharse. Winkler se abalanzó y la cogió de la camiseta a la altura del hombro, pero Naaliyah se giró para liberarse y entonces la mano de Winkler se deslizó hasta su cuello y, por un instante, ella se tambaleó. En la acera, un hombre con una camisa blanca y corbata corta se detuvo y frunció el ceño. Naaliyah tomó impulso con las piernas y Winkler perdió el equilibrio y cayó.

Naaliyah se quedó a unos metros.

—¡Dios! —exclamó, examinándose el cuello de la camiseta—. ¿Se puede saber qué te pasa?

Winkler palpó el asfalto en busca de sus gafas.

—No puedes... —dijo.

—No. Ni hablar —replicó Naaliyah.

Y se alejó. Winkler se recompuso y la siguió hasta el instituto, pero no la vio por ninguna parte. Su lancha cabeceaba junto al amarre; la pequeña caravana estaba oscura y vacía. ¿Le estaría observando desde alguna parte? ¿Habría cogido otra barca?

Bajó por la escalerilla, se subió al esquife que se bamboleaba, agarró tres cables que terminaban en el cabezal del motor fueraborda —un Evinrude de treinta y cinco caballos— y tiró todo lo fuerte que pudo. Dos de ellos cedieron; uno le escupió líquido en la mano. Gasolina mezclada con aceite. Una flor multicolor de petróleo se extendió en la superficie del agua. Volvió al muelle y se limpió las manos en los pantalones. Una luz se encendió dentro del instituto. Se volvió, saludó con la cabeza a un hombre que salía de la caravana y echó a andar hacia el centro de la ciudad.

Nanton acechaba en el vestíbulo, levantando los brazos al cielo de tanto en tanto.

—¿Crees que no puedo contratar a otro jardinero? ¿En un minuto? ¿Te crees tan cualificado que piensas que eres insustituible?

Winkler aguantó con la vista en el suelo y en las formas grises ondeantes de algas en el desgastado coral debajo. Un pez trompeta diminuto se pegó al cristal, levantó un ojo hacia donde estaba Winkler y luego se alejó a toda velocidad.

En la tienda náutica compró aletas y una cizalla grande. Cuando volvió, Soma estaba en la puerta del cobertizo. Winkler entró, dejó sus compras en la mesa y empezó a meter ropa en una bolsa de basura reforzada.

—¿Qué haces? ¿Te marchas?

Winkler gruñó. Quitó unos calcetines de la cuerda de tender.

—Hace mucho que no te veo comportarte así. No desde el año en que llegaste. —Soma abrió los postigos y la luz entró a raudales—. No sé todo lo que pasó, David. Sé que escribías cartas. Sé que dejaste a alguien en casa, a quien llamabas por teléfono. Y sé que la caja que te traje te trastornó muchísimo.

Los insectos gritaban en los montículos de hierba cortada junto al cobertizo. Una ráfaga de viento agitó polvo del suelo.

—Naaliyah es una mujer —dijo Soma—. Una mujer adulta. Dueña de sus propias decisiones. —Sacó una de las camisetas de Winkler de la bolsa, la agitó para estirarla y la dobló encima de la cama.

—Naaliyah se va a ahogar —dijo Winkler.

Soma lo miró con atención.

—¿Qué quieres decir?

—Sé que se va a ahogar. Pronto.

—¿Cómo que lo sabes? No entiendo. Nada como un pez.

—Necesito que le digas que deje de salir en la lancha. Tenemos que mantenerla fuera del agua.

—¿Crees que me hará caso?

—Por favor, Soma.

—¿*Sabes* que se va a ahogar?

Winkler estuvo largo rato con la vista fija en el suelo entre sus pies. La sensación de una mano invisible se le enroscó alrededor de la tráquea.

—Lo he soñado, Soma. He soñado que se caía por la popa y se quedaba enganchada en el ancla.

—Lo has soñado.

—Sí.

Soma alisó los bordes de la camiseta que había doblado y se puso en jarras.

—Has soñado una cosa así con mi hija.

—No me crees. No pasa nada.

—Me creo que lo hayas soñado. Pero ¿cómo sabes que el sueño se va a hacer realidad?

—No lo sé. No exactamente.

Soma fue hasta la puerta y se quedó mirando hacia fuera.

—Lo único que quiero es que todo el mundo esté bien. ¿Por qué dejamos que las cosas que ya nos han pasado sigan torturándonos?

Winkler apoyó las manos en el antepecho de la ventana. Tenía ganas de sacudir la pared hacia atrás y hacia delante hasta que cediera y el cobertizo se desplomara encima de ellos.

—Pero esta todavía no ha pasado.

—Pero es que me refiero a todas. A las cosas que han pasado, y a las que podrían pasar.

Media hora más tarde estaba en el transbordador de San Vicente. Recorrió las calles cargado con la bolsa de ropa y alquiló una habitación sin amueblar encima de la carnicería al otro lado de la calle del apartamento de Naaliyah. El olor a carne vieja atravesaba el linóleo. Las hormigas rondaban por las paredes. En el cuarto de baño, un musgo verde lustroso había crecido en la cisterna. Compró una silla de aluminio abollada por veinte dólares del Caribe Oriental y enchufó el hornillo eléctrico a una alargadera que el carnicero le había pasado por la ventana.

Cuanto más la seguía, más se esforzaba ella por ocultarse. Habría resultado cómico de no ser tan espantoso: Naaliyah escondiéndose detrás de las vallas; Winkler medio corriendo detrás de ella, a una manzana de distancia. El ratón y el gato. Pero ¿quién era el gato? Winkler persiguiendo a Naaliyah, el futuro persiguiendo a Winkler.

Habían arreglado su fueraborda; Naaliyah empezó a recoger especímenes de madrugada, al anochecer. Winkler sentía avanzar la llegada de su sueño como un autobús hacia él. Me he convertido en un acosador, pensaba. En un sabiondo obseso, agazapado en las sombras fuera de su apartamento, agachándome detrás de cestas de naranjas en el mercado.

En la silla de aluminio, de cara a su ventana, intentó escribir la carta de recomendación. «Estimado comité de admisiones», empezaba. «Naaliyah Orellana es excelente».

Estimado comité de admisiones. No se van a creer lo extraordinaria que Naaliyah Orellana es.

Estimado comité de admisiones. Naaliyah Orellana es. Naaliyah Orellana es. Naaliyah Orellana es.

Naaliyah estaba sentada al otro lado de la mesa de un hombre blanco con sobrepeso, quizá de la misma edad de Winkler. Bebían agua con hielo en la terraza de un restaurante, esperando a que les sirvieran la comida bajo una sombrilla desgastada con estampados de gallos rojos y negros. A su espalda, enormes batiks malva se agitaban inquietos en la brisa. El hombre con sobrepeso hizo un gesto a Naaliyah con el tenedor; ella sonrió.

—Solo voy a estar un minuto —le dijo Winkler a la encargada de la puerta. Tuvo que enlazar los dedos para que no le temblaran las manos—. Son amigos míos.

Cuando Naaliyah lo vio, se puso pálida:

—Hola, David. Este es el doctor Meyer. Es mi tutor en el instituto.

El hombre corpulento cambió la servilleta de sitio, se medio levantó y le ofreció la mano.

—Señor...

—Doctor Winkler —dijo Naaliyah.

—Ah —exclamó Meyer—. El misterioso autor de la otra carta de recomendación.

Winkler no estrechó la mano del hombre.

—Naaliyah —dijo, y bajó los ojos de manera que estuvieran a la altura de los de ella—. Tenemos que hablar.

—¿Te parece que es el mejor momento?

Meyer daba sorbos a su agua con hielo. Naaliyah apoyó con mucho cuidado las manos en el regazo.

—¿Estás bien, David?

—Tuve un sueño —susurró Winkler. Meyer se había puesto a mirar por encima de la cabeza de Naaliyah—. Creo que no deberías salir con la barca.

Un grupo de niños que pasaban por la calle empezó a cantar *Cumpleaños feliz*. Naaliyah consiguió esbozar una media sonrisa forzada.

—Eso ya me lo has dicho, David.

La encargada estaba detrás de Winkler.

—¿Todo bien por aquí?

—Sí —respondió Naaliyah.

—No —dijo Winkler.

La encargada se acercó a él.

—Si le parece, vamos a dejar comer a estos señores.

—Por favor —le rogó Winkler. Lo estaban echando—. Por favor, Naaliyah.

—Encantado, doctor Winkler —le dijo Meyer cuando ya salía.

La siguió a casa; la siguió al trabajo al día siguiente. Desde las sombras del instituto, tragando saliva con dificultad, la vio poner en marcha el Evinrude.

Y, sin embargo, no se ahogó. Regresó al muelle, aparentemente ilesa, aparentemente respirando. La vio descargar las bolsas de red y vaciarlas en acuarios. Tuvo ganas de acercarse a ella por la espalda y tocarle un costado para ver si era real.

El lunes —siete días después de tener el sueño— llamaron a la puerta del apartamento. Soma estaba en la escalera de hierro, tratando de mirar al interior con los ojos entrecerrados. Llevaba aros de oro en las orejas, el crucifijo sobre el esternón y un vestido descolorido con dobladillo de encaje que le llegaba hasta la rodilla.

—Me ha dicho el carnicero que estabas aquí —dijo y cruzó la puerta e inspeccionó las baldosas mugrientas, la silla junto a la ventana. Colgada del hombro llevaba una bolsa con libros. Winkler volvió a su silla y se sentó.

—Está dentro —dijo—. Estoy casi seguro. Si se ha escabullido esta mañana, no lo he visto.

—¿Cuándo dormiste por última vez?

—Anoche. Creo. ¿Has hablado con ella?

Soma caminó hasta estar frente a él y se acuclilló.

—David, ¿me puedes mirar? ¿Me puedes escuchar? Temes que le pase algo, eso es todo. Y con razón, además. Es peligroso que una persona salga sola al mar. Pero no puedes vigilarla todo el tiempo. Tienes que aprender a dejarlo estar. Créeme, no es fácil. Pero tienes que dejar que pase lo que tenga que pasar.

—No —dijo Winkler negando con la cabeza y con la mirada perdida—. No lo entiendes.

Por las hojas de la ventana entraron pálidos rectángulos de luz que dividieron sus cuerpos en paralelogramos.

Soma le puso las manos en los hombros.

—Tenías una hija, ¿verdad?

Winkler sintió detrás de los ojos una tensión eléctrica que iba en aumento.

—Grace.

—¿Cómo era?

Apartó la mirada. Cerró los ojos. Con el tiempo, las imágenes del bebé, al igual que fotografías demasiado manoseadas, se habían desgastado y arrugado, habían perdido definición. Ya no recordaba su cara exactamente, ni sus dedos, ni la piel suave y nueva de las plantas de sus pies. ¿Qué forma tenían sus pómulos? Lo único que recordaba era el ejemplar de Sandy de *Good Housekeeping*, a Joyce Brothers y la marca Tupperware, cómo reducir la ingesta de azúcar de la dieta familiar, una promesa de revelar los amores en la vida real de Valerie Harper.

—Tenía mis ojos —dijo.

La electricidad le chisporroteaba detrás de la frente.

Todavía acuclillada, Soma acercó su cuerpo al suyo y le dio un abrazo deslavazado.

—Está bien, David. No pasa nada. Hablaré con Naaliyah. No pasa nada.

Un copo de nieve, un panal, una tela de araña de un lado a otro del marco de la puerta. Encontró una chicharra muerta en un rincón del apartamento y la cogió para examinarla: el tórax pequeño y terso, diez mil hexágonos diminutos en sus alas diáfanas. Seises y seises y seises. ¿Estarían ahí las soluciones, las pistas a lo que necesitaba saber?

Cielos ondulantes, cielos en llamas, cielos teñidos de plata por el calor. Perros demacrados dormitando en umbrales. Los niveles de agua de los depósitos de la ciudad se encogieron como si alguien le hubiera quitado el tapón a un fregadero. Las acequias a la mitad de su volumen, luego menos. Incluso las plantaciones de plátano, los árboles grandes y robustos en los flancos del monte St. Andrew parecían mecerse y doblegarse al calor. Al anochecer se levantaba un viento caliente procedente del oeste que cubría la isla de un polvo rojo: polvo en los alféizares y respiraderos, polvo en su plato de arroz, polvo en la garganta. La isla entera parecía más tenue, como si sus colinas estuvieran desmoronándose sobre sí mismas.

Insomnio, un desastre inminente. ¿No había pasado ya por todo eso antes? Pensó en sus años de posgrado, cultivando hielo en una pipeta de cobre sobreenfriada. Cada brazo dendrítico de un cristal de nieve siempre se correspondía de manera precisa a los otros, como si, a medida que se formaban, cada uno supiera qué hacían los otros cinco. ¿Era aquello tan distinto de la forma de su propia vida, de cómo su historia personal se repetía: George DelPrete, Sandy, Grace, ahora Naaliyah? ¿Y luego quién? ¿Él mismo? Estaba atrapado en el entramado de un cristal de hielo con nuevas moléculas que se precipitaban a su alrededor cada segundo; pronto estaría en el centro, encerrado en una cárcel hexagonal; sería una más de ellas, de los doscientos cincuenta millones de ellas.

Soma entró por la puerta con el vestido empapado en sudor y la piel bajo los ojos hinchada. Se sentó en la silla de aluminio y se sonó la nariz con un pañuelo amarillo.

—No ha querido ni abrir la puerta. Me ha dicho que quiero alejarla de lo único que le importa en el mundo.

Contrajo las mejillas; le temblaban los dedos. Abrió un libro en el regazo y pasó las páginas sin leer. Transcurrieron unos pocos momentos, los dos en el apartamento, un camión que pasaba por la calle. Luego Winkler le rodeó la cabeza con sus brazos, le olió la nuca, un olor a sal y a gallinas y a jabón. Se le cayó el libro de Soma del regazo y ninguno hizo ademán de cogerlo. Siguieron sentados así, la cabeza de ella en los brazos de él, viendo por la ventana cómo oscurecía.

A partir de entonces Soma se reunía con él cada tarde cuando terminaba su turno y juntos miraban, al otro lado de la calle arenosa y sin pavimentar, las sábanas en las ventanas de Naaliyah. Conseguían mantener la vigilancia mediante una alternancia tácita, Soma pestañeando en la silla, Winkler echándose en la manta doblada en la esquina cada doce horas más o menos para cerrar los ojos, sentir el calor y oír las reinitas trinar en las azoteas, detrás del apartamento.

—Te han despedido —le dijo Soma—. Nanton ha metido tus cosas en una caja de cartón. Dice que las va a quemar.

—Que lo haga —contestó Winkler.

—No son más que palabras. Creo que te echa de menos.

—Seguro que Félix te echa de menos a ti.

—Que lo haga. Tiene su ron.

Por las tardes, con Soma en el trabajo y los oscuros estratocúmulos suspendidos en el cielo, la luz de los árboles era tan tenue que no veía más que unos pocos metros alrededor de ellos y una inmensa quietud se acumulaba. Entonces se ahogaba, como si el aire hubiera sido despojado de oxígeno. En esos momentos tenía la sensación de que todo estaba en compás de espera: él, Soma, el edificio de cemento de Naaliyah enfrente, los vendedores ambulantes abanicándose en sus puestos, los mástiles balanceándose en el puerto. Un olor caliente, nauseabundo, subía de las baldosas, sonaba la campana de la catedral y se apoderaba de él, poco a poco, una cierta noción de la transitoriedad de su vida, de la enormidad del universo y de su insignificancia respecto a él. Con el tiempo se le acabarían las horas, con el tiempo Naaliyah se le escaparía y moriría.

Bajó con sigilo al embarcadero para sabotearle la lancha por segunda vez. Dio un tijeretazo a una manguera cubierta de espuma que salía del Evinrude y arrancó lo que le pareció que eran enchufes. Cortó la cadena del ancla y tiró el bloque de cemento por la borda. El agua se cerró encima de él con una palmada.

Nubes de tormenta arrastraban zarcillos negros de lluvia evaporada por el cielo. Los rayos resonaban de un punto a otro del horizonte y los pelícanos levantaban el vuelo de los tejados de los almacenes con sus alas gigantes y prehistóricas y rozaban los tendidos del teléfono.

6

Al comité de admisiones:

Estas son algunas de las cosas que me enseñó Naaliyah Orellana, una tarde, cuando ella tenía diez años. Un cangrejo
ermitaño probando nuevas conchas; una gran forma submarina (¿una tortuga marina?, ¿una raya?, ¿una foca monje?)
nadando en perezosos círculos entre dos formaciones de
coral; piqueros robándose los huevos los unos a los otros;
pájaros tropicales (de patas rojas y blancas, arrastrando una
larga cola blanca); un escarabajo alado reluciente como una
gota de mercurio en el poste de una valla; un ejército de hormigas diminutas invadiendo una bolsa de cereales; cangrejos
negros corriendo en lateral a sus madrigueras; un erizo blanco del tamaño de su pulgar; dos anémonas cuellilargas en
una poza enzarzadas en una lucha a cámara lenta; un gato
salvaje y famélico trotando por el camino detrás de nosotros
y luego regresando con sigilo a la vegetación; peces payaso y
ballesta, peces iridiscentes y turquesas; peces ángel amarillos y blancos; pozas salobres bullendo de renacuajos; ca-

bras y ovejas y un caballo blanco espantando moscas en un rincón del cercado; una tortuga panza arriba en el camino que silbó y gimió mientras le dábamos la vuelta; un hermoso pájaro crestado con aspecto de cadenilla azul, pero en grande; media docena de garcetas corriendo a zancadas detrás del cortacésped; un polluelo diminuto en un agujero del suelo, dándonos la espalda, escudriñando la oscuridad; un caracol del tamaño de una pelota de tenis dirigiéndose al cubo de basura de la cocina, con sus ojos encaramados a antenas. «Mira un punto fijo durante un minuto», me decía Naaliyah. Era un juego que le gustaba. «Elige hierba, cielo, playa o agua... y algo lo atravesará». Y estas son las cosas que recuerdo.

Vivir en los trópicos es un recordatorio constante (me encuentro una avispa en el arroz, un pececillo en el agua de afeitar) de la imposibilidad de poseer nada. La calle que tengo delante pertenece más a las criaturas que estén circulando por esos cien o más montículos de tierra roja que a ninguno de nosotros. Las vigas de este apartamento son propiedad de las moscas; las ventanas de las esquinas, de las arañas; los techos son el hogar de gecos y cucarachas. No somos más que inquilinos aquí. Incluso la única cosa que consideramos nuestra, el tiempo que se nos concede en la tierra, ¿nos pertenece de verdad?

«Se podría escribir un libro increíble», me dijo una vez Naaliyah, «sobre los ácaros». Conocerla es ser consciente de las mil maneras de investigar. Siente fascinación por las cosas más pequeñas; solía pasarse horas boca abajo observando un cuadrado pequeño de arrecife a través de un trozo de cristal. Convierte el mínimo contacto con el mundo exterior en un viaje de campo. Para mí es un recordatorio de la pobreza de mi propia visión.

Naaliyah posee todas las cualidades que impiden rendirse: entusiasmo, curiosidad, esperanza. Es un regalo para el mundo. Rezo por que quieran concederle la oportunidad de seguir estudiando.

Había necesitado doce borradores. Soma estaba dormida y le dejó la carta en el regazo para que hiciera copias y las echara al correo por la mañana.

—Espero que las acepten, aunque estén escritas a mano —dijo en voz alta.

Era la primera carta que conseguía terminar en veinte años.

7

Llevaba unas horas detectando patrones en todas partes: uno en el rastro brillante que dejaba una babosa en el fondo del fregadero; otro en las venillas de una hoja que el viento había posado en el alféizar; otro más en la disposición de las gotas de condensación de la cisterna del váter. Los observaba durante minutos, convencido de que las respuestas estaban encerradas allí, correlaciones, un código que no era capaz de descifrar.

Soma llegó tarde; el día anterior ni siquiera había ido. ¿Se creería lo de su sueño? En una sartén prestada cocinó media docena de huevos en una espuma de mantequilla y se sentaron a mirar las ventanas oscuras del otro lado de la calle mientras se pasaban la sartén y comían con los dedos. Como si al otro lado de la calle proyectaran una película fascinante. Pero solo estaban el viento agitando las sábanas en las ventanas de Naaliyah y los reflejos isométricos de las farolas.

—No puedes apartarla de lo que quiere, David. Incluso si significa encontrarse con un destino que temes. Eso tienes que dejarlo en manos de Dios. Cuanto más te empeñes, más se empeñará ella en lo contrario.

Winkler cerró los ojos; le pareció oír, aunque no tenía la radio encendida, a la chica de la onda corta susurrando al otro lado de la ventana: *13, 91, 7...*

Soma lo tapó con una sábana y se la subió hasta el cuello. Winkler intentó espabilarse. Pero no podía luchar contra el sueño; se le cerraron los párpados. Hubo ruido, granos de arena chirriando bajo la pata de una silla. Se preguntó si los sueños hacían ruido al llegar. El más leve, como el ruido de un embrión al ser concebido, o el de un copo de nieve al tocar el suelo. Las sombras en los rincones de la habitación formaron un charco en el centro y, en algún momento, el suelo del apartamento se convirtió en el vestíbulo de Nanton, una ventana cada vez más oscurecida, costuras que se deshacían y permitían que un líquido negro y voraz se colara por las rendijas.

En una de las pesadillas, Naaliyah arrastraba cadenas hasta una playa y se quitaba peces aún vivos de entre el pelo. «Estas cosas pasan», decía, «no porque las preveas, sino porque las predices». Cogía a Winkler de la camisa y lo tiraba al suelo. Entonces Naaliyah se convertía en Sandy, y Sandy en Herman, y la playa era un camino de entrada lluvioso a su espalda, y Herman tenía almohadillas de hockey sujetas a las piernas y patines en los pies. Daba una patada a Winkler, le pasaba la cuchilla de un patín por la garganta. Los números caían de las nubes como cometas de plomo, enormes y girando.

Winkler gimió en su silla. Soma bajó las escaleras de hierro, fue hasta el puerto y cogió el último transbordador a casa. El novio de Naaliyah, Chici, cruzó la calle en la oscuridad previa al amanecer y dejó un plato de pollo envuelto en plástico junto a las escaleras del apartamento de Winkler.

8

Al final no necesitó ni cizalla ni aletas de bucear. Naaliyah salió de su edificio antes de la madrugada del domingo y Winkler bajó corriendo la escalera de hierro, como siempre, para seguirla. Una niebla se aferraba a los edificios y las farolas zumbaban. Eran las únicas personas en la calle. Winkler tenía la sensación de que Naaliyah notaba su presencia, cien metros detrás de ella. Subió por la calle Halifax a paso ligero, los puños de su sudadera le tapaban las manos, las tiendas estaban a oscuras, los quioscos, cerrados y las ventanas de los segundos pisos, con los postigos echados, como si se hubiera anunciado un huracán, o algo peor que ni siquiera los edificios podrían ser capaces de presenciar.

En el muelle, Naaliyah bajó por la escalerilla hasta la lancha, le quitó el candado al Evinrude, llenó el depósito y zarpó en dirección norte con la línea de la costa a su derecha. Winkler echó a correr, escudriñándola en la niebla y en los huecos entre casas. Ella le sacaba ventaja, por supuesto, y desaparecía una y otra vez. Pero Winkler siguió corriendo, dejó el camino cuando se terminó y atravesó zonas de matorrales. Las chabolas de la ladera de la colina desaparecieron; pronto hubo solo un sendero angosto, las raíces aéreas de pandanos y el sonido del motor de su lancha, muy por delante de él.

La maleza le azotaba las piernas. Las telarañas lo envolvían y se le aferraban a la cara. En dos ocasiones se paró y tuvo que caminar con la mano sobre un pinchazo debajo de las costillas.

Casi a un kilómetro y medio de la ciudad, Naaliyah apagó el motor en una cala azul zafiro, probablemente a cien metros de la orilla. El sendero subía y Winkler la atisbó desde un otero bajo y siguió adelante. Cuando la alcanzó, llevaba allí un par de minutos y ya había apagado el motor y estaba asomada a la popa, escudriñando el agua. Winkler se detuvo sin resuello en una playa rocosa, bajo una pérgola de palmeras. Sentía los músculos de las piernas distendidos; la sangre le latía en los oídos.

Naaliyah buscó debajo de una bancada y sacó lo que a Winkler le parecieron unas gafas de bucear. Se las sujetó a la cabeza. El aire palpitaba de sal y viento; dos gaviotas gordas y doradas pasaron volando al lado de Winkler y se posaron plácidamente en el agua.

Entonces todo se volvió familiar: la imprecisión de las sombras, un olor en la niebla como a hojas en descomposición, el sonido desapacible de las palmeras detrás de él. Naaliyah le daba la espalda; la lancha se bamboleaba con sus movimientos. El sueño se rompió contra él como una ola.

Se quitó las gafas y las dejó en la arena. Pensó: Ya está aquí otra vez. Naaliyah se inclinó sobre algo que había en la popa. Entonces, contra toda lógica, puesto que Winkler lo había hundido cinco noches antes, levantó lo que parecía un bloque de hormigón. Antes de que cayera por la borda Winkler ya se había quitado los zapatos y los calcetines y había saltado al agua.

Rocas afiladas; un tramo de arena estriada en la parte poco profunda; agua clara y tibia rompiendo contra los muslos de Winkler; un último atisbo de Naaliyah aferrada a la popa. Buceó. Sus brazos avanzaron, uno detrás del otro, y surgió un pensamiento: tenía que haber practicado. Naaliyah estaba demasiado lejos. Sus piernas dieron patadas. Sus brazos giraron. Casi inmediatamente estuvo exhausto. Los músculos del cuello y la parte superior de los brazos se le pusieron rígidos y amenazaron con bloquearse.

Obligó a sus hombros a seguir nadando. El dolor llegó a un punto en que tuvo la sensación de que los brazos se le derretían en una especie de bruma y, por un instante, dejó de tener extremidades, se convirtió en una piedra que se hundía. Para entonces Naaliyah estaría atrapada a una braza de profundidad y peleándose con el eslabón de la cadena que tenía alrededor del tobillo. El esquife vacío daría vueltas lentamente alrededor de su popa.

El agua estaba increíblemente clara. Incluso sin gafas veía el lecho marino alejarse despacio, pufs de coral en color pastel y avalanchas de pececillos y un mero solitario agazapado en las sombras, desplegando con lentitud sus aletas pectorales.

Respiró, se orientó y se obligó a seguir. El mar le zumbaba y chasqueaba en los oídos al compás de su pulso sanguíneo. Un brazo, después el otro. Se sorprendió pensando en el agua, en cómo nunca está quieta, en cómo incluso dentro de nuestros cuerpos jamás descansa; vibra sin cesar, cada electrón de cada molécula de cada célula traza órbitas, gira, nueve vectores independientes de fuerza y posición, un éxtasis de movimiento.

Los brazos se le convirtieron en dos espátulas en una tina de miel; el corazón se le infló hasta comprimirle la parte posterior de las costillas.

Entonces, de forma bastante repentina, Naaliyah subió a la superficie delante de él con unas pocas vetas de luz del sol proyectándose oblicuas a su espalda. Estaba como Winkler sabía que estaría, colgando cabeza abajo y doblada por la cintura, peleándose con la cadena, que le había dado dos vueltas alrededor del tobillo y se tensaba, extendiéndose en una delgada columna vertical hacia el lecho marino. De su boca y de su pelo salían burbujas. La cadena temblaba con parsimonia.

El corazón de Winkler se abrió paso entre los huecos de su pecho. El ruido en sus oídos empezó a aumentar. El cuerpo de Naaliyah se relajó; sus brazos se balancearon bajo ella. Winkler buceó e intentó levantar la cadena, pero el bloque de hormigón pesaba en el fondo y tenía la cadena pegada al tobillo.

Subió, respiró y se sumergió de nuevo. En esta ocasión se situó debajo de ella y tiró de la cadena hasta que consiguió aflojarla unos segundos mientras se levantaba el bloque de hormigón y, con un último espasmo de energía, soltó el nudo lo suficiente para liberar el tobillo. Naaliyah flotó hacia la superficie. Winkler vio su cabeza salir y sujetó la cadena medio segundo más, mientras en su campo visual estallaban estrellitas, fogonazos de luz que bailaban y se movían en el techo del agua.

Salió a la superficie. Naaliyah tenía los ojos abiertos, pero no pestañeaba y no había empezado a respirar. «No», se oyó decir. «No, no. No, no, no», negando no solo aquel momento, sino todos lo precedentes, todas las casas y los puentes del tiempo, su corazón destrozado, sus pulmones a punto de reventar: George DelPrete, Sandy, Grace. Se negaría a sí mismo, negaría la estructura, se disolvería en el mar, se integraría en una nubecilla disociada en algún lugar de las profundidades.

Pasó un momento: silencio, solo agua lamiéndoles la nuca y la barca girando despacio alrededor del ancla. Una capa de bruma dorada los envolvía temblorosa. El agua le caía a Naaliyah por la cara hasta las comisuras de la boca. Una sensación como de despertar de un sueño se apoderó de Winkler; el sueño se disolvió y lo fue sustituyendo una realidad precisa, más coherente. La voz de Sandy reverberó en su memoria: «Odio esta parte. Cuando encienden las luces después de una película».

Colocó las manos debajo de las costillas de Naaliyah y apretó. Empezaba a subir la marea. Con cada respiración, el fondo del mar, a unos treinta metros de profundad quizá, se hundía imperceptiblemente. El rugido de su corazón cedió. Olas, bajas y cálidas, rompían contra ellos y después retrocedían. Le entraron en la boca mechones de pelo de Naaliyah.

—Despierta —dijo, y la abrazó con toda la fuerza de la que fue capaz—. Despierta.

De las fosas nasales de Naaliyah salía moco. Le dio la vuelta y, tras rodearle la cintura con los brazos, pegó sus labios a los de ella y le sopló en la boca. Inhaló, recolocó los brazos, volvió a respirarle. El cuerpo de ella aceptó el aire; Winkler notó cómo sus pulmones se hinchaban al recibirlo, notó que su cuerpo flotaba ya un poco más arriba en el agua.

Pensó en Félix y Soma, que se estarían despertando. ¿Era aquel el fin de su sueño después de todo? ¿Dos padres refugiados en su colchón triste y viejo mientras a diez kilómetros su hija se ahogaba?

Qué fácil es dejarse llevar por el agua. Tibia y suave, es como rendirse al sueño más azul. ¿Acaso no morimos todos ahogados, hasta cierto punto, ya sea en un desierto o en una habitación blanca y silenciosa?

Inhaló una vez más; respiró en Naaliyah. Los párpados de esta aletearon. Tosió y escupió una rociada de agua. Winkler le presionó bajo las costillas y ella inhaló con un estertor.

—Gracias —dijo Winkler—. De verdad, gracias.

En el horizonte, estratocúmulos formaban montones silenciosos y de espaldas anchas.

9

Truenos, un sonido como de muebles arrastrados por el cielo. Se levantó de la sábana en la que estaba tumbado, se puso las gafas y fue a la ventana. Relámpagos iluminaban el crepúsculo, llameando sobre todo en las nubes, pero unas pocas ramificaciones bajaban de vez en cuando a tocar las laderas de las colinas sobre la ciudad. La corriente de las farolas se había cortado y, en la luz azul y vaporosa, solo veía las copas agitadas de las palmeras y los arcos negros traseros de los cables eléctricos. Los relámpagos iluminaban intermitentemente el edificio de Naaliyah, que aparecía pequeño y brillante, sus ventanas y fachada deterioradas, antes de ser succionado de nuevo por las sombras.

El viento arrojaba arena, hojas y bolsas de plástico calle abajo. Abrió la ventana y dejó que las primeras gotas cayeran en el antepecho. En su imaginación oía árboles en las colinas estirándose para capturar el agua, las raíces absorbiendo, los troncos inclinados, las hojas buscando. Calle arriba se abrió un postigo y alguien tiró de la cuerda de tender la ropa. Unas pocas personas —sombras apenas— salieron a la calle y extendieron las palmas mirando al cielo con la boca abierta. Al cabo de uno o dos minutos las baldosas alrededor de sus pies estaban mojadas y cerró los postigos.

La familia entera había ido al hospital, Félix, Soma y los tres chicos, y el médico dijo que Naaliyah estaba perfectamente, no había complicaciones pulmonares ni torácicas, solo costillas doloridas, solo conmoción. Le dieron el alta aquella misma noche. Nadie le preguntó por qué había estado allí. Félix le estrechó la mano. Soma lo abrazó durante un largo rato. Las ropas mojadas de Winkler le dejaron marcas de humedad en el vestido.

El viento se calmó, la lluvia arreció. Entró, escuchó las gotas vibrar en el tejado y dejó que el sueño se apoderara de él.

La tarde siguiente Soma bajó con él por la calle Back y juntos se detuvieron en el muelle, al lado de un almacén gigantesco de productos agrícolas, a observar el ruidoso ajetreo de camiones de granjeros y los giros atléticos de los cargadores pasándose cajas de plátanos en una cadena humana. A su espalda, en el mercado, un comerciante de nuez moscada cerró su paraguas y sacudió el agua en una acequia.

—¿Y ahora qué? —dijo Soma.

Winkler miró su cara, la nariz ancha de platelminto, los pómulos delicados y tostados, la piel de encima levemente pecosa. Nanton había vaciado el cobertizo del hotel y ahora guardaba en él la cortadora de césped. El nuevo encargado de mantenimiento, decía Félix, era un adolescente de Kingstown que se llevaba a los amigos allí a fumar marihuana.

—He estado pensando en ponerme a trabajar —dijo Winkler. En el puerto unos pocos veleros sin aparejo cabeceaban en sus amarres y las drizas cantaban en sus mástiles metálicos con un sonido como de tañido de campanas—. No con Nanton, sino aquí, en San Vicente.

Soma se volvió hacia él y le apoyó un brazo en el hombro. Winkler se giró un poco y se dejó abrazar, la columna tibia del cuerpo de ella, el fino algodón de su vestido, el olor dulce y vivo de su cuello.

Para hacer una mesa quitó la puerta del cuarto de baño y la colocó sobre dos cajas parafinadas de las que se usan para transportar carne. Los primeros días se limitó a una libreta y un lápiz, pero pronto se trasladó a las calles, a los senderos en zigzag sobre la ciudad, llegando hasta las pendientes del Soufrière, al norte. Empezó con descripciones del agua, con bocetos; se agachaba sobre un riachuelo que discurría desde el bosque hasta el mar: los canales trenzados creando minúsculos corrimientos de tierra delante de ellos, la manera en que la superficie del agua destellaba y se estiraba con el viento, el modo en que seguía fluyendo aparentemente sin fin.

Por las tardes iba caminando a la única biblioteca de Kingstown, un edificio color jengibre de dos plantas con libros amontonados en todos los muebles disponibles y vientos alisios que agitaban todo lo que había en la segunda planta, de modo que, después de ráfagas especialmente fuertes, había un furioso aleteo de papeles.

Eran muchísimas las cosas de las que no se había enterado: investigadores con sumergibles teledirigidos habían encontrado vida marina a tres kilómetros de profundidad junto a respiraderos volcánicos llamados fumarolas negras. Y no solo microbios, sino gusanos de un metro de longitud, almejas del tamaño de tapacubos. Había nuevos fenómenos, miles: cambio climático global, contaminación de depósitos naturales, aumento de los niveles del mar. Los físicos sostenían que un billón de partículas subatómicas llamadas neutrinos pasaban por el cuerpo de una persona cada segundo, atravesaban un cuerpo, sus huesos, el núcleo de sus células y luego salían, volvían al suelo, al corazón de la tierra para salir por el lado contrario y regresar al espacio. Seguía hablándose de conceptos más antiguos, también: FitzRoy, capitán del *Beagle,* el barco de Darwin, examinó yacimientos de fósiles de moluscos decidido a encontrar pruebas de la inundación global de Noé. Un inglés llamado Conway había argumentado que los gorriones abandonaban los estanques en otoño no en busca de climas más cálidos, sino de la luna.

¿Tanto se equivocaban? ¿Por qué iban a ser sus hipótesis menos viables que las teorías de científicos que les ponían collares con un transmisor a los gansos? Todas eran aspiraciones a las mismas verdades inescrutables.

En su interior se abrían puertas, caminos cerrados se revelaban una vez más. Escribiría un libro. Escribiría un tratado sobre el agua, una historia natural de la misma: sería nueva, popular y fascinante; sería el equivalente a *La doble hélice,* pero del agua. Empezaría por lo pequeño, por la atracción entre los átomos de hidrógeno y oxígeno. Esto a su vez iluminaría todo lo demás, glaciares, océanos y nubes. ¿Qué había estado haciendo tanto tiempo en el hotel de Nanton?

Llenó otro cuaderno, empezó otro. Cada día notaba cómo partes enteras de él se despertaban. La visión del mar justo después de amanecer bastaba para hacerle levantarse y observarlo durante una hora. Los piqueros se perseguían los unos a los otros por la línea del arrecife, la luz tocaba las crestas y las sombras se encogían en los senos de las olas. Se tumbaba boca arriba en una plantación de caña abandonada, entre el zumbido de los insectos, y observaba cómo los cúmulos florecían, cómo se extendían por cien kilómetros de cielo en un movimiento tan lento que apenas era perceptible, un soplo gargantuesco, una tumescencia desgarradora. Cenaba en casa de Soma y Félix; compartía un cigarrillo con el novio de rastas de Naaliyah. A Naaliyah la veía solo de vez en cuando, subiendo apresurada las escaleras hacia su apartamento, o bajándolas, llevando un fajo de papeles, una bolsa de la compra, pero al mirarla el pulso se le aceleraba y no podía evitar sonreír.

Por las noches se sentaba en el callejón con el carnicero, un hombre menudo de piel muy oscura con antebrazos brillantes y manos sorprendentemente delicadas. Fumaba, le cambiaba la hoja a sus sierras y le contaba a Winkler historias sobre la erupción del Soufrière de 1902 que acabó con mil seiscientos isleños, o de cómo su abuelo mataba cerdos con un martillo de bola. «Un solo golpe», decía, «en la nuca. Una y otra vez. Todo el día, cada viernes». En lugar de «viernes» decía *vierniis*.

Winkler se despertaba a medianoche con la mente activa, revolucionada, y garabateaba frases en su cuaderno. «¿Envejecen las estrellas de mar?». O: «Hay agua, por increíble que parezca, en el sol: una guirnalda de vapor, insondablemente caliente, flota alrededor de su corona».

En junio, Naaliyah se presentó en la escalera de hierro a la puerta de su casa. Llevaba un impermeable de plástico y sus piernas eran como palos bronceados entre el dobladillo de la falda y el borde de las botas. En el rellano a su espalda flotaba la bruma. Sonrió.

—¿Tienes una hora?

Lo llevó al instituto y se quedaron un momento en el muelle contemplando cómo las lanchas cabeceaban y entrechocaban suavemente en la oscuridad. Eligió una embarcación más grande, llena como siempre de trampas metálicas apiladas en la proa. Sobre un andamio en la popa había un cabestrante. El ancla, observó Winkler, era nueva, un trébol de aluminio con uñas simétricas fijado a la proa.

Sin decir una palabra, Naaliyah bajó el motor y maniobró hasta dejar atrás los últimos pilotes. Winkler no pudo evitar sobresaltarse: algo les haría volcar y Naaliyah volvería a quedar atrapada en la cadena y se ahogaría. Pero no había soñado nada y el día daba la sensación de ser nuevo y poco extraordinario. A su alrededor el mar discurría negro y espejado. La humedad en el aire se le condensaba en la frente y en las manos.

Naaliyah encontró una abertura en los bancos de coral a la salida del puerto y puso rumbo norte. Pasaron por playas que Winkler conocía, la isla quedó atrás, oscura y silenciosa bajo el ruido del motor, y llegaron a un lugar que no había visto nunca, donde la línea de la costa era rocosa y sin playas, con precipicios almenados debajo de un bosque intacto. El agua estaba pespunteada de boyas. Naaliyah apagó el motor y dejó que continuaran a la deriva.

—Anguilas —dijo mientras trepaba a la popa y alcanzaba una boya verde con un arpón largo—. Para uno de los profesores. —Cogió la boya con el gancho del arpón, acercó la lancha e insertó un ojal en el cable mediante un mosquetón del cabestrante. Tiró la boya suelta a la popa. Luego le dio a un interruptor, el tambor giró y el cable empezó a enroscarse—. Está estudiando un proceso fotoquímico en ellas. Cree que podría aportar algo a la neurología humana. O algo así.

Winkler fue a tientas hasta la popa para mirar. El cable se tensó; del fondo subieron grandes burbujas. Una nube oscura, moteada de plata, floreció en la superficie del agua. Pequeños cangrejos blancos se aferraban al cable, arrastrados desde las profundidades, ciegos, resistiendo. A medida que los cangrejos llegaban a la superficie, se iban resbalando uno a uno y se hundían en lentos espirales. La bruma flotaba sobre el agua. La lancha subía y bajaba. El sonido del cabestrante se prolongaba como un gemido en la niebla.

Por fin apareció una trampa, abruptamente visible desde la profundidad del verde y alzándose sobre el frenesí del descenso de los cangrejos, rompió la superficie y Naaliyah paró el cabestrante, subió la trampa por la popa y la vació en la cubierta. Unos pocos peces y una docena de anguilas se retorcieron alrededor de sus botas. Repuso el cebo de la trampa con sardinas, la fijó a una nueva boya y la lanzó al agua.

Winkler se retiró a la proa y oyó a las anguilas, como jirones de un músculo, abofetear los tablones. La niebla los bañó, espesa y mágica, un billón de cuentas diminutas. Las extensiones grandes e ininterrumpidas de árboles en los flancos del volcán parecían increíblemente quietas. Pájaros —págalos tal vez— volaban en círculos lentos y primitivos.

Naaliyah tenía las manos en la popa y miraba hacia el este. El sol llameó de pronto en un claro entre las nubes. Alrededor de sus botas, las anguilas se estremecían y retorcían.

—¿Cuántas oportunidades tiene una persona de ver algo así? —preguntó—. ¿Veinte quizá? ¿Diez? —Se inclinó sobre la borda y miró las olas—. Y, sin embargo, parece infinito.

Winkler negó con la cabeza.

—A mí no.

Naaliyah tiró los peces al mar y, a continuación, cogió las anguilas resbaladizas con las dos manos y las metió en el cubo, donde saltaron y protestaron. Winkler se fijó en sus brazos mientras trabajaba, delgados y morenos; veía la fuerza enjuta en ellos. Cuando hubo vaciado tres trampas, Naaliyah miró dentro del cubo de plástico y dijo, como si hablara a las anguilas:

—Me llegó una carta. Ayer. De la Universidad de Alaska, en Anchorage.

Pasó una ola bajo la lancha y Winkler se aferró a una cornamusa en la borda.

Naaliyah lo miró.

—¿No quieres saber lo que decía?

—Si quieres contármelo.

—Me han admitido. Con beca.

Winkler negó con la cabeza. Pasó otra ola bajo la lancha.

—Enhorabuena.

—Gracias. —Naaliyah se inclinó y apoyó las manos en el borde del cubo—. Gracias por todo.

10

Nanton les dejó usar el hotel. Félix se encontraba inusualmente en forma, corriendo por la cocina con un cucharón en una mano y unas pinzas en la otra, haciendo pargo a la parrilla, cociendo plátanos, preparando platos de galletas de jengibre, cuencos de *chutney* y guandú, pan de plátano, buccinos al vapor.

Acudieron unas cuarenta personas. El novio de Naaliyah, Chici, enchufó un bajo eléctrico en el rincón y cantó canciones isleñas con voz afeminada. Los tres chicos también estaban y bebían piña colada y sonreían detrás de sus gafas de sol, dos de ellos acompañados por chicas morenas y guapas. Los turistas se reunieron alrededor de las mesas de los rincones y siguieron el ritmo con los pies. Incluso Nanton salió un rato y se sentó nervioso a sorber ginger ale con una pajita, saludando con la cabeza a quien lo saludaba y, a intervalos, sacándose algo invisible del traje.

Naaliyah sonreía y tocaba el brazo de los invitados, el sacerdote de St. Paul's, amigas de la infancia con sus maridos.

Winkler se sentó a cenar al lado del doctor Meyer, que resultó ser un hombre cordial y de voz suave.

—Me ha dicho Naaliyah que es usted hidrólogo.

—Lo era —dijo Winkler—. Hace muchos años.

—¿Ya no trabaja?

—He estado leyendo algunas cosas. Pero llevo mucho tiempo sin trabajar en serio.

Meyer asintió. Dio un bocado cuidadoso con su tenedor de plástico y se limpió la boca.

Winkler se atrevió a seguir hablando.

—Estaba pensando en escribir. Quizá un libro, algo para el gran público.

—Nunca es tarde para volver a empezar.

—Supongo que no —dijo Winkler.

Más tarde, después del postre y los brindis, caminó hasta la playa y miró los reflejos de las luces de las mesas en la laguna. Chici seguía cantando suavemente y su voz se desplazaba sobre el agua. Alguien bailaba en la terraza, Soma quizá, con sus brazos delgados balanceándose hacia atrás y hacia delante igual que cuerdas.

Tres días después se encontraba a la puerta de la carnicería para despedir a Naaliyah. Los chicos también estaban allí, y Félix, con su uniforme blanco de cocinero, y Soma. Chici había pedido una camioneta prestada y permanecía recostado contra el guardabarros, fumando un cigarrillo y golpeándolo periódicamente en el filo de su sandalia para que se desprendiera la ceniza. El cielo era inmenso y azul. Naaliyah llevaba pantalones cortos de lona, camiseta de tirantes. Sus manos se movieron cien veces sobre un trío de maletas.

Félix sonrió radiante mientras sacaba una caja enorme envuelta en periódico y atada con un lazo.

—¿Qué es eso? —preguntó Soma.

Félix le guiñó un ojo.

Naaliyah quitó la flor de franchipán metida debajo del lazo, retiró el periódico y abrió la caja.

—¡Oh! —exclamó.

Sacó el contenido: una parka azul acolchada. Los hermanos rieron.

Se puso el abrigo sobre los brazos desnudos y dio unas cuantas vueltas. Chici colocó el equipaje en la parte de atrás de la camioneta.

—Gracias, papá —dijo Naaliyah.

Su madre apartó la vista.

Winkler le ofreció su regalo: una botella de cristal llena de agua de mar y con un tapón.

—Para que no te olvides de cómo es en casa.

Naaliyah le dio las gracias y metió la botella en una de las bolsas. Por último fue despidiéndose de todos, abrazó a su madre, a sus hermanos. Terminó con Winkler:

—Ven a verme.

Winkler la retuvo, el olor de su pelo en la nariz.

—Te escribiré. Te echaré de menos —dijo Naaliyah—. ¡Os echaré de menos a todos!

Y se subió a la cabina, todavía con la parka azul que le quedaba grande, Chici desaparció, enfiló la carretera negra y vieron la camioneta hacerse más pequeña y torcer por la calle Bay, y Naaliyah se había ido.

11

Por las noches se sentaba con el carnicero y se desahogaba. Encuentros furtivos con Sandy, dejar Alaska, el nacimiento de Grace. Describir Anchorage o Cleveland lo llevaba de vuelta a aquellos lugares: el aspecto del río Chagrin rugiendo marrón y denso bajo un puente; la espantosa sacudida de un autobús urbano de Anchorage circulando por el hielo. Durante el día, en momentos inesperados, ciertas imágenes —Sandy doblando un suéter o su padre empujando un carrito con cartoes de leche— se le aparecían delante de los ojos, como si después de abrir una grieta en la puerta de la memoria ya no pudiera cerrarla, y ahora los recuerdos aparcados durante años estuvieran saliendo por la fuerza.

Y en los márgenes del sueño a menudo se encontraba de vuelta en su antigua vida: un autobús escolar entrando en el aparcamiento del instituto; hojas amarillas colgando de una valla de tela metálica; la cara de Sandy bajo la luz alta y azul del cine de la Cuarta Avenida. Durante largos y provisionales momentos nada más despertarse era como si nunca se hubiera ido; y a menudo se preguntaba si, en un mundo divergente, no lo había hecho, si no seguía viviendo en Ohio, poniendo guías a plantas de tomate en el jardín trasero, el Newport oxidándose en el camino de entrada, el río discurriendo inocente en paralelo a la calle.

Llenó un tercer cuaderno con esbozos y hallazgos inconexos copiados de libros.

Todo nuestro cuerpo, inundado de agua, está gobernado por la electricidad. Basta con acercar lo suficiente dos moléculas cualquiera y se repelerán mutuamente. No podemos tocarnos los unos a los otros, en realidad no. Nos repelemos a distancia. El roce en sí —el contacto real— no es posible. En una pelea a puñetazos, cuando una persona coge en brazos a otra, incluso en el acto sexual, lo que sentimos no es más que repulsión eléctrica, nuestra piel deshaciéndose de quizá unos pocos miles de moléculas. Ni siquiera nuestros cuerpos son cohesivos. Los fotones pasan a través de nuestros globos oculares, a través de los pliegues interdigitales.

Empezó a soñar con nieve: hielo glaseando un parquímetro; nieve derretida en las pisadas de las botas de Sandy. Sensación de subir persianas y de ver la blancura de todo —nieve en las cercas, nieve perfilando hojas—; un festín de luz. Pensar en su madre y en el aspecto que tenían las montañas desde la azotea de su infancia: trémulas, insustanciales como fantasmas.

Se sentaba en el callejón con el cigarrillo del carnicero por toda iluminación y el fulgor pálido del reflejo de las farolas en la pared contraria.

—¿Sabes por qué me fui de Estados Unidos? ¿De verdad lo quieres saber?

El carnicero gruñó. Le olían las manos a lejía.

—Soñé que iba a matar a mi hija sin querer intentando salvarla de la inundación.

El carnicero asintió.

—¿Y lo hiciste?

—No. Pero es posible que la abandonara a su muerte. Que la dejara ahogarse en nuestra propia casa.

—Pero no estabas allí cuando se ahogó. No la viste ahogarse.

—No. Me marché. Me vine aquí.

Algo susurró en el montón de cajas entre las sillas donde estaban sentados y, a continuación, se calló. El carnicero se enderezó, pensativo.

—¿Sigues sin entenderlo?

—¿Entender qué?

El carnicero negó con la cabeza.

—Esa mujer. La que vive enfrente. ¿Qué soñaste cuando soñaste que estaba en el agua?

—Soñé que se ahogaba.

—¿Y lo hizo?

—No.

El carnicero dio una calada y la punta de su cigarrillo llameó y en la repentina luz sus facciones aparecieron burlonas y extrañas.

—Quizá es porque lo cambiaste. Lo alteraste. Quizá cambiaste el sueño con tu hija como hiciste con la muchacha de enfrente. ¿Lo entiendes ahora?

Tiró el cigarrillo, que se apagó en un charco con un chisporroteo.

—Pero mi mujer me mandó una carta.

—¿Y te decía que tu hija había muerto?

—No, bueno. Eso no lo decía.

Winkler se puso de pie y retrocedió hacia la pared.

—Así que ya lo entiendes —dijo el carnicero y se pasó una mano por la fina mata de pelo—. Lo entiendes.

Pero Winkler ya corría escaleras arriba, en la luz calurosa y llena del estruendo de las ranas.

La esperanza era un amanecer, un amigo en un callejón, un susurro en un pasillo desierto. Pasó la noche en vela, tomando notas, yendo a la ventana. Era como si se hubiera roto la última puerta cerrada: las bisagras cedían; la luz entraba a raudales.

Notaba en los dedos el antebrazo de Grace, suave, sin huesos. La olía: olor a hoja de arce aplastada; recordaba que Sandy pasaba la aspiradora debajo de la cuna y, aun así, Grace no se despertaba. Y la cuna: metal esmaltado, el tacto de los tornillos al montarla... Si estaba viva, si estaba viva. La frase vibraba peligrosamente en su cerebro. Si estaba viva, ahora mismo podía encontrarse bajando la calle Market y él no lo sabría. Ese mismo día se había cruzado con media docena de posibilidades: una recién casada paseando por la playa, otra atravesando despacio el puerto a remo en un kayak de alquiler. Una rubia con muslos rollizos y quemados por el sol inspeccionando limones en el mercado; una pelirroja con pecas hojeando una revista en el balcón de un hotel. ¿Se había convertido Grace en una de ellas? ¿Tan imposible era? ¿Una mujer ahora, una esposa, una turista que nadaba a braza en la piscina de un complejo vacacional, o hacía manitas con un vendedor de coches que hablaba demasiado alto, o pedía bastoncitos de zanahoria a la cocina de Félix?

En otro tiempo, el olor, rico, repentino del pelo de
Sandy —olía a metal, hojalata o plomo—, se le quedaba en
los dedos todo el día. La manera en que frotaba un pie contra otro mientras dormía; la costumbre de quitar pelos a su
cepillo de pelo y dejarlos caer al suelo del baño en lugar de
en la papelera... Era como si todos esos recuerdos hubieran
estado hibernando en él, no muertos, solo dormidos, esperando, y ahora empezaran a salir de sus mil madrigueras.

El carnicero había dicho: «¿Lo entiendes ahora?». Buscó un cuaderno.

No he visto la nieve desde 1977. Pero ahora la veo perfectamente en mi cabeza. Ráfagas girando en el haz de luz de
una farola. Como florecillas secas. Como un millón de insectos. Como ángeles descendiendo.

12

David:

Tenías razón sobre esta ciudad. Es gris y desolada, pero también hermosa en muchos sentidos. Me gustan especialmente los lagos. El otro día me llevé el almuerzo al lago Hood y vi cómo los hidroplanos se posaban en el agua y despegaban. Más de cien en una sola tarde.

Ahora estoy estudiando los insectos. Sus similitudes con los camarones son asombrosas. El trabajo no es tan duro como esperaba, y voy mejor (creo) que la mayoría de mis compañeros. El próximo invierno habrá oportunidad de estudiar insectos de climas fríos en el norte. Espero ir, pero el profesor Houseman dice que será muy duro y que hará mucho frío, demasiado para alguien que viene de un lugar tan cálido. ¿Qué sabrá él? Confío en que estés bien. Saludos para todos.

Salió al mar una última vez en un bote de remos. Se tumbó sobre las bancadas, notó cómo el agua hacía subir y bajar la barca y estuvo durante un largo rato mirando el cielo.

El día en que se fue a la universidad, su padre lo había esperado en el rellano, mientras un hilo de humo subía del cigarrillo que tenía entre los dedos. ¿Qué se habían dicho? Tal vez adiós, tal vez nada. Winkler había dejado en el suelo su caja de cartón con libros yhabía estrechado la mano de su padre. Después de que muriera su madre habían vivido juntos como dos compañeros de piso tímidos, desconocidos casi, sin tocarse nunca, hablando en voz suave durante las comidas de cosas sin importancia. Cada noche su padre se sentaba en su butaca y leía el *Anchorage Daily* de principio a fin.

Así era como había terminado sus días: con el corazón roto; humo flotando alrededor de él como un duelo; refugiándose en los rituales de las noticias de los periódicos —cazadores perdidos, aviones estrellados, resultados de baloncesto—, entrando en trastiendas con su carrito de leche.

Dio la vuelta al bote y remó hacia tierra. El sol estaba sobre el Soufrière y empapaba el mar de luz. Se detuvo un minuto, colocó los remos en horizontal y los dejó gotear.

Le había costado dos meses obtener el pasaporte. Después, las cosas fueron rápido. Reservó un billete, devolvió los libros de la biblioteca, le dijo al carnicero que se iba. Visitó a Nanton y salieron al porche a beber té sin decir gran cosa, y, cuando su taza estuvo vacía, Nanton lo saludó con la cabeza y entró a atender a un cliente.

Cincuenta y nueve años ¿y qué había acumulado? Dos docenas de corales *Acropora cervicornis* a cada cual más pequeño. Las conchas de nerita del antepecho de la ventana del cobertizo. Dos huesos de aguacate plantados en macetas de barro. Un par de toallas, un par de mudas. Fue a un sastre en Kingstown y encargó un traje de dos botones, gris, con solapas altas. En el banco sacó y cambió a dólares estadounidenses, 6.047, todos sus ahorros.

La noche antes de irse, un chófer uniformado llamó a su puerta y le dijo que un coche lo esperaba. En la calle, el carnicero le sonreía.

—Pago yo.

El chófer llevó a Winkler al transbordador, con el que cruzó las seis millas del canal. Una vez en el hotel, Nanton lo acompañó por el puente de cuerda hasta el restaurante.

—Tu amigo —le dijo— ha querido hacer esto.

Había puesta una mesa con mantel y una única vela. Félix sacó pollo y tiras de berenjena frita crujiente.

—Uno de los pollos de Soma —dijo.

Se quedó al lado de Winkler sorbiendo un vasito de ron. Después lo llevaron a una habitación, donde se tumbó a pasar la noche en una cama *king size* con dosel, mosquitera y un ventilador de techo.

Por la mañana se afeitó en el lavabo de porcelana empotrado en la pared del cuarto de baño, un lavabo que él mismo había instalado veintitrés años atrás. Se vistió con su traje nuevo, distribuyó el dinero por los zapatos y los distintos bolsillos. Luego hizo la cama, cogió su bolsa de viaje y cruzó el vestíbulo con su suelo de cristal. Desde la terraza miró la laguna y los terrenos por última vez. Adioses tácitos: el acantilado, el cobertizo, el árbol del pan.

Fue andando a casa de Soma y Félix, subiendo por el aprisco de las ovejas, y pasó despacio por encima de la cerca para no engancharse los pantalones con la alambrada. Cuando estuvo arriba, se detuvo y miró hacia la cala donde se veía el vestíbulo del hotel sobre sus pilotes en la luz temprana. Parecía una maqueta, idealizado y pequeño, al abrigo de la cala. Algo similar a lo que probablemente Nanton siempre había querido. Luego bajó por el prado herboso hasta la casa azul con las grietas en el centro y los antepechos repletos de barquitas. Soma se encontraba en la puerta. Lo abrazó.

—Puedes volver.

Winkler asintió con la cabeza. Se separaron; Soma sacó un pañuelo del bolsillo trasero y se sonó.

Detrás de ella Félix sonrió.

—¿Preparado?

—Antes de que te vayas —dijo Soma—. Tengo una cosa.

Le puso en la mano un reloj de pulsera. Su reloj.

Winkler le dio vueltas.

—¿Lo guardaste?

—Todavía me debes una llamada de teléfono.

Winkler sonrió.

—Te llevamos en la barca —dijo Félix.

Soma estaba a su lado con los brazos cruzados sobre el pecho.

—Prefiero coger el transbordador.

—Te llevamos.

—No —dijo Winkler—. Gracias.

Se quedaron un momento más en la cocina, Soma con su enorme crucifijo sobre la blusa y Félix con las manos entrelazadas encima de la barriga y los huevos amontonados en las encimeras y la vieja mesa plegable y las gallinas fuera y los vientos alisios empujando las mosquiteras de las ventanas, y entonces Winkler lo vio todo con una repentina y franca claridad: las mil amabilidades de aquella familia, la expulsión que habían sufrido aún sin terminar, su persecución, quizá más permanente que la del propio Winkler.

Antes de que se fuera, Félix le dio dos pasteles de carne envueltos en papel de periódico. Su última imagen de ellos fue la de una pareja en la verja con una docena de gallinas arañando como sombras el polvo alrededor de sus pies.

El viaje en transbordador a través del canal fue como una película proyectada al revés. Desde la popa vio retroceder el muelle y las pequeñas formas pastel de las piraguas de los pescadores. Entonces el transbordador rugió y se desplazó ligeramente, y alrededor de treinta botellas de oxígeno apiladas a lo largo de la popa entrechocaron mientras la embarcación avanzaba por entre la abertura en el arrecife y dejaba atrás las grandes olas del este y las dos balizas solitarias con sus mitades inferiores cubiertas de una costra blanca.

LIBRO CUARTO

1

os auxiliares de vuelo recogían vasos y periódicos; los
pasajeros colocaban sus asientos en posición vertical.
Por la ventana vio cómo la ciudad de Miami cobraba forma:
antenas y azoteas que se hacían visibles, dos camiones que
parecían de juguete tomando la curva de salida de una autopista, una franja verde de neblumo suspendida sobre la línea
de la costa. Dejaron atrás un atestado puerto deportivo donde los parabrisas de cada embarcación reflejaban el sol uno
detrás de otro.

Del ala llegó un gemido de solapas que se abrían. Debajo, la pista de aterrizaje discurría a gran velocidad; las ruedas
tocaron el suelo, una pequeña sacudida y los cuerpos fueron
empujados hacia delante mientras el avión desaceleraba.

A su lado, la mujer cerró de golpe su novela y la guardó en la bolsa de piel que tenía entre los pies. Sin volverse
hacia él, le dijo:

—Cuando subió vio que el compartimento no estaba
cerrado. Eso es todo.

El avión rodó hasta la puerta de embarque. Los pasajeros se levantaron, bostezaron, bajaron bolsas de los compartimentos superiores.

—He... —empezó a decir Winkler.

—Por lo menos podría haberlo cerrado. Ahora las copas de martini de Dick se han echado a perder.

Winkler simuló interesarse por las revistas del bolsillo del respaldo del asiento delantero. La mujer y Dick salieron al pasillo. La escarcha en la ventana, vio Winkler, se había transformado en agua. Había sido su intención observar el cambio.

En la terminal, esperó su siguiente vuelo y estudió a los viajeros que pasaban junto a él apresurados, familias, hombres de negocios. Había una cierta transparencia en ellos, mareas de seres humanos que iban y venían, ¿y para qué? Una mujer inmensa se instaló en un asiento a su lado, sacó un bollo de canela de una bolsa de papel encerado y se metió la mitad en la boca.

«Nuestros cuerpos también son agua», escribió en su libreta. «Nuestra piel y nuestros globos oculares. Incluso las partes que creemos que durarán: uñas, huesos, pelo. Todo. No es de extrañar que los médicos la tengan siempre a mano, en bolsas intravenosas. No nos convertimos en polvo hasta que no se evapora toda nuestra agua».

En el vuelo a Cleveland se sentó junto a la ventana y se enfrentó a la nieve y a unas náuseas incesantes. Los Estados se sucedían bajo él: Georgia, Carolina del Norte, Virginia Occidental. Colinas bajas rotas por el centón geométrico de las tierras de cultivo. El cielo que se oscurecía hasta hacerse violeta. Por la ventana vio subir pelotones de cúmulos, cada uno atravesado de luz.

Un hotel de aeropuerto en Cleveland. Una ducha caliente, condensación en el espejo. Se tumbó encima de la colcha y contempló cómo el vapor salía del cuarto de baño y se disipaba en la habitación.

Cada pocos minutos un avión aterrizaba o despegaba haciendo temblar el cristal de la ventana. Pronto, una luz delgada, granulada, traspasó la cortina. Si había dormido algo no era consciente de ello. Se puso el traje, fue al vestíbulo y hojeó un periódico (el presidente que negaba los rumores de guerra; nubes de contaminación en Asia que amenazaban a millones de personas; subía la vivienda, bajaban los precios) en busca de la sección de anuncios por palabras.

Solo uno de los teléfonos públicos del vestíbulo aceptaba monedas. Una llamada local costaba treinta céntimos. Marcó un número y una hora después un niño y su padre estaban en el aparcamiento dando vueltas con Winkler alrededor de su Datsun.

—La mayoría de los kilómetros son en autopista —comentó el padre—. La conducción es manual. Buenos frenos. Le acabo de dar una capa de anticorrosivo.

Winkler trató de recordar lo que se esperaba de él. Empujó un neumático con la punta del pie; comprobó el cuentakilómetros: 170.000.

—Muy bien —dijo, y pasó un dedo por el capó—. Me lo quedo.

Ochocientos dólares. Sacó los billetes del bolsillo y los puso doblados en la palma de la mano del niño y el padre firmó el cambio de titularidad, los tres se estrecharon la mano y el coche era ya de Winkler.

Dejó el hotel, cogió el paquete de conchas de nerita de la bolsa de viaje y las dispuso delante del cuentakilómetros, ordenadas de mayor a menor. Le vino un recuerdo de su viejo Newport: el olor a vinilo, el motor quejándose del frío al arrancar. La superficie del capó delante de él, reflejando el cielo.

Era agosto de 2002. No tenía carné de conducir, no tenía seguro. Con ayuda de una lupa estudió un mapa de carreteras que había en la guantera. Una convulsión de autovías. Metió la llave en el contacto y el coche cobró vida con un respingo.

2

El chico había equipado el salpicadero con una radio digital Hifonics barata cuyo volumen se controlaba mediante unas teclas con las que Winkler no conseguía bajarlo. Una guitarra eléctrica gritaba por los altavoces en los paneles de las puertas. Apuñaló botones al azar mientras conducía, pero lo único que consiguió fue detener el dial entre dos emisoras. El ruido estático anegó el coche puntuado por explosiones de un jazz que parecía llegar de un lugar lejano. Bajó las ventanillas.

Los laterales de las carreteras habían cambiado —un centro comercial al aire libre en una intersección; urbanizaciones nuevas llamadas Meadowlark Ridge o Woodchuck Hollow—, pero las carreteras en sí eran las mismas: el mismo puente de acero sobre el río Silver, la misma colina chata y cómoda en la avenida Fortier, incluso la misma maleza en el hombro de las montañas: perifollo y cardos en la estela de los coches que pasaban.

En una tienda compró tres rosas marchitas envueltas en celofán y condujo con ellas en el regazo. A pesar del aullido del ruido estático tenía el corazón extrañamente sereno; el Datsun se quejaba con cada cambio de marcha.

East Washington, Bell Road, la calle Music. En la marquesina del instituto —¡seguía siendo un instituto!— decía: ¡FELICIDADES EQUIPO DE BAILE DE LAS BOMBERETTES! Delante de la entrada hacía guardia un olmo gigante que Winkler no recordaba. El aparcamiento estaba casi vacío, tres autobuses escolares se encontraban aparcados al fondo. Entró, apagó el motor del coche y los altavoces dejaron, clementes, de sisear.

Había pasado un agosto en Ohio, un mes de truenos: nubes distantes en el último rincón del cielo que murmuraban casi todas las mañanas; al llegar la tarde, colonias enteras de tormentas iluminaban el amplio espectro del radar meteorológico como puntos de sangre saturando una gasa. Cuando anocheciera, recordaba, el aire se cargaría tanto de humedad que podría sentir entrar cada molécula hinchada en sus pulmones.

Los recuerdos le sobrevenían como si fueran arcadas: una bola de granizo derritiéndose en su palma; cortinas de lluvia abrumando el parabrisas; un calendario que se oscurecía y flotaba en el hueco de la escalera del sótano. La aldaba con forma de ganso. El olor a acetileno que subía por el suelo de madera de la cocina. Aquel lugar era el Ohio que había dejado, pero, al mismo tiempo, no: el tráfico que circulaba a gran velocidad, una torre eléctrica que zumbaba donde, estaba seguro, veinticinco años antes había habido bosque.

Salió del Datsun y exhaló. Era un día más. Una mañana de finales de verano, unos pocos estratos rozando los campos. Para un coche que pasara, él no sería más que un hombre que había salido a pasear. Que conocía el lugar —quizá tenía familia allí, podía ser—, que se *sentía en casa*. Cogió las rosas, cerró el Datsun y empezó a subir Shadow Hill Lane. Un viento cálido le salió al encuentro.

Allí estaba el vecindario con todas las casas en pie: la de los Stevenson, los Hart, los Corddry. En el buzón de los Corddry había un letrero nuevo escrito a mano: LOS TWEEDY. En el camino de entrada que había sido de los Sachse, un hombre calvo con mono de pintor sacó un cubo de la parte de atrás de una camioneta y lo llevó dentro. No había rastro del arce caído, solo un joven manzano silvestre asediado por gusanos de seda.

Echó un vistazo en el buzón de los Hart, donde una tira de cinta amarilla decía: «Señora de Bill Calhoun». Lo mismo ocurría con los Stevenson: se habían mudado y habían sido reemplazados por otro nombre; vidas actualizadas.

Al final de la calle sin salida se habían construido casas nuevas, con claraboyas e instalaciones de aire acondicionado y números *art déco*. Una imagen de la calle cubierta de agua de la inundación le vino como un fogonazo, escombros y detrito, remolinos de agua marrón, sus piernas aferradas al poste del buzón de correos.

Aun así, no lograba suprimir brotes de esperanza: Sandy que le abría la puerta, fotografías de Grace en las paredes del vestíbulo, más tarde una reconciliación. ¿Le había pedido mucho a la vida? Un trabajo interesante, ver el cielo. Un coche que lavar en el camino de entrada. Sandy desherbando un arriate, su hija pedaleando con cuidado por la acera. Una existencia sencilla, anónima. Las probabilidades en contra eran astronómicas, lo sabía, pero su cerebro siguió alimentando la idea —podían estar allí— y se sentía reacio a descartarla.

Examinó las casas, pero no discernió ningún rastro de daños por la inundación. ¿Estructuras combadas? ¿Manchas en los cimientos? No vio nada. Era como si el lugar entero hubiera sido reconstruido. Las viejas casas, sacadas de allí, los recuerdos, borrados. La hierba, los árboles, los pájaros —incluso el olor de una barbacoa en alguna parte—, cada sonido y estampa desprendían una complacencia estival: allí no había misterios, no había secretos.

Pero por todas partes cadáveres se levantaban de sus tumbas y arrastraban los pies hacia él: el tufo a césped húmedo, cortado, a malas hierbas, a río... Cada uno era una llave que abría un recuerdo: la mesa de patas plegables en la cocina, hojas en el jardín trasero, una bofetada.

Cuatro casas, tres casas, dos. El celofán alrededor de las rosas crujió en su puño.

—No va a estar aquí —dijo—. No estará ninguna de las dos.

Aun así, arañas de sudor le subían por las costillas.

Nueve-cinco-uno-cinco de Shadow Hill Lane. Los arbolillos de la entrada eran ahora adultos flacos y desgarbados. El camino que conducía a la casa estaba igual, los setos seguían indómitos y frondosos. Los mismos aleros del tejado. Los mismos escalones delanteros. Un garaje nuevo acurrucado al final de la entrada, construido con torpeza. En una de las ventanas del primer piso, en una cadeneta sujeta con celo al cristal, muñecas de papel se daban la mano.

Podía ver a Sandy llevándose a Grace dentro, agachándose para meterla en la bañera. Terrones de nieve que golpeaban la ventana de la cocina. En nuestros recuerdos, las historias de nuestras vidas desafían la cronología, se resisten a la transcripción: el pasado tiende una emboscada al presente y el futuro se apresura a ser historia.

La aldaba de latón había sido reemplazada por un timbre. Detrás del botón parpadeó una bombilla naranja. Era extraño pensar que una cosa añadida a aquella casa desde la última vez que estuvo en ella se hubiera hecho vieja ya en el ínterin.

Un trozo de pizarra suspendido encima del timbre decía: Los Lee. Se secó las palmas en los pantalones y llamó al timbre. La puerta era ahora marrón y la pintura se estaba desprendiendo. Se la pintaré, pensó, podría hacerlo hoy. Piensa en las cosas que podrías hacer: igualar los arriates, limpiar el césped, arrancar musgo de las grietas de la acera. Les prepararía la cena, les descongelaría la nevera. Fuera quien fuera el señor Lee, un guardián, el marido de Sandy, no le importaría; le estrecharía la mano a Winkler, lo invitaría a salir al jardín trasero. Cuando terminara la noche se abrazarían como hermanos.

Hubo movimiento dentro y en la puerta apareció una mujer coreana con un cachorro en brazos. Pestañeó desde detrás de la mosquitera.

—¿Sí?

—Ah —dijo Winkler. Detrás de la mujer, en el recibidor, la puerta del armario tenía los mismos pomos de plástico—. ¿Vive usted aquí? ¿Es esta su casa?

—Claro. —La mujer levantó las cejas—. ¿Se encuentra bien, señor?

—¿Y no vive aquí ninguna Sandy?

—No. ¿Es...?

Winkler le dio las flores con un gesto brusco.

—Para usted.

La mujer empujó la puerta mosquitera treinta centímetros para cogerlas y luego dejó que se cerrara. El perro husmeó el celofán. La mujer le dio la vuelta al ramo para ver si había una tarjeta.

—Es una bonita casa —dijo Winkler.

La mujer lo miró expectante.

—¿Las flores son de su parte?

Winkler se encogió de hombros y medio negó con la mano mientras bajaba los escalones. El tacón del zapato se le enganchó y dio un traspiés hasta el camino de entrada.

—¿Señor? —se preocupó la mujer.

—Estoy bien —dijo Winkler.

La mujer cerró la puerta y Winkler oyó cómo encajaba el pestillo. Las persianas de las ventanas delanteras se fueron cerrando una detrás de otra.

Se recompuso, temblando ligeramente, y siguió hasta el final de la calle, más allá del callejón sin salida, y cruzó un jardín trasero hasta llegar al borde del río. El agua discurría perezosa y lenta. En la superficie asomaba la parte superior de algunas piedras, pálidas de barro reseco. En la otra orilla se habían entresacado árboles y se veían las terrazas y los columpios de otro vecindario. Escuchó: un rumor suave, mil salpicaduras diminutas. En algún lugar encima de todo ello, el sonido del tráfico. Eso era todo. Un río manso, marrón, que murmuraba.

3

Los edificios parecían más pequeños, las aceras, más llenas, el tráfico, más acelerado, los parquímetros, más caros. No estaba acostumbrado a ver cinturones de seguridad cruzados, pestillos en las puertas, mosquiteras en las ventanas, mantas en las camas. El olor de las cataratas, la parra sobre el cenador, los colores del poste de barbero... En su recuerdo, todo parecía más pequeño, más atractivo. Otros cambios eran más obvios: los almacenes Chagrin se habían convertido ahora en The Gap. La imprenta Goodtown, en un Starbucks. Los tópicos se mantenían firmes. Nadie baja dos veces a las aguas del mismo río. Parece que fue ayer.

Hacia el mediodía estaba en la biblioteca de Chagrin Falls buscando sin éxito en una microficha del periódico *The Plain Dealer* de 1977. Una voluntaria lo llevó a una mesa donde un hombre con coleta estaba embelesado delante de una pantalla de ordenador.

—Él lo ayudará —dijo—. Gene conoce los archivos mejor que nadie.

Gene iba en silla de ruedas, su torso gordezuelo se balanceaba encima de unas piernas desconcertantemente quietas. Levantó un dedo, escribió alguna cosa con su teclado, luego levantó la vista y entrelazó las manos encima de la barriga.

—Estoy buscando a alguien —dijo Winkler—. A dos personas. A mi hija. Se llama Grace. Grace Winkler. Y a mi mujer, Sandy. Vivieron aquí hace mucho. Ahora es posible que estén en Alaska.

Gene torció las comisuras del labio inferior y tomó aire.

—Puedo buscar direcciones en las Páginas Blancas nacionales y en *Reference USA*. Quizá en el registro de la propiedad. Y ya está. Si quiere más, necesitará un investigador privado. Puede ser caro. ¿Se están escondiendo?

—¿Escondiendo? No lo sé.

—¿Sabe sus números de la seguridad social?

—De memoria no. —Un agujero negro se abría camino despacio en su campo visual. Se apoyó en la mesa de Gene—. Tengo dinero —afirmó.

Puso un billete de cien dólares en el teclado. Luego otro. Gene miró un momento los billetes y, a continuación, los metió en un pliegue de su silla de ruedas.

—Vale —dijo—. ¿Sandy con i griega?

Winkler acercó una silla de una mesa cercana y se sentó. Había visto ordenadores de mesa solo en la sacristía de la iglesia de la isla y dentro de la pequeña gasolinera Shell, pero aquella máquina era más grande y lustrosa y su zumbido más suave y potente. Gene la pilotaba con velocidad desconcertante, desatando una luz estroboscópica de páginas web; pistas, puntos muertos, más pistas. Winkler no entendía gran cosa, un logo de Switchboard.com, otro de algo llamado U.S. Search. Gene respiraba despacio por la nariz; de vez en cuando desataba con los dedos una ráfaga de teclas pulsadas.

—Aquí no hay nada —dijo—. En Cleveland no... Puedo probar por edad... ¿Está casada?

—¿Casada?

—La chica. Grace. ¿Está casada?

—No lo sé.

Gene apartó la vista de la pantalla un momento para mirar a Winkler, luego volvió a ella

—Tranquilo, abuelo. Vaya a beber un poco de agua. Todo saldrá bien.

Winkler estuvo más de tres horas sentado con él. Gene probó todo lo que dijo que eran «cosas obvias» y otras que no lo eran, como bases de datos de certificados de matrimonio, transacciones inmobiliarias, sistemas de rastreo de pagos cuasilegales, listados de auditorías.

—Tío, si se han casado, o cambiado el nombre —dijo Gene—, estamos jodidos.

Pero lo intentó. Sus dedos tamborilearon teclas; le sacó dos billetes de cien dólares más a Winkler. Consultó Ohio, Alaska, informes de créditos, antecedentes penales, un directorio de ciudadanos estadounidenses que vivían fuera del país, un motor de búsqueda del FBI no pensado para bibliotecarios.

Al principio había demasiados números, setecientos al menos, abrumadores, un mundo poblado de Graces y Sandys Winkler. Pero pudieron descartar algunas por edad, por nacionalidad, unas pocas por raza.

—¿Y en Anchorage? —preguntó Winkler—. ¿No hay ninguna en Anchorage?

—En toda Alaska. No hay ninguna Grace Winkler. Hay unos Eric y Amy Winkler.

—¿Y Sheelers?

Ráfaga de teclas. El ordenador buscó.

—En Anchorage no. Hay una Carmen Sheeler en Point Barrow. No veo una Grace Sheeler menor de sesenta años en todo el país.

Winkler se pellizcó las sienes e intentó seguir concentrado.

—La policía tendría más suerte —dijo Gene—. Tiene acceso a huellas dactilares, claro, y al CCSC, que yo no puedo tocar.

Las pantallas se sucedían en el monitor. Era entrada la tarde cuando Gene se detuvo. No miró a Winkler.

—¿Reviso las necrológicas?

—No lo sé.

—¿Sabes que no están? —preguntó Gene y carraspeó— ¿o esperas que no estén?

Calor y una acidez creciente. Winkler estudió una de las ruedas de la silla de Gene, las bandas de rodadura estaban brillantes por el uso, una bolita de chicle sujetaba un radio suelto.

—Espero que no estén —dijo.

En su cabeza veía a Nanton apoyado en un codo en la recepción de hotel, esperando huéspedes. Unos cuantos cachos que nadaban en círculos bajo el suelo de cristal. Veía al carnicero sentado en su caja con el delantal ensangrentado, fumando un cigarrillo. Gene cambió de postura y del asiento de la silla subió un olor: a moho, a exceso de uso.

—Voy a echar un ojo —dijo.

Winkler intentó recordar la sensación de Grace en sus brazos, su peso y su calor, pero solo conseguía pensar en las plantas de su madre, en cómo en la primavera, después de su muerte, había subido a la azotea e intentado replantar su jardín, pero había ahogado las semillas. Cómo meses más tarde tuvo que arrastrar las macetas y jardineras, pesadas de tierra, calle abajo y volcarlas en un contenedor.

Al cabo de unos minutos Gene buscó el ratón a tientas y puso la pantalla en blanco. Giró la silla y se volvió hacia Winkler.

—Haz una cosa, vuelve dentro de una hora.

—Puedo ir buscando en otro ordenador.

—No hace falta, ya lo hago yo. Y escucha, abuelo, ten presente una cosa. El mundo es un lugar muy, muy grande. Enorme. Puede que lo atraviesen fibras ópticas y satélites espía, pero sigue habiendo un montón de recovecos en los que esconderse. Muchísimos. Te puedo conseguir una lista de casi la mitad de tus Sandys y Graces. Puedo localizar a las que pagan impuestos.

—¿A la mitad?

—Quizá más. Quizá a todas. Joder, igual encuentro hasta a la última.

Winkler asintió.

—Vale —dijo Gene—. ¿Estas chicas te importan mucho, entonces?

—Algo parecido.

—¿Son de verdad familia tuya?

—Sí.

—¿Les vas a escribir? ¿A todas las que encuentre?

—Iré a verlas. No sabría qué poner en una carta.

—Vale —concluyó Gene, ya vuelto hacia la pantalla—. Pues te veo en una hora.

Fue andando a Dink's y masticó palitos de pescado en una silla barnizada y miró a los clientes en busca de caras conocidas, pero no encontró ninguna. Había tráfico, y un agente de policía bajaba la calle en un coche eléctrico poniendo multas. Al otro lado de la ventana las nubes sellaron gradualmente el cielo. Cerca de los márgenes de su campo visual, más allá de la pared de la tienda de caramelos, flotaba un paquete ondulado de aire, cargado de bruma. Justo debajo, fuera de la vista, el río discurría subterráneo por la calle principal y por encima de las cataratas.

Cuando volvió a la biblioteca, Gene se había ido. Había dejado un sobre marrón, que Winkler se llevó a una mesa de estudio. Dentro había cinco hojas dobladas y los cuatrocientos dólares en billetes, todos los que le había dado. No había nota.

Las primeras dos páginas eran una lista con cinco Sandys Winkler y ocho Sandys Sheeler. Examinó las direcciones: Texas, Illinois, dos en Massachusetts. Ninguna en Alaska. Las segundas dos páginas eran las Graces Winkler, nueve Graces repartidas por los Estados. Una Grace Winkler en Nebraska, otra en Jersey, otra en Boise, Idaho.

No podía apartar los ojos del nombre, repetido nueve veces en letras negras, seguido de una dirección y un número de teléfono. Grace Winkler, 1122 Alturas, Boise, Idaho. Grace Winkler, 382 East Merry, Walton, Nebraska. Aquellos nombres correspondían a mujeres de verdad, vivas, mujeres con números de teléfono y peinados e historias. Imaginó una hija en algún acto especial —una ceremonia de graduación, un juego de hockey— escudriñando la multitud, preguntándose si su padre estaría allí, animándola. ¿Era mejor si seguía viva? ¿Haber abdicado de toda responsabilidad?

La última hoja era una fotocopia de una necrológica del *Anchorage Daily News* con fecha de 30 de junio de 2000. No había terminado de leer la primera frase cuando se quedó sin respiración.

La residente en Anchorage Sandy Winkler, de 59 años, falleció el 19 de mayo de 2000 en el Providence Alaska Medical Center debido a complicaciones de un cáncer ovárico. Habrá un acto conmemorativo a las 16:00 del martes en la Heavenly Gates Perpetual Care Necropolis, en el kilómetro 22 de la autopista de Glenn.

La señora Winkler nació el 25 de agosto de 1941 en el Providence Hospital de Anchorage. Cursó bachillerato en el West High School y trabajó en el First Federal Savings and Loan, el Northrim Bank y el Alaskan Bank of the North.

Le gustaba el cine y fue secretaria del cineclub Northern Lights. También le gustaban la escultura, las mascotas y los cruceros. Durante los veranos trabajaba de voluntaria en el Downtown Saturday Market.

Su familia escribe: «Sandy tenía un gran corazón. Era buena y cariñosa con amigos y desconocidos por igual. Siempre recordaremos su ingenio, su sonrisa y su dedicación a su trabajo».

Las donaciones pueden hacerse a la ONG que elija el donante.

Había una fotografía pixelada, borrosa. Bajo la lupa de Winkler parecía un amasijo de puntos antes que una cara. Pero reconoció el patrón: los pómulos altos, la sonrisa descentrada. Era Sandy. Llevaba gafas con montura de carey, de estilo moderno. Tenía los ojos fijos en algo situado a la izquierda de la cámara. Parecía delgada y perpleja, una versión más bonita, más trágica de la mujer que había conocido.

Le gustaba la escultura. Las mascotas y los cruceros. Había conservado su apellido. Apoyó la cabeza en la mesa. Lo único que tengo que hacer es despertarme, pensó. Si me concentro me despertaré.

Su familia escribe. ¿Sería Herman? ¿Por qué no salían los nombres de los familiares?

Alguien había tallado una pintada en la superficie de escribir: «TM quiere a SG».

Se sentía incapaz de seguir allí sentado un solo segundo más, pero tampoco podía levantarse, así que esperó y oyó la sangre circular en su interior y pasó los dedos por las letras como si contuvieran un significado colosal e imperativo que no pudiera desentrañar del todo.

Al cabo de un rato —no habría sabido decir cuánto—, anunciaron por los altavoces de las estanterías que la biblioteca iba a cerrar. Las luces se atenuaron. Una mujer le tocó en el hombro.

—Es hora de irse.

Metió los cuatrocientos dólares y las listas de Sandys Sheeler y Sandys Winkler en el sobre y se lo dio.

—Dele esto a Gene —dijo.

En el aparcamiento, se sentó en el Datsun con la lista de Graces Winkler en el regazo. Más allá estaba la ciudad de Chagrin Falls, las fachadas de las tiendas pulcramente pintadas, Yours Truly y Fireside Books, Popcorn Shop con sus rayas de colores. A través del zumbido del tráfico, del estrépito de un contenedor en alguna parte, a través de las hojas cambiantes y el gruñido de un cortacésped detrás de la biblioteca, podía oírlo: el bramido, la larga zambullida, el batir de las cataratas.

Al cabo de un buen rato arrancó el coche; por los altavoces rugió ruido estático.

4

Le gustaban los cruceros? ¿Quería eso decir que le gustaba mirar los barcos? Trató de imaginar a Sandy terminando sus días en una caja de ahorros de Anchorage, con su sonrisa de cajera, haciendo efectivos cheques de prestación por desempleo. Una casa baja, un césped lleno de malas hierbas, un quitanieves, un exmarido estéril, un armario lleno de zapatos baratos. El dolor se le acumuló detrás de los ojos. Espero que le dieran cereal, pensó. Espero que le llevaran Apple Jacks.

Desde una habitación de motel cerca de Mansfield consiguió que una operadora le proporcionara el número de teléfono de la funeraria Evergreen Memorial Chapel en Anchorage. Contestó una mujer; Winkler pidió que lo pasaran con alguien que pudiera saber algo de un funeral por Sandy Winkler, celebrado en mayo de 2000. La recepcionista le preguntó dos veces su nombre. Luego apoyó el teléfono. Winkler esperó. Empezó la música de espera.

La lámpara junto al teléfono zumbaba con suavidad y sus dedos dejaron huellas en el polvo de la pantalla. La recepcionista lo tuvo esperando mucho tiempo. Cuando volvió a ponerse, dijo:

—Parece ser que lo ofició el reverendo Jody Stover. Pero se ha mudado a Houston. Hace unos dos años.

—Entiendo —comentó Winkler—. ¿A Houston?

¿Qué había esperado? ¿Qué le dieran todas las respuestas en cuanto aterrizara su avión? ¿Un sobre en la caja de seguridad de un banco, una nota pegada a la puerta del 9515 de Shadow Hill Lane? No podía enfrentarse a nada de ello, aún no: a la idea de que Herman pudiera haber compartido tanto de su vida, a que Herman pudiera haber tenido la última palabra. Estuvo a punto de volver a la biblioteca y pedir a Gene que buscara a Herman.

Pero era una idea demasiado espantosa, demasiado imposible: Herman el guardameta, Herman el banquero, Herman el victorioso. Aquello no tenía nada que ver con ganar o perder, Winkler lo sabía, pero quedaba claro que Herman había ganado. Sandy estaba muerta. Herman había sido, en última instancia, su marido.

Al amanecer desayunó en el motel patatas con cebolla y queso con la lista de Graces al lado del plato. Sandy había regresado a Anchorage después de la inundación y ahora parecía probable que no hubiera vuelto a marcharse. Había enviado la caja de cartas devueltas desde allí; había trabajado para Northrim Bank allí. Había muerto allí.

Pero en Anchorage no había ninguna Grace Winkler. Y no había Grace Sheelers en ninguna parte. Winkler se obligó a pensar; después de todo había sido científico, podía pensar de forma analítica. Grace vivía en Anchorage con otro nombre, o también ella estaba muerta, o se había mudado. En el último caso podía estar en la lista, podía ser una de las nueve. Y su mente se centró en esta posibilidad. Grace había llorado a su madre, dejado su casa, empezado de cero. Marcó los lugares en un mapa de Estados Unidos de tres dólares: Jackson, Tennessee; Middletown, Nueva Jersey; San Diego, California; otros seis más. Luego los unió. La ruta seguía una amplia, torcida, trayectoria circular; la forma de un fémur, un corazón estirado y roto: de Ohio a Nueva Jersey, al sur hacia Virginia, más abajo hasta Tennessee, de ahí a Nebraska, luego Texas, Nuevo México, California, Idaho.

Primero Nueva Jersey: avenida Skyridge 5622, Middletown.

Recortó la fotografía de Sandy de la esquela y la metió en una rendija del salpicadero. Tenía la vista vuelta a la izquierda, de esa manera un poco bizca tan suya, como si estuviera mirando fijamente por la ventana algo que la desconcertaba. En una gasolinera pagó cinco dólares a un empleado para que le desconectara el estéreo del coche.

Aquellos primeros kilómetros —a pesar de todo— fueron kilómetros de esperanza. Café, un silencio real en el interior del Datsun, una lista de nueve hijas potenciales... Las probabilidades en contra no parecían insuperables. El país tampoco era tan grande. Ya estaba cerca de Pensilvania. El verde se fundía en un verde que se fundía en azul.

A lo largo de esos kilómetros y de los que estaban por venir, tachó y volvió a tachar mil reinvenciones de su hija: Grace de ama de casa, con un delantal atado a la altura de la cadera y masa de galletas secándosele en los dedos. Quizá una nieta diminuta, educada, loca de alegría, con manchas de puré de calabaza en las mejillas, levantándose de la mesa. Abuelo, diría, y haría una reverencia y reiría. Abuelo: como un padre que lo había hecho todo tan bien y durante tanto tiempo que había recibido un ascenso.

Grace colegiala, primorosa y con coleta, falda tableada, medias hasta la rodilla. Grace esquiadora de competición. Grace paisajista, dibujante de cómics, cantante de sala de fiestas, amante, cirujana, higienista dental, jefa de cocina, senadora, activista, diseñadora de cajas de cereales. Grace de vicepresidenta de estudios de mercado. Grace: cinco letras, un estado de gracia, un corazón que late.

Pensó en Herman Sheeler redactando la esquela de Sandy, solo en una mesa de la cocina; oyó a Gene decir: «El mundo es un lugar grande, muy grande». ¿Y qué pasaba con la persistente posibilidad de que Grace hubiera muerto, de que ya no estuviera sobre la tierra, sino bajo ella?

No se permitiría pensar algo así. Gene estaba confinado a una silla de ruedas, pasaba los días mirando una pantalla de ordenador con los ojos desorbitados y no podía saberlo. Había muchos sitios en donde mirar —nueve, por lo menos— y la carretera se extendía ante él como un pergamino en blanco.

Por la tarde se le empezó a cansar la vista: los sedanes flotaban y nadaban en la distancia y de pronto los tenía encima. Por el carril de la izquierda pasaban camiones rugiendo, invisibles hasta que casi lo habían adelantado y que le aceleraban el corazón.

Cerca del anochecer dejó la interestatal. Granjas verdes y pulcras habían dado paso a otras salvajes, de aspecto independiente, con casas de una sola planta en mal estado y ganado arrastrando los flancos contra las alambradas. Cada pocos kilómetros, una tienda abierta 24 horas vendía lotería y cerveza barata. Adolescentes ceñudos en el capó de coches potentes lo miraban pasar.

Los únicos moteles eran búnkeres de bloques de hormigón ligero bañados en neón: el House-Key Hotel, Jarett's Pay N' Sleep. En su imaginación cobró forma una idea sobre el 5622 de la avenida Skyridge: un dormitorio de invitados con un jarrón con girasoles en la cómoda; una colcha doblada a los pies de la cama. Tal vez olor a desayuno y gaviotas que se acercaban a la ventana a despertarlo.

La carretera salía otra vez a una autovía que terminó por llevarlo a la autopista Garden State. El volumen del tráfico era asombroso. Se mantuvo a la derecha todo el tiempo que pudo. Cada quince kilómetros había cabinas de peaje. En dos ocasiones no acertó a echar la moneda en la cesta y tuvo que salir del coche y escarbar en la grava en busca de centavos prófugos.

Un empleado de una tienda de revelado abierta toda la noche en la salida 114 le dio indicaciones. Pasaban las once de la noche. Tenía el estómago vacío, dolor de espalda y los ojos llenos de arena. Echaría un vistazo y se iría, buscaría un hotel, descansaría hasta la mañana siguiente.

Skyridge era una calle mal iluminada y envejecida: céspedes marrones, tejados de asbesto, setos sin podar instalados delante de las ventanas. Un semáforo se puso en ámbar, un mapache cruzó corriendo la carretera y desapareció por una boca de alcantarilla.

El número cinco-seis-dos-dos ardía de luz. Desparramados por el jardín había juguetes de plástico de colores; un aspersor chasqueaba intermitentemente. La casa era de una sola planta y color pardo. Por uno de los lados trepaba una parra; dos de los tres pilares del porche estaban torcidos, lo que daba a la fachada un aire encorvado y de abandono. Pero si era de su propiedad, decidió, alabaría el toldo, la salud de las plantas.

Claramente había alguien despierto. Todas las bombillas de la casa estaban encendidas. ¿Y dónde quedaba el motel más cercano? Se puso la chaqueta del traje, se abotonó el cuello de la camisa. Por una ventana veía un sofá con una funda de plástico claro. Una lámpara barata en una mesa rinconera. Un ventilador torcido girando. Ningún libro en las estanterías; ¿es que no leía? Se remetió la camisa, se alisó la pechera del traje y llamó a la puerta con el puño.

Apenas un segundo después la abrió un niño desnudo de cintura para arriba. Su piel negra resaltaba con los calzoncillos blancos y empezó a girar el pomo de la puerta de un lado a otro con su manita.

Winkler carraspeó.

—¿La señorita Winkler? ¿Grace? ¿Está en casa?

El niño miró por encima del hombro hacia una puerta cerrada y luego se volvió hacia Winkler.

—¿Le puedes decir que tiene visita? ¿De un hombre que se apellida igual que ella? Dile que siento venir a estas horas.

Pero el niño no decía nada. ¿Tal vez era sordo?

—¿La señorita Winkler? ¿Grace? ¿Está aquí? —dijo Winkler.

Oyó ruido de cisterna y de algún pasillo salió un hombre y abrió la puerta cerrada y subió ruido de voces y risas. El hombre empezó a bajar unas escaleras y la puerta se cerró a su espalda.

—¿Puedo? —preguntó Winkler.

El niño se apartó hacia un lado e hizo una especie de reverencia. Winkler cruzó la habitación. Un sótano: sombras, una luz azul. Oía voces, pero, cuando dijo hola en dirección a la escalera, el ruido cesó.

—¿Señorita Winkler? —Las escaleras eran empinadas y la barandilla había sido arrancada—. ¿Señorita Winkler?

Estaba sentada detrás de una botella de bourbon a una mesa de jugar a las cartas. Ya desde el pie de las escaleras, a seis metros de distancia, supo que no era Grace, su Grace. Aquella mujer tenía cara ancha, nariz aplastada y unos ojos grandes y negros que giraban pulcramente en las cavidades de sus órbitas. La acompañaban cuatro corpulentas mujeres afroamericanas. Había más mujeres y también hombres, sentados en muebles de mimbre ensombrecidos y uno delgado encima de una lavadora golpeando el metal con los tacones de sus zapatos. Todos los ojos se volvieron hacia Winkler y Grace barajó unas cartas sin mirarlas. Estaba delgada, iba bien vestida y fuera de aquel ambiente podría haber sido una comercial o una abogada especializada en propiedad intelectual.

En la mesa junto a ella había una máquina casera del tamaño de un microondas de la que salían cables y tubos. Una de las mujeres sentada cerca estaba conectada a ella y, al ver a Winkler, se quitó despacio cada uno de los cables, los dejó en la mesa y se recostó en su asiento.

Winkler se explicó:

—Estoy buscando a mi hija. Pensé que podría ser usted. Pero…

Grace cortó la baraja dos veces.

—¿No sabe dónde está su hija?

—Acabo de empezar a buscar. —Se metió las manos en los bolsillos—. Llevo mucho tiempo sin verla.

—Entiendo —dijo la mujer.

¿Era verdad? Apenas distinguía los otros rostros en la habitación. ¿Intentaban formarse una opinión de él basada en la calidad de su traje? ¿Estaban entreteniéndolo para que los vecinos pudieran robarle el coche?

Una tensión silenciosa se extendió por la habitación. Winkler oyó pequeñas pisadas en las escaleras a su espalda y el niño medio desnudo pasó junto a su pierna, fue hasta Grace Winkler y se quedó de pie a su lado, con una mano en su falda y la mirada solo rozando la superficie de la mesa.

—Tengo que irme —dijo Winkler.

—Quédese un rato —le invitó Grace.

—No quiero interrumpir. —¿Estaba enfadada? ¿Sonriendo? Le daba la impresión de que sonreía. El niño lo miraba—. Tiene invitados.

—No interrumpe en absoluto —afirmó ella—. A nadie le importa. Jed —acarició la cabeza del niño— estaba usando esta máquina del futuro para predecir la suerte a la señora Beadle—. ¿A que sí, Jed?

Pero el niño se limitó a mirar a Winkler y ni asintió con la cabeza ni se dio por enterado de su presencia.

—Debería irme.

—Quédese —le pidió Grace Winkler—. Que alguien le sirva algo de beber al señor Winkler.

El hombre de la lavadora se puso de pie y con un brazo largo le pasó a Winkler una botella de cerveza de un litro.

—Fermentación casera —dijo, y sonrió.

—Eso es —admitió Grace.

Winkler asintió a modo de agradecimiento, le quitó el tapón a la botella y dio un trago. El líquido estaba caliente y espeso y, pensó, lleno de sedimento. Se le acumuló arenilla en los dientes. Se reanudó la conversación. El niño lo miraba con ojos grandes y blancos.

—Jed ha construido esta máquina del futuro —comentó Grace—. Él solito. ¿No es una maravilla?

Las mujeres sentadas a la mesa silbaron.

—Mire aquí —dijo la señora Beadle, y señaló un conjunto de discos e interruptores en la parte frontal de la caja.

— Y aquí —añadió otra mujer. Pasó un dedo por un racimo de fibras azules, más cables tal vez, que salían de la parte superior de la caja y llegaban hasta el borde de la mesa—. De aquí es de donde saca su poder la caja. ¿A que sí, Jed?

De nuevo el niño no contestó. La cerveza en la botella de Winkler sabía a mantillo caliente. Empezaban a adormecérsele los labios. Al cabo de un rato el niño se volvió a su madre, le acercó la boca al oído y susurró.

—Jed quiere saber si quiere que le lean el futuro.

Winkler miró a su alrededor.

—La verdad es que tengo que irme. Tengo que buscar un motel. Mañana madrugo.

—Tonterías. Puede dormir aquí. En el sofá. Un hombre que se llama como mi marido puede quedarse una noche a dormir en casa.

—Bueno...

—Ni bueno ni nada. Venga aquí. No le va a doler.

La señora Beadle se levantó con un chirrido de su silla y Winkler la ocupó. El niño volvió a susurrar al pelo de Grace. Esta rio.

—Dice Jed que la máquina del futuro necesitará diez dólares para funcionar.

—¿Diez dólares?

Las personas en la habitación rieron y el niño miró a Winkler. Este le tendió el billete. El niño lo dobló dos veces y lo metió por una ranura de la caja.

Ahora Winkler podía ver mejor la máquina, se parecía a la carcasa de un televisor viejo con toda clase de chismes de esos que se guardan en el sótano. La caja de empalmes de un ventilador de techo, un motor sencillo de dos cables, un conector acodado de tubería de cobre. Ninguna de sus partes parecía ser necesaria para las demás, como si Jed pudiera deshacerla y desmontarla con una sacudida. Pero el niño se había puesto en marcha. Llenó a Winkler de pinzas unidas a cables que salían de la parte trasera de la caja; se las puso en la corbata, el puño de la camisa, otra en la punta del meñique, otra en el lóbulo de la oreja izquierda. Winkler dio un respingo, fue como si la pinza le hubiera mordido la piel y estuviera sangrando. Las manos del niño susurraban sobre él. Se llevó la mano a la oreja.

—No se lo quite, señor Winkler —dijo la señora Beadle—. Será solo un minuto.

Las manos del niño se movieron con agilidad por el viejo televisor, alineando cables, bajando interruptores. Sacó la larga trenza de cables que salía de la parte superior de la caja, los acarició y separó y luego se escupió en las manos y los frotó con la saliva.

Winkler cogió la botella y dio un largo trago. Sorprendentemente, estaba casi vacía. Sintió un cosquilleo en toda la columna. ¿Le estaban aplicando una corriente eléctrica? Pensó en la fotografía de Sandy, en el coche, esperándolo.

—¿Qué dice?

El niño abrió los ojos y miró en su lado de la caja. Winkler intentó ver a Grace: su pelo cortado a la altura de la nuca, sus grandes ojos negros, una sencilla cadena alrededor del cuello. No era su hija en absoluto.

—Dice Jed que la máquina del futuro ha visto muchas cosas. Dice que ha atravesado la manta del tiempo y reunido mucha información.

El niño miraba la máquina doblado hacia delante y añadió algo más al oído de su madre.

—Jed me pide que le pregunte, señor Winkler, si está seguro de querer saber lo que la máquina del futuro tiene que decir.

Winkler cambió de postura y tuvo la sensación de que la habitación giraba lenta y fluidamente bajo él. De pronto se sintió ridículo y vanidoso con su traje nuevo: nunca encontraría a su hija así, bebiendo cerveza en un sótano recalentado y prestándose a trucos baratos.

—No voy a pagar más —dijo—. Si es a lo que se refiere.

Los otros en la habitación rieron. Grace levantó una mano.

—Dice Jed que tendrá un viaje largo. Dice que la máquina del futuro cuenta solo lo que ve y no todo.

Winkler respiró un poco y sonrió, pero Grace no le devolvió la sonrisa.

—¿Dice dónde está mi hija?

El niño se frotó las manos encima de la máquina y las personas en la habitación parecieron tomar aire colectivamente y Winkler se llevó la botella vacía a los labios. Grace se inclinó para escuchar y por fin comentó:

—La máquina del futuro dice que hay muchas Graces Winkler y que todas son la verdadera, así que su viaje no terminará nunca. Dice que verá fuego y morirá. La máquina del futuro dice que entrar en un mundo de sombras es abandonar este mundo por otro.

Winkler pestañeó. El niño se acercó y empezó a quitarle las pinzas.

—¿Y eso es todo?

—Eso es todo.

5

Alguien dejó abierto el grifo de la cocina y lo despertó el sonido de agua corriente. En la moqueta cerca de la entrada al sótano había una colección de botellas vacías. Winkler se despegó del sofá de plástico y fue hasta el fregadero para cerrarlo. La casa se encontraba vacía y silenciosa excepto por el niño oscuro y solitario todavía en calzoncillos que estaba acurrucado en la puerta comiendo galletas saladas con formas de animales de un tarro de plástico gigante. Winkler encontró sus gafas al volver al sofá, las limpió y se las puso. Por la ventana el cielo aparecía gris y encapotado. Una niebla pálida trepaba furtiva por el césped.

—Oye —dijo Winkler—. Jed, ¿qué hora es?

El niño ni se volvió ni se inmutó. A Winkler le dolían la parte posterior de la cabeza y las articulaciones en general, cogió su abrigo y con el traje arrugado abrió la puerta de mosquitera y bajó los escalones hasta el coche. Que estaba tal y como lo había dejado, intacto. Antes de irse, acercó el

Datsun al buzón de correo, lo abrió y metió un billete de cien dólares.

Un motel al norte de Washington. Dejó el abrigo doblado en la mesa junto a un televisor que no funcionaba y sacó papel de cartas del cajón de la mesilla.

Querida Soma:

Al parecer hay más de 13.000 McDonald's en Estados Unidos. He venido conduciendo por una autopista de ocho carriles y he pasado por seis. Os echo de menos a Félix y a ti. Echo de menos toda la isla. Incluso a Nanton. Es reconfortante conocer los límites del lugar en el que vives. Aquí todo el mundo parece comportarse como si las cosas fueran infinitas.

Una vez, antes de ser mi mujer, Sandy trajo un paquete de galletas con pepitas de chocolate y nos lo comimos en un banco frente al mar. Recuerdo que estaba hablando de alguna cosa, pero yo no podía escucharla. Miraba cómo sus labios se movían al hablar, la curva de su mentón. Quise cogerla, abrazarla y darle galletas. Pero no lo hice. Me limité a mirarla, la luz que le daba en la cara, unos cabellos que le tapaban la oreja.

¿Alguna vez lees el horóscopo o has ido a una pitonisa? ¿Qué crees que significa ese deseo que tienen las personas de saber lo que va a ocurrir? Siempre pensé que solo querían oír algo agradable, que su semana será feliz, que tal vez conozcan a alguien que se enamorará de ellas.

La Grace Winkler de Petersburg, Virginia, vivía en un apartamento color rojizo con una pareja de san bernardos sobreestimulados. Le habló a través de la puerta mosquitera con una mano tapando el altavoz de un teléfono inalámbrico. Los san bernardos babearon en la mosquitera y echaron grandes hilos de saliva en sus pies descalzos. La mujer escuchó a Winkler y negó con la cabeza.

—Crecí en Raleigh. Trabajo en la empresa de software de mi padre.

Cuando Winkler se iba le dijo: «Buena suerte», y separó a los perros de la puerta con las rodillas.

Desde un hipermercado cavernoso a las afueras de Winston-Salem le mandó por correo diez kilos en bolsas de comida para perros de calidad cuyo envío costó más caro que el género. Familias entraban y salían de coches en el aparcamiento. Un cielo cerrado y húmedo flotaba sobre ellas. Madres, hijas, padres aprovisionaban sus rancheras como pioneros posmilenarios: packs de cerveza Miller Lite, bolsas de aluminio llenas de galletas saladas Goldfish, cajas de latas de sopa Campbell de ternera con fideos. Algo se le quedó atrapado en la garganta y se echó a llorar.

Una ardilla que perseguía a otra por el aparcamiento, un escozor que le subía por el brazo. Incluso en el dolor la mente captura cien sensaciones: una punzada debajo del corazón; un tufo en la brisa. Pensó en Sandy midiendo la leche para sus cereales; pensó en su sonrisa detrás del mostrador del banco y en las bocas oscuras de sus botas de pie en el suelo del dormitorio. Pensó en el cáncer devorando sus ovarios; en bacterias, en escarabajos y en los gusanos que ya se habrían abierto camino a bocados por su cuerpo, llevándosela, pedazo a pedazo.

La tercera Grace Winkler vivía en Dyersburg, Tennessee, con un abuelo de voz suave que invitó a Winkler a sentarse en una hamaca del porche mientras esperaban a que Grace volviera de su turno de noche en una tienda de rosquillas. De los espacios entre las ramas subían luciérnagas. Winkler se preguntó: ¿viviría aquí mi hija? Se quedó inmóvil en el asiento de rejilla escuchando al abuelo sentenciar: el padre de Grace había sido un auténtico maestro de la escayola, su madre (la hija del abuelo), la mejor jugadora de bolos de cuatro condados. Había trofeos para probarlo. Esta Grace, cuando volvió, pesaba al menos noventa kilos y era una versión más joven y femenina de su abuelo. Les dio de comer a este y a Winkler muslos de pollo fritos a las tres de la madrugada, con dos velas encendidas en la mesa y tribus de ranas croando en *crescendos* sucesivos al otro lado de las ventanas. Luego Grace y su abuelo se quedaron dormidos en la cama extragrande de ella y dejaron a Winkler sudando en la cama individual del abuelo debajo de mantas de punto. Esperó hasta que oyó al viejo roncar, puso un billete de cien dólares en la mesilla y dejó el porche bajo la luz húmeda de las estrellas.

Tuvo que conducir un día y medio para cruzar Misuri y una esquina de Kansas hasta llegar a Nebraska. Los bordes sin definir de los maizales se sucedían como molinetes. Le quedaban seis Graces y sentía que su esperanza se marchitaba. El país era enorme, transitado y caluroso. Todo se movía más deprisa de lo que había supuesto: la música, viajar, imágenes proyectadas en pantallas. Solo su búsqueda parecía más lenta, más larga, interminable ya.

Al llegar a Lincoln, el Datsun escupía humo negro y se escoraba peligrosamente hacia la derecha. Cuando estaba aparcado dejaba charcos negros en el asfalto, y tuvo que empezar a llevar un bote de dos litros de Valvoline en el maletero y vaciarlo en el cuello del filtro negro y humeante cada vez que se paraba a poner gasolina.

Se instaló en él un vacío. La sensación de que los pasillos de su cuerpo permanecían desiertos y recubiertos de telarañas. Se tumbó en el colchón de un hotel con el aire acondicionado al máximo y la televisión que pronosticaba temperaturas altas en Hanoi, Estambul, Yakarta.

Estaba la Grace Winkler de Walton, Nebraska, ahora Grace Lanfear, una mujer callada que probablemente le dijo cinco palabras a Winkler y le sirvió los mejores macarrones con queso que había comido jamás. Vivía en una casa baja de dos dormitorios con un jardín trasero atravesado por vías de tren y una cocina que apestaba a excrementos de pájaro. Conoció a Geoff Lanfear, un marido desgarbado y nervioso que se pasó la tarde perorando sobre tecnologías de la educación: «¿Cómo cree que serán las aulas en 2020, doctor Winkler? ¡Adivine!». Le enseñó sus pájaros: una cacatúa, un papagayo gris africano, veinte cacatúas ninfa en una jaula del tamaño de su monovolumen. Durante el postre, un tren de carga cruzó como una estampida el jardín trasero haciendo temblar los cuadros de las paredes y los platos de la mesa. La familia siguió masticando como si alguien les hubiera arrancado los tímpanos de la cabeza. Los pájaros armaron un estruendo espantoso desde el garaje.

Winkler se fue de allí con un tupper de macarrones con queso que sabían a parmesano y a laurel, un trío de sabores: primero el gratinado de pan rallado, luego el laurel y, por último, el queso y la mantequilla. Se los comió para desayunar a la mañana siguiente junto a la carretera, usando los dedos a modo de cuchara.

En Austin, Texas, se tropezó en las escaleras de entrada a la casa adosada de Grace Winkler y se clavó los dientes en la lengua. Grace era una mujer inglesa corpulenta que le dio toallas y le dijo que escupiera la sangre en la pila. «¡Vaya por Dios!», no paraba de decir. «¡Joder!». Enseñaba en la Universidad de Texas y conducía un Datsun idéntico al de Winkler. No tenía hijos. Un padre en Manchester. Tenía fotos antiguas de menorás en las paredes y un gigantesco reloj de latón, el doble de alto que Winkler, con forma de sol. Quién lo habría dicho.

Querida Soma:

Hoy un desconocido en un área de descanso para camiones me ha vendido dos docenas de latas de sopa y un «kit de supervivencia». Debía de tener mil alfileres de la bandera estadounidense en la chaqueta. «Tiene que llevarlo en el maletero», me ha dicho. «Nunca se sabe lo que puede pasar». Y me quedé tan persuadido, tan convencido de que lo que decía era algo original, eso de lo de no saber, que prácticamente le metí dinero en los bolsillos.

Por las noches hojeo mis cuadernos y me pregunto qué hacer con todos estos dibujos, todo este material que he recopilado sobre el agua. La mayor parte no tiene mucho sentido. He escrito que hace cuatrocientos años Urbano d'Aviso formuló la teoría de que el vapor estaba hecho de burbujas de agua llenas de fuego que asciende por el aire. ¿Qué hago con eso?

Más de una vez, lo admito, he imaginado una publicación ridículamente triunfal con montones de gente y de artículos de periódico. Mi hija sonriendo en la primera fila, flashes, todo eso. Ridículo. Ni siquiera he tomado notas en una semana. Tengo la sensación de que es como un gran charco que intento coger con las manos.

¿Sabías que los alumnos de las universidades estadounidenses ya no toman apuntes en papel, sino en ordenadores? La mitad de los conductores que me adelantan van hablando por un teléfono móvil.

Cuando duermo, rezo por soñar con Grace, pero tengo unos sueños descabellados: el cuarto de baño está lleno de hielo; ángeles con deportivas me persiguen por los pasillos de mi colegio mayor. En realidad lo único que recuerdo al despertarme es que eran malos sueños y que me han impedido dormir.

Ya he visitado a cinco Graces. Quizá es una tontería seguir; quizá debería ir a Anchorage y buscar a Naaliyah, ver si alguien allí puede contarme lo que pasó. Tal vez Herman, el primer marido de mi mujer. Pero parece más fácil —y mejor— hacerlo de esta manera, intentar encontrarla por mí mismo. Recuerdos a Félix.

Cien dólares anónimos en un sobre prefranqueado para Grace en Walton; otros cien para Grace en Austin.

Las habitaciones de motel se mezclaban en sus recuerdos, una maraña de colchas de poliéster, aires acondicionados, jabón envuelto en papel. Los espejos eran lo peor, siempre grandes y con luz estridente, siempre revelándole una imagen de sí mismo que le hacía encogerse de horror: un desconocido demacrado, de pelo blanco, con ropa interior arrugada, escaleras gemelas de costillas en los costados, expresión deslumbrada por los focos, cercos permanentes bajo los ojos. Aprendió a correr cortinas, a usar el cuarto de baño a oscuras.

En Socorro, Nuevo México, la pantalla electrónica de un banco decía que hacía cuarenta y dos grados. La grava entre el Datsun y la puerta delantera estaba tan caliente que la oía chisporrotear. Esta Grace era una belleza de veintidós años con un camisón hasta los pies que flotaba detrás de la puerta mosquitera mientras le daba respuestas lacónicas («Pues claro que sé quién es mi padre») hasta que su padre apareció en el recibidor. «Largo», dijo este, y dio palmas como si Winkler fuera un perro al que había que ahuyentar. Tenía aspecto de rata, estaba cubierto de tatuajes y sus brazos parecían capaces de una violencia repugnante, gratuita.

Winkler se volvió por donde había venido, las conchas chocaban y resbalaban por el salpicadero. El coche se estremeció y cojeó; las palabras del padre daban vueltas en los conductos de sus oídos como guijarros: *Su. Hija. No. Está. Aquí.*

Más al oeste, torció por la interestatal número 10 e intentó perderse en una cortina de camiones también en dirección oeste. El país entero quedaba a su derecha y brillaba hasta el cielo. Los cables eléctricos discurrían en parábolas abiertas de torre a torre. Los espejismos se cernían en la distancia como lagunas en las que podía hundirse el Datsun. Sandy, recluida en su fotografía amarillenta, veía todo pasar.

Al salir del lavabo de un área de descanso al este de Tucson se detuvo delante de una cabina de teléfono. Estribaciones de color óxido retoñaban en el horizonte y a lo lejos se levantaban nubes de calima. El Datsun salpicado de insectos parecía terrorífico, como una bestia primitiva a la que han arrastrado por el apocalipsis y depositado agonizante junto a los surtidores de gasolina. La idea de sentarse al volante otra vez le dio ganas de vomitar.

Sacó del bolsillo la lista de Gene. Quedaban tres Graces. La número siete y la número ocho vivían en el sur de California: Los Ángeles y La Jolla, a un día de distancia aún.

La chica de la caja registradora le cambió el billete de diez dólares por un puñado de monedas de veinticinco centavos. Se metió en la única cabina de teléfonos y esperó un momento con el auricular en la mano mientras el tono de llamada se atenuaba en su oído. Eran las nueve de la noche en California. Pensó en Sandy sujetando a Grace contra la cadera, alargando el brazo izquierdo para coger algo de un armario. ¿Qué había dicho la máquina del futuro? Hay muchas Graces Winkler, todas ellas la verdadera, así que tu viaje no terminará nunca.

Siguió metiendo monedas en la ranura. En el primer número contestó un hombre.

—No está. Ha ido a cenar a casa de su madre. Sí, su madre. ¿Qué quería?

Winkler colgó.

La otra decidió que él estaba intentando venderle un parabrisas nuevo.

—Le dije que me quitara de la lista —afirmó—. Ni siquiera lo tengo resquebrajado.

—No —dijo Winkler.

Le dio su explicación, le preguntó si tenía familia en Alaska, si había nacido en Ohio o sabía cómo se llamaba su padre. Cuando terminó, hubo un silencio.

—¿Luke? —dijo la mujer—. Eres tú, ¿verdad? No cuela, gilipollas. Mi padre murió de cáncer hace cinco meses. De verdad que te has lucido.

Le insultó y colgó.

6

Mandó cecina de ciervo a las Graces de California, una muñeca de cáñamo con un poncho en miniatura a la de Nuevo México. Todas hijas, ninguna suya. Se sentía atrapado en una variación del sueño original: una casa que se llenaba de agua, una búsqueda por habitaciones vacías.

Desde un motel en Glendale, Arizona, el 1 de septiembre, marcó el número de la última Grace Winkler, la que vivía en Boise, Idaho, y se pegó el auricular al oído. No contestó nadie. Hasta mediodía no consiguió reunir la voluntad suficiente para ponerse en pie, doblar y meter la ropa en la bolsa de viaje y caminar con dificultad una vez más hasta el Datsun.

Querida Soma:
En más de dos semanas he hablado con ocho Graces Winkler y no he sacado nada de ellas, ni pistas, ni respuestas, solo una llaga debajo de la lengua y dolor en la zona lumbar. Ha sido una estupidez pensar que usaría mi nom-

bre. ¿Qué podría significar para ella? Podría ser Grace Sheeler, podría ser Grace Cualquier Cosa. Seguramente debería
ir directo a Anchorage, terminar con esto. Pero me da miedo que allí no haya nada, nadie. Ni siquiera Herman. Es
extraño y espantoso sentirse tan solo, sentir que toda tu
tribu está muerta, incluso tus enemigos.

Mi cochecillo empieza a fallar. Ya llevo gastados más de
dos mil dólares.

El Datsun pasó el día tosiendo y escupiendo aceite. Winkler
lo convencía para que siguiera adelante. La autopista ribeteaba el tenue arco de la antigua orilla de un lago, donde
conchas fosilizadas yacían en la arena como huesecillos,
y cuando anocheció bajaba hacia una llanura atestada de
cactos. Primero se volvieron rosa, luego malva y por fin púrpura en la creciente oscuridad, sus sombras alargándose y el
sol arrastrando su luz por el filo del firmamento. Sobre la
carretera aparecieron pequeños murciélagos del desierto cruzando en picado la luz de los faros del coche, sus caras prehistóricas y cuadradas destellando en el resplandor para luego
desaparecer. Winkler siguió adelante, pisando el acelerador
hasta dejar vacío el depósito de gasolina, deteniéndose solo
para reponer el aceite o rascar caparazones de insectos del
parabrisas. Pronto los cactos estuvieron a su espalda, o se
volvieron invisibles en la oscuridad, y solo quedaron montañas grises y estriadas en el horizonte y la cisterna inmensa y cada vez más oscura del cielo, con costuras naranja en
los bordes.

El Datsun entró renqueando en Utah hacia la medianoche, cuando solo quedaban encendidas farolas de autopista intermitentes que proyectaban charcos tenues. Coches y
conductores se deslizaban de una a otra, remolcados, daba

la impresión, por su propio haz de luz. Bajo la autopista se abría un cañón y apareció un río, lustroso e implacable, que enseguida desapareció.

Pasó las últimas horas de oscuridad en un área de descanso entre dos camiones que ronroneaban. Durante toda la noche lo despertaron ruidos de camioneros que abrían la puerta del retrete y orinaban. El eco de un goteo; un ruido como de vidas pequeñas, individuales, muriendo. En sueños vio un fantasma alado desaparecer entre columnas de copos de nieve. Cada vez que se acercaba, el fantasma se internaba más en el camino. Al final se disolvía por completo y solo quedaba el ligero rubor de sus alas retrocediendo, y entonces Winkler dejaba de correr para observar las hileras de copos que descendían, una nieve que llegaba hasta los confines de la tierra. Se despertó sudando.

Al día siguiente atravesó las ciudades atormentadas por el sol del sur de Utah, y los flancos del Datsun enrojecieron de polvo, y grandes paredes rojas de ese mismo polvo flotaban sobre la carretera incandescentes, como iluminadas desde dentro. El cochecillo serpenteó entre cañones y siguió el curso de un río que fluía más abajo, flanqueado por el verde del pino australiano y los álamos de Virginia.

Avanzado el decimosexto día, llegó a Idaho por las planicies torturadas por el viento cerca de Holbrook. El cielo estuvo malva largo rato antes de volverse negro. En los arcenes había acurrucadas sombras tenues de artemisia, y en ambos horizontes paredes bajas de montañas se alzaban negras e intrépidas. Se sintió como si estuviera entrando en una trampa, a punto de ser acorralado. Alrededor de la medianoche distinguió las luces de Boise reflejadas en un tramo de cielo y poco después vio las luces mismas, brillando y ardiendo en la montaña como una pequeña galaxia azul.

—Ya casi estamos —le dijo a Sandy.

Esta se limitó a mirar por la ventanilla. Winkler se aferró con fuerza al volante. La verdad empezaba a ser obvia: aquel lugar no constituiría un final feliz, un borrón y cuenta nueva, un refugio en la tormenta. No estaba alcanzando la meta, no había señales delante de él, ni perspectivas, no había una décima Grace en su lista. Sandy había muerto y, probablemente, su hija se había ahogado veinticinco años atrás; y allí se encontraba él, en Boise, Idaho, después de casi sesenta años de vida en los que no había conseguido nada.

7

El número uno-uno-dos-dos de la calle Alturas era un bungaló pequeño color pizarra con tres o cuatro rododendros agostados marchitándose en un arriate. Estuvo pendiente del porche. No entró ni salió nadie.

Era 3 de septiembre, quedaba aún mucho caldo en la olla del verano, y hacia las diez de la mañana la temperatura superaba los treinta grados. Winkler se abrió el cuello de la camisa y se meció hacia atrás y hacia delante en su asiento. Cada hora más o menos pasaba un peatón, uno de ellos un cartero sudoroso que cojeó hasta la puerta de Grace y metió un fajo de revistas por la ranura del correo.

Cruzaban coches circulando despacio. Una urraca aterrizó en el capó del Datsun y descansó un momento, jadeante. Winkler cogió una a una las conchas del salpicadero y las hizo girar entre los dedos. Comió un sándwich de una tienda abierta 24 horas; bebió un litro de agua. Por la tarde pasó un coche de policía y aminoró la marcha, pero no se detuvo.

Hacia las seis, una mujer en una camioneta blanca pequeña aparcó detrás de él. Cerró la puerta, limpió una mancha de la ventanilla con la manga. Al pasar estudió a Winkler con cierta sospecha antes de saludarlo vacilante. Él le devolvió el gesto.

Suponía que Grace estaría en el trabajo. Era probable que tuviera un empleo muy importante, que fuera científica, o residente de cirugía. Pronto volvería a casa y, si tenía mucha suerte, lo invitaría a pasar y le daría un vaso de agua.

La mujer de la camioneta blanca desapareció, engullida por una casa vecina. El sol siguió bajando. Winkler se hizo el nudo de la corbata mirándose en el espejo retrovisor y, con la camisa húmeda, contempló cómo las sombras entraban en los árboles. El calor —increíblemente— parecía ir en aumento.

¿Qué probabilidades tenía? ¿Una entre diez mil? ¿Una entre un millón? La luz se concentró y se volvió anaranjada. Un color rojo llenó el interior de sus párpados, se fue y volvió a llenarlos. Cada pocos minutos tenía la sensación de estar cayendo en el espacio y en un sueño, luego de salir del sueño y de vuelta una vez más al asiento amorfo del Datsun. En algún momento, cerca del anochecer, pasó un Jeep a su lado. Aparcó frente al número 1122 de Alturas y de él bajó una mujer joven con camisa de botones y manga corta y pantalones. A Winkler se le caló el corazón. Intentó parpadear para concentrarse. La mujer llevaba un maletín de nailon y tenía piernas largas y veloces y una cierta belleza exhausta. Una breve franja de sudor le oscurecía la parte central de la espalda de la camisa. Caminó a grandes zancadas directamente a la puerta del 1122 de Alturas y entró.

—Sandy —le dijo Winkler a la fotografía del salpicadero—. Se parece a ti.

Se ajustó las gafas al puente de la nariz. Intentó respirar. Salió del coche.

Iba por la mitad del camino de la entrada cuando vio que la mujer había dejado la puerta abierta de par en par. Su maletín estaba a la entrada, junto a unos mocasines. Winkler miró a ambos lados de la calle, pero no había ningún vecino. Las hojas colgaban quietas y pesadas. El aire era apenas más fresco que dentro del coche.

—¿Hola? —dijo—. ¿Señorita?

Siguió andando, subió los dos peldaños del porche y se detuvo en el umbral. De dentro salía aire fresco, acondicionado. Su cuerpo se inclinó involuntariamente hacia él. En su frente se evaporó el sudor.

—¿Grace?

Tenía su correo a sesenta centímetros, publicidad de una empresa de pizzas, una revista, otros sobres que no identificó. La casa parecía ordenada: pequeñas cebras de cerámica en el antepecho de la ventana, una manta de chenilla en el sofá, un ficus en una maceta en un rincón. En una mesita junto al sofá había hileras de fotografías enmarcadas.

Llamó a la puerta abierta y carraspeó.

—¿Grace? ¿Grace Winkler? ¿Hay alguien en casa?

¿Estaría en un dormitorio del fondo? ¿O al teléfono? Su maletín permanecía junto a la puerta; si se inclinaba, podía coger y oler sus zapatos. Las fotos de la mesita estarían a medio metro. El correo aleteó suavemente; el aire fresco le llegó a la garganta.

Una ligera vacilación y se dejó llevar por el impulso. Entró en la casa. No se oía más que el murmullo del tráfico lejano y el zumbido del aire acondicionado expulsando aire desde una rejilla en el techo.

Cinco pasos, seis, siete, ocho. Ya se encontraba en la sala de estar. Pronto la puerta principal quedó a tres metros detrás de él. El sudor se le secaba en la cara; sus pisadas atronaban en el suelo. La luz entraba por la ventana que daba al oeste e iluminaba su cortina. Por el arco de una puerta entrevió la cocina: una nevera verde oliva, un paño doblado sobre el grifo.

En la mesa del sofá había dos docenas de fotos. Tuvo que inclinarse para verlas. Una era de un perro pastor, otra de media docena de damas de honor con vestidos malva. Había varias de un hombre joven con una mujer que, estaba casi seguro, era la misma del Jeep. Los dos posaban en la cima de una montaña, saludaban desde una canoa, acariciaban al perro pastor. ¿Un hermano? ¿Un novio? En otra foto, enmarcada en plata, una familia se apiñaba alrededor de un árbol de Navidad. En el marco estaba grabado: «Los Winkler, 25/12/99».

La cogió. El aire acondicionado ronroneó.

El árbol de la fotografía era una pícea envuelta en ristras de palomitas y con un ángel de plástico en la punta. Debajo de él brillaban regalos desparramados. Todos alrededor del árbol estaban en pijama; la chica del Jeep llevaba una camiseta de rugby y pantaloncitos cortos; un tipo mayor con aire de abuelo, pijama con la bandera de Inglaterra y camiseta interior, miraba desde detrás de cejas inverosímilmente pobladas. Había niños pequeños, y también una madre, con pelo blanco recogido en un moño.

Sintió que se quedaba sin aire. Aquella mujer podía haber sido ella, pero no lo era. La madre no era Sandy, ninguna de ellas era Sandy. Ni de lejos.

La familia. Cada patrón de la vida deriva de ella. Quién eres, cómo actúas, hablas, te vistes, trabajas, mueres. Un padre más, un hombre de aspecto cansado en camiseta interior; una Grace Winkler más. Pensó en su madre llegando al apartamento con una caja de comestibles, en los cientos de venas azules diminutas visibles en sus pantorrillas.

Detrás de una puerta a su derecha alguien tiró de la cadena.

Seguía con el retrato navideño en la mano. La mujer salió del cuarto de baño abotonándose los pantalones. Cuando vio a Winkler se le tensaron los tendones de la garganta.

Corre, pensó Winkler. *Corre.* Pero era preciosa, alta, morena —¿por qué no podía ser su hija?— y el aire fresco bajaba del ventilador en el techo y había una familia Winkler en apariencia feliz reunida alrededor de un árbol de Navidad, niños y niñas y madres y padres, cada uno con regalos que llevaban su nombre, y una de esas niñas se llamaba Grace y había estado sin ella tanto tiempo…

La mujer se abalanzó hacia el ficus del rincón como si hubiera tenido siempre la intención, desde que lo compró, de usarlo como arma. Cogió el tronco con las dos manos, le dio la vuelta por completo y fue hacia Winkler. Con la pesada maceta de barro en el hombro consiguió dar dos pasos, cerró los ojos y lo bajó como si él fuera un leño que había que partir. Al final del arco, la maceta se desprendió del cepellón y se hizo añicos junto al pie derecho de Winkler, donde el zapato se encuentra con el tobillo.

Tuvo la sensación de que la piel alrededor de los ojos se le estiraba. Durante un momento fueron una estampa del dolor: Grace Winkler dejó caer el ficus sin maceta, se llevó las manos hacia la boca, el sonido del impacto —como de un puño contra el respaldo de un sofá— seguido por los sonidos de un gran tiesto rodando por el suelo y la subsiguiente lluvia de tierra.

Winkler soltó la fotografía y el cristal se resquebrajó con un tintineo suave. A Grace Winkler le temblaban los hombros y el labio superior se le movía nervioso. Tenía los pantalones sin abrochar del todo y por la abertura asomaba un triángulo pequeño de ropa interior. Winkler sentía los calambres de dolor subiéndole por el tobillo, como si hubiera prendido un fuego allí abajo, en lo profundo del hueso.

—He… —susurró. Se alisó la punta de la corbata—. No es lo que piensa.

La mujer gritó tapándose la boca con los dedos.

—¿Está loco? ¿Está usted loco, joder?

—Por favor. Mi hija.

Seguía con las manos en la boca cuando Winkler se volvió y salió tambaleándose, casi tropezando con el maletín. Arrastraba el pie derecho. Estaba a medio camino del Datsun cuando la mujer apareció en la puerta con un teléfono inalámbrico pegado a la oreja.

—Vamos, vamos… —decía al auricular.

La calle se encontraba igual de vacía y caliente. La luz era de color sangre. El aspersor de un vecino dibujó un arco de atrás hacia delante.

Se dejó caer en el asiento del conductor. El Datsun —leal hasta el fin— arrancó. Metió marcha atrás y pisó el acelerador con el pie bueno y aplastó el guardabarros delantero y el faro derecho en la camioneta aparcada detrás. La portezuela trasera del Datsun se abolló y se abrió.

—Ay —dijo.

En la acera, aquella Grace que no era su hija lloraba y describía su coche a la policía. Winkler metió la marcha, las ruedas chirriaron y empezaron a dar vueltas, y el coche avanzó con una sacudida.

Se saltó señales de stop, cogió desvíos al azar. La portezuela mal cerrada aleteaba y daba golpes. Dejó atrás una fiesta de cumpleaños en el césped delantero de una casa (guirnaldas plateadas, racimos de globos de helio, niños deslizándose boca abajo por una lona alquitranada húmeda). Sentía el pie derecho mojado dentro del zapato y el dolor cada vez le perforaba más. Torció a la izquierda, a la derecha, pisó a fondo en línea recta. ¿Adónde podía ir? ¿A un motel? ¿De vuelta a la autopista? El Datsun —que ahora circulaba con un solo cilindro— no lo conseguiría.

Recordó haber visto carreteras que subían por las colinas al norte de la ciudad e intentó guiar el coche hacia ellas. El espejo retrovisor estaba vacío, solo carretera y árboles, y un ciclista por una calle perpendicular.

Dos calles sin salida, dos giros a la derecha. Pronto las casas terminaron y el asfalto dio paso a la tierra. La carretera se volvió empinada y el Datsun gruñía sobre una grava que parecía una tabla de fregar. De la parte trasera subía una columna de humo que quedaba suspendida sobre la carretera. El motor gimió.

Lo obligó a seguir por un camino lleno de badenes. Conducía solo con las luces de posición y en la luz menguante no veía más que una ancha extensión de camino delante de él.

Pronto los matorrales arañaron los bajos del Datsun. El motor se rebeló. Consiguió sacarlo de un último socavón hasta lo que parecía ser el arranque de un sendero y allí murió con un último gemido como una bestia triste y cansada que se desploma, desconcertada hasta el último momento por el mundo.

Empujó la puerta y se masajeó el pie hasta que el cielo perdió la última luz —un ribete azul al oeste, el firmamento rojo oscuro— y salieron las estrellas.

Presionó con los pulgares el empeine e hilos de dolor delgados como esquirlas de cristal le subieron por la pierna. ¿Estaba roto? Era difícil saberlo. La piel no sangraba.

A sus pies, el mandil de luces de la ciudad temblaba en el calor. A su espalda había colinas de granito vestidas de salvia. Más allá de ellas: montañas.

Metió las cosas en la bolsa: sus tres libretas, dos sobres con dinero, la muda de camisa, las dos docenas de latas de sopa de tomate, el kit de supervivencia en su estuche naranja. El dolor del pie era constante. Se guardó en el bolsillo las conchas de nerita y salió del coche. El camino había sido excavado en la ladera de una colina y, más abajo, daba paso a sombras profundas, donde racimos de salvia se fundían con la oscuridad. Apoyó el peso en el pie, se enganchó las asas de la bolsa en los hombros y empezó a subir.

Mis zapatos, pensó. Ojalá llevara mejor calzado.

8

Pasó la noche tiritando bajo una artemisia. El pie no dejaba de dolerle. A sus pies, las luces de Boise menguaron y temblaron toda la noche como si el viento pudiera extinguirlas en cualquier momento. O se fueran a desprender del suelo del valle y subir las colinas detrás de él.

Al amanecer abrió el kit de supervivencia. Dentro había veinticuatro cerillas impermeables, dos bengalas para emergencias en carretera, una cantimplora de plástico, varios paquetes de galletas saladas, una capa de agua naranja fosforescente y una navaja barata de doble filo. Abrió un paquete de galletas y las masticó despacio. Tenía que haber una población más al norte, no quería arriesgarse a volver por Boise.

Se colgó la bolsa del hombro y bajó unos cientos de metros hasta llegar a un camino que se dirigía al este. El sol se mecía sobre las colinas, grande y pálido.

Atravesó cojeando un terreno de árboles quemados y granito visto y subió una cresta, después otra. Al cabo de una hora estaba al otro lado, fuera de la vista de la ciudad, descendiendo hacia una zona de arbustos inmensa y estriada —loma sobre loma, hilera tras hilera de salvia y *lewisia rediviva*— que se prolongaba hasta el horizonte.

Caminó todo aquel día y vio poco más que aviones cruzando el cielo y grandes escarabajos negros recorriendo despacio el sendero junto a sus pies. Las asas de la bolsa en los hombros le rozaban; el dolor en el pie se agudizaba en momentos inesperados. No había una población más al norte, al menos no que pudiera ver. Unas cuantas veces oyó el murmullo y el zumbido de bicicletas con motor en caminos situados más abajo, y otra atisbó una columna de polvo y un destello de luz del sol reflejada que podía haber sido el casco de un ciclista, pero puesto que no sabía si agacharse o saludar, se limitó a pararse y esperar a que el sonido se apagara. El sol no parecía tener la fuerza del día anterior y por la tarde se levantó un viento que no era del todo cálido. Pasó junto a nidos amplios y enmarañados de urracas, hormigueros del tamaño del montículo de un lanzador de béisbol. Había puñados de girasoles moribundos y desmayados en las laderas. Llegaron nubes procedentes del oeste.

Decidió volver sobre sus pasos, pero no pudo: los senderos se bifurcaban casi sin cesar, bajaban cuando tenían que haber subido, desaparecían cuando tenían que haberse ensanchado. Durante los tres días siguientes atravesaría la mitad norte de la cuenca del Boise trazando un arco grande e irregular. Dejó atrás caminos forestales y pastos, una torre de telecomunicaciones, un esquileo castigado por el sol, la entrada oscura y de aspecto peligroso a una mina, incluso un cementerio para mineros y sus hijos ahogado en achicoria. Una vez, una camioneta rugió distante, al otro lado de los arbustos, asustando codornices.

Sus articulaciones crujían y protestaban; le bailaban los tobillos dentro de los zapatos. En cada arroyo llenaba la barriga y la cantimplora e intentaba beber poco, pero el agua escaseaba. El dolor del pie derecho se convirtió en un latido constante, o quizá simplemente se acostumbró a él. Empezó a tener la sensación de que iba acompañado de dos figuras humanas: una delante que se ponía de pie y abandonaba el lugar de descanso segundos antes de que llegara Winkler, otra que lo seguía de cerca, a punto de alcanzarlo en cualquier momento.

Las colinas eran vastas, interminables como un océano en su inmensidad e indiferencia. En la luz declinante, en las caras rotas de rocas, desdibujadas y vacilantes en el sol, había empezado a percibir una amenaza paciente, invisible, oculta justo fuera de su campo de visión, algo por completo indiferente a si vivía o moría.

Ahora ni siquiera en la oscuridad veía el resplandor de la ciudad devolviendo el reflejo del cielo y no podría haber dicho si Boise se hallaba delante o a su espalda. Combatió el pánico con la razón: quizá era mejor seguir perdido unos días; e incluso aunque consiguiera volver, ¿qué? Bajar a la ciudad, entrar en una comisaría con su traje destrozado. *Verá, agente, tuve un sueño...*

Por las noches hacía hogueras entre rocas planas. Para encenderlas usó primero las bengalas, luego las etiquetas de las latas de sopa y la tercera noche empezó a quemar páginas de sus cuadernos.

Soplaba el viento, agitaba las llamas y se las llevaba en forma de chispas hacia la oscuridad: apuntes sobre inunda-

ciones y glaciares, una nota sobre FitzRoy cuando capitanea-
ba el *Beagle* de Darwin y estudiaba lechos de ostras fosilizadas convencido de que encontraría pruebas del diluvio
universal. Todo ello se arrugaba y transformaba en partículas
incandescentes mientras el humo subía por entre las ramas.

Las latas de sopa se volvían negras, la sopa silbaba al
rebosar. Las cogía con la camisa enrollada alrededor de la mano
y las dejaba chisporrotear apoyadas en el suelo, y —como
estaba hambriento— se las bebía antes de que se enfriaran y se
chamuscaba la lengua. Luego se acurrucaba envuelto en la capa
de agua y veía extinguirse el fuego, las chispas transportadas
por el viento y las ascuas iluminadas como un castillo en miniatura con sus balaustradas, arcos y pendones diminutos y
brillantes.

Nueve Graces y ninguna era su hija. Pensó en Jed, y en
la máquina del futuro, en sus docenas de pinzas y cables,
ninguno conectado a nada. Y, sin embargo: «Entrar en un
mundo de sombras es abandonar este mundo por otro». ¿No
tenía razón el niño?

En el aire de la cuarta noche flotaba un olor a pedernal
golpeado, un hedor que le provocó pequeños temblores en
la parte posterior de la garganta, y pasó toda la noche mirando inquieto el cielo, mientras las estrellas se borraban una a
una y se instalaba una oscuridad más plomiza.

9

Se congregaron las nubes. No eran simples cúmulos, sino enormes y musculosos nimbocúmulos, casi negros en el centro, lívidos por las descargas eléctricas. Se acercaban despacio los unos a los otros, llenando los huecos, alcanzando una altura casi inverosímil, todo hombros y cuello, buscando ascender desde sus oscuras plataformas hasta los límites del cielo. Les precedían lentamente explosiones intermitentes de truenos.

Winkler tiritaba bajo la capa de agua. Durante la noche no había caído una sola gota, pero del cielo llovían inyecciones de aire supercalentado que subían de nuevo después de tocar el suelo, como si se encontraran allí con un ejército enemigo contestando a sus disparos. A cada embestida, las montañas salían de su oscuridad, que, a continuación, volvía a succionarlas, y el ozono olía como el aire en una forja.

Se levantó un viento seco que intensificó la electricidad y la parte inferior de las nubes pareció cristalizarse, como si se licuara. A Winkler le sonó como si el tejido del cielo se desgarrara una y otra vez y lo que había detrás, más azul y salvaje que en sus peores pesadillas, empezara a transparentarse. Los truenos levantaban trozos de roca del filo de las montañas. Pequeñas descargas de electricidad estática merodeaban por los pelos de su cabeza.

Cerró la cremallera de la bolsa. La capa de agua volaba y chasqueaba. De la salvia salieron liebres que emprendieron carreras alocadas, para detenerse de pronto y luego echar a correr de nuevo. El viento había recogido toda clase de cosas —piñas y guijarros, incluso un zorzal— y las había transportado al lecho del valle, a los pies de Winkler. Subió un peñasco escarpado y empezó a bajar por la ladera contraria. El viento levantaba polvo pendiente arriba y lo oía golpear los cristales de sus gafas. Más abajo atisbó lo que podía ser un río. Los zapatos tropezaban en el pedregal y la ladera era empinada, así que bajó como los cangrejos, con los dos brazos detrás. Al acercarse vio cortinas rotas de agua subiendo y espirales diabólicas de plantas rodadoras, polvo y estelas de chispas que se extinguían y volvían a arder, girando en el viento. Seguía sin llover, solo había rugidos de trueno a intervalos fijos e innumerables flecos de relámpago y pequeños fuegos azules colgando de las ramas de los arbustos de salvia. Empezaba a oler a humo.

Voy a morir, pensó. Voy a arder aquí y nadie me encontrará y nadie sabrá siquiera dónde buscarme.

Llegó al final del pedregal, encontró el río y metió la cara entera en el agua. La tormenta parecía existir solo en sus ojos. Percibía la emoción reverberante del aire como si estuviera electrificado, cortinas de aire que cambiaban y seguían las curvas del cañón del río. El estómago se le llenó de agua, sentía ya cómo se le relajaban las articulaciones y se le estiraba la piel.

Se inclinó y bebió y volvió a beber. Un rayo alcanzó un árbol a menos de un kilómetro de él con un chasquido profundo parecido al sonido de agua vertida en una sartén. Cuando por fin se apartó del río y se arrodilló en la orilla, se dio cuenta de que no llevaba las gafas.

Estuvo lo que pudo ser una hora buscando a tientas en el arroyo, pero solo encontró grava. Antes del amanecer la tormenta se encontraba ya a kilómetros al este y las nubes se aplacaron y desvelaron una matriz interminable de estrellas que parecían un techo enorme y terrible claveteado de luz. Tenía la bolsa a su derecha. Las gafas no estaban por ninguna parte. Se había empapado la ropa.

Los árboles se convirtieron en columnas de sombra, el cielo, en un remolino de brillo, sus manos, en sombras inmateriales delante de su cara. Cruzó el río por un viejo puente colgante, atravesó un camping vacío y se desplomó entre rocas. Si sigo bajando, pensó, me mantendré cerca del río, y, si puedo seguir el río, llegaré a una carretera.

Pero cuando se hizo de día las cosas no habían mejorado mucho. El bosque era un borrón; el cielo, un caos de plata ondulada. Se dirigió hacia una estructura oscura y cúbica que pensó podía ser una casa, pero de alguna manera la pasó de largo y, al cabo de media hora, había escalado dos peñascos empinados y perdido de vista el río.

Buscó árboles y solo encontró aire. En los márgenes de su campo visual unos puntos blancos se precipitaban como esquirlas de meteoritos cayendo en picado a la tierra. A última hora de la tarde estaba muerto de hambre y cegado por el sol y casi no veía. Y seguía sin encontrar una carretera. Y ahora estaba subiendo… ¿Debía darse la vuelta y bajar?

Todas las cosas que no vio: pasó a nueve metros de una osa parda y en ningún momento supo que estaba allí; Winkler avanzando a tientas por el camino de caza, la osa sobre sus patas traseras, husmeando un largo instante antes de apoyar las delanteras y perderse entre los árboles. Dos halcones desplazados por la tormenta, sentados en una rama sobre el camino, quitándose parásitos de las alas con el pico y viéndolo alejarse. Y, mucho más abajo, hombres a caballo guiando ovejas, borregos marrones como motas dando vueltas arrimados a la valla de un redil y las nubecillas de polvo que levantaban con las pezuñas y que volaban al sur, hacia la carretera, hacia una camioneta, hacia un remolque para transportar caballos. Y, a la mañana siguiente, tres cabañas de vacaciones abajo, a lo lejos, a orillas del lago de la reserva natural Deadwood, todas ocupadas, todas encantadas de proporcionar comida y agua a un desconocido que se ha perdido. No vio nada de ello.

Seis mañanas después de dejar Boise estaba tiritando, sin galletas saladas, casi sin ropa, con poca idea de dónde se encontraba. Había cruzado sin saberlo dos caminos en mal estado pero transitados y se hallaba más al norte de lo que habría imaginado jamás, con enormes tramos del valle del río Salmon delante de él, y, a continuación, los ríos Marble y River of No Return, ninguno de ellos habitados. Tenía los pies llenos de ampollas y el tobillo derecho se le había hinchado de forma grotesca: los amarillos y malvas de la contusión le subían hasta media pantorrilla.

Atravesó cojeando los bosques altos, apoyándose en los troncos para mantener el equilibrio. El aire olía a pino y a salvia, dulce y nauseabundo en su nariz y en el fondo de su boca. Encima de su cabeza, en las ramas, las langostas gritaban como panteras. De cuando en cuando una caía y se retorcía enganchada en su pelo o le bajaba por el cuello y Winkler se convulsionaba intentando cogerla y la bolsa se le soltaba del hombro mientras tiraba de la camisa con los dedos.

Era la oscuridad con la que llevaba años soñando. Era el lugar donde ocurrían cosas a su alrededor, cosas que oía, pero no veía, la ceguera profunda y privada que sus sueños habían predicho muchos años antes. La presión profunda, marina en su cerebro. La marea de luz. En los puntos más alejados entre sí de una circunferencia los extremos se encontraban: la oscuridad no era distinta de la luz; una inundación de cualquiera de las dos resultaba cegadora. Ahora, cuando dormía, soñaba con ramas desnudas, heladas. Con escarcha creciendo en las ventanas, con copos de nieve que aterrizaban en mangas de chaquetas.

Las pequeñas conchas de nerita —las tres o cuatro que le quedaban— eran bultos minúsculos bajo la tela del bolsillo. Los pantalones habían perdido las rodillas; los calcetines eran poco más que pulseras de tobillo, esputos de algodón en el empeine de sus zapatos.

En sus momentos más extremos sentía, una y otra vez, presencias en las sombras: Soma y Félix; Naaliyah y Nanton; Grace y Sandy. Descansaba recostado en una roca, o en un lecho de agujas de pino, los ojos cerrados, el sueño ya cerca, cuando oía un susurro en los arbustos, una pausa en el viento. En las costillas, en las puntas del pelo: una leve atracción magnética, la apenas perceptible fuerza gravitatoria que ejerce un cuerpo humano sobre otro.

Entonces abría los ojos, se enderezaba. No había nada, solo el bosque manchado, interminable, motas que atravesaban su campo visual, esa presión en el cráneo.

Apoyó la yema del dedo en una muela y la movió hacia atrás y hacia delante. Tenía un regusto metálico, a sangre, en la boca. Verás el fuego y morirás. Tu viaje no terminará nunca.

—¿Hola? —llamó—. ¿Hola?

En su novena noche después de dejar el Datsun llegó a una zona rocosa en un risco frío y que humeaba en el viento, donde habían crecido árboles atrofiados y ganchudos y donde helechos de hielo tejían mallas y volutas en las grietas entre las piedras. En el cielo occidental flotaba un cuerno de luna. Intentó hacer fuego, pero el viento se lo impidió. Rebuscó en la bolsa una lata de sopa —la última—, la abrió y se bebió frío el concentrado espeso y salado.

De noche, envuelto en la capa de agua, la luna pareció acercarse y llenar por completo su visión, filtrándose por los resquicios de sus párpados, hiriéndole la piel y el esqueleto hasta que presintió que iba a quedar reducido a una membrana, a un retazo aleteante de alma, y entonces yacería en el último risco antes del cielo, con las estrellas a sus pies y el núcleo mismo del universo a su alcance.

La tarde siguiente descendió unos treinta kilómetros y llegó a un bosque frondoso y polvoriento. Sentía los músculos de los tobillos desnudos y hechos jirones y el sol brillaba pálido, pero entusiasta, y lo obligaba a buscar la sombra. Cada vez que intentaba ponerse de pie, la visión se le escapaba en rachas lentas y tenía náuseas.

Se tumbó de espaldas y miró el cielo, una nube solitaria, una franja llena de manchas que, al cabo de un rato, comprendió que era una estela de vapor delante de la cual debía haber habido un avión. Lo asaltó una imagen de los pilotos en la cabina sentados frente a un panorama de mandos, cien esferas de cristal, agujas inmóviles e interruptores, los confines helados de la atmósfera desplegándose delante de ellos. Qué extraño estar kilómetros abajo tumbado sobre espinas mientras ellos cruzaban el espacio a toda velocidad y, a su espalda, llevaban una cabina repleta de pasajeros durmiendo o comiendo o leyendo revistas. Levantó una mano y, entornando los ojos, los arrancó del cielo de un pellizco.

Desde menos de treinta metros de allí, cruzando un parapeto de helechos, desde el otro lado de una zanja, llegó un sonido creciente, algo así como un suspiro prolongado. Había subido de volumen y después callado antes de que Winkler se diera cuenta de que había pasado un coche.

10

Las piernas le flaqueaban mientras veía pasar un convoy de camiones pesados. En la plataforma llevaban troncos de árboles gigantescos y despojados de ramas, unos diez por camión, y a su paso dejaban enormes tiras de corteza. El aire palpitante de su estela era denso y dulce, olía a madera machacada. El último camión encendió las luces de freno y se detuvo en un largo y doloroso proceso que se prolongó varios metros.

Winkler corrió todo lo que pudo, cojeando por el arcén; los helechos a los lados de la carretera asentían con la cabeza a su paso y, a continuación, se quedaban quietos. La puerta se abrió; apareció una mano y tiró de él.

—Madre de Dios —dijo el conductor.

Winkler trató de sonreír, pero tenía los labios agrietados. El camión ronroneaba en el arcén.

—¿Llevas mucho tiempo ahí fuera? —preguntó el conductor.

Winkler se tapó la cara con las manos.

—Vale, no haré preguntas. —Maniobró, metió distintas marchas y la carretera empezó a discurrir, un borrón de gris que parecía estar demasiado abajo—. ¿No serás un asesino de niños o algo así?

Winkler levantó la vista.

—No —se oyó decir.

—¿Adónde vas?

—A Alaska.

El conductor rio.

—Te puedo llevar hasta la 95. ¿Te vale?

El lateral de la carretera se desdibujó; la línea central desaparecía bajo el capó. Winkler se dejó caer contra la ventanilla. Pronto le llegaron sueños erráticos y, cuando se despertó, casi había oscurecido y el camionero estaba frenando para entrar en una gasolinera.

—La salida está justo detrás de esa señal —le dijo—. Enseguida te parará alguien.

Winkler musitó gracias, se arrastró a sí mismo y su bolsa hasta la tienda de la gasolinera y trastabilló entre la luz romboide y los estantes con caramelos, galletas saladas y casetes. Puso una barra de pan y una bolsa de nachos en el mostrador. El cajero acercó su billete de veinte dólares a la luz.

En el cuarto de baño se sentó en el retrete y se comió la mitad del pan, notando cómo el estómago se le distendía e hinchaba.

Cuando terminó, sacó la fotografía de la esquela de Sandy del bolsillo. Era ya poco más que algunas hebras, unos cuantos puntos de tinta. La sostuvo a la altura de los ojos e intentó no llorar.

El siguiente conductor se llamaba Brent Royster, un camionero eufórico, entusiasta, que transportaba batidoras y panificadoras a grandes almacenes de la Columbia Británica. Su cara, a los ojos de Winkler, era una extensión ancha y rosa de amabilidad. Había instalado un tocadiscos sobre una bobina de cable reciclada a modo de mesa en el espacio entre los reposabrazos del conductor y del pasajero, y detrás de los asientos había cajas repletas de vinilos, mil por lo menos, todos en fundas de papel antiestático, todos empujándose y acomodándose en silencio mientras el camión circulaba.

—¿Qué tal un poco de Sam Cooke? —propuso Brent.

Buscó detrás del asiento y, sin mirar, le quitó la funda a un disco y lo metió en el plato. El disco giró, la aguja cayó. *Chain Gang* inundó la cabina.

Winkler vio cómo la autopista discurría por la ventana, letreros verdes amenazadores y mojones sucediéndose. Abrió un paquete de donuts comprados en la tienda de una gasolinera y se los metió, uno detrás de otro, en la boca.

—¿Es real? —preguntó.

—¿Qué dices, colega? —Brent bajó el volumen de la música.

—¿Es real? Lo que me está pasando.

Los reflectores de la calzada chasqueaban bajo las ruedas a un ritmo regular, casi tranquilizador. *Zap, zap, zap. ¡Oh! ¡Ah!*, decía Sam Cooke. Brent miró a Winkler con curiosidad.

—¿Real? Tan real como la lluvia, imagino. Tan real como Jesucristo.

Cerca del amanecer, al día siguiente, pararon en una cafetería de camioneros y se sentaron ante tazas de café humeante.

—¿A qué día estamos?

—A 15 de septiembre.

—¿Jueves?

—Domingo.

Winkler negó con la cabeza. Pidió huevos y tostada francesa y una ración de patatas fritas y tres vasos de zumo de naranja. Brent se recostó en su silla.

—Puedes venir conmigo hasta Prince Rupert, si quieres. Luego coges un transbordador. Para el miércoles estarás en Alaska.

Winkler parpadeó.

—El miércoles.

—¿Tienes amigos esperándote? ¿O familia?

Winkler reflexionó.

—Amigos.

Brent asintió con la cabeza. La camarera trajo sus platos. El zumo fue lo mejor de todo, Winkler notó su sabor en cada rincón de la boca.

—Estás comiendo como si fuera la Última Cena —dijo Brent.

—Estoy bien.

Pero diez minutos después Winkler tuvo que ir al cuarto de baño.

Estaban bastante al norte de Coeur d'Alene, escuchando a Van Morrison, cuando el camionero se ofreció a llamar a los amigos de Winkler en Alaska.

—No —insistió Winkler—. Gracias.

—Todo el mundo tiene alguien a quien llamar. Es un hecho.

—No —repitió, pero el camionero ya había separado el teléfono móvil de su soporte. Pasaron los diez minutos siguientes discutiendo. Por fin Winkler le dio el nombre de Naaliyah. Brent marcó Información, deletreó a la perfección su nombre. Cuando dio con el colegio mayor donde vivía Naaliyah, le pasó el teléfono.

—Toma. Ya he marcado.

Contestó una chica.

—Naaliyah no está —dijo—. Está en Ni Se Sabe. Investigando. ¿Cómo lo llaman? Campamento Ninguna Parte o algo así.

—Investigando —dio Winkler—. ¿Insectos?

—Sí. Por el norte. En el Yukón.

—¿Dónde?

—Espera, que lo busco. —Winkler oyó un ruido de papeles—. Eagle. Eagle City. Alaska.

—¿Eagle? —dijo Brent cuando Winkler le devolvió el teléfono—. Eagle se encuentra al lado de Dawson City. En el Yukón.

—¿Cómo voy hasta allí?

—Hay carreteras. En realidad quizá esté más cerca que Anchorage. Desde Haines puedes coger un autobús hasta el Yukón. Seguramente llegarás hasta el mismo Eagle. Aunque allí no hay gran cosa.

El resto del viaje transcurrió más como un sueño que como una realidad. Brent conducía con su ventanilla abierta y un aire frío, casi alucinógeno, entraba sin cesar en la cabina. Winkler tiritaba bajo su cinturón de seguridad. Sonó un disco detrás de otro; Winkler pensó en Naaliyah, en el Caribe, en pescadores de pie en el oleaje controlando las bolinas de sus canoas como si fueran riendas de caballos.

En la frontera antes de Creston dos agentes de la policía montada le pidieron a Brent que abriera las puertas del remolque para ver su carga, pero ninguno le dijo nada a Winkler más allá de examinar su pasaporte, y pronto estuvieron de vuelta en la carretera. Brent era incansable, al parecer, y Winkler no conseguía mantener los ojos abiertos y pronto estuvo dormido, soñando que dejaba atrás el país, con el ruido del motor distante e implacable en sus oídos como el sonido de la laguna en el hotel de Nanton, y cuando se despertó, unas horas más tarde, durante un largo rato no estuvo seguro de si seguía durmiendo, de si el balanceo implacable de árboles y valle y estrellas al otro lado del parabrisas era una prolongación de su sueño, de si a partir de ese momento viviría en un mundo de apariciones y su cuerpo seguiría dormido en el asiento de un camión pesado. Otra modalidad de purgatorio: esperar a despertarse.

El camión lo llevó al norte, a una tierra que pertenecía menos a Canadá que a la imaginación, las largas heladas, la aurora boreal, la distancia entre dónde y quién había sido él por fin absoluta.

Tres almacenes distintos en Calgary. Un motel de camioneros cerca de Banff. Las inmensidades ondulantes de la Columbia Británica Occidental: helechos bajos y enmarañados, en el aire un olor a barro, y escarcha; el invierno de camino.

En Prince Rupert, Brent dejó a Winkler a la entrada del transbordador, donde había colas de coches esperando a subir.

—Toma. —Brent le pasó unos zapatos de la cabina—. Son un nueve americano. Deberían quedarte bien.

—No puedo aceptarlos.

—No me discutas. Y, cuando estés en casa, que te echen un vistazo a ese tobillo. Muchas veces te crees que tienes algo curado, pero en realidad solo se ha curado en parte o se ha curado mal y tienes que volver a hacerte daño para que se arregle.

Winkler cogió los zapatos y se quedó un momento junto a la carretera, asintiendo con la cabeza y con la sensación de que la escena entera estaba hecha de papel que podía arrugarse y salir volando.

—Gracias —dijo.

Brent Royster se volvió después de cambiar el disco y le ofreció una sonrisa dulce, inflamable, la sonrisa de un niño, y luego el camión arrancó y se alejó levantando polvo.

En la terminal del transbordador compró el billete y sellos y dos sobres en un quiosco de correos. «Para el marco de fotos roto», escribió en un trozo de papel, luego lo tachó y puso: «Por las molestias. Y para la mujer de la camioneta blanca». Metió seiscientos dólares en el sobre, lo cerró y lo dirigió al número 1122 de la calle Alturas en Boise, Idaho.

En el transbordador se tumbó encogido en una alfombra sucia de chicle entre dos bancos de asientos con la bolsa de viaje destrozada debajo de la cabeza y las rodillas pegadas al pecho. El transbordador hizo sonar la sirena. El suelo se inclinó ligeramente bajo él. La cabina olía a sándwiches de jamón y queso a la plancha; dos niños inuit junto a las ventanas miraban las pantallas de sus consolas portátiles con fervor de creyentes.

11

Desembarcó en Haines y cogió autobuses por todo el territorio del Yukón; media docena de poblaciones aisladas, la mayoría con nombres de animales: Whitehorse, caballo blanco; Beaver, castor; Chicken, pollo. La carretera era de grava, ocasionalmente desconchada por bordes de acantilados, y las ventanillas de los autobuses enseguida se recubrían de una mugre grasienta. Los mosquitos viajaban en el pasillo acosando a los pasajeros.

El conductor iba señalando lugares de interés por los que pasaban: explotaciones mineras abandonadas; jardines de sol de medianoche (parecían jardines de asteroides con repollos inflados, calabazas colosales). Anchas islas de píceas. Un caribú muerto en la carretera del tamaño de una vaca lechera.

Treinta horas saltando en el asiento y, hacia el final, Winkler notaba hasta la más mínima disociación entre cada vértebra. Era el último pasajero. Un trío de cabañas señalaba el fin de la ruta.

Eagle: habitantes, doscientos cincuenta. Desembarcó con piernas traicioneras. Eran las 20:40 y seguía habiendo mucha luz en el cielo, sombras que se alargaban por la calle sin asfaltar y dos niños en un carrito de juguete marca Radio Flyer tirado por perros que vieron cómo el autobús daba la vuelta para regresar a Tok.

Empezó por ellos.

—¿Naaliyah Orellana? Piel oscura. Científica. —Los niños pellizcaron la pintura de los lados del carrito—. Hola, ¿habláis inglés?

Los niños asintieron.

—Pero no la conocéis.

Negaron con la cabeza, luego hablaron a los huskies y el carrito se puso en marcha y chirrió calle arriba.

Apenas podía leer el listín telefónico (unas treinta hojas de papel sujetas por un clip), pero no parecía figurar ninguna Naaliyah. Llevado por la fuerza de la costumbre, hizo el gesto de ajustarse las gafas y tocó aire.

No la conocían en el Texaco, en las cabañas de alquiler, en el almacén de propano ni en la tienda de abalorios. Al mecánico del taller le ofreció un billete de cien dólares, pero el hombre se limitó a negar con la cabeza.

—Como no la pinte…

El cielo era inmenso y malva, y a sus pies el pueblo parecía diminuto. Nadie parecía pensar que su situación fuera demasiado apremiante. No le llevó mucho tiempo preguntar en todos los edificios: un bar con forma de caja abarquillada donde el barman estaba pasando rápido un vídeo pornográfico; la oficina aduanera en un edificio antiguo; la compañía mercantil con sus polvorientas luces fluorescentes y las bolsas-neón de patatas fritas brillando en regordetas hileras. A sus ojos todo resultaba brumoso y manchado de luz. El tobillo no dejaba de dolerle. ¿Habéis visto a Naaliyah Orellana? ¿Una mujer joven? No la hemos visto. ¿Nadie? Nadie.

Era 20 de septiembre y llevaba menos de siete semanas en Estados Unidos. La calle terminaba en una serie de muelles de aspecto tristón donde había amarradas unas pocas casas-barco. Detrás de ellas discurría la corriente vasta y caqui del Yukón, de cuarenta metros de ancho, como una frontera final e insuperable.

—En el aeródromo —le dijo el hombre del alquiler de canoas—. Me parece haber visto a una chica como esa por ahí cerca. Hace un par de meses, quizá. Camino de los terrenos que tiene la universidad allí arriba.

Señaló en dirección a un enorme risco.

El aeródromo estaba a menos de dos kilómetros del pueblo. Recorrió la carretera en semioscuridad. A su derecha fluía el Yukón transportando su inconmensurable carga de sedimentos en dirección norte. No daba crédito a su tamaño, era una pradera lustrosa picada de viruelas; era una avalancha vuelta de costado.

Sintió que algo se desplegaba en su interior. Brent se lo había advertido —a veces las cosas se curan solo parcialmente, o curan mal—, pero Winkler había estado sintiéndose más fuerte, sus ojos se recuperaban, tenía menos dolores. Se levantó un viento frío y se detuvo un momento a oler la noche. Otra población, otro bolsillo vacío. ¿Dónde dormiría? De pronto, el tobillo dejó de sostenerlo. Se tambaleó y cayó al suelo.

El Yukón seguía rugiendo. Winkler trató de mantener la cabeza levantada. En el aire había un sonido de voces de mujer.

—¿Grace? —llamó—. ¿Grace?

Tuvo una visión de ella en el fondo de la laguna, lánguida, una mujer adulta, enredada en algas, el pelo, un abanico marino, ondeaba en la corriente. Pero la voz iba y venía, y con ella la visión de Winkler, hasta que solo quedó el discurrir incesante del río.

Se puso en pie como pudo y siguió andando con su traje destrozado y sus zapatillas de tenis prestadas. El aeródromo parecía abandonado, las carcasas de dos Cessna 207, canibalizadas y desguazadas, aparcadas junto a un granero.

La puerta de este no se encontraba cerrada. El interior era silencioso y lleno de vigas como una iglesia, con cachivaches aleatorios en casi todos los cubículos: neumáticos, bidones, sacos de tejas, una hilera de bicicletas de diez marchas destrozadas, un quitanieves oxidado. Al fondo del henil había una triple ventana ojival grande y perpendicular que daba a una trémula isla de abedules. Bajo la ventana había un colchón muy viejo y Winkler fue hasta él, se tumbó y escuchó el viento contra los cristales.

Un muelle roto en algún punto del interior del colchón gimió con suavidad. ¿Qué le quedaba? La intuición de por dónde saldría la luna sobre los árboles, las siluetas tenues de las nubes. Y esa sensación que permeaba cada minuto que pasaba despierto de que había tomado demasiadas decisiones equivocadas, de que debería haber ido a la casa al final de Shadow Hill y entrado vadeando a ver si estaba allí su hija. De que debería haberla cogido en brazos y debería haber intentado subir con ella en volandas por la calle inundada.

Pero había una sensación peor: la posibilidad de que no importara lo que hubiera hecho, de que el resultado fuera independiente de la elección, de que ni la acción ni la inacción, ni la decisión importaran y su intento de tener una familia estuviera ahora muerto y no quedara nadie a quien le preocupara saber si se había rendido o seguía intentándolo.

Unió las manos encima de la cabeza y miró las nubes. La troposfera, a aquella latitud, tenía un espesor de más de diez kilómetros: un océano de aire ensordecedor y agitado. Las nubes que se desplazaban por ella eran nimboestratos, hechos de hielo, inverosímilmente azules a la luz de la luna, una colección de cristales tan delgados que uno no sentiría nada, tan solo un escalofrío en el interior de los poros, si pudiera atravesarlos con una mano.

La nieve empezaba a acumularse, volaba sobre los árboles.

Un dolor sordo le latía en el pie herido. Los escalofríos de su cuerpo se habían convertido en algo que no conseguía entender del todo, algo independiente de él, como si el núcleo único, tibio, de su ser hubiera sido colocado en una cesta temblorosa de músculos que no eran los suyos. Las hojas navegaban hacia el cristal de la ventana. Y, encima de ellas —entre ellas ya—, los primeros copos de nieve.

El viento asumió su propia voz: gemía contra la ventana, zumbaba en las esquinas del tejado; silbaba en las corrientes de aire. Susurraba sobre la oscuridad, sobre las sombras inminentes. *Déjalo ya*, decía. *Déjalo ya*. Un cristal de nieve solitario chocó con la hoja de la ventana, se quedó allí y expiró. Luego otro. Y otro.

Ya estoy destruido, quería decir. Dejadme estar.

¿Quién entre nosotros, en nuestra hora más baja, puede confiar en ser salvado? ¿Habéis amado vuestra vida? ¿Habéis valorado cada milagrosa respiración?

En un sueño el jinete entró en el granero, mientras su caballo expulsaba líneas gemelas de vapor por las fosas nasales. El jinete desmontó y se arrodilló en el suelo de madera a su lado.

—¿Puedes caminar?

Una voz de mujer. Una capucha que le ocultaba la cara.

Winkler no respondió, se daba cuenta de que era incapaz. Veía las cosas desde la distancia. El jinete no era un jinete; era una mujer con una parka, inclinada sobre el colchón. Lo levantaba por el cinturón y el cuello de la camisa y lo llevaba en brazos, con la cabeza colgando hacia delante. «¿Esa bolsa es tuya?», preguntaba la voz.

Pero tenía un caballo, ¿verdad? Los dos bajaban por la escalera de mano del henil, pasaban flotando junto a cubículos vacíos, junto a los fantasmas de caballos en cuarentena que resoplaban y pateaban sus camas de paja. Se balanceaba en los brazos de la mujer como si estuviera borracho, la piel de los labios se le desprendía, tenía los ojos casi en blanco y espectros de luz le nacían en los globos oculares y desaparecían en las comisuras.

Bajar las escaleras. Una primera bocanada de aire. La mujer —¿o era el caballo?— gruñía debajo de él. El viento soplaba entre las copas de los árboles y las hojas volaban entre los copos de nieve y el caballo salpicaba al hundir las pezuñas en el barro.

Pero no había ningún caballo. Lo estaban llevando a una camioneta. La nieve caía a ráfagas al otro lado del parabrisas. Aire caliente salía de las rejillas del salpicadero. Que lo rescataran no era algo, lo sabía, que pudiera sucederle a él. Alargó la mano y notó el flanco del caballo, la piel que recubría una costilla. Su calidez bajo la palma.

—¿Naaliyah? —preguntó—. ¿Me has cogido en brazos?

—Chis —dijo esta—. A callar.

El caballo se abrió paso por entre los árboles. Naaliyah lo dejó en el asiento corrido de la camioneta y le abrochó el cinturón de seguridad. La nieve arreció.

LIBRO QUINTO

1

Desde Eagle, Naaliyah condujo doscientos treinta kilómetros al sur hasta la clínica de Dawson City. Winkler iba desplomado contra la puerta, dormido, o algo más profundo: sumergido en una suerte de letargo. La camioneta —una F-250-cuatro por cuatro-diésel-de tres cuartos de tonelada que la universidad había prestado a Naaliyah para el invierno— derrapaba en las curvas.

En la sala de curas le pusieron una vía intravenosa en el brazo y le pidieron a Naaliyah que rellenara unos impresos que no tenía manera de completar. Dirección, compañía aseguradora, método de pago... Todo lo dejó en blanco.

—Tengo tarjeta de crédito —dijo—. Por favor.

La enfermera la pasó por el lector, le dijo que se sentara.

Deshidratación, natriuresis, fatiga extrema, giardiasis, una contusión (pero no fractura) en el pie derecho, fiebre, abrasión en las córneas... El médico repasó todo un diccionario de dolencias. Durante tres noches consecutivas Naaliyah durmió en el asiento de la camioneta. Al amanecer se internaba entre los árboles que había detrás de la clínica y observaba cómo los insectos que habían sobrevivido a las primeras nieves se ponían a hacer sus recados, vacilantes, flotando o arrastrándose nerviosos entre los parches de hielo derretido como si fueran conscientes de que aquellos eran sus últimos días y se cuestionaran el sentido de todo.

La tarde del cuarto día fue hasta la habitación y estuvo de pie mirando por la ventana cerca de media hora: el aparcamiento detrás del seto, la hilera de camiones, luego una pared de pícea. Jirones de nubes tapaban el sol y los árboles se iluminaban y oscurecían a intervalos, con mil matices de azul. Cuando se volvió hacia la cama Winkler tenía los ojos abiertos.

—¿Cómo es?

—¿Cómo es qué?

Winkler dirigió los ojos hacia la ventana.

—Llueve. No deja de llover. Pero es precioso. En el campamento hay un río. Una cabaña con un laboratorio; e insectos, claro.

Winkler asintió como si aquello fuera algo que había adivinado. Naaliyah cerró las persianas. Del otro lado de la pared llegaba el repiqueteo veloz de una máquina de escribir.

—Dicen que no lo conseguiré —dijo Naaliyah—. Los otros estudiantes de posgrado. El guarda forestal de Eagle. Joder, toda la gente que conozco en Eagle. Incluso el profesor Houseman, en Anchorage. Dicen que me desmoronaré y llamaré para pedir ayuda cuando llegue el frío de verdad.

—No te conocen.

—Pero, incluso así, tal vez tengan razón.

—Lo dudo.

Los dos guardaron silencio. Winkler cambió de postura en la cama. Al otro lado de la puerta, en el pasillo, una médico tiró al suelo una bandeja con instrumentos de metal, cucharas o escalpelos, y la oyeron maldecir y recogerlas. En el control de las enfermeras una radio chisporroteó y, a continuación, se quedó callada.

—Naaliyah —dijo Winkler—. ¿Me llevarás contigo?

Lo vistió con un chándal comprado en una tienda de segunda mano y las deportivas de Brent Royster (sin cordones, para que le entraran los pies hinchados), le ayudó a firmar un alta voluntaria y medio lo llevó en brazos a la camioneta.

Condujo deprisa. Las gotas de lluvia abofeteaban el parabrisas y caían en regueros por los bordes. Winkler seguía sin ver con claridad; las señales de límite de velocidad eran manchas de blanco, los arcenes, borrones alargados y húmedos. Tenía la sensación de que la avenida interminable de pícea se cerraba a su paso, de que avanzaban hacia Alaska como una burbuja de aire empujada a la fuerza a través del hielo y que la salida se sellaba a su espalda.

El campamento Ninguna Parte estaba a cinco horas de Dawson, cuarenta kilómetros al noreste de Eagle, en un rincón del millón de hectáreas que el gobierno llamaba Reserva Nacional de los ríos Yukón y Charley. La nieve no se había derretido y la carretera estaba embarrada. En una estación de servicio del parque formada por dos edificios tristes y marrones, Naaliyah se detuvo unos momentos y habló bajo la llovizna con un guarda forestal que le rozó el hombro y miró más allá de ella, hacia la camioneta.

Winkler apartó la vista. Al otro lado del río los árboles formaban un todo, una única mancha gris. Desde las cabañas, Naaliyah giró hacia el este y dejó el río, siguiendo un afluente por un camino irregular, en dirección contraria.

Durante una hora no vieron nada, ni las barcazas planas y oxidadas en el río a su espalda, ni siquiera estelas de aviones en el cielo, más arriba de los árboles. El motor de la camioneta se revolucionó; el camino se convirtió en poco menos que el cauce de un arroyo seco. Winkler no pudo evitar que el miedo naciera de nuevo en su pecho. Pensó en Idaho, en la tormenta de relámpagos formándose en el aire; pensó en la noche que había pasado en el mar, aferrado a la bancada rota, las hordas de estrellas arremolinadas en lo alto.

Al cabo, el camino los escupió en un claro: un cobertizo, una cabaña con una única ventana alargada y una puerta, musgo en el tejado, leños sin cortar apilados contra las paredes exteriores. Winkler parpadeó desde detrás del parabrisas.

—¿Hemos llegado?

Naaliyah asintió con la cabeza. La camioneta chasqueó; la llovizna caía ligera sobre el tejado.

—Vamos —dijo.

Winkler respiró y trató de serenarse. Al salir de la camioneta notó los ojos secos y llenos de arena. Incluso desde el claro, a seis metros de distancia, oía los insectos que había dentro, un zumbido implacable, genital casi.

Había una única habitación de tres por cinco y los bichos ocupaban tres cuartas partes. En todas las paredes relucían estantes con insectarios: cajas tradicionales de cristal; cartones de leche tapados con estopilla; árboles de tubos de ensayo taponados con algodón; peceras llenas de mantillo; tarros de potitos; macetas envueltas en mosquiteras cónicas; media docena de otras clases de contenedores que Winkler, con sus ojos miopes, no pudo identificar. Naaliyah se movía entre ellos abriendo tapas, murmurando cosas que Winkler no lograba oír. Había un olor a fruta pasada, húmedo y pegajoso.

Los muebles parecían dispuestos de cualquier manera: una mesa hecha con borriquetas y un tablón, un catre envuelto en una mosquitera, dos sillas, una estufa de leña, un quinqué.

Winkler se instaló en el catre. Le dolían los globos oculares.

—Terminas acostumbrándote al ruido —comentó Naaliyah.

Pero a Winkler le pareció que el clamor subía de volumen, crecía más y más: mandíbulas que crujían, alas que vibraban, chasquidos húmedos como de algo muy grande siendo masticado.

Trató de asentir con la cabeza.

—Creo que voy a cerrar los ojos —dijo.

2

No se levantó en dos días. Naaliyah se desplazaba a su alrededor. Le ponía el pie en remojo, atendía los insectos, apilaba más y más leños contra las paredes de fuera. Cada noche se tumbaba en una manta en un rincón para dormir unas pocas horas.

Era como si su vigilia en el cobertizo de las barcas, décadas atrás, hubiera empezado de nuevo. En sus momentos más lúcidos, Winkler se preguntaba si, tarde o temprano, todo ocurría de nuevo, si la vida consistía en una serie de patrones repetidos: la cicatriz en su rodilla; ahora una herida en el pie. Vistas desde arriba tal vez las vidas eran como matrices de color, bufandas en un telar. Se preguntó: Cuando salí de aquel pueblo y me dirigí al aeródromo, ¿tenía la intención de volver? ¿O intentaba, como hice con la barca de remos de Nanton, dejar que el mundo me llevara con él?

Una ventana en un granero; una corriente tras un arrecife. Las dos terminaron por devolverlo, como pescadores que aspiran a algo mejor. Salvado, cuidado de nuevo. ¿Y con qué fin?

Los insectos gruñían y zumbaban. Naaliyah les daba cucharadas de gachas de avena.

—Me siento como uno de los astronautas de Einstein —dijo—. El que viaja a la velocidad de la luz y luego vuelve a la Tierra y todos sus conocidos han envejecido y muerto. ¿Qué le queda? ¿Una nieta? Pero es tan mayor que no se acuerda de él.

Naaliyah frunció el ceño.

—No digas tonterías.

Winkler se dio la vuelta debajo de la mosquitera. Los grillos de Naaliyah cantaban sin pausa como una multitud de temporizadores de cocina en cuenta atrás. Y el olor: a conchas de caracoles abandonadas al sol. Cuando se despertaba, a menudo necesitaba un minuto entero para recordar dónde estaba.

Intentaba ver a Naaliyah con claridad: un reflejo de la luz en su pelo, el olor a puré de plátano de sus manos (una pasta que le daba de comer a los escarabajos), un cambio en la temperatura cada vez que cruzaba la habitación. A veces era difícil creer que estuviera allí de verdad, en el espacio que lo rodeaba, a miles de kilómetros del lugar en que la había visto por última vez, como si San Vicente y sus islas exteriores hubieran sido un sueño del que ninguno podía salir, una pared erigida entre dos lugares y tiempos; como si Naaliyah fuera todavía una niña, subida a sus hombros, bajando la cabeza para esquivar una rama. No podía también —de manera simultánea— ser aquella mujer adulta, competente, una joven bióloga que arrancaba larvas de un palo podrido con una navaja.

Sin embargo, allí estaba, no era un fantasma ni una alucinación, sino *real:* una mano en su tobillo, agua cayendo de un cubo, un hervidor arañando la estufa. Había conseguido colarse por algún resquicio, un desgarrón en el tejido, una intersección en el borde de las cosas.

Por la ventana veía un tanque de gasóleo con ruedas oxidado por los bordes y un generador ruidoso con una cubierta de madera. A cuarenta y cinco metros detrás de ellos había un pequeño cobertizo de la mitad del tamaño de la cabaña atestado de leños sin cortar. Aquel sombrío conjunto constituía la totalidad del campamento Ninguna Parte: cabaña, cobertizo, generador y un inodoro portátil resquebrajado y asediado por mosquitos, todo en un claro pantanoso rodeado de millones de pinos enanos.

—¿Esto es Canadá? —preguntó con la frente pegada a la ventana—. ¿Es Estados Unidos?

—Es Alaska —dijo Naaliyah, y levantó la vista de su trabajo—. La frontera cae al este del río. Ahí. —Señaló por encima de su hombro—. La pasamos al venir, ¿no te acuerdas? La afeitan, una extensión de diez metros y la siegan entera hasta llegar al océano Ártico.

Piojos fermentando en un frasco de mayonesa; orugas árticas escalando las paredes de una pecera; dos docenas de mosquitos recubriendo el espacio entre el puño de una camisa y un guante. Naaliyah sostenía una lupa sobre sus caras extrañas, intrincadas; dejaba que le cruzaran la garganta, le atravesaran la camiseta.

Treinta y un años, y ya se sentía más cómoda con insectos que con personas; eran químicamente más predecibles, estaban más elegantemente diseñados. Diez mil millones de insectos por cada kilómetro cuadrado de superficie terrestre —un millón de hormigas por cada persona— «y los humanos», garabateaba en el margen de un libro de texto, «creen que dominan la Tierra».

A medio camino entre la cabaña y el cobertizo había una enorme mesa trapezoidal combada por efecto de lluvias y heladas, y una silla de oficina con el relleno rasgado. Ahí era donde Naaliyah trabajaba, en casi cualquier condición atmosférica, sentada delante de una hilera de botellas con especímenes, con guantes y una red de cabeza para protegerse de los mosquitos. Allí arriba, decía, las cosas eran más sencillas, el número de especies menor, le resultaba más fácil concentrarse.

Pero seguía siendo una romántica, podía pasarse una mañana entera observando las acrobacias de una araña de jardín hilando seda; o una pupa masticando las costuras de su crisálida. De noche cerraba los ojos e imaginaba: más de cien mil millones de insectos que incubaban y morían cada año, todas esas existencias hirsutas, puntiagudas, aladas: asesinos y saqueadores de huevos, cooperantes y reinas. Estaban las glamurosas libélulas y las temibles viudas negras; hormigas esclavistas, mariposas monarca migratorias; la delicada mantis masticando a su amante; libélulas haciendo el amor a cincuenta kilómetros por hora... Las puntas de lanza de la entomología.

Pero últimamente se había vuelto una fanática de las multitudes lumpen: larvas enanas y gusanos cilíndricos, piojos diminutos, termobias, ácaros no mayores que semillas de amapola que soportaban inviernos de nueve meses como lascas de hielo atrapadas bajo la nieve. Los insectos de menor tamaño progresaban atiborrándose y a trompicones hacia la metamorfosis, estaban diseñados con la misma pureza que cualquier otra cosa sobre la tierra. Ni los árboles, ni los alces, ni la venus atrapamoscas, ni los humanos: ninguno había perfeccionado tal singularidad de propósito, tal diversidad de presentaciones. Al lado de una mosca común, le dijo Naaliyah a Winkler, un avión de combate resultaba embarazosamente inepto. Una hormiga tenía la fuerza de cuatro elefantes.

Su mesa, decidiría más tarde Winkler, era casi como un gran insecto: el caparazón abarquillado centelleando al sol, las patas flexionadas como si fuera a saltar en cualquier momento.

Naaliyah cortaba leña y calentaba estofados; tomaba apuntes, traía agua del arroyo, cazaba nuevos especímenes en el bosque: *Upis ceramboides* bajo una corteza podrida de alerce; un grupo de pupas de *Pogonomyrmex* atrapadas en la cámara de un hormiguero. Su tesis intentaría ser un estudio de la hibernación: hipobiosis frente a tolerancia a las heladas, cómo las especies nativas y no nativas de Alaska reaccionaban a las fluctuaciones de temperatura: por qué, dónde. ¿Qué desencadenaba la evacuación de agua cada otoño, qué desencadenaba la creación de glicerol y de proteínas anticongelantes? ¿Cómo afectaba el calentamiento de las temperaturas de la región a la reproducción? Cuando llegara el invierno, dejaría que el pequeño cobertizo de madera se enfriara (también tenía allí insectos, metidos en terrarios, en dos estantes metálicos), mientras que usaría el generador, lámparas de luz infrarroja y la estufa para mantener calientes los insectarios de la cabaña principal.

En el cobertizo, los pequeños animales se enfrentarían al invierno como de costumbre: la larga helada, la muerte o la hipobiosis: un experimento de referencia sobre el curso natural de las cosas. Pero en la cabaña a sus insectos les sería concedida una amnistía: calor, luz, alimento. Cómo reaccionarían en yuxtaposición con el grupo de control sentaría, eso esperaba, los cimientos de su estudio.

Winkler se levantaba cada seis horas para ir tambaleándose al inodoro. Después de siete días Naaliyah se acercó a él con una bolsa al hombro e hizo sonar las llaves de la camioneta en el bolsillo.

—Llega el invierno —dijo—. Este fin de semana. Voy a Fairbanks a coger algunas cosas. Puede que esté fuera unos días.

Winkler se sentó. Desprendía un olor, viejo y empolvado. Desde dentro de la mosquitera y sujetándose las sienes miró a Naaliyah como un soldado ebrio y con malaria.

—Estoy bien —afirmó—. Me encuentro mejor.

—Vale. —Se miraron a través de la barrera de la red—. No —replicó Naaliyah—. No estás bien. Casi no puedes ponerte de pie. No soy enfermera, David. ¿Qué pasa si te pones enfermo? Ya tengo bastante trabajo.

Winkler se llevó la base de las manos a las cuencas de los ojos. Llevaba días obligándose a dormir, una y otra vez.

—Están muertas —dijo.

—David…

—Mi mujer y mi hija están muertas.

—¿Lo sabes? ¿Con seguridad?

—Sí. No.

Intentó explicar: la esquela de Sandy, su última dirección en Boise, cómo las posibilidades se habían ido extinguiendo una a una.

—Así que te has rendido. Después de solo una lista. ¿Sin intentarlo ni siquiera en Anchorage?

Winkler negó con la cabeza.

—No. No.

—Sí. Sí lo has hecho. Te has rendido.

Naaliyah hizo girar las llaves en el bolsillo y miró a través del prado hacia la camioneta. La cazadora azul acolchada que llevaba puesta, se dio cuenta Winkler, era la parka que le había regalado Félix cuando dejó las Granadinas. Se preguntó dónde estaría Félix en aquel momento, con su gorro de lana y los dedos con cicatrices de quemaduras. Dando la vuelta a algo en una sartén, tocando el cuello de una botella, el cuello de su mujer.

—¿Qué ha pasado con tus cuadernos? ¿Qué hay de tu libro?

Winkler negó con la cabeza.

—Tuve que quemarlos. De pronto todo me resultó inverosímil.

—No te rindas, David. Agota las posibilidades.

Winkler se cogió a los bordes del camastro y se inclinó hacia delante.

—¿Alguna vez has deseado algo mucho? ¿Tanto que no puedes dormir, tanto que te duele todo el cráneo? ¿Pero el caso es que ni siquiera sabes si eso que deseas es posible? ¿Ni siquiera sabes si alguna vez podría ocurrir? ¿Y está por completo fuera de tu control?

—Estás hablando de fe.

—Yo no pedí esto. No pedí nada de esto.

Naaliyah estuvo callada largo rato.

—Tengo que llevarte conmigo, David. A Fairbanks. La carretera no tardará en cerrarse. Hasta abril.

—Pensaba que podía quedarme.

Naaliyah apartó la vista. Negó con la cabeza.

—Podría ayudarte. ¿Vas a estar aquí sola?

—David, aquí va hacer frío. Mucho frío. ¡Y no tienes más que unos pantalones de chándal, por Dios!

Winkler no se movió. Intentó no apartar la vista.

—¿Adónde iré?

Naaliyah respiró y se pellizcó el espacio entre los ojos. Llevaba cinco meses preparándose para aquel invierno. ¿Estaban allí las respuestas a las preguntas de Winkler? ¿Detrás de los rostros impenetrables de polillas y larvas del botón floral?

—Necesitarás ropa para la nieve. Y más comida. Necesitamos mucha más comida.

—Tengo dinero.

—Y deberás levantarte, dar de comer a algunos de los insectos. Hay instrucciones en la parte de arriba de las cajas. Las soluciones están en el armario. Cambia el agua de todas las plantas. Y pon un algodón mojado dentro de cada insectario todas las mañanas. Para las orugas, hojas frescas, si las encuentras. Las arañas estarán bien, creo.

—Un algodón mojado.

—Para mantener la humedad.

—Vale. —Asentía frenético—. Eso lo puedo hacer.

—Volveré en unos días. —Naaliyah lo estudió—. Esto es una mala idea, ¿verdad? Dime que no es una mala idea.

—No es una mala idea.

—Vale —dijo Naaliyah. Fue casi un susurro.

La vio cruzar el prado hasta la camioneta. El sol flotaba encima de las copas de los árboles, pálido y delgado. Apareció una nube tardía de mosquitos iluminada en un haz de luz, cada uno elevándose y bajando independientemente, como una marioneta infinitesimal.

3

Dentro de su bolsa deshilachada había tres conchas de nerita, dispuestas espira contra espira en un pliegue del fondo. Pasó un dedo por sus aberturas. En cierto modo eran como sueños, por su compactibilidad, su delicadeza, la impresión que daban de ser completas e incontrovertibles.

Cambió de postura en el catre. Los grillos chillaron. Me levanto en un minuto, decidió.

Pero no lo hizo hasta la noche. Salió de la mosquitera y consiguió abrir una lata de atún y comerse su contenido con una cuchara de plástico.

Los grillos de Naaliyah pasaron toda la noche formulando la misma pregunta urgente: *¿cri-cri?*, *¿cri-cri?*, pero justo antes del amanecer se callaron abruptamente, como si por fin hubieran encontrado respuestas, o expirado a causa del esfuerzo.

Silencio. Acostado, Winkler trató de escuchar, pero no había nada que escuchar. La sangre circulaba despacio por sus oídos. Pensó: Ojalá los grillos empiecen otra vez. Pensó: Una persona podría volverse loca aquí.

Rebuscó en un cajón hasta que sus dedos encontraron la lupa de Naaliyah. Con el ojo izquierdo pegado a la lente y acercándose al máximo a la zona de enfoque, podía ver lo que tenía muy cerca: las rayas de la palma de la mano, el grano en la pared. Fue de jaula en jaula, escudriñando.

Las orugas habían abierto un agujero en su jaula de malla; las hormigas salían de un tubo de ensayo y buscaban sistemáticamente alimento debajo de la estufa. Una docena de escarabajos pálidos yacían muertos boca arriba en la mesa.

En la cama había tijeretas; debajo de las sillas, arañas. Varios insectarios que debían de haber estado ocupados recientemente ahora se encontraban vacíos.

Tiritó. ¿Era aquel el estado normal de las cosas? Las anotaciones de alimentación de Naaliyah eran muy sencillas: solución de azúcar en cuentagotas, fruta magullada, copos de avena o salvado de trigo en platos. Más complicadas eran las criaturas que comían insectos vivos: tenía que coger un grillo o una polilla con pinzas y dejarlos caer en una jaula vecina. La polilla fue lo peor: la atrapó con una red de acuario en miniatura y la sacudió para que cayera en un frasco que contenía una mantis religiosa. Con la lupa miró cómo la mantis atacaba, invisiblemente veloz, y con su boca redonda lamía una gota de líquido de la cabeza abierta de la polilla; las alas de esta vibraban aún, un polvo gris manchaba las patas delanteras de la mantis, las de la polilla seguían aferradas a su abdomen como un amante confuso, decapitado.

Estaba rodeado de docenas de horrendas tragedias que a cada minuto alcanzaban su momento culminante: evasiones, guerras, emboscadas. Si escuchaba con atención, ahora sí los oía: masticar, escupir, cloquear. Se horrorizaba, se le revolvía el estómago. Apartaba la lupa y dejaba que el mundo se desdibujara.

Cuando terminó en la cabaña principal fue al cobertizo. Había madera en cada centímetro cuadrado del lugar y también apilada fuera. Allí, apelotonados entre los leños, los insectos parecían más tranquilos, adormecidos tal vez por el aire frío, más seguros ya de su final inminente. También había menos mosquitos, como si fuera un territorio que aún no habían explorado. Una corriente de aire se colaba por entre los resquicios de la madera. El aire olía a pícea.

Aquella noche no se acostó en la cabaña, sino en el cobertizo, entre los estantes, en una estrecha cama hecha de ramas cortadas y pieles mordisqueadas por escarabajos: de reno, quizá, o de alce. Dejadas allí por un inquilino anterior, o un minero, o un trampero. Era extraño pensar que los animales mismos no habían sido más que inquilinos, también, invitados dentro de sus abrigos.

Cuando llegó el frío, colándose por los intersticios como un pariente líquido, trató de imaginarlo como algo purificante: una limpieza, una ablución.

Por la mañana cogió un palo alargado de la pila de leña y entró en el bosque. Pícea, algún sauce y lo que parecían álamos de Virginia. Abedules y alisos en hileras. Se preguntó si habría osos por allí y recordó los cuentos de frontera de su infancia, osos grizzly heridos que daban zarpazos a cazadores, buscadores de petróleo que cruzaban los ríos a zancadas y se les congelaban los pies. Pensó: Aquí siempre ha habido vida. Durante milenios. Como en todas partes. Su aliento apareció delante de él. Se limpió el dorso de la muñeca y contó nueve mosquitos muertos en la palma de la mano.

A lo largo del borde del prado había un arroyo que se abría paso a través de unos cientos de metros de hojas y ramas caídas y turba hasta un estanque pequeño y negro. El estanque, a su vez, se filtraba despacio por una maraña de árboles descoloridos, colina abajo, hasta una vía fluvial mayor: estrecha y saltarina, tan límpida que se veían los guijarros.

Se inclinó sobre la orilla y se aclaró la cara y las manos. El agua sabía a cobre. Apoyó las manos en el fondo y sintió cómo los guijarros cambiaban de sitio bajo sus palmas, cómo la sangre retrocedía muñecas arriba.

A menos de un kilómetro encontró una interrupción en los árboles desde la que podía ver el paisaje al oeste, crestas sucesivas hasta el horizonte, a sus ojos poco más que manchas de color: el interior de Alaska. Ni casas ni luces, ni antenas, ni torres de vigilancia contra incendios. En algún lugar más allá de todo ello, a ochocientos kilómetros, estaba Anchorage.

Incluso sin las gafas Winkler veía que aquel lugar tenía su propia luz: pálida pero brillante, siempre menguante, algo parecido a la luz que veía reflejarse en la cordillera de Alaska desde la azotea de su juventud.

Oyó a los árboles moverse y apartarse, un sonido de respiración.

Cuando volvió a la cabaña, Naaliyah estaba descargando cosas de la camioneta.

—La próxima vez deja una nota —dijo.

Su aspecto era limpio, recién lavado.

—Estaba intentando poner el pie en forma otra vez.

—Pero deja una nota.

Traía más leña, sacos de arroz y azúcar, un traje de nieve y una parka para Winkler. Detrás de la camioneta había una moto de nieve color marrón en un remolque que Winkler ayudó a soltar y a arrastrar detrás de la cabaña. Trabajaron juntos todo el mediodía, descargando cosas y almacenándolas. Naaliyah miró el colchón improvisado en el cobertizo, pero no hizo ningún comentario al respecto.

Unas pocas horas después de anochecer, Winkler aclaró su taza y fue a la puerta.

—No vas a dormir ahí fuera.

—Estaré bien.

—Te vas a congelar.

—Hay unas pieles viejas.

—Va a hacer frío, David. No sabes cuánto.

—Me da igual el frío.

—David.

—Estaré bien.

—Hacia la medianoche estarás en la cabaña.

—Ya veremos.

Naaliyah suspiró.

—Por lo menos coge esto. —Le alargó un paquetito de fieltro. Dentro había unas gafas—. No sabía qué graduación tienes, claro. Pero sí que eres miope. Así que...

Winkler las sostuvo un momento, estudiando los cristales.

—Me dijo el médico que no fue nadie a recogerlas.

—Gracias. Muy considerado de tu parte.

—Bueno —dijo Naaliyah—. De nada.

Winkler abrió la puerta y cruzó el prado. Se metió en su cama improvisada y se subió las pieles hasta el cuello. La luna enviaba su luz por entre los resquicios de las paredes del cobertizo. Una polilla aleteaba suavemente contra el cristal de su jaula.

4

Las gafas, milagrosamente, servían. Eran una cosa ancha de montura de aluminio, le pesaban en la nariz y el centro de los cristales no coincidía exactamente con el de sus pupilas, de forma que hacia el mediodía un dolor pertinaz se le instalaba en la frente. Pero veía. En los atardeceres y amaneceres, cuando la luz era suave, todo se volvía momentáneamente nítido: la belleza de la pícea, la luz que se filtraba entre las agujas de pino. Incluso podía leer un poco, unos cuantos párrafos de uno de los textos de entomología («el órgano subgeniano, órganos cordotonales conjuntos, sensilios mecanorreceptores campaniformes, como los órganos de Johnston en las antenas, pueden usarse para detectar esas señales vibratorias») antes de notar los ojos como si los estuvieran obligando a mirar en direcciones opuestas y el dolor de cabeza se reafirmara.

Volver a ver —discernir un árbol o una cara o una nube con un grado de nitidez aceptable— era como una forma diminuta de renacer, un avance minúsculo, pero que bastaba para despertar la felicidad en su corazón, la dicha de reconocer cosas, una mejora en su relación con el mundo.

Cada mañana Naaliyah se levantaba antes que él y se ponía a escribir en su mesa de exterior con una linterna frontal de pilas sujeta alrededor de la mosquitera de cabeza. Winkler la veía presionar el aguijón de una avispa contra la yema de su dedo meñique, liberar con cuidado la avispa y tomar notas con la mano izquierda mientras el aguijón latía y eyaculaba en la derecha.

Intentaba quitarse de en medio: cortaba leña y traía agua, y paseaba junto al río. Cada noche se bebía una taza de té con ella junto al fuego, cercados por los insectos, luego daba las buenas noches y se iba al cobertizo a dormir.

Los viernes Naaliyah se llevaba la camioneta a Eagle para recoger el correo y llamar por teléfono al profesor Houseman en Anchorage. Enfilaba la precaria carretera después del amanecer y Winkler caminaba hasta el hueco entre los árboles que había encontrado: los faros bordeaban el valle como dos chispas, las grandes hectáreas opacas del Yukón que estaba detrás se prolongaba sin fin. A veces, si hacía viento, ramas o árboles enteros caían y quedaban atravesados en el pequeño sendero de grava durante las horas en que Naaliyah había estado fuera y Winkler la oía encender su sierra mecánica —el ruido creciente y decreciente, como de masticar—, mientras cortaba el árbol para poder pasar.

El aire se volvió más frío. Cada vez anochecía antes. En el contorno, la presencia de la nieve era más permanente. Y los mosquitos empezaron a expirar; Naaliyah limpiaba una pelusa gris de su mesa por las mañanas.

Durante el verano, le explicó, la universidad pagaba a hombres en Eagle para que transportaran leña al campamento Ninguna Parte, carga tras carga en camiones. Cuando

Naaliyah bajaba el hacha, esta atravesaba limpiamente los leños, como si ya estuvieran cortados. Cuando la bajaba Winkler, le rebotaba, hasta los dientes casi, o le llenaba la cazadora de astillas. La madera aquel año no era muy buena, dijo Naaliyah, en su mayor parte haces delgados de pícea y alisos, y no demasiados alerces (escudriñó los leños cortados en busca de larvas de moscas de sierra). ¿Cómo sabía todas esas cosas?, se preguntaba Winkler. ¿Dónde las aprendía? Lo único que le daba miedo, al parecer, era el frío, y no dejaba de darle vueltas al tema como si, al igual que para sus insectos, su llegada fuera a señalar su fin.

Cuando se ponía el sol, la luz del quinqué de la cabaña se mezclaba con la de las lámparas de calor y creaba un naranja zanahoria, casi chillón, un resplandor que se escapaba no solo por la ventana empañada, sino por las rendijas en las paredes, también, y por entre los montones de leña apilados alrededor de estas, hasta que en las horas más oscuras parecía que la cabaña tuviera un sol diminuto atrapado dentro que ardía toda la noche. Winkler cruzaba el prado de camino al cobertizo y pisaba haces alargados de luz naranja mientras su sombra se deslizaba a su lado, antigua y enorme.

El cobertizo, en cambio, se volvía más oscuro. Ya estaba en silencio, las hormigas adormecidas en sus tubos de ensayo, las avispas acalladas, toda la estructura en penumbra y en sombras excepto por la vela ocasional de Winkler que parpadeaba pequeña y blanca en el espacio entre pilas de leña. Había tanta madera allí, pensó, que bastaría para tres inviernos, pero Naaliyah no paraba y cortaba troncos al doble de velocidad que él, en camiseta y con los brazos cubiertos de serrín.

Las currucas se habían ido. Ningún avión surcaba el cielo.

Cerraba los ojos y veía a Félix y a Soma rezando antes de comer en su mesa plegable; veía el tocadiscos de Brent Royster girar sin parar; veía la fotografía de Sandy deshilacharse en sus manos. Veía a Naaliyah alejarse caminando del hotel —no con treinta años, sino con dieciséis—, sus corvas limpias y desnudas, sombras atravesándola como agua.

Empezó a comprender cómo cambiarían las cosas: los insectos del cobertizo se habían casi rendido, instalándose en un largo sueño o entregándose a la muerte. Su ciclo natural se cumplía, el silencio y el frío abominables de aquel laboratorio sin aislar, los millones de candelas distantes de las estrellas.

5

En noviembre empezó a helar. Comenzó primero en huecos y nichos de las rocas más altas, donde el liquen se recubrió de formaciones de escarcha, y la tierra acumulada se oscureció y endureció al tacto, como si el suelo se contrajera, se pusiera rígido como piezas de armadura uniéndose en la espalda de un animal titánico. Los mosquitos desaparecieron por completo y el abedul y el alerce renunciaron a sus hojas de una sola vez, las soltaron al viento como desesperados por deshacerse de ellas. Pronto el cobertizo del retrete se congeló, lo mismo que los márgenes del río, mientras el centro fluía en un fango viscoso y las piedras se cubrían con gorros hechos de hielo. Cada mañana encontraban insectos tiesos en el antepecho de la ventana, sobre todo abejas y moscas.

Hacia mediados de mes los sonidos del Yukón al congelarse —profundas reverberaciones metálicas, como si un Goliat detrás de una colina cercana no dejara de doblar una lámina de hojalata— llegaban a todas partes, rebotaban en las colinas y parecían alojarse en huecos invisibles, para salir en espiral solo minutos más tarde, de manera que el aire estaba lleno, siempre, del rumor misterioso, a la deriva, del agua transformándose en hielo.

Naaliyah recortaba pedazos de hielo de pequeños cenagales en el bosque y les daba la vuelta. Debajo había zapateros. Larvas retorciéndose, macroinvertebrados. «Asombroso», le decía a Winkler, y le enseñaba el botín: una taza de hielo derretido oscurecida por pequeños nadadores: lombrices de hielo; las larvas de enormes mandíbulas de hormiga león.

Bolsillos de vida entre tanta helada. Era como si el hielo los obligara a acercarse los unos a los otros en comunidades cada vez más estrechas y los apremiara a encontrar surcos y hendiduras en la inmensa armadura del invierno antes de que se contrajera.

Después de oscurecer, fuera del alcance de la luz naranja, derramada, de la cabaña, Winkler iba hasta el borde del riachuelo y escuchaba: su sonido se había espesado y endurecido. Para entonces ya estaba congelado y desbordamientos sucesivos esmaltaban su superficie. Oía el hielo retumbar en el fondo, pulverizarse al contacto con piedras, un sonido como de vasos de cristal hechos añicos dentro de una toalla. Y, más arriba, el rumor del agua líquida se había intensificado, había perdido parte de su animación, las moléculas eran reacias a renunciar a sus vínculos. Los animales se acercaban vacilantes y tímidos a beber del agua que rebosaba: ciervos, ardillas, incluso linces que en la noche eran como fantasmas grandes y lustrosos (Winkler no los veía, pero encontraba sus huellas congeladas en las orillas).

La nieve seguía avanzando por las laderas de las montañas, cubriendo simas con su manto, recubriendo los árboles más altos. Las piedras empezaron a levantarse del suelo propulsadas por empujones de escarcha, brotando de la tierra como coles extrañas, monolíticas, y descendiendo furtivas por laderas a la intemperie.

Naaliyah trabajaba más duro que nunca, casi abandonando por completo sus investigaciones para recoger leña. La apiló por todas partes; el cobertizo estaba lleno hasta el tejado y alrededor de la cabaña había un perímetro de leños de dos filas, pero aun así ella seguía fuera, arrastrando un tronco del tamaño de un barril hasta el tajo, dejando caer el hacha, clavándola en su corazón oscuro, granulado.

Cellisca como granos de arroz contra el cristal de la ventana; luego, los gránulos diminutos de nieve, píldoras de escarcha que derrapaban sobre la mesa de trabajo de Naaliyah. Después, más lluvia, y Winkler se sintió decepcionado al verla. El invierno, empezaba a recordar, era algo caprichoso y lento. Se hacía esperar.

Un domingo, hacia la segunda mitad del mes, lo despertó un concierto extraño y triste, un chirrido y un ladrido que lo llevaron hasta el prado, bajo la imposible extensión de estrellas. La superficie del estanque había rebosado y el agua nueva que brotaba empezó a helarse sobre la superficie ya congelada, y al hacerlo chasqueaba y escamas de hielo flotante se desplazaban, se cosían a una placa intacta, el vidrio se espesaba, billones de moléculas de agua se expandían y entrelazaban. De debajo de la nueva capa de hielo se escapaba un gemido triste e inquietante, como si el hielo tuviera mujeres atrapadas bajo su superficie.

Durante todo el mes el hielo murmuró y aulló y silbó. Los árboles se devolvían el eco los unos a los otros. En conjunto, el sonido era el de una herida profunda, el del invierno arrebatando inexorable la vida a las cosas. Aquella noche

Winkler se quedó en el prado escuchando como en trance —el frío, los sonidos de dolor a modo de respuesta— hasta que no pudo soportarlo más y corrió al cobertizo a enterrarse bajo sus pieles, a dormir entre los mil insectos aletargados de Naaliyah.

La noche exterior, la noche interior. Un punto en el que los sueños y la realidad podían encontrarse, donde la noche podría ser el elemento dominante del paisaje.

Sentía que la nieve se aproximaba. Notaba su sabor. Las montañas ya estaban cubiertas de un metro.

El pie derecho se le había curado todo lo posible. Era probable que quedara cojo para siempre. Cuando caminara, sería como si un pie fuera siempre un paso por detrás, como si esa parte de él se hubiera quedado en Boise, Idaho, entrando en la casa de una desconocida, manoseando sus fotografías. ¿Por qué no podía ver el camino que tenía delante? ¿Por qué no soñaba con algo que estaba por llegar, con un reencuentro, o al menos una respuesta, un atisbo de quién podía haber sido Grace?

Estaba el Datsun al fondo de un cañón; el océano que lamía sin fin el sueño de cristal de Nanton; la respiración silenciosa —inspirar, espirar, inspirar, espirar— de Naaliyah en su cama plegable. Pensó: Debería haberle dado a Brent Royster todo mi dinero. Debería haber metido un billete de cien dólares en cada uno de sus discos.

El 23 de noviembre por fin llegó la nieve al campamento. Estuvo todo el día aporreando la cabaña. Naaliyah entró, atizó la estufa y se reunió con Winkler frente a la ventana.

—¿Sabes? —dijo al cabo de un rato—. Entiendo lo que querías decir. Cómo cada cristal puede ser un prisma. Cómo está lleno de luz.

Winkler no apartó la vista de la ventana en varias horas. Durante todo el día —en realidad desde que llegó al campamento Ninguna Parte— había estado formándose en su interior una nueva sensibilidad. El más mínimo cambio en la luz o el aire le rozaba el fondo de los ojos, llegaba a membranas situadas en el interior de su nariz. Era como si, igual que una vara de zahorí humana, estuviera en sintonía con el vapor mientras este se formaba en la atmósfera, sintiéndolo: el agua que subía por el xilema de los árboles, que rezumaba de las piedras, incluso de los últimos volúmenes sin congelar, gorgoteaba en lo profundo del bosque en acuíferos enmarañados, rocosos... Todas esas aguas subían por el aire, acumulándose en las nubes, estirándose y doblándose y precipitándose... Cayendo.

Cenó de pie con la frente pegada a la ventana.

Las ráfagas de nieve no cesaron hasta bien entrada la noche. Intentó acostarse en la cama, pero tenía la circulación acelerada y la pálida luz de la noche entraba a raudales por las paredes del cobertizo y le tocaba un punto muy cercano a su centro. Sacó el traje de nieve, las botas y los guantes y salió. Habrían caído unos quince centímetros. Sus pies pisaban la nieve en silencio (el esqueleto de hielo, lo llamaba uno de sus profesores, ese andamiaje poco consistente de nieve recién caída, cristales individuales redibujándose como un estarcido; con ayuda de una prensa de tornillo, el profesor había comprimido una rebanada de pan de molde en un cubo de cinco centímetros para demostrar cuánto aire había atrapado dentro).

El aliento de Winkler subía en forma de volutas hasta sus gafas. El valle entero estaba envuelto en una quietud inmensa, iluminada. Las nubes se habían retirado y el cielo ardía de estrellas. El prado llameaba de luz y la pícea se había transformado en reinos iluminados con nieve que pasaba de una rama a otra. Pensó: Esto ha estado aquí cada invierno de mi vida.

Paseó junto al río hasta casi el amanecer, con los pies y las manos doloridos por el frío y el corazón en la garganta. El cielo se teñía de verde oliva pálido por el este, Naaliyah seguía dormida en el catre cuando volvió a la cabaña y se sacudió la nieve de las botas. En los estantes del fondo, donde Naaliyah guardaba sus instrumentos, lo sabía, había un microscopio, un Bausch & Lomb Stratalab inclinado, probablemente de hacía cuarenta años, con brazo de bronce y revólver.

Lo sacó a la mesa de Naaliyah. Limpió la nieve de la superficie, encendió la luz del microscopio (una bombilla de seis voltios con alimentación de pilas situada detrás de la platina) y, temblando, acercó una de las lentes de sus gafas al ocular.

Funcionó. Hubo un disco de luz blanca con unas motas de restos como comas negras diminutas.

Empezó por una aguja de pícea, algo grande, algo sencillo. Cerró la abertura de la fuente de luz, giró el tornillo. Y allí estaba: romboide, más pálida en los dos planos inferiores.

No pudo contenerse: sacó el cristal portaobjetos y trasladó a él los terrones de unos cuantos copos de nieve. Luego lo colocó en la platina.

Fue como retroceder en el tiempo. Mil enlaces congelados, estructuras de hielo diminutas, incuso la rama cortada de una dendrita individual… Todo apareció en su memoria inmenso e iluminado desde detrás, como un olor: a menta molida, a la loción hidratante de su madre. Era como si el tiempo fuera maleable y pudiera, por un momento, convertirse otra vez en un estudiante universitario delante de la nevera de la cafetería, habiéndose desprendido de todos los años sucesivos como de un abrigo viejo. Como si la nieve hubiera estado esperando todo ese tiempo para volver.

Necesitó todas las horas de luz restantes —entonces eran solo cuatro y media— para localizar un cristal de nieve individual. La nieve empezaba a envejecer, a cuajar; tenía frío, los dedos y el aliento torpes y los ojos se le cansaban enseguida. Pero consiguió encontrar uno cuando caía de un árbol —estrellado, con las clásicas láminas sectoriales— y recogerlo con una aguja de pícea y transferirlo, casi intacto, al cristal portaobjetos.

Cuando lo enfocó con el objetivo y el cristal tembló y, a continuación, cobró nitidez, sintió la vieja chispa: seis dendritas que partían de un núcleo hexagonal y rematadas en crestas. La adrenalina le fluyó por todo el cuerpo. Su aliento deshizo el copo; se inclinó y empezó a buscar otro. Cuando salió Naaliyah y le ofreció una taza humeante, Winkler temblaba de tal modo que se derramó el té en las mangas.

Naaliyah lo persuadió para que entrara. Desde debajo de sus pieles vio cristales de nieve en la parte interior de los párpados. Como pájaros que levantan el vuelo, los recuerdos acudieron a su consciencia: el sonido del ventilador del frigorífico de la cafetería que cascabeleaba como si tuviera hielo atrapado en las aspas; la huella de la bota de Sandy congelada que había recogido y guardado en la nevera; el olor fresco a algodón lavado de su madre. Vio la delgada forma de Sandy sentarse en una butaca de cine; vio a su madre coger su uniforme de enfermera de una percha y extenderlo sobre la tabla de planchar, oyó su plancha de vapor succionar y suspirar cuando la pasaba por la tela.

Pensó en Wilson Bentley, cuyo libro sobre copos de nieve guardaba su madre debajo de la mesa baja, y en el sonido que hacían las páginas cuando esta las pasaba.

Treinta y seis horas después de la primera nevada cayó una segunda como una nube de estrellas, llenando los árboles. Winkler fue hasta el claro y capturó copos con un recipiente de plástico negro que usaba Naaliyah para clasificar hormigas. Cuando atrapaba uno que pensaba que podía ser un cristal intacto, lo trasladaba con mimo al cristal portaobjetos con otra de las herramientas de Naaliyah: unos fórceps en miniatura pensados para un relojero.

Cilindros huecos, columnas prismáticas, docenas de elaboradas dendritas estelares... No tardaron en aparecer todos los patrones de su juventud, todos derritiéndose deprisa bajo sus ojos y el calor de la luz del microscopio.

Con cada cambio de temperatura o de humedad las formas de los cristales variaban ligeramente, como termómetros ajustados a la perfección. Los imaginó creciendo en las nubes, la precipitación de las primeras moléculas, el viento que les provocaba ligeras variaciones de temperatura, cada brazo prismático que crecía... Lo invisible hecho visible. No se cansaba de ellos, de observar cómo la luz atravesaba sus brazos, espectros enteros de azules y verdes y blancos, los bordes blandos ya, marchitándose para convertirse en agua.

Cuando oscureció, fue a la cabaña y se sentó con Naaliyah delante de un cuenco de fideos.

—¿Sabes —dijo Naaliyah— que en alguna parte tengo un kit de micrografías para ese microscopio? No lo he usado, pero seguro que tú consigues que funcione. Lo único que necesitas es película.

Winkler dejó de masticar.

—¿Para hacer fotos?

—Claro.

Se puso de pie.

—¿Puedo hacerlo? ¿Sabes cómo funciona? ¿Me encargarás carretes para la próxima vez que vayas al pueblo?

—Claro. —Naaliyah rio—. Claro que sí.

Hizo el pedido por radio y nueve días después lo recogió en la oficina postal de Eagle y lo llevó al campamento junto con la ropa de la lavandería y productos perecederos. Cartuchos Polaroid de veinticuatro por treinta y seis milímetros en paquetes de veinte. A Winkler le temblaron las manos cuando tuvo que rasgar el envoltorio. Los cartuchos eran grandes y el frío los volvía quebradizos y dobló dos antes de conseguir meter uno en la ranura para la película.

Estos no eran los únicos obstáculos. Necesitaba más luz —no quería aumentar el voltaje de la bombilla diminuta de la base del microscopio por miedo a que los cristales se derritieran todavía más rápido—. Necesitaba manos más firmes; necesitaba una vista mejor. Necesitaba más luz diurna, ya apenas duraba. Y su aliento resultó ser un impedimento importante: si respiraba en dirección al cristal, este se volaba, o se le reblandecían los bordes; si respiraba mientras intentaba sujetar la cámara, esta se movía y estropeaba la imagen.

Al final terminó corriendo por la nieve tratando de captar segundos. Tenía que esperar a que nevara, luego localizar un cristal entre los miles de millones de agregados que caían. Luego —si encontraba uno—, tenía que trasladarlo intacto a un cristal portaobjetos, situar este bajo el microscopio, enfocarlo con la cámara, alinear la película y calcular una longitud de exposición apropiada.

El primer día hizo cuatro exposiciones. El segundo, seis. Ninguna salió, todas quedaron como un campo negro con un pulcro borde blanco.

No se desanimó en absoluto; al contrario, Winkler se sentía en la cúspide de alguna cosa, un descubrimiento, una lección que necesitaba profundamente aprender. En su interior las cosas se abrían, se licuaban, o se aclaraban, algo parecido a la imagen cada vez más precisa de un cristal cuando cobra nitidez bajo el objetivo de un microscopio.

Ropa interior larga, dos pares de calcetines de lana, dos camisetas de lana, vaqueros, chaleco de plumas, pasamontañas, guantes y el traje de nieve: segunda, tercera, cuarta piel. Naaliyah tenía termómetros en varios de los insectarios del cobertizo, pero Winkler decidió que sería mejor si no los miraba. La temperatura bajaba en ocasiones de los veinticuatro grados bajo cero. La nieve que caía era fina y perfecta como harina.

El frío y la oscuridad se convirtieron en el estado natural de las cosas. Huellas de marmota escritas en la nieve alrededor de la cabaña; cuervos en árboles, la estufa que gemía y crepitaba a medida que la leña de la mañana la calentaba. A veces el sonido del Yukón, acomodándose bajo el peso del hielo —la última agua del valle en congelarse—, resonaba por todas partes, un colapso grande, interno, como si hubiera enanitos detonando cosas bajo la superficie de la tierra.

En la cabaña, los insectos seguían tan hambrientos como siempre, algunos confundidos por las luces artificiales de Naaliyah, incluso cantaban. Pero en el cobertizo casi todos habían desaparecido. Naaliyah llenó de nieve algunas de las jaulas para aislarlas.

—Siguen ahí —le dijo a Winkler mientras daba golpecitos a un frasco para conservas y su aliento en forma de vaho se congelaba en contacto con el cristal—. Lo que pasa es que están en diapausa.

Dedicaba mucha energía a preocuparse por el generador, hojeaba con cuidado el manual, recorría las frases con el dedo. Cada mañana comprobaba las alargaderas, los enchufes, pegaba la oreja a la carcasa y escuchaba.

Fuera, las colinas estaban maltratadas por el hielo. Winkler recordó cómo su primer profesor de hidrología había empezado una vez una clase: si el agua se saliera con la suya, si la geología se detuviera, los mares engullirían los continentes y la lluvia desgastaría las montañas. El agua terminaría por convertir el planeta entero en una esfera lisa, sin definición. Nos quedaríamos con un único océano que nos llegaría a la cintura en todo el globo. Luego, al no tener nada contra lo que lanzarse, una vez erosionadas todas las divisiones, todos los obstáculos —nada de guijarros intactos, ninguna playa en la que romper, cada molécula de agua tocándose entre sí—, el agua revelaría por fin lo que había en su corazón molecular. ¿Permanecería calmada, impertérrita? ¿O se volvería contra sí misma, se levantaría en forma de tormentas?

Winkler se daba la vuelta debajo de las mantas y veía cómo las estrellas salían y entraban lentamente por las aberturas de las paredes del cobertizo: allí permanecían durante unos segundos, brillando en el resquicio antes de desaparecer. Soñaba con cristales de nieve que caían despacio entre árboles.

6

Por Navidad, Naaliyah descongeló un pollo (almacenaban los alimentos crudos encima del tejado, dentro de contenedores de plástico cerrados) y lo horneó, y después se sentaron en la cabaña a contemplar cómo las ascuas de la estufa se acumulaban y resplandecían mientras, a su alrededor, los insectos también comían.

—Tengo una cosa —dijo Naaliyah, y sacó una caja de debajo del catre.

Winkler negó con la cabeza.

—No.

—Es de mi madre.

Dentro había una bolsa de plástico con una mezcla para tarta y una carta para cada uno. En la harina mezclada venía una nota, una receta de Félix: tenían que añadirle huevos, leche, azúcar y plátanos y hornearla. «¡Feliz Navidad, americanos!», había garabateado Félix al final. Winkler y Naaliyah intercambiaron una sonrisa. No tenían ni plátanos ni huevos, y solo leche en polvo. Pero prepararon una masa lo mejor que pudieron y la pusieron encima de la estufa, en una fuente. Mientras se hacía les olió al Caribe, a Félix, y cuando estuvo hecha cortaron la rebanada plana, aromatizada con canela y se comieron sus porciones en silencio, con una suerte de reverencia.

Luego cogieron sus cartas respectivas y las leyeron a la luz del fuego. La de Winkler decía:

Querido David:

Siento que tu búsqueda fuera tan mal. Pero no te desanimes. La esperanza es algo que puede ser muy peligroso, pero sin ella la vida sería horriblemente árida. Imposible, incluso. Créeme.

Aquí las cosas siguen como siempre. Félix bebe todo lo que puede y a veces se para en el suelo de cristal de Nanton y grita a los peces. Se cree muy gracioso, a pesar de que Nanton y yo le aseguramos que no lo es.

Los chicos están bien, a cargo de sus tiendas varias, y la isla está atestada de turistas que han venido a pasar las vacaciones. Conociéndote, no habrás leído los periódicos, así que te diré que los jueces chilenos han desestimado los cargos contra Pinochet y han cerrado el caso. Con todo lo que ha pasado y al final lo salva la diabetes.

A pesar de eso, estamos considerando viajar a Chile. Solo una visita. Félix está preparado, lo sé, lleva preparado quince años. Pero yo aún no estoy segura. Me gustaría ver Santiago. Los parques, la bruma en las montañas.

Feliz Navidad, David. Que Dios te bendiga. Espero que te guste mi regalo, estoy intentando devolverte a tu hija, lo mismo que hiciste tú con la mía.

Soma

Afuera, el temporizador automático de Naaliyah chasqueó y el generador se puso en marcha con un rugido. Las lámparas de infrarrojos parpadearon y luego brillaron. Naaliyah había estado viéndolo leer su carta y, cuando la dobló, le pasó otro sobre.

—También es de mi madre.

Dentro había un cuadrado de papel con una dirección:

Herman Sheeler
124 Lilac Way
Anchorage, Alaska 99516

Dentro de la estufa un leño se rompió y se convirtió en ascuas con un sonido metálico, hueco. Winkler sintió que la epiglotis se le abría y cerraba encima de la tráquea, como si estuviera bebiendo un líquido imaginario a grandes tragos.

—Pensamos que a lo mejor querías tener la dirección.

Winkler negó con la cabeza.

Naaliyah hizo ademán de tocarle, pero retiró la mano.

—¿Estás bien, David?

Ahora se le llenaba el pecho de rabia. Había pensado en Herman antes, claro, Herman delante de su enorme calendario de mesa en el First Federal; Herman en un entrenamiento de hockey, acuclillado delante de una red; Herman en —apenas soportaba pensarlo— algún acto relacionado con Grace, una graduación, un concurso de ciencias. Herman en la cabecera de Sandy, Herman en el funeral de Sandy. Pero ver su nombre escrito era como volverlo real, tan real como si Winkler estuviera a su puerta, preguntándole si Sandy, la artista del metal, estaba en casa.

La dirección se desbarató, las letras se alejaron, se volvieron cuneiformes, incoherentes.

Naaliyah lo miraba con las manos sujetándose las rodillas.

—¿Esto lo ha hecho Soma?

—Quería regalarte algo.

—No es asunto suyo.

Dobló el cuadrado de papel una vez. Otra.

—Pensamos… —empezó a decir Naaliyah, pero se interrumpió.

El fuego estaba a menos de diez centímetros y podría haber tirado la dirección y verla arder y convertirse en cenizas. Pero ¿qué estaría incinerando?

—Bueno —Naaliyah se puso de pie, cogió la fuente del bizcocho y empezó a lavarla en el cubo—, Feliz Navidad de todas maneras.

7

Dejó el cuadrado de papel doblado en una estantería alta, entre dos cartones de leche de un litro llenos de turba congelada. Un sitio al que se obligó a no mirar, un agujerito negro en el estante, una localización en el espacio a la que resultaba demasiado peligroso acercarse.

El Año Nuevo llegó y se fue y Winkler no permitió a sus guantes, ni siquiera a sus ojos, acercarse a aquel rincón del cobertizo. Se estaban quedando rápidamente sin madera, ya había un poco más de espacio libre en el cobertizo y la mayoría de los leños apilados alrededor de la cabaña habían sido sacrificados al calor, y al humo.

Alguien había vivido antes en aquel cobertizo. Había tapas de latas clavadas en agujeros de la madera, trozos de bramante metidos en resquicios entre los tablones. Pequeñas defensas contra el invierno. Pero las aberturas eran demasiadas, y el aire frío se colaba con facilidad por ellas. De hecho, el frío atravesaba las paredes mismas, como si la madera estuviera saturada y no pudiera absorber más.

Quien fuera que hubiera vivido allí antes no debía de haber durado mucho.

Algunas mañanas podía *oler* el frío, un olor como a amoniaco, un olor contra el que notaba tensarse los músculos del cuerpo. Tenía que sacudir las extremidades para resucitar la sangre dentro de ellas. Incluso dentro del cobertizo respiraba a través de una bufanda, encima de la cual se ponía un pasamontañas, hasta que la humedad de su aliento congelaba de tal manera la lana que tenía que darse la vuelta y regresar a la cabaña a esperar que se le deshelara todo.

Aunque aún no había conseguido ninguna impresión aceptable, trabajaba más duro que nunca. Naaliyah volvía del pueblo cada semana con un paquete de cartuchos. Después de cada exposición, Winkler dejaba la gran mesa y llevaba corriendo la película a la cabaña, arrastrando el frío dentro con él, y esperaba sin aliento a sacar el cartucho de película y separar el positivo del negativo para encontrar una impresión completamente negra, o gris, o un lustre sucio, o un resplandor reflejado.

Pero el trabajo le gustaba, la monotonía, el desafío. La forma en que desplazaba otros sentimientos y deseos hacia los márgenes. La emoción de ver un cristal ampliado, desapareciendo despacio bajo su atenta vista, no menguó. Cuando se despertaba todo el día era suyo, con los minutos que lo acompañaban. Naaliyah y él vivían con sencillez: cogían la cacerola con el estofado de donde Naaliyah lo hubiera puesto en el tejado y lo descongelaban en la estufa. Si no nevaba, o no había nevado recientemente, Winkler se perdía en el ritmo de cortar leña o de sacudir nieve de las extremidades de los árboles con la esperanza de hacer caer y recoger cristales de nieve individuales.

A pesar de las protestas de Naaliyah siguió durmiendo en el cobertizo, por decoro, u obstinación quizá, pero también porque había llegado a preferirlo. Había algo del frío que le gustaba, que le resultaba purificador, ese discurrir entre reservas menguantes de madera. Era lo mismo, se daba cuenta, que le gustaba tanto a Naaliyah de sus insectos: las esencias de las cosas eran más claras con ellos, las violencias y amores de la vida. El frío exigía una visión más afilada y simple de las cosas: en aquellas temperaturas, la muerte acechaba en los márgenes ofreciendo claridad, proporcionando precisión.

Pero también desdibujaba las cosas: la frontera entre sueño y vigilia, la manera en que arrancaba la vida de dedos de manos y pies, y luego los liberaba, reacia, temporalmente. La manera en que llegaba el viento, como las noticias de un mundo distinto, más tenue, y agitaba los árboles.

Naaliyah no volvió a mencionar la Navidad, excepto para preguntar, cada viernes antes de ir al pueblo:

—¿Tienes alguna carta para echar al correo?

En los días más gélidos de enero, el aire helado traspasaba el cobertizo de madera como si estuviera hecho de estopa. Winkler se levantaba cada hora más o menos y cruzaba deprisa el prado bajo el cielo brillante y atroz (el brazo entero de la galaxia parecía cubrir la hierba, como si pudiera así arrancar un poco de sol congelado al pasar debajo) hasta la cabaña para echar leña a la estufa, para dar patadas que hicieran entrar en calor sus pies.

Naaliyah dormía en el catre y las lámparas de calor se encendían y apagaban, y la estufa gemía cuando su metal se dilataba. Fuera, toda el agua se convertía en hielo, y el vapor del interior que se formaba en las ventanas se tornaba escarcha, como si la cabaña se hubiera convertido en un cuerpo humano, enfundado en hielo y con un estómago pequeño e insaciable, la estufa, ardiendo sin cesar.

Hacia finales de enero empezó a hacer frío de verdad. El guarda forestal les dijo por radio que había veintiocho grados bajo cero, pero para Winkler el frío era frío y lo irritaba porque le impedía estar fuera más de dos o tres minutos. La película se quedaba pegada; el tornillo del microscopio se atascaba… Era imposible trabajar. Necesitaba una hora junto al fuego para deshacer el efecto de treinta segundos de exposición en sus dedos. Los de los pies eran guijarros pegados los unos a los otros. Si sacaba una taza de agua hirviendo y la tiraba al aire, se cristalizaba antes de tocar el suelo.

La mayor parte de los días el cielo era del mismo color que los árboles y estos eran del mismo color que la nieve. Niebla de hielo, la llamaban. Desplazarse por un paisaje como aquel era como hacerlo por un sueño. Su propia mano flotaba delante de su cara, enorme y desproporcionada. Winkler notaba cómo el miedo aumentaba en el rostro de Naaliyah, en las manchas escarlata en su garganta, en que no salía de la cama hasta que la luz del día se había casi marchado. En aquel lugar uno podía caminar en círculos; casi te sentías entrando en uno de esos antiguos cuentos de pioneros, historias de supervivencia, tramperos que se comían la suela de un zapato, mineros congelados dentro de los ríos.

Naaliyah había acertado al preguntar: ¿Estaban preparados para aquello? Escuchaba el ruido del generador por encima del viento como si su vida dependiera de su estruendo. Y, en un sentido único, clarificador, era cierto; lo mismo les ocurría a las vidas de sus insectos, todos sintonizados con el tenue resplandor naranja de sus lámparas de luz infrarroja.

Winkler traía leña, traía nieve para descongelarla y tener agua. A su alrededor, el hielo tocaba las paredes de la cabaña y la punta de su chimenea como cien mil minúsculos fragmentos de cristal tintineando con suavidad. De noche intentaba aguantar en el cobertizo, con el frío llegando ya de todas partes como una inmersión profunda, paciente, pero no lo conseguía: hacía demasiado frío, era demasiado imposible, y tenía que ponerse de pie y arrastrar su cuerpo y las pieles por el prado de vuelta a la cabaña. Se sentaba junto al fuego mientras el frío se negaba a abandonarlo y miraba las ascuas. Naaliyah estaría con los ojos abiertos en el catre, el saco de dormir subido hasta el cuello, dos gorros de lana en la cabeza, uno encima del otro. Los insectos callaban.

El 28 de enero el generador dijo adiós. Naaliyah estuvo casi una hora delante de la cubierta de madera examinando los distintos puntos, el filtro de combustible, y otra tirando sin piedad de la cuerda de arranque, pero no consiguió ponerlo en marcha. Tenían combustible de sobra y las baterías cargadas, pero las lámparas de calor las chuparían en unas veinte horas, y luego se apagaría la radio y tendrían que irse.

No hablaron. Winkler salió al prado, se quedó un momento a su lado y vio cómo ella tiritaba y cómo el viento pasaba las páginas del manual del generador.

—Vamos a comer algo, Naaliyah —dijo—. Venga. Para mantener las fuerzas.

Naaliyah cedió. Metió leña de alerce en la estufa, el buen alerce que tan bien ardía, un trozo de un árbol de doscientos años que el río había arrastrado y remolcado hasta allí para salvarles la vida. Luego trepó por la pila de leña para coger una fuente de estofado congelado. Se sentaron juntos delante del fuego y contemplaron cómo el caldo se fundía y cómo la grasa subía a la superficie. Cuando estuvo preparado, Naaliyah —que seguía tiritando violentamente— se levantó para trasladarlo de la estufa a la mesa, pero llevaba guantes, se le escurrió y se derramó. Un charco marrón humeante se esparció por el suelo y trozos de zanahoria y ternera navegaron en sus orillas. Al cabo de un minuto el caldo que estaba más cerca de las paredes empezó a congelarse.

Ninguno dijo nada. El viento rugía en el prado. El tejado sonaba como si fuera a desgarrarse. Winkler oía cómo sus reservas de comida —kilos en pesados contenedores— se deslizaban hacia el borde. Lo que quedaba del estofado pronto glaseó las tablas del suelo y entonces se obligó a levantarse y empezar a arrancarlo.

Naaliyah se quedó en el centro de la cabaña y se tapó los ojos con las manos.

El viento murió alrededor de la medianoche y un grueso haz de niebla se instaló en el prado. Winkler fue hasta el generador y lo escudriñó con una linterna, tocó piezas y tornillos varios y limpió escarcha del contador con un pulgar enguantado, pero no habría sabido distinguir un generador de un cortacircuitos. Al cabo de unos diez minutos, entró y se acercó a Naaliyah, que estaba echada en el catre.

—¿Puedes arreglarlo?

Ella negó con la cabeza.

—No.

—¿Está estropeado del todo? ¿No hay nada que hacer?

Naaliyah se encogió de hombros.

—Yo creo que puedes arreglarlo. Inténtalo otra vez. Date media hora. Si sigues sin poder, entonces nos vamos; nos iremos al pueblo y nos daremos una ducha. Pero creo que quizá, si lo intentas otra vez, lo conseguirás. Yo mantendré vivo el fuego. Te llevaré té caliente.

—David… —empezó a decir Naaliyah, pero no siguió.

Winkler se sentó junto a la estufa. Pasó media hora y, cuando ya pensaba que Naaliyah se había quedado dormida, esta se levantó, sacó su traje de nieve y sus botas, cogió la pequeña caja llena de herramientas y salió.

Trabajó todo el día. Winkler le llevó tazas de agua caliente; le llevó sopa de lata. Cada veinte minutos Naaliyah entraba para recuperar la circulación de las manos. Alrededor de las tres de la tarde, con la luz declinando, Winkler oyó el generador revivir, después morir, después encenderse otra vez. Naaliyah entró y lo miró, tenía grasa en la cara y los dos guantes negros.

Winkler había descongelado una bolsa de guisantes; se volvió hacia ella y le guiñó un ojo.

—Esta noche cocino yo —dijo.

Naaliyah dejó las herramientas en la mesa y, pasado un momento, se echó a reír.

8

El generador aguantó. Algunas noches dejaban de hacer lo que estuvieran haciendo y lo escuchaban como quien escucha a un tenor adorado. Los insectos seguían vivos, seguían comiendo, algunos incluso apareándose, metamorfoseándose.

Sus vidas se volvieron más profundas y puras, como si estuvieran desprendiéndose de peso. Las conversaciones se interrumpían durante horas enteras e incluso días, luego uno retomaba el hilo, como si se les hubiera congelado la lengua en plena charla y solo pudiera liberarse temporalmente.

—¿Por qué no le escribes, David?

—¿Para qué?

—¿Por qué no probar?

Winkler gimió.

—Está muerta. Están todos muertos. Estoy intentando pasar página.

—¡Pero no puedes! No quieres dejar estos bosques, no quieres hacer otra cosa que no sea mirar por ese microscopio. Este invierno terminará algún día. Y yo volveré a la universidad, a Anchorage.

Winkler negó con la cabeza. El frío era difícil pero, por alguna razón, la idea de que aquel invierno terminara no era algo sobre lo que pudiera permitirse pensar. Salió a trabajar con su microscopio, a examinar copos de nieve tal vez, si es que tenía suerte y nevaba, e hizo una única exposición. Con el frío intenso, los únicos cristales que caían eran columnas o pirámides desprovistas de novedad. Una hora o dos después había vuelto dentro y se frotaba las manos delante de la estufa notando cómo el frío abandonaba sus ropas, despacio, de mala gana.

Naaliyah estaba diseccionando una mantis y no levantó la vista.

—¿No quieres saber por lo menos lo que ha pasado? ¿Incluso si están muertas?

Winkler miró las ascuas en la estufa.

—Mi madre tiene razón —dijo Naaliyah.

—No.

—Escríbele una carta, David. Yo la echo al correo. Solo una carta.

—No lo entiendes. Yo soy la última persona a la que querría ayudar.

—Inténtalo.

Naaliyah hacía sus viajes al pueblo cada viernes envuelta en pieles de los pies a la cabeza y con gafas de esquiar. A veces a Winkler le parecía oír el motor de la moto de nieve masticar y zumbar todo el camino hasta Eagle, el runrún resonando en las heladas alturas, entre los centelleos allí suspendidos. Cesaba durante una hora más o menos, luego empezaba de nuevo y aumentaba de volumen a medida que Naaliyah subía por el valle. Traía película para la cámara, vinagre, concentrado de tomate, huevo en polvo, latas de dos kilos de mantequilla de cacahuete, una vez una botella de Chianti que se congeló y rompió por el camino de modo que tuvieron que dejarlo fundir en una cazuela, colar los cristales y beberlo caliente.

La nieve no se acumulaba allí en grandes cantidades —quizá llegó a un metro y medio en todo el invierno—, pero cayó a menudo, casi cada día en febrero, copos mínimos tamizados por la estameña de niebla que aterrizaban en el recipiente de Winkler.

El 5 de febrero consiguió su primera impresión buena de un cristal de nieve, una lámina hexagonal clásica. Los bordes salían desenfocados y estaba algo torcida, pero centrada, y dentro había una formación muy parecida a un timón.

Al mirar aquel diminuto hexágono de hielo —un cristal ya perdido para el resto del mundo—, sintió que se le paraba el corazón; era como ver una imagen de uno de sus sueños aparecer de nuevo en el aire y la luz, ante sus propios ojos.

Naaliyah la acercó a la ventana.

—Precioso.

—Es un principio —dijo Winkler.

Ver la nieve volar por el aire. Ver el viento llegar y los copos subir y nadar: cada uno, al parecer, viaja en una dirección. Los copos se agrandan; vuelan en ondas fantasmales; se convierten en flores y se multiplican entre las ramas. En el ártico, había oído Winkler, los exploradores habían quedado hipnotizados viendo caer la nieve, hechizados hasta el punto de morir congelados. ¿Y qué puede haber más importante, pensaba de pie delante de la mesa con aquel frío atroz, que ver la nieve llegar a un prado, instalarse en las colinas y poco a poco ocultar los árboles?

—Mango —decía él.

—Fruta de la pasión —decía ella.

—Pizza.

—Galletas Oreo.

—Zumo de piña.

—Ah, zumo de piña. ¿Y cerveza de barril? ¿Y qué me dices de buccino al curri?

—El buccino de curri de tu padre. Con pan de plátano.

—Con pan de plátano y mantequilla fresca. Y pomelo asado con miel y canela.

En la estufa, sus gachas borboteaban y murmuraban al espesarse.

Febrero, avanzada la tarde, horas después de anochecer. Winkler estaba ante su microscopio estudiando la tenue tracería de un copo de nieve en la luz temblona del microscopio (la formación opalina, casi traslúcida de la nieve contra el blanco más sucio e insistente de la bombilla), cuando apareció Naaliyah a su lado.

—David —dijo e hizo un gesto con la barbilla—, mira arriba.

Una cortina inmensa aleteaba en el cielo encima de los árboles. Se arrugaba, luego se convertía en algo parecido a una bufanda, después en una cuña verde, un ala que se desplegaba solemne delante de la Vía Láctea. Winkler apagó el microscopio y se quedaron juntos en el prado, mirando, mientras el vapor de su aliento flotaba delante de ellos, se congelaba y regresaba para instalarse en sus mejillas.

Esmeraldas y azules temblorosos ribeteados de rojo. Jades. Violetas. Un verde inquietante atravesó el prado e iluminó su laberinto de huellas congeladas. En las noches siguientes, las auroras boreales aparecieron hacia la misma hora, como programadas, y en ocasiones duraban hasta pasada la medianoche. Winkler se tumbaba bajo las mantas y pieles viejas junto a las jaulas de insectos congelados, sepultados, y el bóreas soplaba y chisporroteaba en lo alto, iluminando el cobertizo por los cada vez más grandes agujeros entre las pilas de leña, como si una nave borrosa y marciana hubiera aterrizado en el prado.

Cerraba los ojos. La luz le atravesaba los párpados. Los sueños lo inundaban como mareas, como líquidos glutinosos.

Soñaba con árboles que se congelaban, que explotaban en la noche; soñaba con lobos corriendo por el filo de una cadena montañosa y con laberintos en miniatura bajo la nieve. Quizá, pensó después, eran los sueños de los insectos mismos salvando el espacio rígido entre unos y otros por medio de hilos invisibles. Quizá siempre habían estado ahí y él se limitaba a sintonizarlos, como si siguiera en la playa buscando frecuencias en el dial de su onda corta. Sus sueños hibernales: cristales de hielo bajo sus exoesqueletos, dentro de sus órganos diminutos, su sangre suspendida en filigranas y coronas y diademas. Cada uno soñando con el día en que llegara el deshielo, en que el sol los alcanzara en su tocón, capullo o túnel, y los encendiera como si fueran una lámpara.

Naaliyah había descubierto algo extraño y llevaba intentando comprenderlo desde diciembre. A pesar del calor y de periodos extensos de luz, a pesar incluso de la abundante comida que les ponía en las jaulas, quizá un tercio de sus insectos se habían instalado en sus hibernáculos. Como si comprendieran que sus entornos eran espurios, artificiales. O como si percibieran de forma interna el cambio de estación, como si un compuesto químico de su interior pasara páginas del calendario. Como si lo que eran fuera algo ineludible, determinado por la evolución e independiente de las circunstancias.

Dos impresiones satisfactorias. Cuatro. Siete. Diez. Las fijó en las paredes del cobertizo con clavos, pequeñas postales de doce por diez centímetros de cristales de nieve, una especie de salón de la fama de copos de nieve difuntos, algunas de las impresiones moteadas de blanco o sin una esquina, otras azules y combadas por el frío. Pero aun así no llegaban a la docena. Bentley tenía decenas de miles. ¿Cómo lo había hecho?

Un día de la segunda mitad de febrero salió nada más atardecer y caminó hasta el claro del bosque con un cuervo siguiéndolo, volando por encima de los árboles, como si se sintiera solo y buscara compañía en el silencio. Winkler pensaba en su padre. Aunque se leía el periódico de cabo a rabo todas las noches, nunca jamás había dicho: «Oye, David, escucha esto», nunca parecía saber nada sobre la actualidad. Cada vez que alguien hablaba en su presencia de cosas que estaban ocurriendo en el país, su padre se quedaba callado o, peor, miraba hacia la calle, hacia un punto lejano, sin escuchar. «Nixon», decía por ejemplo un vecino. «Howard, te preguntaba qué piensas del nuevo vicepresidente». Como si el periódico estuviera en otro idioma, o las palabras no fueran palabras, o su padre hubiera perdido la capacidad de procesarlas.

El aire era tan frío que le quemaba las fosas nasales. Vio la luz destilar del cielo todo el tiempo que pudo —quizá cinco minutos—, reparando en que la de color azul desaparecía, pero salía otra de detrás de las colinas como si la nieve misma fuera incandescente. Los árboles y los sauces desnudos a sus pies, en las llanuras aluviales, estaban tan recubiertos de hielo que se habían transformado en cosas sobrenaturales, en grandes cabezas de coliflor con envoltura de escarcha, y no hacía viento, y abajo, a lo lejos, como motas negras, más allá de donde le alcanzaba la vista, dos cuervos grandes como águilas arrancaban algo muerto de las planicies heladas del Yukón. Y mucho más allá, en el lugar donde la distancia lo convertía todo en un remolino de color poco profundo como el mercurio, estaba Anchorage, donde su padre había vivido toda su vida repartiendo leche.

De vuelta a la cabaña fue pisando las huellas de sus botas mientras la nieve rechinaba bajo su peso. Había cruzado medio prado —la luz de la cabaña de Naaliyah brillaba y se filtraba por entre las tablillas de las paredes laterales y la chimenea se maquillaba con humo, como si el lugar contuviera un encantamiento secreto y afortunado, algo que merecía la pena esconder del mundo—, cuando vio el alce.

Era hembra y miraba por la ventana de la cabaña. Su cola se movía de un lado a otro como la de una vaca lechera. Parpadeaba. Era casi tan grande como la camioneta de Naaliyah.

Durante un momento no se sintió asustado, solo curioso. ¿Qué estaría pensando allí tan quieta? El calor y la humedad que se escapaban por las paredes y los olores y sonidos de los insectos —como si el verano hubiera sido atrapado en una cajita y guardado en pleno bosque— debían de haber puesto a prueba su capacidad de comprensión.

Siguió un rato más, enorme y silenciosa. El frío subía por los brazos de Winkler. Luego el animal se volvió y lo contempló, en absoluto sorprendida. Un momento después se internó trotando entre los árboles, ligera como un cervatillo, y desapareció en la nieve.

Una brisa lenta agitó los árboles y varias ramas descargaron nieve. Winkler pensó en los cervatillos que había visto a un lado de la carretera tantos años atrás, cuando Sandy y él iban camino de Ohio, los ciervos por los que Sandy no se había molestado en incorporarse para ver, ciervos como fantasmas de ciervos. Se preguntó si aquel alce también sería un fantasma, y supo de alguna manera que, cuando entrara, Naaliyah no lo habría visto.

Y, sin embargo, allí estaban sus huellas, bajo sus pies. En el cristal de la ventana, muy por encima de su cabeza, había dos discos de vapor formando una intersección y a punto de desaparecer. Entró y le pidió a Naaliyah un papel y un sobre.

9

Estimado Herman:

Me llamo David Winkler. Yo también crecí en Anchorage. Fui al instituto East High. Nos vimos una vez en la entrada de tu casa de la calle Marilyn, yo soy el que se enamoró de Sandy.

Ni esta hoja, ni cien hojas como esta, darían para todas las cosas que tendría que decirte, todas las cosas que mereces saber. Así que, por favor, déjame decirte esto: lo siento. Siento el dolor que te hayamos causado.

No sé si la hija de Sandy está contigo, si lo ha estado alguna vez o si lleva muerta veinticinco años. Tampoco sé cuánto viste a Sandy en las últimas décadas. Pero quería pedirte perdón. Una vida no es mucho tiempo, quizá, pero creo que por fin estoy aprendiendo un poco, cambiando de perspectiva, y confío en que no sea demasiado tarde.

Te adjunto una impresión de un cristal de nieve que hice a principios de mes. Espero que lo encuentres extraño y hermoso, como me pasa a mí.

Luego:

Querido Herman:

La noche simplifica las cosas, creo. Me siento más cerca de su significado. Aquí (mucho más que en Anchorage, por lo que recuerdo) hay noche de sobra. En el solsticio solo hemos tenido tres horas y cincuenta y un minutos de luz. El sol ni siquiera penetró en las copas de los árboles.

Pero lo que no sabía es que las noches no son vacíos sin luz, como ocurría en los trópicos. Allí, en una noche sin luna no puedes verte la palma de la mano, aunque te la pongas delante. Las noches aquí traen su propia luz, malva y azul marino tenue, la franja dorada de la Vía Láctea, la nieve que lo refleja y magnifica todo. Puedes leer un periódico a la luz de una luna creciente. El atardecer dura dos horas. El amanecer no ha terminado a mediodía.

Ahora me doy cuenta de que no sabía nada de la nieve. No es blanca. Es de mil colores, los colores del cielo o de lo que hay debajo de la nieve, o los rosas de las algas que viven en su interior, pero ninguno de esos colores es, en realidad, blanco. Qué maravilla tener mi edad —tu edad— y descubrir que estabas equivocado acerca de algo tan fundamental.

De lo que te das cuenta en última instancia, cuando no tienes nada que perder, es de que, aunque el mundo pueda mostrarse amable contigo y revelar su belleza a través de grietas diminutas en todas las cosas, al final te tomará o te dejará.

Luego:

Querido Herman:

Por favor, ignora mis últimas cartas si las encuentras extrañas. Creo que las recibirás todas a la vez porque Naaliyah solo va al pueblo los viernes. Tal vez leas esta primero. Si es así, por favor, rompe las otras dos.

Naaliyah es la mujer con la que estoy aquí. Es entomóloga, y de las buenas. Pasa todo el tiempo con sus insectos, tratando de mantenerlos vivos en este frío cruel.

Comemos fideos y margarina. Y atún. Y melocotones en conserva, aunque se supone que son para los bichos. Lo que más me gusta es el curri… Naaliyah sabe hacer un curri con casi cualquier cosa, es una destreza que ha heredado de su padre, y aunque (no se lo digas) no es tan buena, a caballo regalado no le mires el diente.

Si me aparto del fuego y dejo la comida a la puerta de la cabaña solo humea durante unos veinte segundos. En cuarenta empezará a congelarse. Normalmente la superficie de una taza de té se congela en el corto trayecto desde la cabaña donde cocinamos al cobertizo donde duermo.

Pero en la cabaña se está bien, hace calor incluso. La estufa se recalienta y descubro que tengo sudor en la frente.

La que te adjunto es la mejor impresión que he hecho, creo. Tiene ocho brazos en lugar de seis debido al crecimiento simultáneo y temprano de dos cristales adheridos. Se enlazaron arriba, en las nubes, y consiguieron bajar hasta aquí, hasta mi pequeño recipiente negro, sin romperse. Algo de lo más inusual.

Cuando lo miro tengo la sensación de que algo se abre, como si algo en el interior cobrara forma fuera. ¿Tiene sentido? Espero que estés bien, Herman. Espero que estés junto al radiador con una manta a mano.

Le daba las cartas a Naaliyah, igual que en otro tiempo le había dado cartas a su madre, y le pedía que las echara al correo, incluso si más tarde le suplicaba que no lo hiciera, y cada viernes ella regresaba por el valle con pescado ahumado o margarina o bolsas de té, pero sin contestaciones, mostrando las manos con las palmas hacia arriba exactamente igual que había hecho su madre veinticinco años antes.

Aun así, Winkler seguía fotografiando cristales y lograba una o dos impresiones de calidad cada vez que nevaba. Para entonces estaba alcanzando a un punto en el que sentía llegar la nieve horas antes de que empezara a caer: las nubes que tapaban el sol y arrojaban una luz perlada, y los árboles que proyectaban sus sombras en el prado. De hecho estaba superando ese punto; nunca había conocido la nieve tan bien, tan íntimamente. Le llegaba un olor, un aroma que asociaba, por alguna razón, al fuego, y todo su cuerpo se sintonizaba, como si estuviera conectado al cielo por miles de cables invisibles, como si él mismo fuera a nevar. *Pronto nevará. En quince minutos empezará a nevar.* Descubrió que podía incluso predecir la estructura de los cristales: en mediodías cálidos podían ser láminas hexagonales, o agujas; cuando hacía más frío, columnas como pequeños prismas; con más frío aún, láminas de nuevo, o triángulos equiláteros, o estrellas, o halteras, o volutas.

En el frío intenso, la montura de aluminio de sus gafas se contraía y le pellizcaba el puente de la nariz, provocándole una sensación comprimida, estrujada, como si el frío le hubiera apresado la cabeza en un torno. Como resultado, y unido a la fatiga de trabajar todo el día con cosas tan pequeñas, un dolor sencillo, esclarecedor, le aparecía detrás de las sienes y tenía que separarse del microscopio, cerrar los ojos mientras el frío se estrechaba a su alrededor y los azules y rojos de la sangre en sus párpados reptaban despacio por su campo visual.

Pronto estuvieron a finales de marzo, el equinoccio vernal, el eje entre luz y oscuridad. Los días se alargaban;

Naaliyah soñaba con otras estaciones. Hablaba por radio de pizza, o de caminar descalza por la arena. «De donde vengo», decía, «el sol es tan fuerte que casi puede derretir la pintura de las barcas». A Winkler, por el contrario, casi lo entristecía ver alargarse la luz del día; oír, una tarde, cómo goteaba agua de los aleros. Pensaba de nuevo en Sandy, en la forma en que pestañeaba cuando terminaba una película y se quedaba a ver los títulos de crédito. «Es como despertarse», decía.

Y es que se estaban despertando, Naaliyah y él, y el campamento Ninguna Parte al completo, volviendo a entrar en la vida. Primavera: unos golpecitos en el exterior del cascarón.

En invierno, porciones enteras de tiempo se escindían y desprendían como icebergs de un glaciar. Era casi como si el tiempo dejara de existir o se presentara de una manera nueva, inédita. En aquellas noches largas, imperceptiblemente menguantes, Winkler podía levantar la vista y no darse cuenta de que el día había llegado y se había marchado, de que había regresado la oscuridad, como si el método tradicional de medir el tiempo —vida, muerte; amanecer, anochecer— fuera solo una manera, y no por fuerza la más pertinente.

Pero en primavera todo volvía a empezar: nacimiento, luz del día, familia.

Estimado Herman:
Recuerdo haber leído un texto de Kepler en la universidad en el que reflexionaba sobre por qué cada copo de nieve parecía tener su propio patrón individual. Decía que todas las cosas en la naturaleza parecen tener en su interior una llave —invisible para nosotros— que contiene el proyecto de su exterior, de lo que fueron. El núcleo dentro de una

célula, el germen en una semilla. Esto fue trescientos cincuenta años antes de Watson y Crick. Kepler llegó incluso a llamarlo alma.

Cuando estoy en nuestro pequeño prado viendo caer cristales no puedo menos que admirar la idea: que cada copo de nieve tenga un alma. Tiene tanto sentido como la genética, como cualquier otra cosa. Más sentido, creo, que la idea de que los cristales de nieve no tienen alma.

Deberías haber visto el hielo que cultivaba durante mi doctorado, cristales perfectos, inmaculados. Pequeñas maravillas. Aquí, en el bosque, los cristales se rompen con facilidad, se tuercen a la más mínima presión. Pero los copos son magníficos, más grandes y reales que en el laboratorio, de la misma manera en que los animales de un zoológico parecen sombras comparados con los salvajes.

Ya no me interesa tanto la ciencia de la nieve. Prefiero limitarme a mirarla. La luz, la forma en que absorbe el sonido. La manera en que nos hace sentir que, cuanto más caiga, más somos perdonados.

¿Qué eran los sueños? Una cuchara hundida en un líquido, un cubo que se deja en el suelo. El agua profunda, fría, bajo la superficie brillante; la sombra en la base de cada árbol. Los sueños eran algo que se correspondía con cada lugar que visitabas cuando estabas despierto, con cada hora que vivías. Por cada momento del presente había un espejo en el futuro, y otro en el pasado. Memoria y acción, objeto y sombra, vigilia y sueño. Pon un sol sobre nosotros: todos tenemos un gemelo, unido a nuestros pies, caminando a nuestro ritmo. Prueba a librarte de él.

En última instancia solo le quedaba un sueño: conocer a su hija, ver su mano. ¿Qué habría sido de las manos de Gra-

ce? Lo único que recordaba era el detalle diminuto, intrinca-
do, de sus nudillos, y la manera en que dormía como si un
cazador hubiera venido a buscarla, como si su cuerpo hubiera sido temporalmente desalojado.

Eso bastaba, bastaba para hacerle levantarse por la mañana, para liberar el hacha de donde se había congelado apoyada en la cabaña y atravesar con ella un leño.

10

El primer viernes de abril Naaliyah volvió de nuevo con las manos vacías. Winkler pensó: Estoy viviendo la misma historia una y otra vez.

Aunque todavía había noches de frío increíble (los árboles se expandían y doblaban y uno o dos sucumbían y explotaban y su eco moría deprisa en el aire cargado), el invierno empezó a menguar. Las auroras disminuyeron; una mañana apareció en el cielo una uve de gansos volando en dirección norte. Algunos días, el sol subía lo suficiente para derretir nieve del tejado de la cabaña y durante la noche se formaban témpanos como pilares entre los aleros y el suelo. Ahora había incluso horas en las que Winkler podía trabajar en su microscopio sin guantes, podía cortar leña con solo una camisa de lana puesta. Volvieron las reinitas, y los juncos. Incluso un petirrojo. Estaba tan inmóvil en el alero que Winkler pensó que tal vez se había congelado y Naaliyah lo había puesto allí para gastarle una broma. Pero, cuando fue a tocarlo, parpadeó y echó a volar.

Empezaron a aparecer aviones en el cielo meridional, Beechcraft y Cessnas, e incluso un gran Twin Otter, que describió unos pocos círculos antes de descender perezoso hacia el aeródromo de Eagle. Naaliyah tenía cada día mejor aspecto, sus mejillas tomaban color, trabajaba con mayor ímpetu. El invierno había sido un triunfo que la acompañaría el resto de su vida. Sus insectos —muchos de ellos— seguían vivos. *Ella* seguía viva. Algunas tardes Winkler entraba en la cabaña y la encontraba riendo por radio con el guarda forestal. «¿En serio?», decía. «¿Eso dijo?».

Veía la salud en sus brazos, en los músculos de su cuello. Cuando se inclinaba, lo hacía con las piernas rectas, como un atleta, con las corvas largas y tensas. Se lavaba con cubos de agua caliente, se envolvía el pelo y el torso en toallas y caminaba con las pantorrillas desnudas y las botas puestas, los cordones sin atar. El deseo se despertaba en él. Cuando la veía sacarse una cuchara de entre los labios, cuando estaba en el prado con los ojos cerrados y la barbilla levantada hacia el sol. Se odiaba a sí mismo por ello, por ser un hombre viejo y lascivo, por las veces que Naaliyah lo había sorprendido mirándole el cuerpo durante un segundo más de lo necesario.

Se sentaba junto a la estufa hasta pasada la medianoche y escribía. La nieve que besaba la ventana era casi lluvia.

Un miércoles de principios de abril: el cielo de un azul pálido, fabuloso. Naaliyah anunció desde la puerta:

—Esta noche me voy al pueblo. Me voy al pueblo y voy a ir a bailar. Quien quiera que se apunte.

Winkler pasó la tarde pegado al microscopio haciendo que trabajaba. Naaliyah se afeitó las piernas en la luz mortecina; se cepilló el pelo; sacó un vestido que Winkler ni siquiera sabía que tenía, negro estampado con guacamayos rojo brillante y, encima, el traje de nieve.

—¿Necesitas que dé de comer a los insectos?

—No hace falta. Volveré esta noche. ¿Estás seguro de que no quieres venir?

Winkler miró hacia el prado, negó con la cabeza. Dos minutos después Naaliyah arrancó la moto de nieve, se subió sin llegarse a sentar y se puso en marcha a gran velocidad por la corteza congelada que recubría la nieve.

La luz abandonó despacio los árboles. Winkler oía el gruñido de la Skidoo mientras Naaliyah la conducía por entre los árboles y se quedó fuera un instante más, con la nieve flotando entre las ramas, y, a continuación, entró.

Empezó a ir a menudo, cada pocas noches, y se quedaba en el pueblo hasta pasada la medianoche; en una ocasión no volvió hasta la madrugada. A veces Winkler iba hasta la pícea, hacia sus huellas, esperando atisbar la mota de su cabeza al enfilar el largo camino hasta el campamento, haciendo caer nieve de las ramas bajas de los árboles, espantando animales. Por entre los huecos de las copas de los árboles, veía el Yukón discurrir amenazador a sus pies, enorme y ancho, aquí liso como una pista de carretera, allí combándose en olas.

Cenaba solo; miraba la radio y contemplaba la posibilidad de encenderla. Sin duda era el guarda forestal, el de la cara curtida por el viento y los pantalones caqui, pero no se lo preguntó a Naaliyah y, en cualquier caso, no era asunto suyo.

El silencio atronaba sobre el prado, grande y pálido. Se durmió en la silla junto al fuego y, cuando se despertó, todavía medio dormido, se arrastró hasta el catre de Naaliyah y siguió durmiendo allí.

Lo despertó más tarde el ruido de la moto de nieve entrando en el prado. La puerta se abrió y cerró, y oyó leños dentro de la estufa. Abrió los ojos. Las lámparas de luz infrarroja estaban todas apagadas y la única luz procedía de las ascuas de la estufa y de una vela que ardía en la mesa de Naaliyah.

Olía a cerveza, y a hamburguesa, y a humo de cigarrillo. Se le derritió hielo del pelo y goteó en el suelo. Winkler encontró sus gafas en un estante a su lado. La entrevió al otro extremo de la cabaña, inclinada sobre una jaula, levantando una tapa de malla y cogiendo una araña con dos dedos.

11

Íbamos los miércoles al cine mientras tú jugabas al hockey. Hasta diciembre no empezó a venir a mi casa. Comía Apple Jacks y miraba por la ventana, pensando en ti, probablemente. Por lo que sé, pensaba a menudo en ti. Creo que antes de que yo la conociera tenía la idea de irse de Alaska, aunque esto no lo digo para restarle importancia a mi papel en lo ocurrido. Ni siquiera sé si «idea» es la palabra adecuada, en realidad era solo un impulso, un capricho; abría mi mapa de carreteras y trazaba rutas desde Anchorage con el dedo. Decía que quería ser piloto de líneas aéreas, o agente de policía, o médico. Nos tumbábamos en la cama y mirábamos el cielo por la ventana. Creo que quería, por encima de todo, ser madre.

Tengo un agujero en mi vida porque sé muy poco de mi hija —mía y de Sandy— y te suplico que busques en tu corazón y encuentres la bondad que haya en él. Hazme saber de algún modo lo que le ocurrió. Probablemente no merezco la paz, pero tú podrías darme alguna.

Sé que no lo voy a conseguir con palabras; solía escribir a Sandy y pensar que la haría comprender, pero es imposible. Estamos demasiado lejos.

Llámame capullo, mala persona, lo que quieras. Pero, si puedes, por favor, contesta esta carta.

12

Uno a uno los estanques se fueron tragando su hielo como si fueran píldoras enormes y dolorosas. Las estrellas cambiaron y pronto Naaliyah encontró briznas diminutas que brotaban del suelo cuando apartaba agujas de pícea en busca de gusanos. Todo goteaba. Las ramas descargaban nieve como si estuvieran hartas de ella. En el cobertizo empezaron los chirridos. Cuando Winkler fue a mirar, algo se había abierto camino a mordiscos por un palo y dejado un montón pulcro y reciente de serrín en el suelo de la jaula.

El ruido del río, caudaloso y burbujeante, llenaba el claro. Naaliyah lo arrastró al agua y le obligó a quedarse dentro, con el agua exasperadamente fría al contacto con las piernas y el lecho de grava moviéndose bajo sus pies.

—Calla —le dijo—. Estate quieto.

Winkler se movió, se encogió, por fin consiguió quedarse tranquilo. Y, por un breve momento, la sintió, una nube de insectos a su alrededor, aterrizando y despegando, mil punzadas en la piel, casi ingrávidos. Intentó verlos, pero no distinguió más que una nube de motas que permanecía allí un segundo y al siguiente desaparecía.

—¿Qué son?

—Moscas enanas adultas. Acaban de nacer. Todavía tienen que endurecer las cutículas. —Naaliyah agitaba una mano—. Solo en este tramo probablemente incubarán unas cien mil.

Era un sonido, pensó Winkler, como el zumbido de las esferas, los mecanismos del universo hechos audibles. Primavera: su vigor, el viento cálido y benévolo que lo agitaba todo.

Un viernes como otro cualquiera. Naaliyah se iba al pueblo a buscar el correo, a llamar por el teléfono de satélite y a enterarse del estado de las carreteras. Era casi mayo y llevaba ya más de una semana haciendo preparativos para marcharse, conservando insectos en frascos con alcohol, juntando otros en jaulas más transportables, liberando algunos. Cinco mariposas antíopa adultas habían sobrevivido al invierno acurrucadas en las hendiduras de un palo y las sacó al sol y las vio entrar en calor despacio, abrir y cerrar las alas y alejarse volando por fin.

La nieve abandonó el tejado, deslizándose por las tablas y cayendo al suelo con un *chof*. Winkler siempre se sobresaltaba.

El último viernes Naaliyah apareció en la moto de nieve, que tenía la cubierta del motor y la suspensión recubiertas de barro.

—¡David! —le gritó y este salió del prado encharcado y chapoteó por la nieve derretida. Las gafas de Naaliyah estaban sucias de barro—. Te ha escrito.

Le tendió la carta. Un sobre de color marfil con un membrete en relieve del First Federal Bank de Alaska en una esquina.

—Te ha escrito —repitió.

Podía haber dicho más cosas. Pero solo estaba la carta, que Winkler sostenía con las dos manos: un poco de tinta —el nombre de Winkler— en un campo de blanco. Si no tenía cuidado se perdería en el bucle de aquellas letras, se perdería y no encontraría el camino de vuelta. Echó a andar hacia atrás, dando traspiés, en dirección a la cabaña.

Naaliyah esperó fuera, delante de su gran mesa combada, sin trabajar. Toda su atención estaba puesta en Winkler, concentrada, cada pensamiento dedicado a él, brindándole tanta esperanza que Winkler se preguntó, mientras vacilaba delante de la estufa, si la esperanza podría ser visible en algún otro espectro todavía imperceptible que coloreara el aire, como las auroras que arrugaban el cielo.

Las golondrinas atravesaban los antiguos corredores hacia Canadá; los renos se desperezaban en sus camas. En alguna parte, una osa parda se levantaba y estiraba y bostezaba, y tres oseznos del tamaño de pelotas de voleibol salían tambaleándose del cubil detrás de ella. En la tundra que miraba hacia el sur, los líquenes, algunos de siglos de antigüedad, desplegaban sus costras por las rocas.

Abrió el sobre.

Estimado señor Winkler:

Gracias por los copos de nieve. Sin duda son hermosos, un motivo más para sentirse orgulloso de Alaska.

Sí, sí, Grace está aquí, viva, bien y todas esas cosas. No sé, sin embargo, si querrá verlo. Tiene un hijo. Se casó pronto y ya está divorciada. Nunca ha hecho demasiado caso de mis consejos.

En cualquier caso esta es su dirección. No le diga que se la he dado yo.

Grace Ennis
Calle Dieciséis este, 208, Apto. C
Anchorage

Ya no creo que sea usted un capullo. Un gilipollas tal vez. Es una broma. Siento haber tardado tanto en contestar, he estado fuera de servicio las últimas semanas.
Pásese por aquí si viene por la ciudad.

Herman

Igual que con la caja de cartas devueltas de Sandy, estuvo un largo rato con la carta en el regazo, y la luz cambió a su alrededor y las sombras se extendieron poco a poco.

Una hoja de papel, una plegaria atendida. Su mente se llenó, como un charco, de un único recuerdo: la mañana, antes de amanecer, en que murió su madre. Winkler tenía trece años. Su padre la había encontrado y había salido corriendo al descansillo. Desde su armario-dormitorio Winkler lo oyó aporrear la puerta de los vecinos, gritar que necesitaba usar su teléfono. Apartó el colchón y salió con cuidado al salón. La madre seguía en su butaca, su cuerpo ya rígido, fuera de lugar, las rodillas asomando bajo el dobladillo de su camisón, las puntas de los dedos de una mano extendidas para tocar uno de los ventanales. El estruendo de su padre gritando y aporreando en el descansillo resultaba extrañamente lejano y los olores de los almacenes de peletero convertidos en apartamentos —olor a zorro, a lince, a los taninos usados para hacer los abrigos— eran repentina, inverosímilmente intensos. Las paredes rebosaban de fantasmas, salían de debajo de los muebles, de los radiadores y desagües, de los grifos y fisuras en las vigas, y de los ojos de las cerraduras, y de las grietas en la escayola, fantasmas de visones y caribús. Ardillas árticas y osos, marmotas, alces, todos esos animales que entraban en tropel en el apartamento, cientos de ellos, silenciosos e invisibles, pero allí, paseándose. El niño los sentía, los olía, todo menos verlos. Su aliento estaba en las ventanas.

Se reunieron alrededor de ella en la oscuridad. Qué quieta estaba. Los animales pateaban el suelo, no paraban de moverse y agitar la cola. Su madre tenía el cuello estirado y el mentón apuntando al techo, y sus dedos estaban horriblemente inmóviles contra el cristal; y afuera, seis milímetros de nieve recién caída se habían acumulado en el alféizar y Winkler había dado gracias toda su vida por haberle sido concedido ese momento con ella, tal vez uno o dos minutos completos, él y los animales y su madre, la única persona que lo había comprendido de verdad, e imaginaba que podía ver a los animales llevándosela con ellos, solemne y delicadamente, escoltando la vida que la abandonaba, algo vaporoso e iluminado, como un frasco lleno de luciérnagas, o la llama de una vela detrás de una cortina, su alma quizá, o algo más allá de las palabras, algo que se llevaban con ellos de vuelta a las paredes del edificio y en dirección al tejado.

Al cabo volvió su padre corriendo con los vecinos y se encendieron lámparas, y las ventanas se oscurecieron, y su madre ya no estaba.

13

El Ford traqueteaba por el camino desigual. Naali-yah pisaba el freno, conduciendo la camioneta con la moto de nieve a remolque a través de largos tramos de nieve derretida. Winkler miraba una isla de abedules en una colina cercana, un tajo brillante que atravesaba la oscura pícea como una costura de plata.

Tuvieron que parar varias veces, las ruedas traseras giraban en el aire, Winkler se bajaba y se apoyaba en el guardabarros trasero mientras de los espacios ensombrecidos entre los árboles llegaba un aire frío y las jaulas con insectos apiladas en la parte de atrás cascabeleaban bajo una lona. Pero la camioneta siempre se liberaba, el remolque chapoteaba en los surcos como si su salida del valle fuera ya inevitable, estuviera determinada por la gravedad y lo radiante del día. A medida que bajaban había menos y menos nieve, y empezaban a aparecer sauces vestidos con una bruma de brotes verde lima meciéndose al viento.

Winkler iba con su vieja bolsa de viaje entre las piernas y sus impresiones de cristales de nieve apiladas en el regazo. El aire le bañaba la cara y le bajaba por el cuello de la camisa.

Tardaron casi una hora en llegar al Yukón. Sobre su vasta extensión, las gaviotas volaban en círculos y se elevaban. Rayos de sol caían de las nubes rotas. Bloques de hielo grandes como furgones plagaban las orillas y entre ellos había árboles enteros, despojados de corteza y de ramas, los elaborados nudos y dobleces de sus fibras abiertos. En el centro, más allá del hielo roto y de una gruesa línea de desechos flotantes, un canal marrón claro —tan ancho como un campo de rugby— se abría paso empujando río abajo témpanos como lentes gigantescas en dirección a Circle.

Anchorage estaba a ochocientos kilómetros. A la izquierda de la carretera, en la franja de río deshelada, amerizaban gansos, uno detrás de otro.

LIBRO SEXTO

1

Fue en el autobús número 2 con traje nuevo y una tarta de queso dentro de una caja. En alguna parte de la cinturilla de sus pantalones andaba perdido el plástico de la etiqueta del precio y se le clavaba periódicamente en la cintura. Se bajó en la calle Quince y se sacó del bolsillo un callejero arrancado de un listín telefónico.

Cinco manzanas, sureste. El tráfico siseaba invisible en la calle A. Era por la tarde, el cielo estaba gris, y los complejos de apartamentos parecían casi todos vacíos, sus residentes se encontraban trabajando o quizá se habían ido para siempre. Había alguna casa esporádica elegante y cuidada, con tulipanes o lilas en la parte delantera, pero en su mayor parte era un barrio de viviendas alquiladas: edificios de tablilla sobre forjado, o casas prefabricadas puestas allí décadas antes por trabajadores del oleoducto o del ferrocarril, sin mejoras desde su concepción, algunas todavía con aislamiento a base de crin y de periódico visible entre las grietas.

Si había pisado alguna vez aquellas aceras no lo recordaba. Casi todo en la ciudad le parecía nuevo. Igual que el moho, Anchorage había germinado y colonizado, trepado por Hillside, crecido alrededor de los lagos. Sus carreteras habían engordado hasta ser autopistas, los solares industriales invadían las turberas. Vehículos polvorientos guardaban ociosos largas colas en los semáforos, torres con fachada de espejo se habían instalado en vastos aparcamientos. En el cine de la Cuarta Avenida, donde solían quedar Sandy y él, ya no se proyectaban películas: el auditorio era ahora un bufé para turistas; el sótano, un museo caído en desgracia.

Pero también estaba el aroma de siempre: en la estela de un camión de reparto, o en una brisa calma a medianoche, o en el gotear y gorgotear del agua de lluvia en los túneles: un olor a grava y a sal y a gasolina, a árboles y a nieve que se derrite, olor a Alaska en abril. Era el lugar donde había crecido: gaviotas que sobrevolaban las calles de la parte baja de la ciudad. El río que bullía por el canal Turnagain arriba.

El dos-cero-ocho de la calle Dieciséis este eran cinco apartamentos de madera de una sola planta. El apartamento C estaba en el centro. Los otros inquilinos tenían cactos o morsas de jade o tiestos con gardenias en los alféizares, sillas de nailon en los céspedes delanteros sin segar, pero el apartamento C no, solo las persianas bajadas y la puerta cerrada. Un felpudo sencillo, de palma trenzada. Las escaleras de entrada sin barrer.

El juguete de un niño había rodado debajo de un seto: un bate de béisbol de plástico rojo inflado grotescamente por su extremo más grueso.

Al otro lado de la calle había un parque ahogado en dientes de león con barras para niños, columpios de dos plazas y un letrero que decía PARQUE INFANTIL RANEY. Retrocedió con su tarta de queso y se sentó en el columpio de la izquierda, que quedaba oculto desde la puerta delantera de la casa, pero que le permitía ver su seto, y también las puertas y ventanas situadas al oeste: Apartamento A, Apartamento B.

La etiqueta de plástico le rozaba la cadera. Empezó a ponerse nervioso. La tarta de queso en el regazo fue poco a poco ganando masa hasta convertirse en una roca, en una caja para repostería llena de mercurio. No lograba apartar la vista del bate de juguete bajo los setos. La tarta de queso lo obligaba a clavar los zapatos en la tierra.

Una C escrita en la puerta. Detrás de la cual vivían su hija y su nieto. Era incomprensible.

Pasó traqueteando una furgoneta de tintorería con los tapacubos oxidados. Rechinó un columpio. Repasó mentalmente las Graces Winkler que había conocido: Nueva Jersey, Virginia, Tennessee, Nuevo México, Boise. La Grace de los san bernardos; la Grace de las cacatúas. Hay muchas Graces Winkler y todas ellas son la verdadera. Así que en ese sentido tu viaje nunca habrá terminado. Jed había estado en lo cierto.

Y, sin embargo, al otro lado de la calle, detrás de aquella puerta, vivían una hija y un nieto a los que no conocía. ¿No podría ser eso de alguna manera un final?

En un minuto o así lo haría. Se obligaría a levantarse del columpio y llamaría al timbre. Tal vez mostraría falta de interés, o perplejidad. Quizá —era lo más probable— enfado. Quizá lo abrazaría; quizá susurraría: *Por fin.*

El cielo descendió un centímetro. A la altura de sus tobillos, las abejas libaban dientes de león. Se obligó a cruzar la calle. El columpio se balanceaba hacia atrás y hacia delante.

La tarta de queso pesaba de un modo ilógico. Sus zapatos dejaron huellas húmedas en la acera. El rectángulo de césped de Grace estaba lacio y sin segar y sintió deseos de alquilar un motocultor y arrancarlo entero y resembrarlo. Al menos así ella tendría un aliciente para volver a casa: pulcras hileras de hierba verde.

Un *kit car* entró en la calle con los altavoces atronando. La mitad de cristal de la puerta mosquitera de Grace tembló. El pecho de Winkler se llenó de adrenalina. Se inclinó frente a las escaleras de entrada y dejó la tarta de queso en el felpudo. Tenía el timbre al alcance de la mano. Lo pulsaría. No podía pulsarlo. El coche aminoró la velocidad al final de la calle y luego continuó.

Tenía los brazos colgando a ambos lados del cuerpo, inútiles. Retrocedió. Cuando llegó a la acera, tuvo que contenerse para no echar a correr.

El apartamento de Naaliyah consistía en cuatro habitaciones en la segunda planta de un edificio en forma de cubo de tres pisos hecho de estructura metálica y tablilla llamado Apartamentos Camelot. Además de su dormitorio, había una cocina, un cuarto de baño con manchas de moho y una sala de estar del tamaño de un armario dominada por un sofá de pana naranja.

Naaliyah tenía la mayoría de sus insectos en un laboratorio en la facultad, pero seguía habiendo unos veinte insectarios en las encimeras de la cocina. Los había vaciado y repoblado: barrenillos, gorgojos, orugas alpinas en diversos estadios de transformación.

—Así ahorras dinero —le había dicho a Winkler—. No hay prisa. Espera a tener la vida un poco organizada. En cualquier caso, nunca estoy en casa.

Lo que resultó ser cierto, pues casi inmediatamente se marchó pedaleando al campus en una bicicleta azul oxidada.

Pasaba los días y buena parte de sus noches estudiando datos en la biblioteca, o reunida con el profesor Houseman, o acuclillada delante de un arbusto con su lupa de bolsillo, vigilando el titubeo y la desesperación de los insectos de primavera.

Winkler se quedaba por las noches en el sofá. Tenía su escasa ropa en una pila doblada sobre el radiador. Pegó con celo sus diecinueve fotografías de cristales de nieve a lo largo de la pared encima del respaldo del sofá. Sus conchas de nerita estaban sobre una moldura encima de la ventana. Naaliyah le había permitido quedarse el Stratalab. «No lo echarán de menos», había dicho, y Winkler lo tenía apoyado en una repisa de la pared.

Las primeras noches habían sido las más duras: faros de coche que recorrían el bulevar Northern Lights, el balido ocasional de un claxon, pisadas cruzando el techo. Desde que era un niño no había tenido que intentar dormir en un lugar tan ruidoso. Cada vez que los vecinos de arriba tiraban de la cadena, el apartamento entero de Naaliyah se llenaba del sonido, una explosión de agua que bajaba por cañerías situadas a menos de seis metros de la cabeza de Winkler. Tenía pesadillas en las que se encontraba de nuevo en el camarote de literas del *Agnita,* el sofá naranja bostezaba en las olas, el mar abierto empujaba las paredes del apartamento.

Estaban construyendo un pequeño centro comercial al otro lado de la calle y, antes de las cinco de la mañana, los trabajadores encendían la mezcladora de cemento: el tambor molía a un ritmo constante, el cemento hacía un ruido seco al girar dentro de él. Winkler se despertaba, estudiaba el techo y escuchaba: era un sonido como el de su propio corazón, dando vueltas sin parar.

Se afeitó la barba; se duchaba dos y tres veces al día. El invierno remoloneaba en sus articulaciones, en su médula.

Sus ojos rezumaban líquido y tenía que separarse los párpados con los dedos. Algunas mañanas tardaba dos o tres minutos en levantarse del sofá y ponerse en pie.

Comía pomelos, peras, una vez un cuarto de kilo de queso Muenster en lonchas. Las doce sensaciones distintas de un zumo de naranja frío en la lengua lo mantenían entretenido quince minutos.

Estudiaba el mapa callejero en las Páginas Amarillas de Alaska. Escudriñaba entre las persianas igual que un fugitivo. Ella podía estar ahí, o ahí; podía estar bajando de ese Plymouth, sacando esa pesada bolsa de lavandería roja del maletero del coche; aquella mujer con deportivas y agujeros en las medias podía ser Grace; o aquella que pasaba corriendo con mallas y un sujetador deportivo y unos auriculares abrazándole las orejas.

Encontró un trabajo. Cogió un autobús hasta el centro comercial de la Quinta Avenida para comprarse unas gafas como es debido y, mientras permanecía allí, reparó en un letrero que decía que buscaban un técnico ayudante de laboratorio. La tienda se llamaba LensCrafters. La encargada, la doctora Evans —una óptica rechoncha con melena abundante que llevaba gafas de montura plateada y una bata de laboratorio—, frunció el ceño cuando vio, en el apartado de formación, que tenía un doctorado y, en su historial laboral, que había sido encargado de mantenimiento, pero dijo que estaba desesperada y, después de unos minutos al teléfono con alguien de «la empresa», contrató a Winkler sobre la marcha.

—Pero —dijo— tendrá que cambiar de gafas. Nuestros empleados tienen que llevar los últimos modelos. Supongo que lo entiende.

Winkler consintió y eligió unas de Calvin Klein con montura acrílica en negro y miel, de diseño adaptado a sus cristales de gran tamaño. Gotas oftálmicas, también. Debía echárselas en los ojos cuatro veces al día. Miopía patológica, dijo la óptica, lo que quería decir que la vista de Winkler iba a peor y que no sería seguro que condujera, una información para la que no habría necesitado pagar doscientos cuarenta y tres dólares. Los cristales eran tan gruesos que las pestañas los barrían cada vez que parpadeaba.

Gary, un estudiante de segundo de bachillerato de veintitrés años, le enseñó sus tareas. Los jueves, viernes, sábados y domingos Winkler llamaba a clientes, hacía inventario de monturas, archivaba recetas, repasaba pedidos y sacaba cajas al contenedor que había en la parte trasera (esta última tarea se convertiría en su favorita: se detenía después de aplanar las cajas con el pie y miraba al cielo, donde unos cuantos cirros discurrían sobre la pasarela acristalada del centro comercial). A la hora del almuerzo cogía el ascensor hasta la planta de restauración, la cuarta, y comía en Thai Town o en Subway en una mesa encajada entre jardineras de unas plantas tropicales y miraba más allá de los adolescentes dando vueltas, hasta la fuente ahogada en centavos donde un salmón de cobre escupía agua en una pila clorada.

Para entonces era casi mayo y por las tardes había niños por todas partes. Los autobuses escolares pasaban suspirando delante del apartamento de Naaliyah, sus ventanas estaban atestadas de caras.

En dos ocasiones más cogió el autobús número 2 de noche, recorrió a pie las cinco manzanas hasta el parque infantil Raney y se sentó en el columpio vestido con traje y corbata.

«¿Te importaría…?», preguntaría, tartamudeando. «¿Crees que podrías…?», «¿Hay alguna posibilidad de…?».

Llevó pastel de cereza; compró tarta de crema adornada con virutas de chocolate blanco. Siempre se volvían pesadas como rocas; siempre las dejaba en el felpudo sin una nota, sin tocar el timbre.

Luego, el largo viaje de vuelta por la autovía Lake Otis hasta el apartamento de Naaliyah. Después, un kilómetro de manzanas bajo la lluvia hasta Baxter: dejar atrás el esqueleto sin iluminar del centro comercial en construcción con fundas de plástico aleteando y goteando, coches de estudiantes, de enfermeras y de padres llevando a niños en edad escolar que salpicaban al pasar. Luego cruzar otra vez bajo el dintel de Camelot, la escalera con su raída alfombra claveteada, el extintor recubierto de polvo en el pasillo, la escayola completamente agrietada de la escalera, la bombilla desnuda en lo alto, festoneada de telarañas.

2

Cuando llevaba doce días en Anchorage compró un ramo de narcisos y fue en taxi al cementerio Heavenly Gates Perpetual Care Necropolis, a unos veinte kilómetros al norte de la ciudad, en la autopista Glenn en dirección a Palmer. Un nuevo concepto de cementerio, decía el anuncio en la guía de teléfonos. Una forma distinta de devolver polvo al polvo. Respetuoso con el medioambiente. Nada de revestimientos metálicos, nada de fluidos de embalsamar, abundancia de espacios abiertos.

Las nubes eran tan delgadas que el blanco rasgado del cielo hacía daño a los ojos. Mantuvo la vista baja. En la oficina instalada en un remolque, un recepcionista entrecano, con el pelo en forma de nube y roña bajo las uñas, sonrió a Winkler y le dio un folleto fotocopiado, algo sobre la importancia kármica de comprar un árbol y plantarlo donde está enterrado tu ser querido. Junto a la silla plegable destartalada del recepcionista había una nevera portátil de los Seattle Mariners y una enorme terranova color gris. Winkler se inclinó para acariciarla y la perra le llenó de saliva la palma de la mano.

El directorio era un cuadernillo de hojas forradas y unidas por clips con una cubierta de plástico como un boletín de conducta del instituto. Encontró su nombre fácilmente. Sandy Winkler. Parcela 242.

El recepcionista ya la había señalado con un círculo en un mapa como de dibujos animados y Winkler se puso en marcha. Las sombras de las lápidas se encorvaban rígidas hacia sus bases en un gesto de sumisión. Había quizá unas trescientas tumbas al aire libre dispersas por la ladera, y un pequeño columbario construido con leños sin corteza. Algunas tumbas estaban señaladas con piedras o cruces; otras con tótems; otras eran casas de espíritus tailandesas: cobertizos de un metro de altura como casetas de perro alargadas, pintadas en tonos alegres.

Había tumbas adornadas con banderas de Estados Unidos, con coronas de plástico, con nada. En el punto medio exacto de varias parcelas había árboles plantados: chopos, pícea y unos cuantos cornejos. De las ramas de uno colgaba un biplano en miniatura hecho con trozos de latas de Budweiser que giraba despacio en su soga de un solo hilo.

La tumba de Sandy era sencilla y limpia; la lápida, de granito, y mostraba su nombre y los años que había vivido. Por su emplazamiento —en una esquina elevada del prado, con vistas a las puertas de entrada y a las oficinas, al taxi pequeño blanco y negro que esperaba a Winkler abajo y a la autopista, y a las colinas en retroceso que surcaban el paisaje hasta el valle del río Eagle—, se veía que quien hubiera escogido la parcela lo había hecho con cuidado, y a Sandy le habría gustado.

Se quedó frente a la tumba varios minutos. No tuvo ganas de llorar y sus pensamientos fueron sorprendentemente vacuos y mundanos. Las golondrinas volaban de allá para acá procurándose un festín a base de mosquitos.

Cuando pensaba en cáncer veía una garganta negra; veía tinta empapando una servilleta; putrefacción, comerse un árbol de dentro afuera. Quiso preguntar: ¿Fue difícil? ¿Estaba Grace contigo? Quiso decir: Cierro los ojos e intento verte, pero ha pasado demasiado tiempo; se han ido el tacto de tu cuerpo y la expresión de tu cara. Recuerdo que tenías un triángulo isósceles de pecas en la mejilla. Recuerdo que ibas a trabajar al banco vestida con suéteres gruesos y que movías los labios al leer. Recuerdo cómo en la cama pegabas las plantas de los pies a mis espinillas y recuerdo el ruido insoportable de la puerta al cerrarse cuando te marchabas de mi apartamento los miércoles por la noche. Pero cuando cierro los ojos solo veo rojos y azules, el interior de mis párpados.

Una mariquita trepó por la *D* de Sandy. Su vida representada en un guion corto, de cincuenta milímetros. Se levantó una brisa que rozó las piedras y las casitas de espíritus, subió por la ladera hasta la pícea y continuó subiendo, agitando los brotes diminutos de hierba de san benito y saxífraga que, arropadas por las rocas de mayor tamaño, empezaban a vestir sus amarillos y malvas estivales.

Dejó los narcisos sobre la lápida y se secó las manos en los pantalones.

—Sandy… —empezó a decir, pero no terminó.

Hasta que no estuvo en el taxi, de vuelta a la ciudad, no recordó una cosa. Después de una primera sesión, de vuelta en su apartamento, Sandy y él habían ensartado malvavisco en tenedores y los habían tostado en un quemador de la cocina. Sandy solo llevaba puesta la chaqueta de pana marrón de Winkler. Este había intentado tostar su malvavisco de manera uniforme para lograr que la superficie entera del cilindro se volviera de color marrón, mientras que Sandy dejaba que el suyo se incendiara y lo veía arder, con la piel burbujeante y chamuscada que empezaba a desprenderse. Luego lo soplaba, se comía la parte quemada y prendía fuego otra vez al interior blanco. Ya se había comido así dos o tres y tenía grumos de malvavisco en las mejillas y en el pelo. Se desternillaba de risa, con la sangre rebosante de azúcar, y empezó a dar codazos a Winkler simulando que era un accidente para sabotear su tostado perfecto.

En el asiento trasero del taxi Winkler sonrió de pronto y los ojos del taxista se posaron en el retrovisor y lo miraron un instante antes de volver a la carretera. Winkler pensó: Te quise, Sandy. Te sigo queriendo.

3

Lilac era una subdivisión de treinta y seis casas con un estanque detrás. Todas tenían céspedes segados al ras, setos que flanqueaban las entradas y pequeños teclados numéricos sobre el marco de las puertas de garajes. Se detuvo delante de la casa de Herman y estudió las ventanas, el arco de estuco, la pequeña antena de satélite atornillada a un alero. ¿Cuántas veces había tenido aquella sensación: Herman dentro, él fuera?

Subarus y Volvos y Nissaus relucían en los caminos de entrada. Dos mujeres con guantes de jardinería charlaban separadas por una valla; se giraron para saludar a Winkler con la mano y este trató de devolverles el gesto de forma natural, como si sus asuntos no fueran más urgentes que los de ellas, como si su vida no fuera menos serena: un alargar del brazo, un chascar del codo.

Recorrió furtivo el camino hasta la puerta de Herman. Tragó saliva, pestañeó. Pasó un minuto hasta que se sintió capaz de llamar al timbre.

A los pocos segundos, Herman abrió. Su cara era ancha, con ojos pequeños y la tez picada debajo de los pómulos. Seguía teniendo el pelo gris, erizado en una especie de plataforma. Del cuello le colgaba un delantal con una estrella y un chaleco de sheriff serigrafiados y una espátula enfundada en una presilla cosida a la cintura.

Winkler sostuvo en alto un juego de llaves de carraca retractilado que había comprado unas horas antes.

—¿Herman? ¿Herman Sheeler?

—Sí.

—Soy David Winkler.

Levantó el juego de llaves de carraca como para protegerse de un golpe.

El rostro de Herman se contrajo y, a continuación, se relajó. Miró por encima del hombro de Winkler, hacia el camino de entrada. Winkler pensó: Puedo haberme cruzado cien veces contigo por la calle.

—¡Pero bueno! ¿Cómo has venido?

—En autobús.

—¿En transporte público?

—El número 60 para en el parque empresarial. En Huffman.

—Eso tiene que estar a tres kilómetros de aquí.

Winkler se encogió de hombros. Bajó el juego de llaves. A su espalda, un Suburban enfiló un camino de entrada y tocó el claxon y Herman levantó una mano mientras el monovolumen desaparecía detrás de una puerta de garaje cerrándose.

—Bueno, pues pasa —dijo Herman—. Pasa. David Winkler, madre del cielo.

La entrada daba a una sala de estar con moqueta beis y un techo alto en el que giraba despacio un ventilador. Unas puertas vidrieras la separaban de una habitación en penumbra a la izquierda. A la derecha arrancaban unas escaleras. Al fondo había una puerta mosquitera por la que entraba olor a carbón y líquido de encendedor.

Herman se quedó en el umbral con su delantal sin dejar de estudiar a Winkler y este hizo lo posible por no ponerse nervioso.

—Después de tantos años…

Winkler asintió.

—¿Qué es lo que llevas ahí?

—Llaves. Son para ti.

Herman cogió el paquete, leyó la etiqueta y agitó el estuche.

—Sesenta y nueve piezas. Vaya. Gracias, David.

Llevó el paquete a la cocina, le quitó el envoltorio de plástico y abrió la caja encima de la barra para desayunar junto a un oso polar de treinta centímetros de alto hecho de esteatita. Estuvo largo rato examinando los contenidos. Como si los cilindros relucientes pudieran ser más que vasos de carraca y puntas de destornillador. Como si pudieran encerrar las respuestas a preguntas que llevaba décadas haciéndose.

En el rincón de la sala de estar, un televisor enorme retransmitía momentos estelares de hockey. En las paredes había acuarelas de peces, salmones y truchas, una incluso quizá era la que había visto Winkler en el vestíbulo de Herman veinticinco años antes.

Herman levantó la vista.

—Estoy haciendo la cena. Hay comida de sobra…

Winkler se ajustó las gafas.

—Bueno, no quiero… No necesito…

Herman levantó las manos con las palmas hacia delante.

—Quédate.

Dejó a Winkler con una taza de leche desnatada en la mano y salió al patio, donde se colocó delante de una barbacoa humeante y dio la vuelta con una espátula a lo que parecían ser hamburguesas. La cocina estaba ordenada y limpia. En el antepecho de la ventana había un ejército de frascos de pastillas color naranja. Pegados a la nevera con fichas de póquer convertidas en imanes, había media docena de dibujos infantiles hechos a rotulador y la atención de Winkler no dejaba de desviarse hacia ellos, como si las imágenes poseyeran una gravedad independiente de la de la habitación.

Eran de edificios altos, con muchas ventanas y, a los lados, había figuras asexuadas entre flores de largos tallos. En medio de ellas había una fotografía tamaño cartera de un niño de unos cinco o seis años. Tenía pecas, pelo cortado a tazón, y el fotógrafo lo había retratado con un fondo de terciopelo y un pie apoyado en una pelota de fútbol.

Winkler se pasó una mano por la boca.

—¿Es...? —empezó a decir.

Pero Herman seguía con la barbacoa y no habría podido oírle. Cuando volvió le preguntó a Winkler si había seguido las semifinales de la copa Stanley y si tenía algún equipo favorito. Winkler negó con la cabeza y sorbió su leche. En los márgenes de su campo visual, la fotografía del niño era un agujero negro amenazador.

Se sentaron a comer hamburguesas vegetarianas con bollos de pan tostado y un cuenco de espárragos a la parrilla.

—Ya lo sé —dijo Herman mientras se quitaba el delantal de sheriff—. Deberíamos comer hamburguesas de verdad. Pero son órdenes del médico. Antioxidantes, soja, todo eso. Y te digo una cosa, David, me lo he tomado en serio, me estoy rehabilitando. Vacié la nevera, tiré toda la carne. Haré lo que haga falta.

—¿El médico?

Herman se llevó los nudillos al esternón, a la izquierda de la placa de sheriff.

—El corazón —respondió. Luego cerró los ojos, juntó las manos encima del plato y dijo—: Señor Jesús, te damos las gracias por tu bondad y generosidad y por cuidar de David y de mí todos estos años.

Levantó su vaso de leche y se bebió la mitad.

Comieron. Winkler masticó y tragó. Como si los años transcurridos no hubieran sido nada; como si sus crímenes contra Herman fueran algo sin importancia. ¿Era así como una persona perdonaba a la otra? Herman habló de San Diego y de un complejo vacacional en multipropiedad llamado Casa de la Jolla, en el que pasaba tres semanas cada diciembre. Antes de comerse los espárragos hizo una mueca fugaz, como si fuera un niño, luego cerró los ojos y se los tragó con un sorbo de leche.

Cuando terminaron de comer siguieron sentados un momento en silencio. Después un cuervo aterrizó en el jardín trasero y empezó a rascar debajo de la barbacoa.

Herman disimuló un eructo.

—No hablas mucho, ¿verdad, David?

Winkler se encogió de hombros. Sentía un hormigueo en todos los órganos del cuerpo. Allí estaba Herman, viviendo su vida, con su cara picada de viruelas, su corazón convaleciente; sus patines de hockey bajo la mesa de centro, su comida saludable en la nevera. Tenía un empleo, una casa. ¿Qué tenía él? Y, sin embargo, estaban hablando desde lados opuestos de una mesa de comedor con superficie de cristal como si las palabras fueran solo palabras, como si sus trayectorias fueran equivalentes. El juego de llaves abierto en la encimera, el fantasma de Sandy recorriendo las paredes.

Durante la cena, los dibujos del niño en la nevera habían crecido hasta convertirse en vallas publicitarias.

Herman se desabotonó la camisa y le enseñó a Winkler una cicatriz estrecha injertada en su clavícula como una lombriz de tierra completamente recta.

—Estenosis. Tenía la válvula aórtica casi totalmente bloqueada. Me lo descubrieron durante un chequeo. Tuvieron que abrirme y rascármela. Estuve dos meses sin ir al banco. He intentado trabajar desde aquí, pero no es lo mismo.

Con un tenedor, Winkler esparció un charco de mostaza atrás y adelante en su plato.

—Lo siento.

—Por lo menos no llevo una válvula de cerdo —dijo Herman, y se giró y miró la pantalla de televisión un rato. Había patinadores deslizándose de un lado a otro. Un vendedor de camiones se acercaba a la cámara y señalaba con el dedo. *¿Quién tiene los mejores precios de Alaska? ¿Quién?*

De postre comieron yogur helado. Herman se sirvió cuatro bolas. Winkler se excusó para ir al cuarto de baño y, una vez allí, cerró la puerta y se apoyó en el lavabo. En la encimera de azulejo había una fotografía con un marco de madera barnizada. Era Sandy. Tenía la mirada vuelta hacia su izquierda. Llevaba el pelo corto, teñido casi de rojo; su garganta era delgada y pálida; su expresión, perpleja. Era una impresión a color de la foto que se había usado en su esquela.

Tiró de la cadena, la cisterna se llenó y después se hizo el silencio. Fuera, en la cocina, la cuchara de Herman tintineaba contra el cuenco. El rostro de Winkler también era largo y delgado y tan inaceptable como siempre en el espejo. Apagó la luz y Sandy se fundió en negro y él salió.

Herman miraba fijamente su yogur helado.

—Es Sandy. La de la foto —dijo, sin levantar la vista.

—Sí.

—Hace unos cuatro años, creo. En una fiesta de cumpleaños. Justo antes de conocer el diagnóstico.

Winkler asintió con la cabeza. El aire entre los dos pareció acumular energía.

—A propósito de Sandy...

Herman levantó la vista y los dos hombres estudiaron un momento la cocina, y los objetos a su alrededor —los frascos de pastillas, la talla de oso polar, los dibujos del niño, los quemadores, los juegos de cucharas de madera en sus vasos de cerámica, el delantal de sheriff de Herman colgado del pomo de la puerta de la despensa— parecieron de pronto resplandecer, palpitar con sus distintas cargas eléctricas, cada paño de cocina a punto de volverse incandescente, y entonces sonó el motor de la nevera y el resplandor se apagó y la cocina volvió a ser normal.

Herman se llevó la cuchara a la boca.

—Oye —dijo—. Eso sucedió hace mucho.

Aquella noche no se acercarían más a la verdad. Vieron una parte de un partido de hockey en silencio. Winkler insistió en lavar los platos. Herman en llevarlo en coche a la parada del autobús.

La camioneta apestaba a café rancio. Winkler se estaba bajando del asiento del pasajero cuando Herman preguntó:

—¿Pasaste todo el invierno ahí, aislado?

—Sí.

—¿Hacía frío?

—Probablemente no tanto como te imaginas.

Herman sonrió.

—Seguro que hacía un frío horrible. Menos treinta y cuatro, decían los periódicos.

Winkler fijó la vista por encima del capó. De los céspedes subían insectos que flotaban hacia las luces del parque empresarial. Herman lo miró.

—Viene a casa todos los días a las cinco. A recoger a Christopher. Le hago de canguro ahora que estoy de baja. Podrías pasarte. Si te digo la verdad, me vendría bien la ayuda.

Winkler trató de asentir:

—Christopher.

La escena al completo parecía a punto de retorcerse, de tomar impulso y escupirlo hacia la noche. El pitido que indicaba que la puerta estaba abierta no dejaba de sonar. En el nimbo de la luz de la farola flotaban polillas.

—¿Estás seguro de que el autobús llega hasta aquí? —preguntó Herman.

Winkler asintió con la cabeza. Cerró la puerta. Herman metió la marcha. Winkler se inclinó por la ventana. La cara de Herman era franca y tersa.

—Lo siento —dijo Winkler.

Le tendió la mano. Herman la miró quizá un segundo antes de aceptarla.

—Qué caray —concluyó.

Estuvieron así un momento. Luego Winkler se retiró y se secó los ojos y Herman se alejó en el anochecer azul de mayo, los faros traseros de su coche desapareciendo despacio de la vista.

4

Volvió a casa de Herman una segunda vez, y una tercera. Comían perritos calientes de tofu, pizza de soja, brécol hecho en microondas y Herman se estremecía al tragarse las verduras. Después se sentaban delante del enorme televisor, Herman en su *chaise longe* de cuero, Winkler en el sofá, y veían a los Seattle Mariners. «¡A ver si os compráis unas piernas!», gritaba de vez en cuando Herman, o «¡No vale!», y Winkler lo miraba sorprendido y se daba cuenta, un segundo demasiado tarde, de que en la pantalla una bola se había ido contra la valla última del campo o que el tercer base se había tirado al suelo y había hecho una parada.

Cada vez que iba parecía haber un dibujo nuevo colgado en la nevera. Todos eran variaciones del original: flores gigantes —una vez todas rojas, la siguiente, de doce colores distintos— debajo de una fachada alta interrumpida por cientos de ventanas poligonales. Había otras pruebas también: una grúa de juguete volcada en el porche. Una taza con dos asas de Bob el constructor en el fregadero.

En el cuarto de baño, Sandy seguía sonriendo.

Solo en los minutos finales, en el coche de camino a la parada de autobús, cuando se acercaban al paso elevado, Herman y él hablaban de algo cercano a la verdad.

—No se quedó conmigo —dijo una vez Herman—. A ver. Estuvo años viviendo a medio kilómetro, pero a la niña la educó sola. La ayudé a recuperarse, le encontré trabajo en uno de los bancos. Pero lo hizo sola. Llevaba a Grace a ballet, la apuntaba a campamentos, le lavaba la ropa y todas esas cosas. ¿Sabes que seguía casada contigo? Por lo menos hasta donde yo sé. Igual tuvo novios, pero yo nunca los vi.

Winkler miró por la ventana, a los árboles que se sucedían a intervalos regulares. La siguiente vez fue él quien sacó el tema.

—Me gustaría ayudar a pagar la tumba.

—Está ya pagada.

—Me gustaría ayudar.

—Yo no hice nada. Fueron los chicos del banco. La adoraban. Estaban locos por ella. Pagaron la clínica de cuidados paliativos, la parcela en ese cementerio ecológico, pagaron casi todo. Que Dios los bendiga.

Después, cada vez, se quedaban callados, se tomaban un momento para acostumbrarse a los cambios diminutos en sus respectivas cargas, como si con cada verdad dicha en voz alta dentro de aquella camioneta sus cuerpos se aligeraran en una proporción mínima. Luego Winkler decía adiós con la mano y los faros traseros de Herman se alejaban.

La cuarta noche llegaron al parque empresarial sin haber hablado. Winkler se detuvo con la mano en el asa de la puerta.

—Los dibujos son del niño, ¿verdad? De Christopher.

Herman miró hacia la carretera y la luz del salpicadero se le reflejó, pálida, en la garganta. Asintió con la cabeza.

—¿Y la fotografía? ¿También es él?

—Sí.

Desde el sur, bajando por Old Seward, se acercaba el último autobús; la marquesina relucía pálida en la luz quieta de las once de la noche.

Herman no dejó de mirar el salpicadero.

—Grace trabaja en Gottschalks —dijo—, en Dimond. Es la encargada de la sección de zapatería. Su horario es de nueve a cinco.

5

Primera hora de la mañana. Junio. Naaliyah contestó el teléfono. Asintió con la cabeza. Se inclinó sobre el fregadero. Winkler la miraba desde el sofá naranja. Félix se había desmayado con una sartén en la mano y se había quemado el pecho. Al médico de la isla le preocupaba que tuviera una hemorragia en el bazo y lo habían trasladado en transbordador al hospital de San Vicente, donde estaba en diálisis. Ahora se encontraba estable, bajo control. Soma estaba con él. Los chicos, también. Cuando Naaliyah colgó se quedó en la cocina y su boca era una herida y sus ojos miraban de un lado a otro abiertos de par en par.

Un techador con una pistola de clavos disparaba clavos a las tejas en el centro comercial al otro lado de la calle. En el antepecho de la ventana reposaba uno de los barcos de Félix, un balandro de casco rojo con un foque triangular verde sujeto torpemente al mástil. Winkler pronunció el nombre de Naaliyah, fue hasta ella y la abrazó en la cocina durante un largo rato mientras las manecillas del reloj del horno avanzaban despacio.

Pasados unos instantes Naaliyah se fue a su habitación y cerró la puerta. Transcurrió una hora, otra, y entonces, igual que un vaso rebosante de agua —el menisco invertido volviéndose convexo, la gravedad tirando en los márgenes, el exceso de agua derramándose por fin—, Winkler no soportó más su cobardía.

El autobús en dirección al lago Otis paraba justo al otro lado de Gottschalks y Winkler cruzó el aparcamiento y empujó las puertas de cristal a exactamente las 11:45. Era jueves y la tienda estaba casi vacía: dependientes que se paseaban despacio entre expositores, niños que subían a zancadas las escaleras mecánicas, una pareja de japoneses que elegían objetos de recuerdo en un cajón de saldos.

Una chica detrás del mostrador de cosméticos se coloreaba los labios con un lápiz. Señaló hacia la zapatería de señoras sin apartar los ojos del espejo.

Winkler se abrió paso por el laberinto de chaquetas y suéteres. La zapatería ocupaba un rincón entero de la tienda y aquí y allí había mesas de cristal con las bocas de zapatos de aspecto caro orientadas hacia quienes pasaban, un muestrario de sandalias y otro de botas altas de piel, una de ellas doblada a la altura del tobillo. Una mujer paseaba con la cabeza baja entre las colecciones, se inclinó para coger un zapato de tacón alto, le dio la vuelta y lo dejó en su sitio. Había otra sentada en un banco sin zapatos, solo con las medias, y seis cajas dispuestas delante de ella. Sinatra cantaba por los altavoces del techo.

Un recuerdo, largo tiempo dormido: Grace de bebé, acunada en brazos de Sandy, los tres delante de la ventana de la sala de estar viendo nevar. Gotas diminutas que bajaban veloces por el cristal. Los ojos de la niña eran grandes y oscuros. La nieve se posó en Shadow Hill Lane y en las huellas de las ruedas de los coches que habían pasado y en la superficie de los setos. La palabra había surgido aquella noche: *familia.*

Pero ¿qué era una familia? Sin duda algo más que genes, color de ojos, misma sangre. Una familia era una historia: de verdades, luchas y castigos. Una familia era tiempo. En la otra punta del continente, Félix estaba en una cama de hospital, dormido, rodeado de familia: Soma y los chicos, los fantasmas de los chilenos que había conocido, los desaparecidos, los todavía vivos. Winkler tenía un único recuerdo de un bebé en la ventana. Caras en un sueño, espectros en la periferia. Si alguna cosa había aprendido era que la familia no consistía tanto en lo que te era dado como en lo que eras capaz de conservar.

Una vendedora corpulenta con traje de chaqueta oscuro estaba detrás del mostrador revisando recibos. ¿Sería Grace? Sinatra seguía cantando. Winkler pensó: Ni siquiera la reconoceré cuando la vea.

Entonces salió de un almacén. Llevaba tres cajas de zapatos grises. Tenía el pelo negro. Era delgada, muy delgada, sus caderas parecían tan desprovistas de grasa que Winkler imaginó con facilidad su pelvis situada sobre sus fémures, con los huesos de la columna vertebral subiendo por su espalda y conectándose al cráneo. Sus cejas eran abruptas y oscuras. Habían pasado veintiséis años, pero no cabía duda: era Grace. Era Sandy, pero era Winkler también, alta, aquilina, ligeramente desgarbada y con aspecto de tener las carnes tensadas al máximo. Estaba a solo a seis metros de su padre, rígido en su traje de lana barato, y en el núcleo de cada una de sus células había veintitrés cromosomas de su ADN.

Se arrodilló y sacó zapatos del interior de las cajas y papel de embalar de las punteras de los zapatos. La mujer sentada se probó unas merceditas, dio una docena de pasos con ellas y se sentó. Grace la ayudó a descalzarse y le ofreció otros zapatos. Igual que una niña sirvienta atrapada en un cuento de hadas.

Winkler se quitó las gafas, las limpió en la camisa y volvió a ponérselas. La canción había cambiado. El aire olía intensamente a perfume. De todas partes llegaba el roce desapacible de perchas moviéndose y entrechocando en las barras de metal.

La clienta pareció decidirse. Grace metió dos pares de zapatos en las cajas, las llevó a la caja de cobro y esperó junto a la vendedora corpulenta. La clienta pagó, sonrió, cogió sus zapatos y se dirigió a las escaleras mecánicas.

Grace intercambió unas palabras con la otra vendedora y esta rio. A continuación, recogió las cajas y los zapatos que la clienta no había comprado y los metió en el almacén, detrás del mostrador.

Winkler se obligó a tomar aire. El miedo que llevaba creciendo toda la mañana le subió por la garganta como por capilaridad. No era consciente ni de sus pies ni de los círculos de sudor que se le estaban formando debajo de los brazos, solo de la opresión del cuello de la camisa y del hecho incontrovertible de que su hija estaba a dos metros de distancia con una blusa blanca y pantalones azul marino colocando zapatos en estantes.

Cuando salió del cuarto trasero, Winkler seguía allí. Fue directa a él. Se refugió atemorizado junto a una mesa cubierta de zuecos de mujer. La sonrisa de ella parecía genuina y, más tarde ,Winkler le daría mil vueltas a su pregunta en la cabeza hasta que proliferó como un hongo y se transformó en algo mayor:

—¿Puedo ayudarle?

—Eres Grace. Grace Winkler.

Ella ladeó un poco la cabeza. Apenas se le alteró la sonrisa.

—Grace Ennis.

—Sí, claro —dijo Winkler—. Grace Ennis.

Pero la sección de zapatería se había llenado poco a poco de una claridad que levantaba chispas en los márgenes del campo visual de Winkler y los miles de zapatos en los expositores parecían a punto de prender y quemarse. La cara de Grace se convirtió en una revolución de actividad, hojas que aleteaban alrededor de las cuencas de sus ojos. Lo miraba ya de forma distinta. Se le contrajeron las pupilas. Tenía los iris color gris. El blanco estaba atravesado por venas rojas diminutas.

—¿Señor?

Winkler contuvo el aliento. Su voz, su sonrisa… Detrás estaba el fantasma de Sandy, atormentado, distante e irrefutable. Sobre su cabeza, los paneles del techo parecieron despegarse uno a uno y dejar al descubierto un cielo en el que las estrellas giraban sin parar hacia los brazos de la galaxia.

—Me llamo David Winkler —dijo su voz—. Estuve casado con tu madre. Hace años.

Ella parpadeó, dio medio paso hacia atrás, ladeó la cabeza de nuevo y lo miró. Como si le hubieran dado un puñetazo, pero aún no hubiera procesado el golpe. Winkler se inclinó hacia delante. Trató de enfocar la vista. Nada de trucos ahora. Nada de predeterminaciones. Solo un hombre mayor y una hija a la que no conocía.

Grace negó con la cabeza. La voz de Winkler salió de su garganta por voluntad propia.

—… Esto no… Imagino lo que estarás pensando… Me dijo Herman… Si pudiéramos…

Un torrente de palabras, un afluente del arroyo casi interminable de confesiones que llevaba guardando media vida, todas referidas a ella.

Grace retrocedió hacia el expositor de sandalias mientras seguía negando con la cabeza:

—No lo eres.

Su placa identificativa atrapó una luz, que llameó y se extinguió. Aquella ruina de padre, con sus ojos hundidos y enormes gafas. ¿Qué recuerdos podía tener de él, qué conocimiento, qué expectativas después de tantas desilusiones? Winkler la había visitado solo en sueños e incluso eso había dejado de hacerlo tiempo atrás, y, sin embargo, allí estaba, en pleno día, en la sección de zapatería de señoras, implorándole. Grace se frotó los ojos hasta que vio manchas.

Winkler comentó alguna cosa sobre el tiempo, sobre cómo una vez que dispusieran de un poco más de tiempo podría ser más fácil, sobre que ella podía tomarse todo el tiempo que necesitara. Pero a su alrededor la física del tiempo se deshacía y los traicionaba a los dos. ¿Qué era un minuto? ¿Y una vida?

—No sé ni de qué me estás hablando —dijo Grace.

Y, a continuación, deprisa, tan deprisa que Winkler pudo verla, la ira creció en su interior.

—… Estábamos en Ohio… Naciste… Un río… Mirábamos la nieve…

Grace atravesó el aire con el canto de la mano. Winkler dejó de hablar.

—No eres mi padre —repitió Grace.

Era su padre. Su nariz, su estatura, incluso su tono de piel…, todo lo atestiguaba.

A Grace le tembló el labio superior. Miró hacia la sección de cosméticos y, a continuación, a la vendedora corpulenta que estaba examinando la parte de atrás de una calculadora.

—En la estación de servicio Chevron —dijo Grace—. En Chevron, en la Cuarenta y seis con la autovía Lake Otis.

—Yo...
—Te veo allí a las cuatro.
Winkler parpadeó:
—A las cuatro.
—Vete.

Estuvo media hora junto a la barandilla del quinto piso mirando la pista de hielo en el sótano del centro comercial; había una clase de niñas pequeñas que practicaban piruetas de punta: partían del principio de la fila, una detrás de otra, pasaban junto a la entrenadora para saltar, aterrizaban, se caían o cambiaban de opinión, y, a continuación, recorrían patinando el perímetro para colocarse al final de la fila.

En el intercambiador de Dimond, una mujer con seis bolsas de la compra lo ayudó a descifrar la letra diminuta de un horario. El número 6 paraba en la intersección entre la Cuarenta y seis y la autovía Lake Otis, pero para cogerlo tenía que esperar setenta y dos minutos y le preocupaba llegar tarde, así que decidieron que sería mejor que tomara un taxi o que fuera caminando. Fue caminando. Cinco kilómetros y medio por el arcén ceniciento de la autopista Old Seward. Los vehículos pasaban veloces a su lado y le costaba esfuerzo adaptar sus pisadas a la grava. Un viento hacía jirones el cielo. Mantuvo la vista baja.

La estación de servicio Chevron estaba llena, había pintores y trabajadores de la construcción y repartidores que entraban y salían de la tienda y tiraban colillas a sus pies. No le resultaron mucho más reales que las sombras trémulas de los gases de escape que salían hirviendo de las bocas de depósitos de combustible; se sentó fuera, sobre medio palé de leños Duraflame, y contempló el ir y venir de los coches. Se quitó el zapato derecho, examinó la ampolla en el talón y se volvió a atar los cordones. Las gaviotas picoteaban en los contenedores de basura. Durante la hora y media siguiente se dedicó a mirar el tráfico que circulaba por la calle Cuarenta y seis y a preguntarse cuál de los coches sería el de ella.

A las cuatro y cincuenta, un Chevrolet Cavalier con un portabicicletas sujeto al techo se detuvo junto a los surtidores y Grace se bajó y puso los brazos en jarras. Winkler fue hacia ella.

—Has sido tú, ¿verdad? El que ha estado dejando cosas a la puerta de mi casa.

Winkler asintió.

—Necesitamos… Solo quería…

—Me he pasado el día pensando: es un mentiroso, un mentiroso. Pero es que me veo, en tu cara, en tus manos, y aun así sigo pensando: ¿Qué quiere? ¿Qué puede querer de mí?

Winkler levantó las manos, se dio cuenta de que le temblaban e intentó pegárselas al pecho.

—Nada. Solo…

—Te fuiste. Has estado desaparecido durante toda mi vida. Durante toda mi puta vida y ahora vuelves, ¿y qué? ¿Crees que podemos hacer como que todo es maravilloso, que mamá no se ha muerto, que no la abandonaste?

—No —dijo Winkler—. No. —Hizo ademán de tocarla, pero la expresión erizada en la cara de ella le obligó a desistir—. Solo quiero conocerte un poco. Compensarte, si es que eso es posible. Ahora estoy aquí y ya sé que es tarde, pero…

—Mamá dijo que te volviste loco.

Winkler bajó la barbilla. Los coches se ponían en marcha despacio y se detenían antes de incorporarse a la Cuarenta y seis.

Los camiones traqueteaban por la autopista a dos kilómetros al oeste y el paso elevado parecía temblar bajo su peso.

—¿Esto qué es? —le preguntó Grace a los surtidores de gasolina, al tráfico—. ¿Un puto culebrón?

—No quiero nada de ti. Solo quiero ayudar.

—No necesito ayuda. Me va perfectamente.

—No quería decir eso.

—Mi padre.

Winkler temblaba junto a los surtidores. Alguien metió una moneda de veinticinco centavos en la máquina de aire de la estación de servicio y esta se puso en marcha con rugidos y tintineos.

Grace se subió a su coche.

—Me comí parte de esas tartas —dijo, y negó con la cabeza mirando el volante. Winkler apenas la oía—. Me las comí.

Winkler se inclinó. Apoyó las manos en el marco de la puerta del coche.

—El niño —dijo—. ¿Podría...?

Grace acercó la cabeza.

—No lo metas en esto. No lo metas en esto.

—Sí. Vale. Solo pensaba...

—¿Qué pensabas? ¿Que me vendría bien la ayuda? ¿Porque soy madre y estoy sola? Sí, bueno. —Arrancó el coche—. Es una tradición familiar.

El surtidor de aire aulló. En el pecho de Winkler era como si se hubiera iniciado un pequeño desprendimiento de piedras. Un camión se detuvo detrás del Cavalier de Grace y el conductor tocó el claxon. Grace movió la cabeza de atrás hacia delante. En el fondo de sus ojos se formaron lágrimas.

—No vuelvas a acercarte a la tienda.

Se puso en marcha. Winkler no había levantado las manos de su ventanilla y la siguió un par de pasos. Luego Grace pisó el acelerador, giró el volante y Winkler quitó las manos. El surtidor retumbó. La gran marquesina azul gimió en el viento. Vio cómo Grace torcía a la derecha por la autovía Lake Otis, mientras su imagen desaparecía como las chimeneas de un barco de vapor ocultándose detrás del horizonte.

Hacia la medianoche se sentó en los columpios del parque infantil Raney con su corazón roto y desleal aún latiéndole detrás de las costillas. A unos cuatro metros su hija estaba acostada, dando vueltas, meditando sobre ellos dos, mil traiciones y amores y resentimientos recorrían las sinapsis entre el cerebro y el corazón y a la inversa. Winkler se sentó en el parque y escuchó el tráfico ocasional. El vecindario estaba silencioso e imparcial; la luz del sol casi se había marchado.

¿Estaría Christopher acurrucado entre sus sábanas, recorriendo la espiral de un sueño? ¿Miraría su madre el parque por la mañana y sentiría, de alguna manera, que su padre había estado allí? ¿Habría una leve impronta de él en el caucho, huellas de sus palmas en las cadenas de los columpios, pisadas en la grava, una sombra, un espectro de él?

Después de tantos años de mantenerlos a raya por fin se vio obligado a considerarlos: los días y las horas de la vida de Grace. Seguro que le había esperado; seguro que siempre había estado esperando. Grace en ballet escrutando a los padres que miraban la clase pegados a las paredes del estudio; Grace después del concierto del campamento, cerrando el estuche de su flauta, o violín, o saxofón, preguntándose si él había estado allí, entre las caras de la gente. Su esperanza

arrancada trocito a trocito, como por efecto de las mandíbulas de una línea invisible, interminable de hormigas.

Su padre se habría marchado por una razón de peso;
su padre era importante y arrebatador; si era un malvado,
como afirmaba su madre, entonces era un malvado incom-
prendido. Volvería a su lado cuando llegara la oscuridad y
ella estuviera despierta en la cama, con ocho, con nueve años.
Oiría el ronroneo lujoso de su coche en el camino de entrada. Oiría las suelas de sus zapatos caros y lustrosos recorrer
ligeras el pasillo.

Entraría sin hacer ruido en su cuarto con su traje oscuro, dejaría el sombrero en la cómoda, se sentaría en el
borde de su cama. Sin luces. Mejor si no despertamos a tu
madre. En el porche habría dejado un paquete gigantesco
envuelto en papel plateado, demasiado grande para pasar por
la puerta. Dentro habría algo tan bonito, tan perfecto, que
Grace ni siquiera sabría que era la única cosa que había querido siempre.

Le ofrecería un chicle de un estuche de plata brillante.
Olería a barbero, o a whisky del mejor, o a las fibras de su
traje de lino: olería igual que la piedra caliza de una ciudad
antigua e importante: *Cuéntame lo que me he perdido, Grace,* diría, y le apartaría el pelo de la cara. *Cuéntamelo todo.*

La presión de los sueños contra el tejido de la realidad. Crecer significaba enterrar posibilidades, una detrás
de otra. En el escaparate de LensCrafters, mientras colgaba
gafas gigantescas hechas de cartón, Gary susurraba sus adivinanzas:

—A ver, Dave, ¿qué diferencia hay entre una rubia y
unas gafas de sol?

—No lo sé, Gary.

—La rubia se monta más abajo.

El autobús número 2 cabeceaba de parada en parada por la autovía Lake Otis, dejaba atrás Tudor. Era 12 de junio en Anchorage, Alaska. Winkler tenía sesenta años. Llevaba gafas extragrandes; tenía pecas en el dorso de las manos. Había sido jardinero en un hotel de dos estrellas durante veinticinco años y ahora trabajaba en LensCrafters en el centro comercial de la Quinta Avenida por siete dólares con sesenta y cinco centavos la hora.

6

Las horas reptaban, cada una era una prisión. Cuando el apartamento de Naaliyah empezó a parecerle demasiado pequeño, bajó al sótano y se sentó frente a las enormes secadoras que funcionaban con monedas y vio girar la ropa de otros inquilinos. El minicentro comercial estaba a medio terminar. Naaliyah pasaba una hora cada noche hablando por teléfono con su padre: tenía fibroides en el hígado; debía dejar de beber alcohol por completo, era probable que para siempre. Pero: se iría a casa en unos pocos días; le ganaba a Nanton al *gin rummy* cada noche en el hospital. Estaba planeando su viaje a Chile.

A media mañana del 19 de junio, Winkler cogió el autobús hasta casa de Herman, caminó los más de tres kilómetros por Huffman hasta Lilac y llamó a su puerta sin anunciar.

Herman lo estudió un momento y luego sonrió.

—David —dijo.

Llevaba una camisa de gamuza abotonada hasta el cuello. Mantuvo su cuerpo entre la puerta y el marco de esta.

—Herman, ¿qué te parecería si cuido de Christopher? Así tendrías tiempo de hacer cosas. De ponerte al día en el trabajo.

Herman se giró para mirar por encima de su hombro, hacia la casa.

—¿Qué opina Grace?

Winkler trató de brindarle una mirada que lo explicara, que lo aclarara todo. En algún lugar detrás de Herman estaba el niño.

—Pero la has visto. ¿Has ido a verla?

Winkler no dijo nada.

—Ya —dijo Herman. Se recostó contra la puerta entreabierta y silbó—. Esa Grace es dura de pelar, ¿verdad?

—Podríamos decirle que soy un amigo. O un vecino. Una persona, alguien llamado David, un colega que te echa una mano.

—¿Y no contarle la verdad?

Winkler se encogió de hombros.

—No sé —dijo Herman.

Winkler se frotó los ojos.

—Por favor, seré muy bueno con él.

—Es muy probable. Pero… —Herman miró de nuevo hacia la casa y negó con la cabeza—. No estoy seguro.

Dos días después sonó el teléfono del apartamento de Naaliyah y era Herman.

—Oye, David, ¿trabajas hoy?

—No.

—¿Sigues queriendo ayudar con Christopher?

El autobús. La larga subida por Huffman. Llamar a la puerta. Herman le hizo un gesto para que entrara. El niño estaba arrodillado en la alfombra y Herman lo llamó. Tenía cinco años y medio. Llevaba el pelo rubio muy corto, las orejas le sobresalían como si estuvieran sujetas por pequeños tornillos y Winkler pensó que se parecía más a Herman que a Sandy, que a Grace, e incluso que a él mismo.

Herman presentó a Winkler como David. El apretón de manos de Christopher fue solemne, luego se giró sobre la punta del pie y regresó a una caja de cartón rebosante de piezas de una pista de carreras de plástico naranja. Los dos hombres se quedaron de pie en la sala de estar. Herman ofreció café. Winkler intentó sostener la taza, pero tuvo que dejarla en la mesa del pasillo.

El niño juntaba partes de la pista y las fijaba en su sitio mediante pequeñas lengüetas moradas. Se detuvo un momento para idear cómo construir una rampa y quitó un cojín del sofá para que hiciera de colina. En la mesa junto a él había restos de su almuerzo: una tostada con mantequilla de cacahuete, medio vaso de Kool-Aid de naranja.

—Le encanta jugar solo. No da guerra hasta más tarde. Más o menos a la hora de la siesta.

Winkler trató de asentir con la cabeza.

—Grace volverá a las cinco. A recogerlo.

Aún no era mediodía. Winkler no estaba seguro de cuánto tiempo podría continuar de pie.

Christopher tenía los pies doblados debajo del cuerpo y seguía arrodillado junto a la pista; no se había vuelto una sola vez para comprobar si el desconocido lo observaba.

—Vale —dijo Herman—. Estaré arriba. Ayer me llamaron para un proyecto de refinanciación y, si no lo termino, voy a tener que quedarme despierto toda la noche. Si necesitas algo, dame un grito.

Miró a Winkler y se fue al piso de arriba. El niño no levantó la vista.

Pronto estuvo terminada la pista de Christopher. Tenía un ejército de coches de juguete en una bolsa gastada y de cierre de cremallera y los fue sacando uno a uno, colocándolos en la mesa baja y disponiéndolos en filas.

Winkler carraspeó, dio un paso adelante.

—¿Esos coches son tuyos?

El niño se encogió de hombros, como diciendo: «¿De quién van a ser?». Los fue cogiendo y probando sus ejes en la mesa baja antes de devolverlos a su sitio. Por fin se decidió por un cupé verde. Abrió y cerró sus dos puertas, lo puso en la pista y lo empujó tímidamente. Las ruedecillas zumbaron al contacto con el plástico. Cuando el coche llegó a la colina improvisada, Christopher lo soltó y rodó por la pista y se detuvo a los pocos metros.

Miró hacia las escaleras, tomó el coche y lo puso en otro tramo.

Winkler respiró. Se aventuró unos pasos más en la habitación y se sentó en el suelo con las piernas cruzadas y la espalda contra la base del televisor. Christopher dio unas vueltas más al cupé por la pista. Soltaba el coche en lo alto de la pequeña pendiente y lo dejaba rodar hasta que se detenía antes de la curva.

Por fin el niño devolvió el coche a la fila que había sobre la mesa y se sentó sobre los tobillos. La sala de estar permanecía en silencio excepto por el zumbido del ventilador en el techo y por la voz amortiguada de Herman que hablaba por teléfono en el piso de arriba.

—¿Qué hace? —preguntó Christopher.

—Trabajar. Tenemos que dejarle trabajar un rato. Luego bajará. —El niño se pellizcó los zapatos. La mirada de Winkler se posó en el Kool-Aid que estaba en la mesa—. ¿Quieres ver una cosa?

El niño levantó los ojos para buscar los de Winkler y ladeó la cabeza. Fue un gesto casi exacto a algo que habría hecho Sandy, inseguro y hermoso. La sangre anulaba las décadas transcurridas y Winkler tuvo que sobreponerse al impulso de coger al niño por las costillas y abrazarlo contra su pecho.

En lugar de eso fue a la cocina y rebuscó en los armarios hasta encontrar un cuenco de plástico. Lo llenó con hielo picado del dispensador de la nevera y lo mezcló con varios puñados de sal. El niño lo había seguido y lo miraba con curiosidad y cautela.

En otro armario, Winkler encontró una fuente pequeña de Pyrex. La llevó junto con el cuenco de hielo a la mesa baja.

—¿Me das un poco de tu Kool-Aid?

Christopher asintió. Winkler cubrió el fondo de la fuente con Kool-Aid, colocó encima el cuenco de hielo y alineó ambas cosas de forma que les diera la luz.

—Ahora hay que esperar.

—Vale.

Esperaron. Arriba oía a Herman imprimir alguna cosa desde su ordenador, la impresora escupía páginas. El hielo del cuenco se asentó y crujió al contacto con la sal. Pasado un minuto, Winkler le pidió a Christopher que tocara unas cuantas veces el Kool-Aid que había en la fuente con la punta de un bolígrafo y el niño lo hizo.

—Ahora hay que observar —dijo Winkler.

Christopher dejó el bolígrafo y se acercó para mirar la fuente. Cuando Winkler quiso darse cuenta, sus cabezas se estaban tocando. El niño no se apartó y Winkler cerró los ojos y sintió la presión del cuero cabelludo del pequeño contra el suyo. Olía a mantequilla de cacahuete. Las pestañas de Christopher se cerraron, se abrieron.

—¿Qué estamos buscando? —susurró.

El Kool-Aid se estaba espesando, sus moléculas se ralentizaban hasta casi detenerse.

—Dale otro toque más —dijo Winkler.

Christopher lo hizo. En cuanto retiró el bolígrafo, la película de líquido naranja se enturbió, casi inmediatamente empezó a congelarse y formas cristalinas irradiaron de su centro, helechos y dendritas y marcas diagonales prismáticas. En medio minuto se había convertido en un disco de hielo naranja pálido. Winkler sacó una linterna de un cajón de la cocina y la sostuvo bajo la fuente.

El dedo del niño tocó las formas en el hielo. Ruedas catalinas, plumas espirales y llanuras aluviales.

—¿Sabes por qué ha pasado?

Christopher lo miró. Asintió con la cabeza.

—¿Por qué crees que ha pasado?

—Magia.

Winkler lo miró.

—En realidad, no.

—Hazlo otra vez.

Sobre las dos, Herman bajó y les sirvió tacos de queso Colby sobre galletas saladas. Antes de comer, el niño juntó las palmas de las manos y Herman hizo lo mismo y con los ojos cerrados dijo:

—Jesús, te rogamos que bendigas estos alimentos y a los hombres buenos sentados a esta mesa.

—Gracias, Jesús —dijo Christopher.

Comieron. El niño masticaba con un ojo puesto en Winkler. En la valla trasera, una ardilla galopó y curioseó y el perro de un vecino emitió una cadena de ladridos.

—Creo que me quieren jubilar —dijo Herman.

Christopher cogió otra galleta salada de la fuente.

—Falto dos meses y medio y ahora deciden que no me necesitan.

—¿Por qué crees eso?

—Prácticamente voy a tener que ganarme a pulso mi puesto otra vez. Y el problema es que como no vuelva pronto a la oficina no sé qué narices voy a hacer.

Solo quedaban migas. El niño asentía con la cabeza mientras masticaba con los carrillos hinchados. Herman continuó:

—Grace no va a querer dejarlo en la guardería de la parroquia. Dice que les lavan el cerebro.

—Puedes volver arriba —dijo Winkler. ¿Por qué le temblaban las manos?—. Estoy encantado de quedarme con él.

—Bien —dijo Herman—. Vale. —Le pellizcó las orejas a Christopher—. ¿Lo estáis pasando bien, campeón?

El niño dijo que sí con la cabeza. Herman lo besó en la frente.

Recogieron la mesa. Herman volvió al piso de arriba. Christopher abrió el armario de los abrigos y sacó un caballete tamaño infantil, buscó una hoja blanca en el bloc y empezó a dibujar. Primero un círculo azul, cinco nueves de lado que dijo eran peces, luego flores grandes, después una casa altísima con muchas ventanas. A las cuatro se quedó en trance delante del televisor. Robots animados atacaban camiones enemigos. Winkler caminó por la alfombra. La puerta principal acechaba al fondo del pasillo.

A las cuatro y media subió al piso de arriba. Herman apartó la vista del teclado y miró a Winkler por encima de sus gafas de cerca. Winkler dijo «Gracias» y «Debería irme».

—Le diré que eres un viejo amigo. Alguien en quien confío, alguien que me ha echado una mano. Le diré que estuve con vosotros todo el rato.

Los dedos de Winkler tamborilearon en el marco de la puerta.

—Vale.

Herman miró los papeles que tenía en la mesa y negó con la cabeza.

—Tengo mucho trabajo.

Al bajar por Huffman, Winkler se mantuvo en la cuneta, debajo del arcén, mientras pequeñas polillas azules se elevaban desde la hierba alta delante de él, estremecidas en la estela de los coches.

7

Querida Soma:

Tengo un nieto. Es increíble —sensacional— verle aprender el mundo. Hace dibujos. Su otro abuelo, Herman, al que llama «abu», le ha comprado un caballete con hojas gigantes de papel y Christopher hace carteles con treinta y cuatro colores de rotulador distintos. Las casas son muy altas, con muchas ventanitas. Las flores son altas también, más que las personas, pero con pétalos diminutos. Aquí todos los parques están en flor y dibuja tulipanes naranjas en el aire alrededor de las casas, y emes pequeñas y negras que me dice que son moscardones. Dibuja a Herman en el jardín, y a su madre, claro. Yo todavía no he sido incluido en un dibujo, pero tengo la esperanza.

Espero que Félix esté mejor, que pueda disfrutar de estar en casa. Mis mejores deseos para él. Dile de mi parte que cocina fatal.

Verano. Jardineros municipales subidos a escaleras de mano colgaron cestas de lobelias de cada farola en las avenidas Cuarta y Quinta. En el solsticio, el sol acosó en el horizonte durante diecinueve horas y veintiún minutos y a medianoche, bajo la ventana de Naaliyah, pasaron corredores de maratón en silencio, con sus sombras detrás.

Casi inmediatamente, Herman y él empezaron a tentar a la suerte. Winkler vio a Christopher una vez más, y otra. Ya en la segunda semana de julio iba a casa de Herman todos los lunes, martes y miércoles. Herman aceptó agradecido el nuevo horario; desaparecía en su estudio del piso de arriba y se ponía a trabajar al teléfono, a veces hasta la hora del almuerzo. Grace dejaba al niño a las ocho y media y no volvía hasta las cinco y Winkler tenía cuidado, siempre, de marcharse a las cuatro y media. Encontró un sendero a través de los bosques y urbanizaciones al oeste que lo mantenía lejos de Huffman y de la posibilidad de que un Chevy Cavalier con un portabicicletas pasara a su lado. Herman le dijo a Grace que su amigo le estaba echando una mano y que no se preocupara.

¿Lo sabría? ¿Sospecharía al menos? Quizá —milagrosamente— no. Pero era más probable que sí, que lo supiera desde el primer día en que Christopher trepó al asiento trasero del coche, se puso el cinturón y le contó que un hombre llamado David había pasado la tarde con él. ¿Cómo podía no saberlo?

Esta era la esperanza secreta de Winkler, que lo supiera y que no le molestara —que, de hecho, fuera lo que ella quería— y que lo tolerara siempre que no tuviera que verlo con sus propios ojos. Mantener la ceremonia; mantener el simulacro. El tiempo la acostumbraría gradualmente a la presencia de Winkler en su vida. ¿Y por qué no empezar así?

Mientras tanto se enteró de cosas. Se enteró de que Christopher odiaba la mayonesa, que solo se comía la pizza si se le rascaba antes el queso. Aprendió que la vista del niño era al menos tres veces mejor que la suya. Podía ver un halcón sobrevolando el porche de Herman allí donde Winkler veía solo aire. Le gustaban los siguientes dibujos animados: *Arthur, The Justice League of America, The Jetsons* y *Bob Esponja*. Rezaba antes de tomar un tentempié. Se mostraba más hablador por la tarde si dormía la siesta entre la una y las dos. Sus coches de juguete preferidos eran los Matchboxes, no los Hot Wheels, y su muñeco favorito era Spiderman, una funda de piel de caucho sobre un armazón plegable de alambre.

Se enteró de que Grace vestía pantalones de algodón y blusas blancas para ir a trabajar y que no acudía a la iglesia con Herman y Christopher los domingos. Era una fanática del ciclismo; pedaleaba todos los mediodías, se quitaba su ropa de trabajo y se ponía la de ciclista y comía sentada en el sillín, subiendo pendientes. Montaba una Trek 5900 hecha de fibra de carbono, negra y plateada. Los fines de semana colocaba a Christopher en un pequeño remolque amarillo y tiraba de él por las calles. Christopher se sentaba con las manos en el regazo y veía pasar las calles a gran velocidad por las ventanas de plástico. Siete años antes Grace se había casado con un capitán de barco salmonero de Juneau llamado Mike Ennis que conducía un monovolumen negro con el adhesivo de «Mi otro coche es un Porsche». El matrimonio había durado seis meses. Pasaba la mayor parte del año embarcado, incluso fuera de temporada. No mandaba dinero para gastos del niño.

Nadie había querido que se casaran. Sandy odiaba a Mike, Herman se limitaba a decir que «no era demasiado inteligente». Christopher lo había visto dos veces.

Se enteró de que Herman tenía una novia, una actuaria de seguros que vivía en San Antonio y lo llamaba por teléfono todos los lunes por la noche. También poseía un apartamento en multipropiedad en Casa de la Jolla, en San Diego, y pasaba allí nueve semanas cada invierno. Herman la había conocido dentro del recinto de la piscina, ante una máquina expendedora que se negaba a aceptar el billete de dólar arrugado de ella, pero que sí aceptó el de Herman. Cada vez que llamaba por teléfono, Herman desaparecía en su despacho del piso de arriba y salía una hora más tarde con una sonrisa que era incapaz de reprimir y con la oreja enrojecida por el auricular.

Se enteró de que en el fondo de la despensa de Herman había Oreos, tres bolsas de tamaño industrial.

Naaliyah seguía con su trabajo de investigación, aunque ahora la atención de su supervisor estaba centrada en el problema del estado con el escarabajo de la pícea, y se pasaba horas en reuniones. Cuando volvía a casa, algunas veces se tumbaba con los brazos y las piernas desplegados en un trapecio de luz de sol, los ojos cerrados, el cuerpo estirado como el de un gato. El curtido guardia forestal de Eagle la visitaba de vez en cuando, pasaba junto a Winkler en el sofá en las sombras moradas de la medianoche, desaparecía detrás de la puerta del dormitorio de Naaliyah y, por las mañanas, salía discretamente.

Gary le contaba sus chistes de oftalmólogos:

—Oye, Dave, ¿en qué se parecen un ginecólogo y un barman?

—No lo sé, Gary.

—Los dos trabajan donde los demás se divierten.

Winkler gemía. La doctora Evans ponía mala cara. Era, se había enterado Winkler, viuda y tenía empleado a Gary a modo de proyecto de caridad, como si fuera un hijo de acogida al que financiaba el graduado escolar con los beneficios que le daba su franquicia. Tenía el pelo rizado y ojos amables, llamaba David a Winkler y le pedía que la llamara Sue. Pero se tomaba su trabajo en serio, hacía gafas de nueve a cinco y a menudo reprendía a Winkler por alguna cosa: apuntar mal los datos para una receta, poner el papel con membrete al revés en la impresora. Algunas tardes, después de cerrar, Winkler pensaba que le iba a proponer ir a cenar, pero nunca lo hacía, se limitaba a ofrecerle una sonrisa tensa y a pestañear y se dirigía a su ranchera.

Los restos mortales de George DelPretre, el comerciante de salmón de Juneau, descansaban en el crematorio del Angelus Memorial Park. Winkler le llevaba lirios. A sus padres, en el Anchorage Cemetery, peonías.

Se enteró de que Félix estaba mejor. El viejo cocinero dejó San Vicente; dos veces al día tomaba pastillas de vitamina K. Su piel recuperaba su color; recorría andando el perímetro del jardín vadeando entre las gallinas. Por teléfono hablaba sin parar y con voz ronca de las enfermeras con las que había coqueteado, y entonces llegaba Soma y le contaba a Winkler la verdad: que Félix había estado inquietantemente callado todo el tiempo, que cuando le quitaron el catéter había llorado.

Pero quien llenaba los pensamientos de Winkler era Christopher. El niño era listo y tímido; era guapo. Pedía las cosas por favor; bajaba siempre la tapa del váter después de tirar de la cadena. Cuando estaba muy concentrado, se pellizcaba las sienes como un pequeño filósofo.

Estar con él se volvió cada vez menos arriesgado y más imprescindible. Winkler habría dejado su trabajo; se habría tirado delante de un autobús.

El 10 de julio Herman empezó a pasar las tres primeras mañanas de la semana en su despacho del First National Bank of Alaska Home Loan Center, en la calle Treinta y seis. No se lo dijo a Grace. Winkler y Christopher estaban sentados en el sofá de casa de Herman. Era un día deslumbrantemente claro y la luz trepaba por las ventanas.

—Vamos a alguna parte —dijo Winkler.

Cogieron un autobús hasta Resolution Park y estudiaron el paisaje: Susitna, Denali, los tramos grandes y brillantes de ensenada. Se cruzaron con un turista con prismáticos que les dijo que estuvieran atentos a las belugas, que había visto una en el canal esa misma mañana, y Winkler y el niño estuvieron escudriñando con atención por telescopios de monedas durante unos quince minutos, Christopher con una avidez casi sobrecogedora; cada boya y cresta de ola podían ser la cabeza blanca de una ballena nadando, y el dedo de bronce extendido del capitán Cook a su espalda apuntaba como si hubiera visto una. Pero, cuando Winkler quiso darse cuenta, se había quedado sin monedas de veinticinco centavos, y eran las dos y media y se tenían que ir.

El niño se durmió en el autobús con la cabeza contra las costillas de Winkler. Este lo llevó en brazos durante la mayor parte de los más de tres kilómetros hasta casa.

A partir de entonces, era raro el lunes, martes o miércoles en que Christopher y él se quedaban en casa de Herman. Caminaban juntos hasta los bosques jóvenes detrás del estanque Lilac, o exploraban el parque Huffman, a unos cientos de metros al oeste, o recorrían a pie varios kilómetros hasta el parque empresarial y cogían un autobús para ver el jardín de rosas de la ciudad o el parque Russian Jack Springs, y Winkler observaba al niño mientras este saltaba obstáculos del parque infantil, reptaba por túneles, bajaba despacio por un tobogán, veía a otros niños colgarse del trapecio con una mano en el mentón antes de decidir que era demasiado peligroso.

El lugar preferido de Christopher resultó ser el apartamento de Naaliyah en Camelot. Podía pasarse horas sentado mirando sus insectos. Winkler lo ayudaba a preparar purés y juntos los dejaban en los insectarios y contemplaban cómo los pequeños animales comían. También le gustaba el microscopio y le encantaba examinar lo que Winkler le pusiera en la platina: una avispa disecada, alas de polilla, la esquina de un copo de maíz. Algunos días llegaba Naaliyah y, reacia, poniéndole mala cara a Winkler sin que Christopher la viera, le enseñaba cosas al niño: cuáles eran carnívoros y cuáles herbívoros; sus abejas de las orquídeas, verde metálico y doradas y azules, sujetas con alfileres en cajitas de plástico; tres mariposas de los cardos en diferentes fases de transformación, una mudando delante de sus ojos, desprendiéndose despacio y elaboradamente de su piel.

«Las mariposas tienen el gusto en los pies», les decía, y le cerraba las alas a un macaón y le mojaba las almohadillas de las patas delanteras con agua azucarada. La mariposa levantaba la cabeza y extendía la lengua en un acto reflejo. Christopher, que escudriñaba a través de una lupa, casi se cayó del taburete.

Siempre estaba de vuelta con el niño en casa de Herman a las cuatro. Winkler regresaba a Camelot con los pies doloridos y Naaliyah lo abordaba en la puerta.

—Esto es absurdo. ¿Qué le cuenta el niño a ella?

—Le dice que está con un amigo de Herman.

—Le dice que pasa todo el tiempo con los dos. ¡Y el niño ni siquiera sabe que eres su abuelo!

—Puede que no.

—Tiene cinco años, David. Estás haciendo mentir a un niño de cinco años.

—Tiene casi seis. Y no son mentiras.

—Verdades no son.

Winkler gimió. Estaba mal y era inviable e ilícito, y, sin embargo cada minuto con el niño era un regalo, un escenario de cuento que era incapaz de abandonar.

Llevó a Christopher a la planta de restauración del centro comercial de la Quinta Avenida y le compró helado. Christopher dio las gracias a Jesús por el tentempié y se sentaron a la mesa donde Winkler solía almorzar. Comieron cucharadas de menta con pepitas de chocolate entre los grandes árboles ornamentales y observaron cómo centelleaba en la distancia la superficie, parecida a una sartén, del canal Knik, a lo lejos, por encima de los tejados.

Al cabo de un rato, Christopher dijo que veía un barco. Winkler entrecerró los ojos.

—Hay un barco blanco grande. Ahí mismo.

—¿Como un transatlántico?

El niño asintió con la cabeza. Estuvo mirando un rato más sin tocar el helado y luego se puso a buscar algo en el bolsillo trasero de sus pantalones.

Winkler, con su mala vista, solo veía la bruma de los tejados, con la ancha llanura del océano al fondo.

—Tengo entendido que a tu abuela le gustaban los cruceros.

El niño se encogió de hombros. Sacó una cartera de persona mayor del bolsillo, la abrió, extrajo una fotografía y la contempló durante un minuto, luego la dejó en la mesa y siguió comiendo.

—Tu padre —dijo Winkler.

Christopher, que seguía mirando por la ventana, asintió.

8

Christopher parecía volverse cada día más curioso, más despierto. Apenas podía caminar una manzana sin detenerse y arrodillarse para ver un escarabajo cruzar una grieta en la acera, o una araña de jardín envolver a su presa. Tenía manos audaces y seguras cuando un gusano se retorcía en la palma o le subía una araña por la muñeca. «Mira la luna», decía, y ahí estaba, suspendida blanca y pequeña en el cielo azul sobre una azotea. Winkler no podía evitar pensar en Naaliyah de niña, en cómo trepaba por el hotel a medio construir, en cómo transformaba cada día sus bolsillos en cofres del tesoro.

Y lo cierto era que Naaliyah desde el principio pareció compartir una afinidad especial con el niño. Acercaba una silla a la encimera de la cocina para que Christopher pudiera subirse a ella y, con una lupa de bolsillo, enseñarle los milagros de sus insectos: luciérnagas que parpadeaban y emitían luz; un ciempiés encabritado que chasqueaba las mandíbulas.

—Los irlandeses dicen que las mariposas son las almas de niños —le comentaba Naaliyah—. Mi padre dice que son las lágrimas de la Virgen María.

El niño se acercaba tímidamente. Había ternura en sus ojos. De vuelta a casa de Herman se quedaba dormido apoyado en el hombro de Winkler. Si había tiempo, este dejaba que el autobús siguiera, hiciera un cambio de sentido en el enorme aparcamiento de Huffman y emprendiera la ruta de vuelta, para así concederse una hora más con el leve peso de Christopher contra su cuerpo, mientras la ciudad discurría por las ventanillas.

Por entonces sus sueños empezaron a regresar. Eran breves, serenos, y en casi todos aparecía su madre. La sentía moverse alrededor de él, oía el hielo crujir y romperse cuando ella lo rascaba del congelador. En algunos sueños sentía sus brazos delgados y frescos rodeándolo. Hasta más tarde no empezó a verla en los tramos más profundos de esos sueños: atisbos de piel, o del estampado de un vestido que reconocía. En una ocasión distinguió con bastante claridad una imagen de su mano aplastada contra el cristal de una ventana, los dedos arrugados y menudos, como si su piel hubiera pertenecido a una persona más corpulenta y ahora recubriera un abanico de huesos demasiado pequeño. Al otro lado de la ventana, un violeta frío, constante.

En otro sueño vio su uniforme de enfermera doblado en la mesita junto al lavabo del baño. Su ropa interior grande, color melocotón, doblada encima. La ducha estaba abierta y detrás de la cortina su madre canturreaba y él oía el chapoteo seco cuando despegaba la pastilla de jabón de la bandeja.

Dio patadas en la oscuridad; inhaló su olor; corrió hacia ella.

Sueños. LensCrafters. Christopher. No había mucho más.

—No sabes cuánto te agradezco esto —decía Herman mientras se daba tirones de la corbata y llegaba a su casa a las cuatro cuarenta, en una ocasión cuatro cincuenta y cinco. Christopher estaba en el sofá viendo *Animal Planet*. Herman pestañeaba con ojos cansados y se quedaba de pie con las manos en las caderas o llenaba un vaso de agua y se bebía la aspirina y los anticoagulantes delante del fregadero—. Me estás salvando la vida, David. Creo que ahora mismo hasta el último habitante de esta ciudad está buscando refinanciar algo.

—Adiós, Christopher.

—Adiós, David.

Winkler salía sin hacer ruido por la puerta de atrás y se dirigía al sendero al final de la calle sin salida. Treinta segundos más tarde, el Cavalier de Grace entraba en Lilac con la bicicleta sujeta al techo del coche.

Se encontraba en la zona de restauración del centro comercial de la Quinta Avenida, en la mesa que solía ocupar Winkler. Christopher estaba de rodillas en su silla dándole la espalda y con la nariz metida entre las hojas de un enorme caqui que Winkler no había visto antes. Adolescentes daban vueltas y hacían tintinear las cadenas de sus relojes en la plaza calentada por el sol y los olores de la comida rápida subían desde los distintos puestos hasta las claraboyas. Winkler miraba a su izquierda, hacia donde espejeaba el océano. El padre del niño estaría en algún punto del mismo recogiendo redes con salmón, y pensó en el gran depósito que era el mar, en cómo el agua que contenemos anhela regresar a él y en cómo, una vez en el mar, anhela subir hasta las nubes y, una vez en las nubes, bajar de nuevo a la tierra.

—David —dijo el niño aún con la nariz en la planta—. Mira. Una crisaletra.

—¿Qué?

—Eso que dice Naaliyah. De donde salen las mariposas.

—¿Crisálidas? —Winkler se puso de pie y caminó hasta estar al otro lado de la planta—. No me...

Había un paquetito marrón y verde del tamaño del segmento mayor del pulgar de Winkler pegado a la cara inferior de una hoja. El niño lo tocó: era frágil, estaba hecho de un pergamino gris que parecía papel hecho en casa.

Christopher lo miró fijamente y sin pestañear.

—¿Dentro hay una oruga?

—Supongo.

—¿Y saldrán mariposas?

—Así es como funciona normalmente. Una mariposa. O quizá una polilla. Tendremos que preguntar a Naaliyah.

—¿Me la puedo llevar a casa?

Winkler miró a su alrededor.

—No lo sé, Christopher.

Los dedos del niño acariciaron el capullo una y otra vez. Quizá había llegado con el caqui. ¿O es que durante la noche hembras de lepidóptero recién apareadas revoloteaban por el centro comercial?

Winkler volvió a meter la cabeza en la planta.

—Vale —dijo—. Nos la llevamos.

Rompieron la hoja del tallo y el niño la transportó todo el camino hasta casa de Herman en el cuenco de las manos.

Llamaron por teléfono a Naaliyah, metieron la crisálida en un vaso de agua vacío con unas cuantas ramitas y usa-

ron una goma elástica para fijar un trozo de tela que tapara
la boca del vaso. Christopher lo sacó con delicadeza al porche y lo dejó en la mesa de patio de Herman, a la sombra.

Querida Soma:

Siempre supuse que, a medida que las personas cumplen años,
su temperamento se fortalece. Ven más cosas, se acostum-
bran a más, se vuelven más duras, más capaces de soportar
las cargas pesadas. Yo no. Yo me estoy desmoronando. La
visión de la luz en el objeto más simple —en las llaves de
Naaliyah, por ejemplo, o en su gabardina en el suelo, o en
mil pares de gafas en sus pequeñas ranuras— me puede pro-
vocar lágrimas. La luz del sol, de ocho minutos y medio de
edad, viajando por el espacio, entrando por ventanas… Incluso aquí, en la ciudad, la luz de Alaska está tan sin adul-
terar que consigue revelar la esencia de las cosas, ponerlas
en relieve. Todo se vuelve sublime. Las películas de dibujos
animados me hacen llorar. Un plátano realmente sabroso
me provoca un nudo en la garganta. Tengo que sentarme en
el sofá de Naaliyah en la oscuridad y sobreponerme.

Incluso Christopher parece notarlo. Nos sentamos fuera y miramos cosas por el microscopio que me regaló Naaliyah. Miramos lo que quiera él, una brizna de hierba, una
esquirla de una uña suya. Después se cansa, se recuesta en
la silla y cierra los ojos. Como si se bebiera la luz. Como si
comprendiera lo preciosos que pueden ser momentos así.

Excursión al campo: Naaliyah llevó a Winkler y a Christopher a los amplios bosques abovedados de Kenai para oír
a los escarabajos de la pícea. Primero atravesaron los bosques muertos, luego otros de más edad, infestados recientemente, luchando aún. «Treinta millones de árboles al año», dijo

Naaliyah, y Winkler contempló cómo el niño trataba de asimilar aquella información.

Dejaron la carretera y caminaron medio kilómetro. Naaliyah se detenía de vez en cuando para recoger muestras con una sierra de mano. Cuando llegaron a los árboles más viejos, los hizo detenerse junto a una pícea de tamaño considerable y apoyar un estetoscopio en el tronco. Pegaron la oreja al extremo estrecho del cono. Winkler trató de ignorar el ruido del viento en las ramas y del arroyo que discurría a sus pies y se esforzó por oír solo el árbol, su centenar de crujidos y movimientos por minuto.

—Lo oigo —dijo Christopher—. Lo oigo.

Al cabo también Winkler lo oyó. Un lento masticar, no muy distinto a un pulso, una suerte de lijado, como la superficie de una lengua áspera pasando sobre un hueso.

—Se están comiendo el árbol desde dentro —susurró Naaliyah y Winkler escuchó las larvas de escarabajo encerradas en lo profundo del tronco, invisibles, escupiendo sus ácidos en las fibras de savia, luego cogiéndolas con la boca y troceándolas, excavando sus avenidas sin iluminar ramas arriba, el árbol entero resistiendo mientras la familia se abría paso a través de él. *Pronto,* parecían decirse las unas a las otras mientras masticaban. *Pronto.*

Herman esquivaba a Grace con medias mentiras. Sí, su amigo y él habían llevado a Christopher al parque el martes; sí, lo había llevado al Kenai. Sí, se había fijado en que Christopher se negaba ahora a pisar bichos, no quería ni siquiera que se mataran las moscas que había por casa.

—Lo sabe —decía después mientras se secaba el sudor de las manos—. Tiene que saberlo. Lo que pasa es que no lo dice.

—Tiene que saberlo. Después de todo, tiene que saber que me llamo David.

—Y no es malo, ¿no? ¿Sacar al niño un poco? ¿Dejarme volver a trabajar? Es como tener guardería gratis, ¿no?

—No es malo —Winkler estaba de acuerdo.

El Cavalier de Grace aguardaba en la calle Dieciséis, fuera de su apartamento. Al anochecer, Winkler se sentaba en el columpio y se empujaba hacia atrás con los pies, balanceándose hacia atrás y hacia delante. Solo podía ver el timbre, un punto de luz solitario, su tenue resplandor amarillo, su incesante parpadeo.

Naaliyah explicó: lo que habían encontrado era el capullo de *Actias luna,* una especie que, según sus libros, no vivía en Alaska. Les enseñó una fotografía de una polilla adulta con forma de pequeña ala delta de color verde lima con bordes negros, cuatro motas en las alas y antenas cortas y velludas como minúsculas plumas. Quizá, aventuró, la oruga llegó al camión con el caqui y luego se hizo crisálida en el calor de la plaza del centro comercial.

Dentro del vaso de agua vacío, dijo Naaliyah, dentro de las paredes de la crisálida —si es que no había sido parasitada, si es que no se encontraba ya muerta—, la pupa estaba fortaleciendo las patas, poniéndose escamas en las alas, espolvoreándose de color. La base de su cerebro, más pequeño que una semilla de amapola, empezaba a llenarse de una reserva diminuta de hormonas. Los músculos de su espalda aumentaban su grosor. Estaba reabsorbiendo sus ojos larvarios, formando unos nuevos y mejores, reestructurando la mitad de las células de su cerebro. Sus huevos maduraban. Estaba probando el sabor del aire. Estaba escudriñando a través de la pared de su capullo el cielo sobre el porche de la casa de Herman.

Winkler se cogió un jueves libre y fue andando con el niño al estanque a escuchar las ranas. Llevó su cuerpecillo dormido hasta el sofá. Bebió Seven Up de treinta y tres centilitros con él y vio cuatro episodios seguidos de un programa de televisión llamado *Clifford*, donde un perro rojo gigantesco y su pandilla formada por cuatro niños de caras redondeadas se enfrentaban a diversas dificultades y al final las superaban.

Pero Herman y él forzaron demasiado las cosas, confiaron durante demasiado tiempo en la suerte. A las dos y media del 5 de agosto, Winkler y Christopher llegaron a la puerta de la casa de Herman y se encontraron a este de pie en la cocina vestido de traje. Christopher se detuvo en mitad del pasillo y los miró.

La explicación fue entrecortada y predecible en gran medida. Un cliente había sugerido almorzar en O'Brady's. O'Brady's estaba en el centro comercial Dimond. Herman había pensado que no pasaría nada. ¿Qué probabilidades había? El Dimond tenía sesenta y una tiendas, diecinueve restaurantes. Había tomado dos cucharadas de sopa cuando levantó la vista y se encontró a Grace.

—No.

—Sí.

—Creía que a la hora de comer montaba en bicicleta.

—Hoy no.

Christopher los estudiaba con el labio inferior entre los dientes, intentando comprender. Winkler dejó la mochila del niño, fue hasta el fregadero y abrió el grifo.

—Le dije que estabas tú con él. Le dije que eras estupendo.

El agua tamborileaba en el fregadero. Winkler cerró los ojos.

—Era como si no hubiera nada en su cara. Ninguna expresión, nada. Lo va a llevar a la guardería del centro comercial. En cualquier caso, dentro de un mes empieza el colegio. Ha sido una tontería intentar algo así. Tendríamos que habérselo dicho. Venga, Christopher —dijo, y le tendió una mano al niño—. Vamos a ver a mamá.

Winkler se inclinó sobre el fregadero.

—Pensaba que lo sabía. Tenía la esperanza.

—No lo sabía.

Herman guio al niño hasta el garaje. La puerta del garaje subió.

—Se supone que tenía que llevárselo a la una —le dijo Herman—. Quédate el tiempo que quieras. Le diré que ha sido culpa mía, David. Intentaré que me culpe a mí.

A continuación, su Explorer salió y la puerta del garaje bajó por sus raíles, eclipsando la luz, y Winkler se quedó solo, inclinado sobre el fregadero mientras el agua salía del grifo y desaparecía por el desagüe.

9

Agosto: días de humedad, libélulas errando sobre los estanques. No fue capaz de volver a casa de Herman hasta dos semanas después. Cuando lo hizo fue directo al patio y encontró el vaso de agua vacío, con un agujero excavado en la tela que lo tapaba, las hojas de abedul secas y el paquetito desinflado de la crisálida vacía en el fondo. Dentro había un gusano diminuto chupándola a conciencia. Otra deserción más.

¿Estaba Christopher peleando por él? ¿Preguntaba por Winkler a la hora de la cena?

No. Christopher era dócil y confiado; soportaría su abandono en silencio, al igual que había hecho con otros más grandes: su abuela, su padre.

Empezó a llevar flores. Las dejaba en su felpudo —bayas de hipérico, margaritas blancas, ramos de claveles comprados en gasolineras y envueltos en celofán verde— y se apartaba enseguida, como si estuviera dejando bombas con mechas impredecibles. Algunas noches se sentaba en el columpio hasta después de anochecer. Los setos de la casa de Grace se mecían en el viento y los coches en la calle A susurraban como serruchos lejanos.

Lo que más hacía era esperar. En LensCrafters entraban clientes y estudiaban su reflejo con monturas diversas: Ellen Tracy, Tommy Hilfiger. Winkler escribía sus pedidos en el ordenador, los imprimía, se los daba a la doctora Evans. Tantos seres humanos que no veían con claridad.

La lluvia salpicaba las ventanas de Naaliyah, amainaba, empezaba otra vez. El techo resonaba; el agua viajaba por las paredes. Winkler se sentaba en la cocina en penumbra y oía a las orugas consumir sus distintas comidas. En la otra habitación, sus diecinueve cristales de nieve seguían colgados sobre el sofá, medio resplandeciendo en la luz acuosa.

A finales de agosto, al salir del trabajo, fue andando por Spenard hasta el edificio donde había crecido, esperó a que saliera alguien y sujetó la puerta antes de que se cerrara. La entrada era completamente nueva, buzones de latón, suelo ajedrezado. También la escalera había sido remozada y olía menos a recuerdos que a barniz. Sus pisadas resonaron con fuerza. Subió cojeando cuatro pisos y los escalones le parecieron más cortos y las paredes más angostas de lo que recordaba. La puerta del viejo apartamento estaba pintada de blanco. La que daba a la azotea, abierta.

Un parking cubierto tapaba un tercio del panorama. Un letrero negro mostraba la temperatura; a continuación, la hora, una cosa detrás de la otra: 16; 21:15. Cada vez que se encendían las bombillas, el aire se llenaba del zumbido de sus filamentos al vibrar. A lo lejos, miles de luces de la ciudad temblaban, el color del cielo se acumulaba en charcos y el calor del día se alejaba hacia la ensenada.

Pasó una avioneta volando bajo y guiñando las luces de las alas. Las montañas estaban inmensas y pálidas. Las esquinas del tejado, desnudas. No había respuestas allí.

El año giró alrededor de otro eje equinoccial. A las cuatro de la tarde, las sombras acechaban ya en los rincones. A todos menos a Winkler, al parecer, les iba muy bien. El hotel de Nanton remontaba. Félix mejoraba, había vuelto al trabajo. A través de la puerta de la habitación de Naaliyah, oía a esta hablar por teléfono sobre Patagonia, lagos y montañas, guanacos que cruzaban carreteras.

—Deberías pedirle que te acompañe, papá —decía—. Diría que sí. Lo sé.

A Naaliyah le iba tan bien como siempre. Terminó el segundo capítulo de su tesis, daba clases a estudiantes de grado, sus alumnos le mandaban correos electrónicos diciéndole lo contentos que estaban con ella.

Christopher empezó primaria. Herman dijo que llevaba una mochila de la locomotora Thomas llena hasta arriba de libros. La madre de Josh Latham lo recogía a las tres, se llevaba a Christopher y a Josh a su casa y cuidaba de Christopher hasta las cinco. Le encantaba el colegio, decía Herman. Lecturas, música, mapas, jugar al balón, amigos… Todo le encantaba.

Herman, por su parte, trabajaba hasta tarde y, para su sorpresa, sus fuerzas habían resurgido. Los médicos le fueron quitando los anticoagulantes. Su iglesia patrocinaba un equipo de hockey para la liga de invierno de la ciudad y le había pedido que fuera primer entrenador. Hablaba de invertir en un campo de minigolf en Del Mar gracias a un soplo que le había dado Misty, «algo de mucha categoría», le dijo a Winkler, «y difícil, también, no apto para pusilánimes. Algo que haga volver a la gente».

En ocasiones, Winkler entraba en la sala de estar de Herman y veía pequeñas muescas en la alfombra, líneas delgadas, quizá de unos treinta centímetros de longitud. Eran de Herman caminando con los patines de hielo puestos.

La cara interior de la puerta del apartamento de Naaliyah. Las mil grietas diminutas en la pared. Bastaba una respiración, un parpadeo: Grace podía estar al otro lado con los nudillos a punto de tocar la madera. Winkler abriría; ella se inclinaría un poco hacia delante. Lo diría, diría: *Papá*, con cuidado y en voz baja, como si la palabra fuera un huevo, un castillo de naipes. Llevaría el casco de bicicleta colgado en la mano cerrada.

¿Cómo de profunda era su ira? ¿Sería capaz de mantenerlo lejos de su vida para siempre? *No vuelvas. No escribas. Ni se te ocurra. Estás muerto.*

Margaritas africanas. Lirios. Rosas de todos los colores posibles. Las dejaba en su felpudo, las metía en su buzón. Luego, el columpio del parque Raney, las manos en las cadenas, los tacones cavando surcos en el polvo estriado.

En octubre, cuando habían pasado dos meses desde que Grace sorprendiera a Herman comiendo en O'Brady's, Winkler la vio. Eran pasadas las ocho de la tarde y volvía a casa del trabajo en autobús. Grace pedaleaba con fuerza y el autobús tardó en adelantarla, de manera que por unos instantes estuvo justo debajo de su asiento, vestida con su ropa tersa, como un trineo ligero por una pista de hielo, por Minnesota Drive.

Estaba en el carril contiguo. Estaba lo bastante cerca de la farola para que Winkler le viera la cara. Contuvo el aliento. Los neumáticos de la bicicleta se aferraban al borde de la raya del asfalto como si circularan por un surco. La carretera subió al dejar atrás la laguna Westchester y Grace se puso de pie en el sillín y su bicicleta se balanceó rítmicamente hacia atrás y hacia delante entre sus muslos. Llevaba las espinillas y los tobillos depilados y relucientes y, bajo la piel, los músculos de sus pantorrillas eran como animales dentro de un saco.

El autobús la adelantó. Winkler pegó la cara a la ventanilla. La montura de sus gafas chocó con el cristal. En el semáforo de Northern Lights, Grace alcanzó el autobús y se situó justo al lado de Winkler. ¿Vería a través de la ventana del autocar? Winkler se encogió en el asiento y escudriñó por encima del antepecho de la ventana. La bicicleta era como un peso pluma plateado entre los muslos de Grace, cada línea de su tersa arquitectura prometía velocidad. Al llegar a la intersección sacó una de las zapatillas del pedal y apoyó la pierna en el suelo. Llevaba pantalones negros de elastano, una camiseta reflectante, un casco con calcomanías naranjas y gafas de sol envolventes de cristales claros. Por la espalda le bajaba una línea delgada de sudor. Su hija.

Ella también había estado en el garaje aquella noche en la calle Marilyn veintisiete años antes, acurrucada dentro de Sandy, mientras las dos lo esperaban en la oscuridad.

Grace sacó una botella del portabidón, se echó un chorro en la boca, se enjuagó y lo escupió en el asfalto. El autobús rugió.

Aquella cara verde azulada de sus sueños; manos en la borda de un bote de remos. La pregunta: *¿Respira?*

Tocó en la ventanilla. Se puso de pie.

—Grace —llamó—. ¡Grace!

Los otros pasajeros giraron la cabeza. Intentó abrir la ventana, pero el único tirador estaba a dos asientos de distancia y era solo para emergencias. Golpeó el cristal con las palmas.

—¡Grace!

Pero se abrió el semáforo y bañó a Grace de verde y el conductor metió la primera y Grace guardó la botella y se puso en marcha pedaleando con fuerza. Giró a la derecha hacia las sombras de Earthquake Park, sus piernas eran dos músculos enjutos como émbolos en los pedales, los radios de las ruedas se desdibujaban hasta convertirse en bruma.

La toalla color borgoña de Naaliyah, todavía mojada, colgada de la puerta del cuarto de baño; cinco de sus gomas de pelo dispuestas sobre la cómoda. La balandra destartalada de Félix en el antepecho. Una botella de cristal en la que Winkler no había reparado antes, su regalo cuando dejó las Granadinas. Dentro, todavía, unos pocos milímetros del Caribe Oriental. Le quitó el tapón. El agua no olía a nada. Ni rastro de diatomita ni de corteza de sal.

En su armario colgaba la parka azul acolchada que le había regalado su padre, con una quemadura de ascua en la manga derecha, quizá del tamaño de una moneda de diez centavos, con el agujero circular y negro alrededor de los bordes y los espirales blancos del relleno que asomaban debajo. Winkler se la puso, las mangas le llegaban a la mitad de los antebrazos, y caminó por el apartamento.

¿Había deseado alguna vez a Naaliyah? Sí. ¿Había deseado alguna vez ser Félix, rodeado de una familia, con una mujer inteligente y leal, y, aunque refugiado, un refugiado que había construido un nuevo hogar? Sí. ¿Deseaba a veces ser Herman, con toda su simplicidad, el hombre que años atrás había considerado poco más que un obstáculo? Sí.

En el colegio, la clase de Christopher hacía coronas con cartulina y Christopher llevaba la suya puesta a todas partes.

—Igual que un principito —dijo Herman—. Grace se la sujeta al pelo con horquillas. Se acuesta con ella. La lleva a misa.

En el trabajo, Gary le decía desde el otro lado de la tienda:

—Dave, las gafas de tu madre son tan gruesas que puede ver el futuro.

La doctora Evans ponía mala cara.

Soñaba con casas de mil ventanas, flores altas como personas. Soñaba consigo mismo más mayor, con el agua que abandonaba sus células; era su padre, desperdiciando sus últimas horas; era su madre, muriendo en su butaca, la mano buscando una ventana.

Algunas noches lo despertaban los ruidos que hacían Naaliyah y el guarda forestal teniendo relaciones sexuales en el dormitorio. Abría la ventana, la sujetaba con ayuda de un libro de texto, se llevaba una mano al corazón desbocado y miraba hacia la medianoche, hacia el minicentro comercial vacío y silencioso y casi terminado ya. Los suaves gritos de Naaliyah salían de debajo de la puerta, el cielo era un abismo violeta de bordes negros.

10

Cada segundo un millón de peticiones llegan al oído de Dios. Que sea la puerta número dos. Que Janet supere esto. Que mamá se enamore otra vez, haz que se vaya el dolor, que esta sea la llave correcta. Si pesco en esta cala, siembro este campo, me interno en esta oscuridad, dame fuerzas para llegar al final. Ayuda a mi matrimonio, a mi hermana, a mí. ¿Qué valor tendrá este fondo de inversión dentro de trece días? ¿Y de trece años? ¿Seguiré aquí dentro de trece años? Y la más incontestable de las incontestables: No dejes que muera. Y ¿qué pasará después? ¿Cirios y coros? ¿Rebaños de almas como estorninos surcando el cielo apresurados? Eternidad; ¿vivir otra vez en forma de bacteria, o de girasol, o de tortuga laúd; negrura asfixiante; cese de toda función celular?

Abrimos galletas de la suerte, subimos escaleras de casas de adivinos y escudriñamos los ríos en la palma de nuestra mano. Registramos la superficie de Marte en busca de indicios de agua líquida. ¿Quién no ha querido saltar a la última página? ¿Quién no ha preguntado: *Déjame saber, solo esta vez, cómo terminará?*

¿Qué quería decir que Winkler hubiera soñado que conocería a Sandy en una tienda de alimentación mientras ella miraba un expositor de revistas? ¿Significaba que todas sus interacciones y cada consecuencia de estas estaban predeterminadas? ¿Que los ejércitos de espermatozoides se encontraban a solo meses de distancia de su óvulo, pisándose los unos a los otros, asediando su citoplasma? ¿Estaba ya entonces plantada la semilla de Christopher, como el ADN cuando forma hélices y se pliega una y otra vez dentro de la cromatina de un núcleo?

Quizá no significaba nada. Quizá significaba que Sandy no era más que una posibilidad entre una infinidad de posibilidades. Winkler se había acercado a ella en la tienda y de nuevo en el banco; Sandy le había telefoneado, había ido al cine, después a su cama, un miércoles detrás de otro. ¿Podían estas cosas también estar prefiguradas? ¿No habían actuado los actores por voluntad propia?

¿Acaso importaba? En la memoria, en la historia, al final, podemos rehacer las vidas de acuerdo con nuestras necesidades. Sorprenderse, verdadera y completamente, por lo que llegaba a tu vida…, eso era, Winkler lo aprendía ahora, el verdadero regalo.

Por cuarta vez en su vida empezó a ser sonámbulo. Se despertaba con el traje puesto y con los pantalones del revés. Se despertaba con un sándwich de mostaza y pan a medio comer en la almohada, a su lado. Se despertaba de pie junto a Naaliyah y el guarda forestal dormidos en el colchón del Ejército de Salvación de ella. El guarda parpadeaba en la luz repentina, se levantaba, tiraba de una sábana para enrollársela alrededor de la cintura y su expresión pasaba de la conmoción a la ira.

Daba de comer a los insectos de Naaliyah. Trabajaba turnos extra. Hacía cincuenta abdominales cada mañana con los pies metidos debajo del sofá naranja.

Cada dos semanas le pagaban 411,60 dólares. Dejaba doscientos en la encimera para Naaliyah, se gastaba cien más en comida y la mayor parte del resto en la floristería Flowers for the Moment de Northern Lights. Los comestibles iban a los armarios de Naaliyah; las flores, al porche de Grace. La doctora Evans le insistía en que buscara un apartamento, y Herman y él pasaban un par de noches a la semana viendo semifinales de béisbol o hockey universitario por televisión. Esa era su vida.

Quería más, por supuesto. Quería ver a Grace. Quería comprarle una cena elegante, pedirle al camarero que la pusiera en una cesta, coger un taxi o que fueran en coche los tres —padre, hija, nieto— a un prado en Hillside; quería mirar la ensenada con ella y comer fletán con patatas aliñadas y escuchar el tintineo de los cubiertos contra los platos. Su voz sería clara, segura. Haría preguntas importantes.

—¿Conservó su escultura?

—No que yo sepa.

—¿Hablaba de mí?

—A veces.

—¿Recuerdas algo de Ohio?

—Sé que hubo una inundación. Pero mamá no quería contar nada más. Decía cosas como «Todo eso pertenece al pasado».

Grace le contaría alguna cosa:

—Creí que Herman era mi padre hasta los ocho años. Mamá me lo contó. Después de ballet. Paró el coche una manzana antes de llegar a casa. Me acuerdo de tener la vista fija en el botón del puño de su chaqueta. Siempre quise una chaqueta como esa, con botones de hojalata en los puños. Dijo que Herman no era mi padre, que mi padre se había ido. Dijo que estabas en el sur, en alguna parte.

—En el sur.

—Eso es lo que dijo.

Christopher estaría sentado en silencio, comiendo patatas fritas, o palitos de pescado. Grace se limpiaría la boca con una servilleta grande, almidonada. Diría:

—Mamá me dijo que lo tuviera. Solo tenía veinte años, pero insistió. Dijo que debería tener un niño con independencia de todo, con independencia de que fuera o no el momento. Dijo que ser capaz de dar vida no era algo que deba presuponerse.

Él la buscaría por encima del mantel. Es posible que ella le dejara cogerle la mano. Hablarían sobre la maleabilidad del tiempo, sobre relatividad, sobre premonición. Él le contaría que creía que los acontecimientos podían predecirse, que un único momento llevaba implícitas mil elecciones, que siempre la había querido, incluso cuando no podía soportar hacerlo, y que eso también era algo prefigurado e inevitable que llevaba grabado a fuego del mismo modo que los seis lados de un cristal de nieve están troquelados en sus átomos. Su historia —sus penalidades y confesiones, sus sueños, sus fracasos— brotarían y le oprimirían la cara posterior de los dientes.

Ella daría sorbos de su Chardonnay. Diría:

—Háblame de tus sueños.

Por supuesto nada de esto ocurrió, todavía no, nunca. Grace seguía enfadada, decidida a no necesitarle. Subía colinas en bicicleta en dirección a Girdwood, volvía bajo la llovizna por la autopista New Seward con el pelo empapado debajo del casco y Winkler tendría que esperar a que cambiara de opinión, o a que los acontecimientos la hicieran cambiar de opinión, o quizá esperaría para siempre, esperaría a que ella le mostrara cualquier parte de ella que pudiera permitirse revelar. Tal vez había pasado demasiado tiempo y siempre sería una desconocida para él; tal vez le llegaría su hora final con el corazón envenenado de remordimientos.

El columpio del parque gemía bajo su peso. Grace lavaba y planchaba sus prendas de Gottschalks. Doblaba los pantalones cortos de Christopher. Enrollaba sus calcetinitos blancos. Al otro lado de la ciudad, en el office de su casa, Herman se metía un bollo entero en la boca y lo tragaba con ayuda de treinta y tres mililitros de Pepsi.

—A veces —le dijo Naaliyah a Winkler—, me miras y es como si me atravesaras el cuerpo. Como si miraras a través de mí, hacia algo que está en el horizonte.

En sueños veía a Herman arrastrarse debajo de su escritorio, la silla volcada, las ruedas girando. Veía a Christopher correr por la nieve, pasar debajo de farolas, saltar de un charco de luz al siguiente, salir y entrar de la oscuridad con paso ávido, preocupado.

11

La fiesta fue idea de Herman.

—Tres meses es mucho tiempo —dijo—. Ha llegado el momento. Yo estaré allí, seré tu parachoques. Ya verás. Todo saldrá bien.

Herman le diría a la madre de Josh Latham que él recogería a Christopher del colegio. Grace no tenía que saberlo. Era una fiesta sorpresa, después de todo. La señora Latham los cubriría. Winkler se llevaría al niño a casa de Naaliyah después de clase. Herman los recogería a las cinco cuarenta y cinco. Grace volvería de montar en bicicleta a las seis y quince. Cuando entrara por la puerta allí estarían, Christopher y Herman, y su padre, un coro que cantaría: «¡Sorpresa!».

El 4 de noviembre caía en martes. Winkler compró mezcla para tartas, aceite de colza, huevos, crema de cobertura y un paquete de velas de cumpleaños plateadas en Fred Meyer.

Durante toda la mañana la radio predijo nieve. Sobre la ensenada acechaba una capa espesa de nimboestratos que se desplazaban despacio sobre las islas. A las doce empezó a caer la nieve. Winkler la observó desde la ventana, silenciosa y blanca, mientras los coches pasaban debajo igual que sombras.

A las tres estaba a la puerta de la escuela elemental Chugach. La nieve se acumulaba en las mangas y hombros de su chaqueta, también en el techo de autobuses y en los coches de padres que esperaban y a lo largo de las ramas desnudas de los árboles. Christopher salió con los demás niños, con su corona puesta, su mochila de la locomotora Thomas llena hasta las cremalleras. Miró el cielo y extendió las palmas de las manos.

—Nieve —dijo.

Winkler se inclinó hacia él.

—¿Qué tal estás, Christopher?

—Muy bien.

—Te he echado de menos.

El niño asintió con la cabeza. Su corona estaba hecha de cartulina y adornada con joyas hechas de cartón y papel de plata.

—¿No voy a casa de Josh?

—Hoy no.

Christopher asintió de nuevo, como si fuera algo que llevara sospechando desde el principio. Winkler le explicó: el cumpleaños de Grace, la sorpresa. Echaron a andar por el primer centímetro de nieve. Cuando dieron la vuelta a la manzana y ya no se veía el colegio, el niño alargó su mano enguantada y cogió la de Winkler.

Ya en Camelot, se sacudieron la nieve de las botas. Winkler quitó insectarios de una esquina de las encimeras y trabajaron en la humedad de la cocina, Christopher subido a una silla para ver mejor. Midieron el aceite, batieron huevos y agua y los mezclaron con el preparado para tartas. La nieve se acumulaba en los alféizares. Los insectos estaban callados. A las cuatro metieron el molde con la masa en el horno.

Naaliyah llegó a casa a las cuatro y media. Se inclinó y abrazó a Christopher, le hizo girar por el aire y lo devolvió a su silla.

—Vienes pronto —dijo Winkler.

—¿Qué hacéis?

Christopher le enseñó la caja.

—Tarta.

—Os estáis poniendo perdidos.

El niño se encogió de hombros. Tenía manchas de masa en la frente y en la corona.

—David dice que mi polilla puso huevos, Naaliyah.

—Ya me he enterado.

—¿Adónde se fue?

Naaliyah miró a Winkler.

—Pues es posible que haya ido al bosque y que haya encontrado un abedul. Les gustan los abedules. Luego, probablemente, buscará un macho para que este fertilice los huevos.

—¿Crees que lo encontró?

—Puede ser.

—Pero, probablemente, no —dijo Christopher—. Porque las *Actias luna* no viven en Alaska.

Naaliyah le enderezó la corona.

—Esta sí —dijo.

Winkler abrió el horno y de él salió el olor cálido a tarta. Christopher estaba sentado en la encimera, muy concentrado.

—Oye —dijo Naaliyah—, ¿has vuelto a la planta donde la encontraste?

El niño la miró y negó con la cabeza.

—Tal vez merezca la pena. Puede haber más crisálidas, ¿sabes? Allí hace calor y, si el caqui tiene hojas suficientes, es posible que las orugas no tengan que depender de las estaciones. Puede que se conviertan en pupas todo el año.

El niño la miró fijamente. Su cara pareció ensancharse.

—Lo que puedes hacer —dijo Naaliyah agachándose y dándole golpecitos en una de las rodillas—, si hay alguna, es alumbrarla con una linterna. Normalmente se ve bastante bien la silueta de lo que hay dentro. A veces incluso puedes ver las antenas y así saber de qué sexo es.

Winkler fue a la otra habitación y despegó sus fotografías de cristales de nieve una a una, las juntó, las envolvió con cuidado en periódico y rodeó el paquete con un lazo. El día había desaparecido veloz, casi de inmediato, como si la nieve hubiera limpiado la luz del aire. Sacaron la tarta y pusieron el molde a enfriar en un salvamanteles. Winkler y el niño le quitaron la tapa al tarro de crema de cobertura, la extendieron sobre la tarta y luego cubrieron el molde con papel de plata.

Christopher tenía los dientes marrones de lamer la espátula.

—¿Podemos ir al centro comercial, David?

—Ahora no, Christopher. Quizá después de la fiesta.

Le puso al niño el abrigo, le enfundó las manos en los guantes y se sentaron en el sofá naranja a esperar. El niño tenía la tarta en el regazo. La condensación se aferraba a las ventanas. La radio decía: «Se anuncian más nevadas». Winkler pensó: Toda mi vida, y se reduce a esto.

Cinco cuarenta. Cinco cuarenta y cinco.

—¿Va a venir el abu Herman? —preguntó Christopher.

—De un momento a otro.

Sudaban en el sofá con los abrigos puestos. A las cinco cincuenta llamó Herman.

—Sigo aquí.

Su voz era forzada, tensa.

Winkler gimió.

—¿Pero vas a poder venir?

—Sí. Espero que a las siete. Lo que pasa es que ahora mismo no puedo salir. Saldré pronto.

—Pero Grace...

—Ya lo sé, David. Iré lo antes que pueda.

Naaliyah miró a Winkler desde el otro extremo de la habitación. Su boca decía: «Debes ir».

Tenía veinte minutos para llegar con el niño a casa de Grace. Si esta volvía de montar en bicicleta y su hijo no estaba en casa, iría a casa de la señora Latham a recogerlo. Y entonces todo se iría al traste.

Los dos números de las dos compañías de taxi comunicaban. Christopher y él echaron a andar por la acera nevada, Christopher con la tarta, Winkler con las correas amarillo brillante de la mochila de la locomotora Thomas tensas entre las hombreras del abrigo. La nieve chocaba contra los cristales de sus gafas y se le colaba por el cuello. Los faros pasaban a toda velocidad. El niño, envuelto en una gruesa parka, llevaba la tarta como una ofrenda.

El autobús iba con retraso. La rejilla de ventilación tenía nieve derretida pegada. Subieron por Lake Otis, la calle A.

—Llegamos tarde —dijo Winkler. Christopher dibujaba polillas en los cristales empañados—. ¿Crees que tu madre habrá salido con la bicicleta con este tiempo?

—Sale con casi cualquier tiempo. ¿Podemos ir a buscar las crisálidas justo en cuanto termine la fiesta?

—No estoy seguro.

—Dijiste que sí.

—Ya lo sé, Christopher. Pero primero tendré que preguntárselo a tu madre. Y, acuérdate, es posible que no haya crisálidas.

—Las habrá.

En cada parada subían pasajeros que mascullaban al conductor y la nieve batía el cristal y el resplandor rojo de los faros traseros trazaba manchas móviles bajo los limpiaparabrisas. La nieve derretida y gris cubría el pasillo.

En la calle Quince, Winkler tiró del cordón de parada. Se levantó y caminó por el pasillo con la mochila y el niño lo siguió con la tarta. Se bajaron del autobús a las seis y veinticinco.

—Llegamos demasiado tarde —dijo Winkler.

Caminaron con cautela, las botas resbalaban en la nieve. En dos ocasiones Christopher rechazó el ofrecimiento de Winkler de llevarle la tarta.

Cinco manzanas, dirección noreste. Daba la impresión de que cada manzana era más larga que la anterior. La nieve parecía caer con más fuerza aún, una procesión interminable de copos, grandes como monedas de veinticinco centavos, y los buzones y postes de vallas ya tenían gorritos de cinco centímetros de grosor. Un Toyota derrapaba por la calle Medfra abajo y estuvo a punto de volcar en la cuneta antes de enderezarse y continuar su camino.

Cuando llegaron a la calle Dieciséis, el Cavalier de Grace estaba en la puerta, libre de nieve, con el capó aún caliente y la mandíbula de la abrazadera del portabicicletas sin desenganchar y abierta. Por la ventana, Winkler vio la luz de la cocina. Quizá no había ido aún a casa de la señora Latham. Quizá aún podrían sorprenderla. Aminoró el paso. Recorrieron muy despacio el camino de entrada.

—Todavía está —dijo Christopher.

Se detuvieron delante de la puerta. El niño seguía con la tarta en los brazos. Winkler apoyó la mochila contra el enlucido.

—Venga, llama al timbre.

Christopher lo miró.

—Venga.

—¿Y las velas?

Winkler respiró. La nieve caía en el pelo de Christopher y en las puntas hundidas de su corona.

—Vale —dijo.

Se arrodillaron al final de la acera con los setos a modo de cortavientos. Christopher retiró el papel de plata. Winkler se sacó el paquete de velas del bolsillo y colocó veintisiete sobre la capa de chocolate. El niño se arrodilló con una sola pierna y sujetó la tarta sobre su pequeño muslo. Copos de nieve aterrizaron en su superficie y rodaron por ella o se fundieron en las olas de la cobertura. Winkler se inclinó con una caja de cerillas, formó un cuenco con las manos, pero aun así el viento alcanzó las cabezas de los dos primeros fósforos y apagó las llamas.

—No prenden.

—Inténtalo otra vez —dijo Christopher.

Sujetó la tarta para que dejara de temblar. La tercera cerilla ardió y prendió y Winkler acercó la llama a todas las velas y por fortuna el viento se calmó y las llamas parpadearon y luego aguantaron.

El niño echó a andar hacia la puerta.

—Son muchas velas.

—Con cuidado.

La nieve se hundía en las llamas. Las velas iluminaban la garganta y el rostro del niño. Llevaba la tarta por la acera con la misma solemnidad con la que se lleva una ofrenda a un altar. Las llamas ondeaban detrás de las mechas, en horizontal. La locomotora Thomas sonreía desde el bolsillo turquesa de la mochila de Christopher. Se detuvo en la puerta. Fue Winkler quien llamó al timbre. Lo oyó sonar dentro, como un único tañido de campana. Bajó de los escalones nevados a la acera.

Su corazón era una catapulta dentro de su pecho. Se suponía que Herman tenía que estar allí, con zumo de manzana y vino, y un cilindro de vasos de plástico, un cuerpo detrás del que esconderse, otro «¡Sorpresa!» para ahogar el débil sonido de su propia voz. Un parachoques. Ahora se preguntó: ¿Habrá planeado esto Herman a propósito?

Cuando la puerta se abrió, las velas se inclinaron hacia ella, resistieron, y se enderezaron. Grace se acuclilló en la abertura entre la puerta y el quicio y miró por encima de la cabeza del niño. Llevaba zapatillas y pantalones de montar en bicicleta y una sudadera con capucha. A la luz de las velas su cara era anaranjada.

—Mamá —decía Christopher—. ¡Mamá, feliz cumpleaños!

Grace miró a Winkler.

—¿Has visto lo que hemos hecho?

Grace levantó una mano y se la puso sobre los ojos como para protegerse del sol, luego apoyó otra en la espalda de Christopher, cogió la mochila de la entrada y condujo al niño y la tarta adentro. La puerta se cerró. Winkler se quedó un rato en la acera, mirando la luz de la cocina encima del marco de la ventana mientras la nieve caía silenciosa y lo enmudecía todo.

Se retiró a los columpios. Pasó el dedo por el paquete de cristales de nieve que llevaba en el bolsillo. ¿Estaría soplando las velas por lo menos, pidiendo un deseo? El tráfico circulaba por la Quinta Avenida susurrando a través de la nieve, y la puerta seguía cerrada. Se recordó de pie a la puerta de la casa de Sandy y Herman en la calle Marilyn, cómo miraba la manera en que las luces de la casa se iban apagando una a una: cuarto de estar, cocina, pasillo, dormitorio; ese dolor, cristales de nieve sobre la calle, un abismo de aire helado.

La nieve se posó en sus muslos y hombros y sobre el letrero del parque. Poco a poco dejó de sentir los dedos de los pies. Por fin Grace salió, se detuvo al otro lado de la calle y Winkler se levantó del columpio.

El viento se calmó y los copos caían en silencio; a través de los cristales de sus gafas cada uno parecía dejar un hilo azul delgado, como si rasgaran el espacio y revelaran, durante medio segundo, una brillantez al otro lado.

—¿Quieres pasar? —preguntó Grace—. ¿Es a lo que te dedicas, a esperar ahí cada noche? ¿Igual que un acosador?

—No. Sí. Es que... pensé...

—Pues entra. Me rindo.

La siguió hasta la puerta. En el umbral se sacudió la nieve de la chaqueta y los pantalones. La bicicleta estaba apoyada contra la pared del pasillo, seca, con una toalla húmeda en el manillar. Winkler tragó saliva; entró.

Grace seguía con las zapatillas de montar, que chasqueaban en contacto con el suelo de la cocina. La tarta permanecía en la mesa con todas las velas apagadas. No había ni rastro de flores. ¿Las habría tirado todas? Winkler se detuvo junto a la pequeña mesa de la cocina. Olía a zanahorias, pensó, a zanahorias cocidas. Christopher entró desde la otra puerta, donde debía de haber una sala de estar, y vaciló.

—Mamá, ¿podemos ir a ver las crisálidas? ¿Después de la fiesta? Ha dicho David…

—Ahora no, Chris.

Grace se encontraba de pie con un cuchillo de mantequilla en la mano y con los ojos fijos en Winkler como si este fuera un pistolero a punto de desenfundar. Sus labios —tan parecidos a los de Sandy— estaban ligeramente entreabiertos.

Winkler tomó aire despacio. Sacó del bolsillo el fajo envuelto de cristales de nieve y se lo ofreció. Grace no se movió. Winkler lo dejó en la mesa.

—Se suponía que iba a ser una sorpresa. La fiesta, quiero decir. La tarta.

Grace empezó a quitar las velas del glaseado una a una.

—Este es tu abuelo, ¿lo sabías, Chris? —Miró a Winkler mientras hablaba—. Es mi padre.

El niño miró a Winkler. Este se estremeció de pies a cabeza.

—Vete a jugar a tu cuarto, Christopher —dijo Grace aún con los ojos fijos en su padre.

El niño la miró a ella, después a David, y cogió su mochila y se fue por el pasillo. Oyeron sus pisadas y luego cómo la puerta se cerraba.

Al principio Grace habló en voz tan baja que Winkler apenas supo que estaba hablando.

—¿Crees que una tarta lo va a arreglar? ¿Una maldita tarta de chocolate? ¿Crees que eso te exonera? ¿Una puta tarta de chocolate y flores?

Cuando dejó la última vela en la mesa le temblaban las manos. Winkler hizo ademán de acercarse, pero se lo pensó mejor y, en lugar de ello, cruzó la cocina hasta la ventana, donde un cactus agonizante en una encimera estaba medio doblado en su maceta de plástico.

—No —dijo.

—No volviste. No pensaste ni siquiera en volver. Y ahora apareces. Después de todos estos años. Te paseas por la ciudad con mi hijo. Secuestrándolo prácticamente.

Winkler se guardó las manos temblorosas en los bolsillos del abrigo. Al otro lado de la ventana, las formas oscuras de los setos se mecieron contra una luz y la nieve cayó en diagonal por un momento y después recta.

—En realidad nunca lo creí —dijo—. Todos estos años. Que pudieras seguir viva.

Los zapatos de Grace chasquearon. En el cuello se le hincharon venas que parecían a punto de romperle la piel. Su voz rozaba la histeria.

—¿Y ahora lo crees? Porque aquí estoy. Aquí estoy comiéndome tu maldita tarta de chocolate.

Cogió un puñado y lo lanzó. La tarta pasó al lado de Winkler y cayó en el fregadero. Entonces Grace gritó, un grito breve y sin palabras, los ojos cerrados, el sonido lleno de rabia.

Winkler mantuvo las manos dentro de los bolsillos y los ojos fijos en la ventana.

Grace usó el cuchillo de mantequilla para quitarse tarta y crema de los dedos. Ahora lloraba, en silencio, inhalando con tal vehemencia que era como si quisiera reabsorber las lágrimas.

—¿Fue duro? Al menos dime que fue duro.

—Pues claro que lo fue. Cada día se pone el sol y piensas: Me queda un día menos para morir. Tu madre no quería verme. Pensaba que os había abandonado.

—Es que nos abandonaste.

—Lo sé. Sé que lo hice.

Grace miró la tarta. Su llanto amainó.

—Sí, bueno, pues no hay perdón. Una tarta de cumpleaños no basta.

—No busco perdón. Quiero ayudar. Quiero estar.

Grace se volvió hacia él y blandió el cuchillo.

—Has estado fuera toda mi vida. Toda. Cada día. ¿Y ahora te presentas y crees que podemos simular que hay algo entre nosotros?

—No...

—Desde luego que no. No eres mi padre, no del modo en que de verdad importa. Dejarme flores no te convierte en mi padre.

Durante las pausas oían el rasgueo lejano del tráfico nevado. Winkler se miró las puntas de los zapatos.

—Lo siento.

Grace sacó una silla de la mesa, se sentó con la tarta cerca del codo y apoyó la cabeza en las manos. Winkler esperó. El apartamento estaba en silencio. El temblor de su cuerpo había cedido. Pasó un minuto. Grace ya no lloraba, pero no levantó la cabeza de las manos. Winkler contempló la posibilidad de aproximarse, pero en su lugar dio un paso a la izquierda, recorrió el pasillo hasta el cuarto de baño y se apretó una toalla contra la boca.

En la pared opuesta del baño había una puerta abierta y por la abertura Winkler vio la punta de un banderín y la esquina de unas literas de estructura de metal. La habitación de Christopher. Habría dado un año de su vida por entrar y examinarlo todo: sus camisetas, sus Legos, su funda de almohada de Snoopy. ¿Qué tipo de estores tenía? ¿Qué dibujo en las cortinas?

Grace también tenía su habitación allí. Un cesto de ropa lleno de sus prendas ligeras, de tirantes. Una fotografía de Christopher, probablemente, una de su madre tal vez.

Ninguna del marido. Encima de la cisterna había una pila de revistas sobre ser madre. Un olor a crema hidratante y a bolas de algodón, y un rastro de lejía. Qué triste saber que, en alguna parte, tu hija tiene un dormitorio que no se te permite ver.

Winkler se sentó en el váter y trató de recuperar el aliento. Estaba fracasando en todo lo importante. A una habitación de distancia, su hija estaba sentada con la cabeza apoyada en las manos y no podía acercarse a ella. Cuando hablaba, incluso si estaba enfadada, movía las manos de una manera que le resultaba muy familiar, con los pulgares hacia abajo; era un gesto, se dio cuenta Winkler, que él también hacía.

Había dicho: Has estado fuera toda mi vida. Toda. Cada día.

Respira, pensó. Respira. Todo se tambaleaba. ¿Dónde estaba Herman? Herman debería estar allí.

En el lavabo, dos cepillos de dientes compartían un vaso transparente de Pedro Picapiedra. El de Christopher era más pequeño que el de Grace, pero no tenía dibujos infantiles, como dinosaurios o magos, solo plástico morado semitraslúcido. Era un cepillo de dientes de persona mayor. Winkler se levantó, lo cogió, se lo llevó un momento a los dientes y lo devolvió al vaso.

Entonces notó líquido en los ojos y se apoyó contra el váter y tiró de la cadena. Cuando salió del baño Grace estaba de pie en el centro de la cocina. Tenía la cara exangüe. Preguntó:

—¿Dónde está Christopher?

12

Un único patrón —dos átomos de hidrógeno, uno de oxígeno— multiplicado mil millones de veces, suspendido en el aire. Subir hacia él, entrar en las nubes, donde esas moléculas se están precipitando alrededor de gránulos diminutos e invisibles de arcilla, echando ramas, ganando peso, atravesarlos todos hasta la gran oscuridad encastillada sobre Anchorage, la mesosfera iluminada por estrellas, el pozo profundo del cielo, y dirigirse al sur, sobrevolar la Cadena Costera, las enormes extensiones de nubes del Pacífico hasta donde el clima se contiene y se aclara, las ciudades de California abajo como redes grandes y resplandecientes de purpurina; saltar sobre las oscuras cordilleras de América Central, atravesar el Caribe —en un suspiro— y bajar por el archipiélago de las Granadinas hacia Venezuela: eres una gota que cae, que se precipita, que gana velocidad. El océano se hace más grande a cada milisegundo: te estrellas contra el tejado de una casa agrietada, azul, te deslizas por el alero, luego por debajo de él, y llegas hasta la ventana. Dentro:

Félix en la cama, un círculo de luz de un candil, los ojos cerrados, un lustre de sudor. Soma reza; la imagen plastificada de la Virgen en la cocina mira benévola, despreocupada, a través de la pared. La sangre que circunvala el hígado de Félix, rígido y tenso, con la arquitectura destruida; metabolitos tóxicos le llegan al cerebro. Pedazos de riñón flotan a la deriva por sus intestinos. El sonido de su propio nombre pasa desapercibido por los canales de sus oídos. En el cuello de Soma, el Cristo de hierro demacrado se mece hacia atrás y hacia delante.

La gota de lluvia se desliza ventana abajo, cae en el jardín.

Félix llevaba muerto tres horas cuando la llamada telefónica viajó por los kilómetros de fibra submarina y una ráfaga de electrones avanzó con estrépito hacia las centralitas gigantescas y vibrantes de Estados Unidos y fue redirigida, redispuesta, relanzada a través del continente, cruzando un Estado detrás de otro, subiendo por la costa, hasta Anchorage y por los cables danzarines de cobre que chisporroteaban de voces hasta el apartamento de Camelot, donde Naaliyah estaba sentada —de hecho llevaba sentada toda la tarde— curiosamente apática desde que David y Christopher se habían ido, mientras la nieve se instalaba más profundamente en sus alféizares y el olor a tarta de chocolate persistía en la cocina. Tenía crema en una cuchara y el tarro en el regazo. El teléfono pegado a la oreja: su madre, al otro extremo de la línea.

—Tu padre… —empezó a decir Soma, pero Naaliyah ya había salido.

Al otro lado de la ciudad, Herman estaba en su despacho terminando el papeleo de una última refinanciación. El resto de la oficina permanecía a oscuras, los conserjes se habían quedado retenidos por la nieve y había luces de salida de emergencia rojas sobre los cubículos vacíos cuando lo sintió: alrededor de una docena de grietas en el pecho, pequeñas fisuras que llevaban calladas todo el día, se desplazaron. Contuvo la respiración. Dio una palmada en la mesa para recuperar la sensibilidad en la mano.

Pero las grietas se astillaban, encontraban poder, crecían hasta convertirse en simas. Pronto la caja torácica se le hizo pedazos. Herman se agarró a ambos extremos de la mesa y cayó. La silla volcó, las patas rodaron una vez, las ruedas giraron. El ratón del ordenador lo siguió en su caída y quedó columpiándose del borde de la mesa como un péndulo. Herman clavó las uñas en la moqueta, vio —su conciencia se estrechaba como las hojas del diafragma en la apertura de una cámara fotográfica— en la moldura de la pared dos clips ocultos tras las complejas estructuras de polvo.

Grace gritó el nombre de Christopher al jardín. Sacó su bicicleta a la acera, se subió a ella de un solo movimiento ágil y se marchó, deslizándose sobre la nieve; todo en quizá veinte segundos. Winkler seguía en el umbral del cuarto de baño. La cisterna del váter ni siquiera se había llenado. Grace había dejado abierta la puerta y el felpudo se cubrió de nieve.

Eran las siete y quince. Winkler no había llegado a quitarse el abrigo. Salió, cerró la puerta y echó a andar por la calle Cordova. Los neumáticos de la bicicleta de Grace habían excavado un estrecho surco en la nieve caída. Había seguido por la calle Dieciséis en dirección a la calle A, donde había una ligera pendiente, y Winkler se preocupó por ella, se preocupó por sus neumáticos en la nieve. Se había alejado ya tanto que no la oía llamar a Christopher.

Giró por Cordova para tomar la dirección opuesta. Las farolas proyectaban conos de luz a través de la nieve. Grumos de nieve se le fundían en las gafas y en el pelo, encima de las orejas. Caminó deprisa, corriendo casi. Había diecisiete manzanas hasta el centro comercial y no estaba seguro de qué camino tomaría el niño ni de si sabría llegar. Pero ese era el sueño: Christopher corriendo entre farolas, oscuridad, luz, oscuridad.

Las puertas no se cerraban hasta las nueve y Winkler entró a las ocho y media. El felpudo de la entrada estaba empapado y gris por la nieve sucia. Se limpió los pies. El guardia de seguridad lo saludó con una inclinación de cabeza. El centro olía como siempre, a la levadura de The Pretzel Factory.

La planta baja se encontraba casi vacía. LensCrafters permanecía a oscuras. Las suelas de las botas de Winkler chirriaron cuando echó a correr hacia los ascensores.

Zumbaron los cables, el ascensor inició su lento ascenso; el centro comercial bajaba detrás de las paredes de cristal. Contra las enormes claraboyas del patio central la nieve chocaba y, a continuación, bajaba, y la luz en la planta de restauración era de color azul apagado. Salió del ascensor. Christopher estaba arrodillado encima de una silla, junto al caqui. Parecía muy concentrado, ajeno al hecho de que Winkler se acercaba, como si él también sintiera la electricidad de aquella noche, sus convergencias. Había caminado más de un kilómetro y medio, él solo, en una tormenta de nieve.

Winkler aflojó el paso, lo cogió en brazos, lo estrechó contra su pecho.

—Hay tres —dijo el niño volviendo la vista al árbol—. Las he oído. Las he oído.

—Vamos —dijo Winkler con suavidad—. Vamos a buscar a tu madre. Podemos volver mañana.

Recorrieron a pie las manzanas nevadas. Pasó una máquina quitanieves: su faro de emergencia ámbar giraba y la nieve que iba desplazando la hoja trazaba un arco preciso sobre la acera. De la parte trasera salían cenizas. Winkler llevaba al niño de la mano y caminaban en silencio.

Estaban ya en la calle Trece cuando el sueño —como una boca inmensa y azul— se apoderó de él. Un hombre con un traje de nieve verde rascaba su trozo de acera con una pala quitanieves. Copos grandes y aglomerados aterrizaban en un charco negro. La mano del niño, dentro del guante, se tensó en los dedos de Winkler.

Cuando entraron, el Apartamento C del 208 de la calle Dieciséis se encontraba vacío, como Winkler sabía que estaría. Se sentía igual que el brazo de un copo de nieve, con redes de cristal solidificándose a su alrededor. El niño se asomó a todas las habitaciones.

—¿Mamá? ¿Mamá?

—No está aquí —dijo Winkler. Seguía en el umbral. Parpadeó—. Te está buscando. Está bien.

Christopher se detuvo y miró a su abuelo. Se echó a llorar. Sus sollozos sonaron pequeños y silenciosos en la cocina. Winkler se llevó un puño a la sien. Todos los acontecimientos de su vida se comprimían y convergían hasta ser uno: una noche, una hora. Jed con su máquina del futuro, sus docenas de pinzas y diales. El Datsun al final de una carretera polvorienta. Agua subiendo por cimientos de ladrillo.

En las infinitas permutaciones de un cristal de nieve todo se repite, pero, en realidad, desde otro punto de vista, nada se repite. Los brazos parten, forman dendritas, láminas seccionadas, siempre es el mismo ángulo, pero el resultado —debido al viento, debido a la vibración molecular, debido a la tasa de crecimiento y a la temperatura— nunca es el mismo. Hasta cierto punto el tiempo sí era maleable, lo que hacía él sí importaba. Grace era la prueba. Naaliyah estaba viva.

¿Cómo era el sueño? Christopher corriendo. Herman debajo de la mesa, las ruedas de su silla girando y el ratón de su ordenador colgando del cable.

Las botas del niño habían dejado huellas de nieve que ahora se derretían en el linóleo. Las llaves del coche de Grace estaban allí mismo, en la mesa de la cocina, junto a las fotografías de cristales de nieve.

—Coge un papel —le dijo Winkler a Christopher—. Y un lápiz.

El niño se quedó mirándolo.

—Vamos —dijo Winkler.

El niño se marchó. Diez segundos después tenía un lápiz de color y un bloc. Winkler garabateó una nota.

La dejó en la mesa. Tomó las llaves, salió a la calle y se metió en el coche. El niño trepó al asiento contiguo.

—¿Sabes conducir? ¿Vas a conducir?

—Sí —dijo Winkler.

Arrancó el coche. Metió una marcha.

—Creía que no podías conducir con tus ojos.

—Y no puedo.

Nevaba mucho y Winkler sacó la mano, agarró un limpiaparabrisas por la escobilla y lo sacudió para quitarle el hielo.

—¿Pero vas a conducir?

Winkler pisó el acelerador. El pequeño Cavalier se puso en marcha. Se saltaron derrapando el stop en la calle A hasta la intersección, pero no venía ningún coche. Winkler giró y el neumático delantero derecho se subió al bordillo y volvió a bajar. Enderezó el volante y regresaron al carril.

—¡Hala! —dijo el niño.

Winkler encontró el interruptor de los faros y los encendió. Bajaron derrapando una pendiente, cruzaron el río Chester, se detuvieron en un semáforo en Fireweed. El antiniebla rugía.

—Tu nota decía hospital —comentó Christopher.

Winkler no dijo nada. Escuchó cómo el niño se esforzaba por controlar su respiración. La nieve lo cubría todo.

Herman estaba debajo de la mesa con las grietas corriéndole por el pecho y el corazón apresado en el puño de alguien invisible y enorme: ¿Dios? Las respuestas parecían flotar en el espacio que lo rodeaba. Tenía que ver con el amor. Tenía que ver con que en el momento de la concepción recibieras un don que te diferenciara de todos los demás y pasaras la vida entrando y saliendo de los márgenes del tiempo, sin entender las horas como el resto de la gente parece entenderlas: mirando relojes de pulsera, consultando horarios..., con dificultades para comprender lo que las personas quieren conseguir con su día a día: mañana, mediodía, atardecer, noche. Levántate y duerme y levántate. Tenía que ver con la familia, con cómo la sangre desbanca la muerte; tenía que ver con esforzarte al máximo; tenía que ver con *nieve*.

Sus uñas arañaron las fibras de la alfombra. Tenía que ver, lo sabía —siempre lo había sabido— con Christopher.

Las almohadillas de los frenos de Grace rechinaban al contacto con la nieve. Pedaleó hasta la entrada de los Latham, liberó las zapatillas de los pedales, soltó la bicicleta en los arbustos nevados y aporreó la puerta.

La señora Latham tardó mucho en abrir. Grace intentó girar el pomo. Llamó de nuevo. La señora Latham abrió.

—¿Grace?

—Chris —jadeó.

—¿Christopher? No está aquí. ¿Qué ha pasado con tu fiesta?

Se llevó una mano a la boca. Grace se volvió hacia el camino de entrada. La señora Latham pestañeó. Le cayó nieve en la puntera de las zapatillas.

—¿Has venido en bicicleta, Grace?

—Vamos a ver a Herman —dijo Winkler—. Necesito que me ayudes a encontrar su oficina. ¿Te acuerdas de dónde está?

Christopher miró por la ventanilla del coche, hacia la nieve. Los limpiaparabrisas se movían de un lado a otro.

—Quiero decir en el edificio. ¿Sabrías encontrar la oficina del abu Herman si estamos en el edificio?

—Puede.

El niño se mordió el labio inferior. La nieve moteaba la luneta delantera y caía hacia los bordes y los limpiaparabrisas se llevaban las gotas.

—Ponte el cinturón —dijo Winkler.

La luz cambió. Winkler hizo girar las ruedas delanteras, arrancó con brusquedad, estuvo a punto de empotrar el Cavalier en un monovolumen.

La rueda trasera de Grace derrapó al final del camino de entrada de los Latham; se cayó y se desgarró las mallas, pero enseguida estuvo de nuevo en el sillín, pedaleando por donde había venido y dejando atrás Delaney Park. Al otro lado de la ciudad, Naaliyah estaba inclinada hacia delante en el asiento trasero de un taxi, apremiando al conductor. Winkler y Christopher pasaron Benson, pasaron la calle Treinta y dos. Si Herman, en sus últimos minutos conscientes, hubiera podido atravesar el techo de su edificio y ascender hacia las nubes, podría haber seguido mentalmente sus recorridos, sus búsquedas triangulares, las líneas brillantes a lo largo de los contornos de las calles, las venas de una hoja, la respuesta a una adivinanza, el patrón de una familia.

Winkler metió el Cavalier en el aparcamiento, pero iba demasiado deprisa y, cuando intentó aparcar, subió el coche entero en el bordillo y lo estrelló contra el tronco de un cerezo adolescente. El arbolito gimió y se astilló; el coche se caló. Los faros siguieron encendidos como dos haces gemelos en la nieve. Christopher bajó despacio las manos de donde las había puesto, encima de la corona. El Explorer de Herman estaba solo en el aparcamiento, a unas treinta plazas de distancia, con más de diez centímetros de nieve en el capó, en los parachoques, en el techo. Winkler ya se encontraba en la puerta cuando Christopher consiguió soltarse el cinturón.

La puerta principal y lateral permanecían cerradas. Winkler probó con la puerta acristalada que daba a las escaleras, pero tampoco se abría. El niño se reunió con él y lo miró con el labio inferior tembloroso.

—¿David?

—No pasa nada —dijo Winkler—. Todo va a salir bien.

Había una calcomanía pequeña con forma de placa de policía en el borde derecho de la puerta, pero ¿qué importaba? Se inclinó, apartó nieve del trozo de jardín junto a la puerta y encontró una roca del tamaño de una pelota de béisbol. La lanzó contra el cristal. Este se rompió con un estallido al que siguió una pequeña exhalación. Mil grietas se extendieron como una telaraña bajo la laca protectora y la roca rodó hasta detenerse en el felpudo del interior. Winkler se protegió la mano con el puño del abrigo y abrió.

—¿Qué piso, Christopher? —El niño tenía los ojos abiertos de par en par—. ¿Bajando por aquí? ¿O subiendo por esas escaleras?

Christopher pestañeó para ahuyentar las lágrimas y señaló a la izquierda.

Los ascensores eran penosamente lentos. Iban los dos juntos, nieto y abuelo, los dos respirando con fuerza mientras la nieve se fundía en sus abrigos. *Ding,* piso número dos. *Ding,* piso número tres.

Naaliyah entró en la terminal, fue directa al principio de la cola de primera clase, regateó una tarifa de emergencia. De Anchorage a Chicago, a Miami, a San Juan y de ahí a Kinsgstown, San Vicente. Mil quinientos dólares. Lo cargó todo en su tarjeta de crédito. El vuelo a Chicago salía en treinta y cinco minutos.

—¿Lleva equipaje, señorita?

No llevaba equipaje.

Grace pedaleaba con más cuidado ahora. El costado mojado y sucio por la caída. Nieve y porquería se acumulaban en las mordazas de los frenos. Una silueta se movió bajo el árbol de un jardín delantero y le gritó: «¿Christopher?». Gritó a la noche, a la nieve, tal y como su padre soñó una vez que haría con ella, gritar su nombre a la quietud de una casa inundada.

El niño localizó el despacho de Herman a la primera. Levantó la vista hacia Winkler con ojos húmedos y expresión tímidamente triunfal. Tercer piso, justo al lado del ascensor. La puerta se encontraba abierta. Las piernas de Herman sobresalían debajo de su mesa. El ratón de su ordenador había dejado de balancearse. Winkler marcó el número de emergencias, le pasó el teléfono a Christopher. Reptó bajo la mesa y acercó la mejilla a la boca de Herman.

—Venga —dijo—. Venga, ¡vamos!

Le abrió la camisa y pegó la oreja a la cicatriz de su esternón.

El niño ya se había echado a llorar del todo, pero sostuvo el auricular con las dos manos y no tembló.

—Está sonando —dijo—. Alguien lo coge.

13

Habían limpiado y esparcido sal en la rotonda delante del Providence Medical, y el conductor detuvo la ambulancia junto a una puerta corredera. Un agente de policía ya se dirigía deprisa hacia ellos, también una celadora con una camilla.

Christopher estaba arrodillado en el banco del interior de la ambulancia viéndolos levantar a Herman y colgar su bolsa de goteo intravenoso del gancho de la camilla. Los brazos de Winkler le rodeaban los hombros.

—¿Lo van a llevar dentro?

—Sí.

—¿Lo están llevando ahora?

—Sí.

Luego, una sala de espera en el vestíbulo principal, dos sofás, un puñado de sillas, revistas abiertas en un expositor y un televisor en un rincón transmitiendo el refrito de un bombardeo en la Franja Occidental. El niño se sentó muy cerca de Winkler, con las puntas de la corona mojada dobladas hacia su abrigo, y esperaron, y en la cabeza de Winkler el tiempo se desmoronó.

Diástole. Sístole. En algún lugar siguiendo el pasillo la piel de Herman era retirada, sus costillas cedían. Se instalaban tubos; la luz abría una brecha en su pecho por segunda vez. Winkler oía los latidos de su corazón con la misma claridad que si tuviera algodón en los oídos, un sonido como el de los zapatos de un hombre corpulento subiendo una escalera interminable. A tres kilómetros de allí, Grace gritaba el nombre de su hijo a la noche, bajaba pedaleando la calle Dieciséis, giraba al llegar a su apartamento. Vería que el coche no estaba. Vería la nota. Se vestiría con ropas más abrigadas. Vendría.

—David —susurró Christopher—. ¿Es bueno el abu Herman?

Winkler lo acercó más a él. El aire latía, podía sentirlo. Contracción. Relajación.

—Sí —dijo—. Herman es muy bueno.

El televisor seguía encendido. El niño se quedó callado de nuevo. Quizá se había dormido. Winkler sintió que se le perdía la mirada, oía el motor de su corazón subir de volumen. Entraron en la sala de espera el carnicero de San Vicente y Nanton el hostelero y el capitán del *Agnita* y las nueve Graces Winkler y Brent Royster el camionero, todos invisibles y silenciosos excepto por el sonido de sus corazones latiendo sin parar, contracción, relajación, desacompasados respecto al de Winkler y respecto al de Herman en una habitación cercana, un sonido similar al chapoteo seco del mar en el suelo de cristal de Nanton, o al aleteo de doce alas de polilla.

—¿Oyes eso, Christopher? —susurró—. ¿Lo oyes?

Afuera, en la nieve, Grace venía a su encuentro, furiosa y aterrorizada, con el corazón tenso en la garganta y la rueda trasera de la bicicleta catapultando un reguero de nieve hacia su espina dorsal. Se encorvaba mucho para cruzar las intersecciones. Winkler también oía su corazón, como un eco, un caballo de tiro atado a una pértiga, una secuencia de números idénticos susurrados a un micrófono: *Dos, Dos, Dos, Dos...*

Dentro de una de las casas por las que pasó Grace estaba la doctora Sue Evans, viuda, que caminaba delante de su dormitorio y de la cama de matrimonio pulcramente hecha en la que había dormido quince años con su marido y otros cinco sola con un plato en la mano. Se sentaba ante la mesa baja y miraba el vapor de su lasaña, tenedor y cuchillo en mano, mientras la nieve caía al otro lado de las ventanas de su pequeño bungaló en el sur de la ciudad, la cabeza del reno que había cazado su marido todavía seguía encima de la chimenea. Cogió el mando a distancia del televisor, se detuvo un instante antes de darle al botón de encendido, pensando que había oído algo, una canción tal vez, un ritmo que le resultaba familiar. Fue a la ventana y la abrió, pero solo oyó la nieve tocándolo todo, posándose por todas partes, su silencio.

Gary lo sintió, y también la señora Latham, y la mujer de la floristería que siempre bromeaba con Winkler sobre lo afortunada que debía de ser su enamorada. Quizá incluso Christopher lo oyó, en sueños.

Los cirujanos convirtieron el latido cardiaco de Herman en luz y sonido, un pitido metálico que atravesaba un monitor. En los apartamentos Camelot, el auricular del teléfono de Naaliyah, todavía en el suelo de la cocina, ensayó una vez más el tono de se-ha-cortado. El coro invisible de Winkler en la sala de espera se inclinó hacia delante.

Sensación de un avión despegando. Vuelo. Regreso. La aceleración en el pecho de Naaliyah. Primero las ruedas delanteras, luego las traseras, Anchorage que desaparece. Sus manos en los reposabrazos, las palabras de su madre —*tu padre*— en su oído como dos avispas. La isla diminuta de San Vicente como un disco verde palpitante en el mapa de sus pensamientos.

¿Qué le decía siempre la doctora Evans? «Lo que hacemos es importante, David. Lo que hacemos es ayudar a las personas a *ver*».

El libro de su madre sobre los cristales de nieve de Bentley, cada uno en una página con un fondo negro como la imagen de una vida individual, del nacimiento a la muerte, cada uno distinto, pero, a fin de cuentas, todos iguales.

Sandy salió del aparcamiento de aquel motel y vio a Winkler como un zombi con las llaves en la puerta del Newport, con la niña en brazos bajo la lluvia. El letrero de neón parpadeaba al fondo. Esa mirada lejana en los ojos de Winkler, mirada de no-estás-aquí, mirada de estoy-viendo-cosas-horribles. Grace. Sandy habría caminado por el fondo del lago por su hija, habría encontrado la manera de sacarla sana y salva de aquella casa. ¿No habría hecho Winkler lo mismo? ¿No lo había hecho ya?

Media hora más tarde Christopher se despertó. Grace no había llegado todavía. El niño se sacó su gran cartera de velcro del bolsillo; en la billetera no había billetes, pero el bolsillo de monedas estaba lleno. Extrajo una fotografía de su padre. La estudió un minuto antes de enseñársela a Winkler.

Había sido hecha en una fiesta en lo que parecía ser la cocina de alguien. Un hombre —Mike Ennis— acababa de remojarse la cabeza en una piscina de plástico llena de hielo y agua y latas de cerveza y se incorporaba deprisa con el pelo húmedo erizado en una cresta de mohicano y una mueca de susto provocada quizá por el frío. En el pecho llevaba garabateada a rotulador la palabra *Primetime* con caligrafía vacilante.

Tenía cara de pala, pensó Winkler. Las cuencas hundidas en la cabeza, como si dos ojos negros le asomaran por debajo de una cornisa de cráneo. Pero era guapo, de una manera agresiva. ¿Y quién era él para juzgar a padres ausentes?

—David.

La voz de Christopher era somnolienta. Winkler se inclinó hacia él.

—Las crisálidas tienen pupas dentro. Las he visto.

Winkler asintió con la cabeza, siguió asintiendo.

—Qué bien —dijo.

El televisor del rincón farfulló un anuncio; la boca del niño temblaba de emoción.

Winkler le devolvió la fotografía; Christopher volvió a guardarla en su cartera.

Más tarde la enfermera, Nancy, les llevó comida en bandejas de plástico y se puso un dedo en los labios como si las bandejas fueran un secreto ilícito, dar a personas sanas la comida de personas enfermas, y guiñó un ojo y Christopher asintió con expresión solemne. Eran judías verdes y una sopa fangosa de pollo y orzo y uvas en un platito y una galleta de avena envuelta en plástico. Winkler y Christopher apoyaron las bandejas en sus regazos en la sala de espera y Winkler le había quitado la tapa a su sopa y estaba rompiendo el envoltorio de la cuchara cuando vio a Christopher cerrar los ojos y juntar las manos encima de su bandeja.

Dejó la cuchara. Unió las manos y cerró los ojos también él.

—Gracias, Jesús —dijo Christopher—, por tu bondad y por la abundancia de estos alimentos. Y por favor cuida del abu Herman en su cama con todos esos tubos. Y de mi madre. Amén.

Comieron. Los latidos proseguían, lentos, en los oídos de Winkler.

Los pasillos del hospital estaban mojados y Grace resbalaba sobre los talones de sus zapatillas de montar en bicicleta, empapadas y sucias de nieve, mientras la sangre le circulaba furiosa por el cuerpo. Entró en la sala de espera calada hasta los huesos, con la parte de delante de la sudadera sucia de barro y nieve, resbalando con sus zapatillas de montar en bicicleta, y cogió a su hijo y lo abrazó largo rato, lloró, sollozó durante varios minutos mientras el niño, con su galleta en la mano, miraba por encima de su hombro, asustado y sin saber si podía seguir comiendo. Luego lo dejó en el suelo y dijo «Gracias» a su padre y, a continuación: «¿Dónde está?».

Amanecer: el Atlántico que se muestra al sol, el inmenso, incesante meridiano de sombra que se retira por el hemisferio rozando los límites orientales de las Granadinas, trepando por laderas de colinas, coronando la cima del monte Pleasant, el hotel de Nanton y sus edificios anexos todavía encogidos en las sombras. En el muelle de Port Elizabeth subieron el cuerpo de Félix a una barca de pescar y metieron la caja bajo las bancadas para que estuviera a la sombra. En la clínica de la isla, Soma y dos de los chicos dormían en sillas; uno de ellos salió al jardín y miró el cielo; y Naaliyah se inclinó hacia delante en la oscuridad, en algún punto sobre Dakota del Norte, desafiando las limitaciones de la atmósfera.

Un día después, en San Vicente, lo meterían en la incineradora y, al entrar por primera vez en casi cuatro años en la casita azul agrietada de sus padres, llena hasta el techo de barcos en miniatura, cada uno de los cuales parecía temblar y ronronear en la luz del sol con sus velas llenas de aire, Naaliyah lo sentiría. Y, mientras esperaban en la funeraria, cada uno de los tres chicos lo sentiría. Una visión como de un caballo blanco al anochecer, casi resplandeciente, un leve parpadeo, y solo a ochocientos metros de Naaliyah, en St. Paul's, en ese preciso momento, mientras los bancos empezaban a llenarse de amigos y el sacerdote encendía velas, el suelo apoyado en sus pilares, la estructura entera que resistía, Soma lo sentiría también. Una pequeña parte de ella prendió, se inflamó, se entregó al calor y a la luz. Quizá por todo Chile también, entre las costillas dispersas y en las cuencas de cráneos rotos, en los huecos entre los desaparecidos, se encendieron pequeñas redes de luz, relámpagos diminutos y dentados que recorrían el suelo, y los pastos abandonados, los huesos de los amigos a los que se habían llevado, se agitaron, adelantándose a la llegada del compañero largo tiempo esperado.

Pasaba ya la medianoche en Anchorage y Christopher seguía sentado en silencio en la sala de espera. Cerró los ojos y entrelazó las manos delante de la cara. No le llegaban los pies al suelo y balanceaba las piernas hacia atrás y hacia delante.

Su madre se arrodilló delante de él.

—¿Qué haces, cariño?

La voz de Christopher era un suspiro.

—Rezar por el abu.

En el quirófano, un piso más arriba, las enfermeras se quitaban los guantes, echaban batas en los cestos. Los monitores latían y Herman tenía los ojos sellados: *estabilizado*, lo llamaban.

Estabilizado para ellos, tal vez, pero Winkler sospechaba que Herman se movía deprisa, que el quirófano era como un tren que lo transportaba a través de sus sueños, a través de diez mil horas de cansancio mortal en el banco, todos los futuros posibles en los que Sandy y él tenían hijos y los criaban y enviaban al mundo, la mañana en que comprendió que ella se había ido de verdad; su fe, sus amigos, su hockey, su golf, luego a su nueva vida, la vida que aún podía ser: San Diego, California, el cielo azul Pacífico de California, la luz límpida eternamente bañada por el mar, aquella mujer que le gustaba —¡Misty!—, los dos en un gran coche con aire acondicionado de camino a un minigolf como no has visto en tu vida, David, con clase, no de esos con dinosaurios de escayola y osos de los dibujos animados, sino con intrincados molinos de viento en miniatura, una aldea suiza entera, pequeñas jardineras y árboles enanos y luces en las ventanas y complicadas maquetas de trenes circulando por raíles, por túneles de piedra excavados a mano, y en los laterales cantinas con puertas batientes de verdad montadas en diminutas bisagras sujetas por resortes, su bola de golf blanca y sencilla golpeada bien, limpiamente, despegándose de la pared en un ángulo perfecto, cayendo en el *green,* un *green* hecho de césped sintético, trazando una trayectoria ideal, directa al hoyo…

Eran ya las tres o las cuatro de la mañana. Las urgencias permanecían silenciosas como una tumba, ni pitidos, ni pisadas. En la televisión ponían capítulos viejos del concurso *Guerra de familias* sin sonido. El niño se durmió otra vez en el sofá de la sala de espera con un *Newsweek* arrugado bajo sus rodillas y el abrigo de Winkler a modo de almohada. Grace miró a su padre largo rato.

—Mamá quería que te escribiera —dijo—. Al final. Me lo pidió. Tenía una dirección antigua —se movió y se colocó el casco de ciclista en el regazo—. Dijo que merecía la pena intentarlo. Incluso si no la recibías. Dijo que debería contarte que me llevó a la casa el día de la inundación e intentó que los vecinos la ayudaran a sacar su escultura gigante del sótano. Pero no quisieron; apenas quedaban vecinos sin evacuar, y me dijo que, de todas formas, estaba todo inundado.

Arrastró las suelas de las zapatillas hacia atrás y hacia delante por el suelo.

—El caso es que no pude. No pude escribir esa carta. Me quedaba un minuto mirando una hoja en blanco y me enfadaba y no llegué a mandar nada.

Winkler cerró los ojos.

—Los copos de nieve —dijo Grace—. Mamá me habló de ellos. De que era lo que hacías. Son bonitos. Nunca había visto nada igual.

Ahora fue ella quien cerró los ojos y afuera la nieve había dejado de caer. Empezaba a derretirse y todo el hospital goteaba y los respiradores en las distintas habitaciones silbaban y chasqueaban. Se había tomado la molestia, pensó Winkler. Se había tomado la molestia de abrir el paquete, de ver lo que le había regalado.

Esperó hasta que los párpados de Grace cayeron y su respiración se relajó; entonces se levantó y caminó despacio por el pasillo, dejó atrás el control de enfermería, y las papeleras rebosantes de gasa y toallitas antisépticas, y las pilas de mantas en carritos, y las camas vacías rodeadas de cortinas, y las puertas cerradas detrás de las cuales personas esperaban en las garras de sus destinos, hasta la habitación de

Herman, donde el tubo fluorescente en el cabecero de la cama brillaba y el monitor cardiaco emitía pitidos a intervalos regulares.

Herman parecía muy sereno, tenía seis diodos sujetos con cinta adhesiva al pecho. Tres cuartas partes de su cuerpo estaban tapadas con mantas. Su expresión era sosegada, y receptiva, y por un momento Winkler pensó que podía despertarse, volverse a él y decir: *Hola, David. ¿Te importaría cambiar de canal?* Pero sus ojos siguieron cerrados; su respiración era acompasada.

Se quedó un poco más junto a la cama, luego agachó la cabeza y se arrodilló. Juntó las manos y las metió por los barrotes hasta tocar la cama. Sus pensamientos trataron de juntar palabras: *Por favor. Otra vez no.*

Las cortinas permanecían quietas; por todo el hospital, los pacientes soñaban sus sueños y sus células combatían, trepando por hebras de reparación, renovando, regenerando, recorriendo las costuras de los cuerpos.

Llevaría unos diez minutos arrodillado cuando Grace entró de puntillas y se situó a su derecha. Ninguno dijo nada. El pitido que era el corazón de Herman no dejaba de sonar. Grace se movió y sus zapatillas de ciclista resonaron contra el suelo cuando se arrodilló al lado de Winkler. Juntos, los penitentes más inverosímiles, en silencio, injertando palabras en el aire, dirigieron sus plegarias a la habitación.

14

Había faltado siete días al trabajo, pero cuando la
doctora Evans lo vio de pie en la entrada de la tienda, con su traje arrugado y las gafas puestas, lo dejó reincor-
porarse.

El cuerpo de Félix fue trasladado a Kingstown e inci-
nerado y las cenizas se guardaron en un recipiente de plástico blanco con tapa de rosca. Naaliyah lo llevó en el regazo
durante los vuelos de Kingstown a Bridgetown, de ahí a
Santiago, a Puerto Montt y, por último, a Punta Arenas, en
la Patagonia, en los confines del continente.

Su carta tardó dos semanas en llegar a Anchorage.
Cuando lo hizo, Winkler dejó que Christopher abriera el
sobre. Se sentaron en el sofá naranja y Winkler la leyó en
voz alta.

Querido David:
Según las guías de viaje, las casas se pintan de colores tan
brillantes para que contrasten con el paisaje incoloro. Pero

llamarlo incoloro es ridículo. Yo veo color en todas partes: hojas de lenga tocadas de rojo, el oro de las pampas, unas cuantas flores carmesí en unos arbustos que creo que se llaman notros. Y el azul del cielo no es añil, como el del Caribe, sino de una especie de azul pálido lavado con blanco. Incluso el mar, el estrecho de Magallanes, es un color; como plata vieja a la que alguien ha sacado brillo por algunos sitios.

Aquí está terminando la primavera y los insectos se aparean por todas partes. Anoche durante la cena una polilla marrón enorme aterrizó en la ventana y luego se le unió otra, y otra. Todas machos, con los apéndices abdominales tan cargados de alcaloides y feromonas que, cuando se fueron, aún podía ver sus residuos espolvoreados en la mosquitera.

Llevé las cenizas de papá a San Gregorio. Su *primo**, José, me acompañó en coche. José es contable. Fuimos en su deportivo por un camino de grava interminable. Varias veces pensé que los ejes se iban a romper, pero José siguió conduciendo, entrando y saliendo de baches. Al cabo de casi una hora aparcamos a un lado de la carretera. En kilómetros a la redonda no había más que matorrales y árboles y lengas. Con el motor del coche apagado no se oía nada, excepto el viento. Pensé que quizá aquel era un sitio que papá amó en otro tiempo, pero cuando le pregunté a José se encogió de hombros y dijo: «No lo sé. Parece lo bastante lejos». Fuera hacía mucho viento y no sabía cuánto debía alejarme del coche, así que caminé unos doscientos metros quizá.

El viento empezó a llevarse las cenizas antes de que pudiera abrir del todo la tapa. José había traído dos botellas

---

* En español en el original. *[N. de la T.]*

de Austral y brindamos por papá con ellas, y fue un poco deslucido, pero aun así creo que a él le habría gustado. Sus cenizas volando sobre las pampas, e incluso sobre la carretera y más allá. Mientras miraba llegó una hormiga y tocó con la pata un grano de sus cenizas. Cogió el terrón con la mandíbula y se lo llevó, un trocito de papá, a su nido.

Creo que me quedaré aquí un poco más. ¿Podrías llamar al profesor Houseman de mi parte? Creo que lo entenderá. Quédate en el apartamento todo el tiempo que quieras, por supuesto. Si puedes también, mantén con vida las orugas. Por favor, saluda a Christopher de mi parte.

Christopher asintió solemne.

—Ese soy yo —dijo—. Christopher.

—Sí.

—¿Qué significa *primo?*

—Alguien que es de la familia.

—Familia.

El niño miró a Winkler, levantó las dos manos y se ajustó la corona.

Winkler mantuvo las manos en la carta e intentó doblarla y meterla en el sobre:

—Como tú y yo.

—Y mamá —dijo Christopher—. Y Herman.

En el piso de arriba alguien tiró de la cadena y las paredes se llenaron de agua y en la minúscula cocina de Naaliyah el motor de la nevera chasqueó.

—Sí —dijo Winkler—. Tú y yo y mamá y Herman.

Herman salió del hospital a los ocho días. Ahora tenía sesenta y seis años y esta vez el banco colgó guirnaldas de papel crepé de los paneles del techo, pegó globos en el pomo de la puerta de su despacho y todos firmaron una tarjeta. Pero dejaba de trabajar, no había negociación posible. Le dijo a Winkler que hacía falta ser un hombre para saber cuándo debe retirarse uno del juego y que estaba intentando ser un hombre.

El sábado siguiente Winkler lo ayudó a llevarse sus cosas de la oficina: metieron archivos en cajas, vaciaron cajones llenos de libretas, bajaron carpetas y trofeos de hockey por las escaleras y los transportaron bajo la lluvia a la camioneta de Herman. Este tenía los archivos pulcros y ordenados y sacarlo todo llevó poco más de una hora.

De camino a su casa, Herman estuvo callado y Winkler pensó en preguntarle si se encontraba bien, pero decidió que sería mejor no decir nada.

Pero se encontraba bien; se encontraba mejor que bien. Salía a pasear tres veces al día con un bastón firmemente sujeto en el puño, y quizá caminaba algo más despacio que antes, y más tenso, sujetándose el pecho como para mantenerlo recto y rígido, como si su corazón corriera el peligro de encontrar una abertura en sus costillas y escaparse, pero no se quejaba. Atrajo alces al jardín trasero con una piedra de sal; compró un comedero de pájaros y lo mantenía lleno hasta los topes. Guardó sus patines y espinilleras de portero en uno de los dormitorios del piso de arriba y Winkler no volvió a verlos.

Y amplió su multipropiedad en La Jolla, compró seis semanas más. «Órdenes del médico», dijo con una sonrisa pequeña, culpable. La mayoría de las noches en que Winkler estaba en su casa y veían a los Canucks o a los Aces en la televisión, Misty llamaba por teléfono y Herman se llevaba el inalámbrico arriba y, cuando bajaba, estaba sonriente y abstraído, como si tuviera pintalabios por toda la cara, a veces sin reparar en que uno de los equipos había metido el disco en la portería contraria.

El 24 de noviembre se fue a La Jolla con una bolsa marrón pequeña colgada del hombro y un *putt* de bronce en la mano. Las pastillas para el corazón formaban un bulto cilíndrico en el bolsillo de su camisa, bajo la franela. Winkler, Christopher y él fueron sentados, cadera con cadera, en el asiento trasero del taxi, los tres con el cinturón puesto y el olor espeso de la colonia de Herman envolviéndolos. Herman dejó que Christopher llevara el *putt* y el niño lo sostuvo con cuidado, atravesado en el regazo, de manera que la funda de la cabeza no se ensuciara.

En la dársena del aeropuerto, un agente de policía metía prisa a los taxis que llegaban y se iban. Winkler le pidió al taxista que esperara y él y el niño siguieron a Herman hasta la acera.

—Sé que a Grace le habría gustado despedirse —dijo Winkler.

Herman hizo un gesto con la mano como para quitarle importancia. Levantó a Christopher y lo abrazó y el niño lo besó en la mejilla.

—Nos vemos en un par de meses, campeón.

—Vale —dijo Christopher.

Hacía frío y en las nubes se formaba nieve.

—Bueno —dijo Winkler—, pues aquí estaremos cuando vuelvas.

Herman sacudió el *putt* para expresar su conformidad.

—Adiós, David. Adiós, Christopher.

Vieron cómo se abrían las puertas correderas y cómo Herman entraba en la terminal tirando de su maleta. Luego volvieron al taxi y el taxista arrancó.

En el trabajo, la doctora Evans seguía insistiendo a Winkler en que buscara un sitio para vivir. Decía que conocía a una mujer que tenía un estudio en el centro con buenas vistas, suelos de madera y un porche trasero y que lo alquilaría barato. Aquella noche, cuando cerraron la tienda, llevó a Winkler en su ranchera, cruzando el barrio de los hoteles hasta la Primera Avenida con la calle F, hasta una casa de tres plantas convertida en tres viviendas junto al río Ship. En menos de una hora había firmado un contrato de alquiler para el piso de arriba.

Se acercaba Acción de Gracias. Los centros comerciales se llenaron de gente a la que el tiempo obligaba a estar en sitios cubiertos: madres con carritos de bebé, grupos de paseantes de edad avanzada. Winkler y Gary pegaron dibujos de pavos y peregrinos en los escaparates de LensCrafters.

—A ver —dijo Winkler—. Un agente de policía para a una mujer por no respetar el límite de velocidad y le pide el carné. Dice: «Señora, aquí pone que debería llevar gafas». La mujer responde: «Oiga, que llevo lentes de contacto», y el agente replica: «Pues ya puede ir poniéndose en contacto con su abogado».

Gary negó con la cabeza. Winkler lo miró sonriendo.

Daba hojas a las orugas y la pasta de corteza a los insaciables escarabajos, y estos chasqueaban y murmuraban agradecidos. Cada tarde recogía a Christopher a la puerta de la escuela elemental Chugach e iban en autobús a casa de Naaliyah, donde observaban los insectos, o estudiaban cosas diversas bajo el microscopio, o paseaban, parándose a investigar todo lo que encontraban, hasta que a las seis llegaba Grace con su Cavalier para recoger al niño.

Algunas noches, solo en el apartamento de Naaliyah, se preguntaba si en las semanas previas a su muerte soñaría con lo que lo esperaba. Tal vez vería setos, o campos de amapolas, o luz sobre tramos de océano, o cristales de nieve tal vez, su evanescencia, su pluralidad. Tal vez caminaría por una gran casa y en cada habitación encontraría a una persona que había perdido: Félix, Sandy, su padre, su madre. Tal vez no soñaría con nada: el vacío que había atisbado en aquella playa tantos años atrás, un abismo en el que las cosas se desplazaban a su alrededor sin que las detectara ni las oyera, algo parecido a ese final biológico, de larvas de escarabajo que roían ávidos laberintos por su cuerpo.

O quizá se soñaría a sí mismo de vuelta en aquel primer apartamento, su dormitorio en el armario, la plancha de su madre suspirando sobre la tabla, su padre que pasaba las páginas de un periódico, los fantasmas de animales que atravesaban despacio las paredes.

15

En el asiento trasero del Cavalier, Winkler jugaba con Christopher a un juego muy antiguo: identificar formas en las nubes. Una vez explicadas, las elecciones de Christopher siempre le sorprendían: un dragón dormido con la cola enroscada alrededor de la cabeza; una bolsa de canicas; una fina estela de condensación que constituía el cordel que cerraba el cuello de una faltriquera.

Era Acción de Gracias y horas antes Christopher le había regalado a Winkler uno de sus dibujos tamaño cartel. Al fondo se extendía el aeropuerto, enorme y altísimo, con la fachada rota por cien ventanitas, y el espacio blanco alrededor estaba salpicado por las pequeñas formas en T de los aviones. En primer plano, junto a un óvalo amarillo que debía de ser un taxi, un hombre sostenía un palo de golf. En la acera, a su lado, un monigote, que era un niño con pelo amarillo y que Winkler sabía que era Christopher, le daba la mano a un segundo hombre de enormes gafas.

—¿Ese es Herman?

—Sí —contestó Christopher, con timidez extrema. Llevó la punta del dedo al hombre de gafas—. Y ese eres tú.

Winkler le dijo que era el mejor dibujo que había visto nunca y que lo conservaría siempre, o, si no siempre, todo el tiempo que pudiera.

Grace conducía, su estado de ánimo era generoso, incluso le sonrió una vez a Winkler por el espejo retrovisor. Su bicicleta, sujeta al techo del coche, cortaba el viento. Winkler llevaba una gorra de béisbol y Christopher se había puesto su corona de cartulina naranja, decorada con pegatinas y reforzada con cartón. En el asiento trasero, entre los dos, había una pala marca Rittenhouse.

Fueron por la autopista Glenn, pasaron la base militar y el río Eagle mientras de la rejilla del radiador del coche salía vapor. Cuando llegaron al cementerio Heavenly Gates Perpetual Care, había empezado a lloviznar.

Grace aparcó a la puerta. Sacó sus zapatillas de montar en bicicleta y se ató los cordones, primero de una y luego de la otra, tensándolos bien y con los pies apoyados en el salpicadero. Tenía un cardenal en la pantorrilla y la piel de esa zona brillaba por haber apurado demasiado al afeitarse, y, cada vez que cambiaba de postura, de sus pantalones cortos de ciclista salía un olor a sudor viejo.

Christopher y Winkler siguieron sentados como si estuvieran esperando a que dejara de llover. Grace abrió su puerta, apoyó un talón en el capó del coche y se dobló hacia la rodilla para estirarse. Por la puerta abierta entraba el viento, húmedo y fresco. Christopher apoyó la barbilla en el reborde de la ventanilla y miró por el cristal.

—La lluvia siempre suena peor en el tejado —dijo Winkler—. Pero, una vez que sales a su encuentro y te mueves, te sientes bastante bien. Ya lo verás.

El niño levantó la vista, como si estuviera decidiendo si la lluvia le haría sentir bien o no.

Grace desenganchó su bicicleta del techo del coche y encajó el eje de la rueda delantera en las horquillas. La giró hasta que el neumático estuvo en su sitio y entonces cerró las cinchas de sujeción y colocó el freno delantero.

—Que os divirtáis —dijo, y se inclinó y miró a Christopher, todavía en el asiento trasero, y apoyó la bicicleta contra el coche. Se sentó otra vez dentro del coche y se volvió.

—¿Vas bien abrigado?

Christopher asintió con la cabeza.

Grace le subió el cuello y se lo ajustó.

—Se te va a mojar la corona.

Christopher negó con la cabeza. Lo resolvieron subiéndole la capucha. Grace se la ajustó y miró a Winkler, que tenía los dedos del niño cogidos con una mano y la pala con la otra, y, a continuación, negó con la cabeza y dijo:

—Te quiero, Chris. —Y les sonrió a los dos.

Luego se alejó pedaleando por la gran pendiente, sus piernas moviéndose con facilidad y eficiencia al pedalear, la espalda inclinada sobre la barra. La miraron hasta que estuvo casi al final de la pendiente, entonces describió una curva y se perdió en la bruma.

Winkler apretó la mano de Christopher.

—¿Estás preparado?

El niño se encogió de hombros. Winkler rodeó el coche por detrás sin dejar la pala, abrió la puerta, cogió la mano del niño y juntos empezaron a subir hacia las puertas del cementerio, dejando atrás el Cavalier.

Había una excavadora aparcada detrás de la oficina con el brazo plegado. El recepcionista de pelo entrecano les abrió la puerta mientras se hurgaba los dientes con una tapa de bolígrafo.

—Queremos comprar un árbol —dijo Winkler.

El recepcionista asintió con la cabeza, se subió la capucha del impermeable y los tres salieron a la lluvia. Había unas dos docenas de árboles jóvenes apoyados contra la parte posterior de la oficina, todos con las raíces envueltas en globos de arpillera.

Del otro lado de la casa, una terranova enorme y vieja salió a su encuentro a grandes zancadas y Christopher se metió detrás de las piernas de Winkler, pero el animal fue hasta él y le barnizó la cara de baba.

—¿Qué tipo de árbol queréis?

Winkler miró a Christopher.

—¿Qué tipo de árbol?

Pero el niño estaba tocando con suavidad la perra enorme y húmeda.

—¿Cómo se llama el perro?

—Es perra —dijo el recepcionista—. Lucy. Lucy Blue.

Christopher dudó un momento y luego rodeó al animal grande y paciente con un brazo y lo estrechó contra sí.

—Buena chica —dijo acariciándole la cabeza—. Lucy buena.

—Vamos a elegir un árbol, ¿vale, Christopher?

Caminaron entre los arbolillos mirando cada uno y Christopher le habló con suavidad a Lucy, como si le pidiera su opinión. Por fin señaló el más grande, un álamo temblón que tenía quizá la mitad de sus hojas enrolladas alrededor de la base. Las cien o así que quedaban estaban pegadas a las ramas, brillantes y amarillas, y aleteaban despacio en la lluvia.

—¿Ese?

El niño asintió con la atención puesta en el árbol, un arbolista diminuto.

Ya dentro de la oficina, el recepcionista empezó a teclear los datos de compra.

—¿Estás seguro de que no es demasiado tarde ya para plantarlo? —preguntó Winkler.

—Para nada.

—¿El suelo no estará congelado?

—Todavía no.

—¿Y podemos plantarlo donde queramos?

—Dentro de un radio de dos metros a partir de donde termina la parcela.

Winkler le pagó y le dio al niño la pala. Luego los dos, ayudados por el recepcionista, consiguieron subir el enorme retoño a una carretilla que el cementerio prestaba precisamente para ese propósito.

—Cubos —dijo el recepcionista.

Entró en la oficina, salió con dos cubos de veinte litros de capacidad, uno encajado dentro del otro, y los colgó del manillar de la carretilla.

Empezaron a bajar el camino. El niño corría delante arrastrando la gran pala, Winkler guiaba la carretilla por encima de las piedras del camino rústico, las ramas del árbol se mecían y la enorme perra los seguía a los dos.

A mitad de camino Christopher se detuvo y se bajó la capucha. Abrazó a la perra, se quitó la corona y la encajó en el pelo de la cabeza del animal.

—Toma —le dijo y le acarició las costillas—. Te la presto un rato. Mientras ayudo a cavar.

Llevaron el árbol hasta la tumba de Sandy. Desde allí podían ver, en la distancia, cómo caía la lluvia igual que si fuera nieve en los altos flancos de los Talkeetnas. Winkler se detuvo un momento. El niño le ofreció la pala. La parcela de Sandy medía unos dos por dos metros, era del tamaño de un colchón grande. Winkler levantó la pala y hundió la hoja.

Subió un olor a tierra removida, a musgo y a helechos. En las grietas se agitaron varios gusanos. El suelo era pedregoso, pero no resultaba difícil cavar, y en diez minutos Winkler había abierto un cráter considerable. Cuando terminó, sacó el árbol de la carretilla, lo arrastró hasta el agujero y le quitó la arpillera. El niño lo ayudó a empujarlo por el borde. Winkler sujetó el tronco.

—¿Está derecho?

—Creo que sí.

—Entonces pon un poco de tierra alrededor.

El niño levantó la pala. Llenaron el agujero y lo aplastaron. La terranova estaba sentada plácidamente con la corona del niño ladeada entre las orejas. La lluvia moteaba los cristales de las gafas de Winkler. Christopher dio un paso atrás y evaluó el trabajo.

—¿Ya está?

—Ya está. Ahora lo regamos.

Volvieron entre las tumbas hasta una espita que había junto a las oficinas y llenaron los cubos. Al principio Christopher llenó el suyo demasiado y Winkler tuvo que vaciarlo un poco para que pudiera llevarlo. El agua se derramó por los bordes y les mojó las botas. Transportaron los cubos y los vaciaron alrededor de la base del árbol y volvieron a llenarlos, a transportar el agua, a echarla, a verla empapar el suelo con la gran Lucy siguiendo sus pasos.

—¿Qué te parece? —dijo Winkler cuando hubieron terminado.

—Está bien —contestó el niño. Tenía el pelo empapado y los pantalones embarrados hasta las rodillas. Se levantó un viento que agitó las ramas más altas y envió gotas de lluvia por el aire—. Me gusta. Creo que servirá.

—Feliz Acción de Gracias, Sandy —dijo Winkler.

—Feliz Acción de Gracias —replicó Christopher.

De vuelta, de camino a la puerta, hacia el coche, el niño echó a correr con la capucha bajada y las botas salpicando, mientras gritaba: «¡Vamos, Lucy, corre!», y la perra corría a su lado, ladraba de alegría y conservaba la corona entre las orejas, y Winkler se volvió una vez para mirar el árbol, delgado y casi desnudo junto a la tumba de Sandy, con las ramas hacia arriba. Luego echó a correr entre las lápidas, detrás del niño.

16

El 5 de diciembre se mudó a su nuevo apartamento. Las vistas eran buenas: el río Creek, la playa de vías de la estación y, más allá, el canal Knik. Se llevó la poca ropa que tenía, su Stratalab, sus conchas de nerita; pegó el dibujo de Christopher en el centro de una gran pared blanca.

En el buzón había una carta de Soma, con matasellos de Santiago.

Querido David:
He alquilado una motoneta Honda y voy en ella a todas partes. Una vez que aprendes a ser un poco agresiva, las cosas van mucho mejor. Hoy conduje hasta La Moneda. La mayoría de los despachos siguen allí, con gente nueva, claro. Vi donde trabajaba antes. Incluso me dejaron entrar en la cocina de Félix, que está completamente renovada y, al mismo tiempo, sigue casi igual. Les he comprado a cada uno de los chicos una réplica pequeña del palacio, hecha de plásti-

co, pero muy fiel, y creo que mañana las envolveré en papel de seda y las enviaré por correo.

Naaliyah, creemos, se pasará por aquí antes de volver a Estados Unidos.

La amiga con la que estoy viviendo, Violetta, tiene un balcón en un piso treinta y tres. Nos sentamos entre sus helechos y bebemos Fan-Schop, que es medio Fanta, medio cerveza. Sabe muy bien, aunque estoy segura de que Félix diría que es una bebida «de mujeres» y que pobre cerveza. Me bebo una y ya no puedo parar, me sirvo otra, y otra…

Salgo a correr con Violetta y es divertidísimo, porque las dos vamos muy despacio y ella se pone pantalones cortos naranja brillante y casi nada por arriba y se asegura de que pasamos por la plaza del Mulato Gil de Castro, donde van los hombres ricos a sentarse y a tomar café, las dos jadeando y resoplando y tropezando en los adoquines. A veces le silban, yo intento mirar hacia delante y no tropezar. Lo bueno de correr es que luego te sientes muy bien, cuando estás en la ducha y todavía notas todos los músculos calientes.

Pero lo más divertido es la Honda, subir y bajar las calles dejando atrás parquímetros. Me encanta que en cualquier momento puedas levantar la cabeza y ver discurrir el cielo y los árboles y los remates de los edificios.

Mientras se quedaba dormido vio a Soma en su motocicleta alquilada recorriendo las calles de Santiago, entrando y saliendo de vecindarios, la ciudad como una versión elaborada de los dibujos de Christopher: neblumo en las montañas, aviones que descendían sobre los viñedos junto al aeropuerto, turistas que acudían en tropel hacia la costa, mil lámparas que se encendían y apagaban en ventanas de edificios altos.

¿Te he dicho que Violetta tiene una novia? Ella la llama «*su pareja*»*, como si hablara de la pareja de un zapato. Se llama Pamela y es jardinera, cultiva buganvilla. Está a cargo de la de varios edificios enormes y hoy me ha llevado a verla. Trepa quizá hasta cien metros por el costado de una de las torres en el centro de la ciudad. Los ladrillos están completamente recubiertos. Pamela nos dijo que esperáramos y eso hicimos, mientras el sol se desplazaba. Cuando llegó a la esquina del edificio toda la buganvilla ardió de luz. Empezó por la izquierda, siguió por el centro y luego se iluminó por completo durante veinte segundos.

A veces no me creo que me haya sido permitido vivir tanto tiempo, ver estas cosas. Después de todo, después de esto, no puedo evitar seguir pensando que es maravilloso. ¿No lo es, David? ¿No es todo esto terrible, condenadamente maravilloso?

---

* En español en el original. *[N. de la T.]*

17

Aquella noche soñó con nieve. Estaba en el norte, en el Yukón-Charley, en la pequeña cabaña del campamento Ninguna Parte, y la nieve caía por las rendijas, las ramas cedían bajo su peso, llenaban el valle.

En el sueño una figura humana subía desde el río y se abría camino a través de las píceas, apartando ramas con la mano para avanzar. A pesar de la nieve y de la distancia, pudo distinguir que se trataba de una mujer, lo supo por su manera de caminar, por la forma de sus caderas. Iba encorvada por un peso y con la cara oculta bajo una capucha. Caminaba por la nieve levantando los pies. Detrás de ella viajaban, tenues, siluetas de animales que también salían del bosque: ardillas y zorros y una pareja de caribús espectrales, incluso un lince enorme y lustroso, todos miraban a derecha e izquierda antes de aventurarse unos pasos más, frágiles como sombras. La mujer dejó el lindero del bosque y empezó a cruzar el prado. Los animales la siguieron, se amontonaron detrás y caminaron a la luz de las estrellas mientras husmeaban el aire y las pisadas de ella, los lugares en los que había estado.

La mujer no fue a la puerta, sino directamente a la ventana detrás de la que estaba Winkler. Apoyó un guante en el cristal y repasó la escarcha que había en él. La mano de Winkler la buscó. «¿Naaliyah?», dijo, pero la figura era más menuda que la de Naaliyah, más ligera, y cuando por fin se volvió hacia el cristal supo quién era, supo lo que significaba la sonrisa en su cara.

Se despertó y fue hasta la ventana. Las casas vecinas estaban a oscuras y en silencio. Un tren llegaba a la playa de vías, una locomotora amarilla que tiraba de cerca de una docena de vagones cisterna. Había empezado a caer una nieve suave y sus cientos de miles de cristales se posaban en todas partes, en los vagones de tren y sobre los grandes tanques de combustible del puerto, también en los campos silenciosos y negros de la bahía. Las estrellas habían regresado a un punto de su órbita y la Tierra se alejaba del Sol.

Cayó nieve en la ciudad; el hielo cubrió los estanques; el mar gemía al desplomarse, una y otra vez, sobre el muelle.

AGRADECIMIENTOS

Estoy en deuda con el National Endowment for the Arts, la Christopher Isherwood Foundation y la Universidad de Princeton por su generosa beca Hodder Fellowship. Gracias, Mary Hodder. Estoy enormemente agradecido a Nan Graham y a la incomparable Wendy Weil. Gracias también a: Molly Kleinman, Emily Forland, Alexis Gargagliano, Judy Mitchell y Alan Heathcock. A mis hermanos, siempre. A Hal y Jacque Eastman por su apoyo incesante. A prácticamente todos los demás: estáis aquí. Para más información (en inglés) sobre cristales de nieve, se puede visitar la excelente página www.snowcrystals.net.

Y, por encima de todo, a ti, Shauna, por tus innumerables gracias.

Este libro se publicó
en el mes de abril de 2016